林洪亮 译文自选集

林洪亮 译编

漓江出版社
桂林

图书在版编目（CIP）数据

林洪亮译文自选集/林洪亮 译编.—桂林:漓江出版社，2018.8
ISBN 978-7-5407-8395-2

Ⅰ.①林… Ⅱ.①林… Ⅲ.①林洪亮－译文－文集 ②文学－作品综合集－波兰 Ⅳ.①
I513.11

中国版本图书馆 CIP 数据核字（2018）第 006371 号

出版统筹:吴晓妮
责任编辑:周向荣
助理编辑:吕解颐
封面设计:李诗彤

出版人:刘迪才
漓江出版社有限公司出版发行
广西桂林市南环路 22 号　邮政编码:541002
网址:http://www.lijiangbook.com
全国新华书店经销
销售热线:0773-2583322

三河市西华印务有限公司
（河北省三河市泃阳镇化甲屯小学东　邮政编码：065200）
开本:960mm×690mm　1/16
印张:19.25　字数:320 千字
2018 年 8 月第 1 版　2018 年 8 月第 1 次印刷
定价:65.00 元

如发现印装质量问题,影响阅读,请与出版社联系调换。

前言

我的译介生涯

1935年我出生在江西省南康县(现为赣州市南康区)的一个贫苦农民家庭,从小过着忍饥挨饿的日子,根本谈不上什么志愿理想,但上学念书却成了我最大的乐趣和愿望。其实就我的身世来说,在1949年前,即使想上中学都会遇到莫大的困难,根本没有继续深造的可能。中华人民共和国成立后,我的命运得到了巨大的改变,不仅家庭得到了翻身解放,而且连做梦也想不到的美好前程也为我敞开了。我得以念完中学,考上大学,而且还成了中华人民共和国成立后最初的一批国家公派留学生,回国后又被分配到国家最高的研究机构工作。想不到一个农民的孩子竟也进入了高级知识分子的行列。在我们家乡的林氏宗族看来,这是穷人窝里出了个"翰林进士",是一件"光宗耀祖"的喜事。虽然我生性愚鲁,不擅言辞,难以表达我的内心感情,但我始终没有忘记,是党和国家成就了我;我也始终怀着一颗对国家、对党的感恩图报之心。在学习期间,懂得如何勤奋学习;工作之后,虽经各种坎坷,依然怀有为中华人民共和国的美好未来贡献微薄之力的热忱,怀有为中国和波兰的人民友谊和文化交流尽一份力量的决心。尽管我现在已是耄耋之年,体力衰竭,但我仍在不断努力,以回馈国家的培养之恩。

我在六岁时便进了家后面不远的上坪岭小学。学校很简陋,四个年级的学生全在一间教室里上课。我每天天一亮便牵着黄牛到外面去放牧,同时念诵着所学的课文。那个时候全村人家都没有时钟,我们都是看天来计算时间,等到太阳到了一定的高度,便牵牛回家吃饭,饭后立即跑去上学。由于家庭穷苦,我青少年时期都是在"苦读书、读苦书"中度过的。中华人民共和国成立前的这段苦读的经历我就不再赘述了,不过再苦我都坚持下来了,而且成绩还算可以。穷人的孩子早当家,我很早就学会了挑水、做饭这一套家务活。随着年龄的增长,每逢星期天和寒暑假,我都会协助父母在农田劳动。到高中二年级时,农田的犁、耙、种、收全部技艺我可以说都掌握了,而且能独立操作,许多出身于农家的孩子,也很少像我那样能达到独立耕种的水平。1949年6月南康得到了解放,土改时家里分到了田地,家境得到了改善,我在学校里还获得了助学金。我以极大的热情投入到学习和各种社会活动中。1952年我加入了共青团,成为南康中学发展的第二批团员。从那时候起,我才有了自己的志向和理想。1949年后,我想当一名解放军,几次报名参加军校,都因身高和体重达不到要求而被拒收。后来我便立志要当一名地质工作者,一是因为我在中学时对地理课有一种天生的爱好,多年担任着地理课的课代表;二是我特别喜爱祖国的大好河山,其中蕴藏着丰富的宝藏,而且那个时候搞地质工作也不像现在宣传的那样可怕,况且我从小就经历过种种艰难困苦,有一定吃苦耐劳的基础。但到了1952年上高中二年级时,那时我兼任南康新华书店的义务推销员,有一次取来的一批新书中有一部《钢铁是怎样炼成的》,我便"近水楼台先得月",开始好奇地读了起来。这一读不要紧,我立即便沉浸在书里,被保尔·柯察金感动得时而欢笑,时而悲伤,时而热血沸腾,时而泪流满脸。也就在那时,我的心里又萌生了另一个愿望和理想:要是能成为一个作家,能写出一部像《钢铁是怎样炼成的》这样能感动千万读者的作品,真是功莫大焉。于是1953年报考大学时,我在填写地质等专业之外还填报了中国语言文学系,虽然中文系并不是培养作家的地方,但国内当时并没有培养作家的场所,而中文系是和作家行业最为接近的专业,所以我便报了它。考试的结果,我被武汉大学中文系录取,虽然不尽如我意,没有考上我特别想上的专业,但那时候只要能上大学,什么专业都可以,我都很乐意听从国家的分配。

1953年武汉大学中文系只招收了25个学生,在这些学生中,除了我之外,个个都是文学爱好者,他们从小就阅读了不少古今中外的文学作品,而且有些同学在中学期间就发表了诗歌和小说,只有我是半路出家。在这之前,由于我成长的地方比较贫穷落后,县里连一间图书室都没有,那个时候我能读到的"文学作品",只有《薛仁贵征东》《薛丁山征西》和《罗通扫北》这一类流传于乡村的演义小说,至于现当代的文学作品可以说是毫无接触。幸好武汉大学中文系一年级学的是中国现当代文学史,而且授课的是刘绶松老师,他讲课条理分明,严谨而又生动,很得学生们喜欢。我和同学们相处,深知自己的基础较差,必须加倍努力才能赶上,从这时候起我便特别注意中文水平和文学知识的提高。1954年春,我被学校推荐,参加了中南区的留学生的统考。1954年6月初,接武汉大学校务委员会通知:武汉大学有五名同学被选派到东欧国家去留学,其中四人是我们班的,我是其中之一,并由我带队前往北京报到。三天后我们便告别了正在紧张防汛的同学和我们已经喜欢上了的武汉大学。在北京俄语学院经过两个多月的培训,我被分配到波兰学习。1954年8月底,被分配到波兰留学的十七名同学,带着国家发给我们的两箱衣物和教育部领导对我们的殷切希望和谆谆嘱咐,踏上了开往华沙的列车。经过莫斯科的转车和十多天的长途旅程,我们兴高采烈地到达了华沙,受到了波兰共青团和其他青年学生组织的热情欢迎。

在到达波兰之前,我对波兰的了解可以说是非常肤浅,仅从世界地理课和历史课上知道有这么一个备受外国欺凌的东欧国家。至于波兰文学的知识,也仅是从鲁迅的文章中读到过密茨凯维奇、斯沃瓦茨基和显克维奇这几位作家的名字,而且当时读过也就过去了,并没有把他们放在心上。殊料后来的命运竟让我和这些作家结缘一世、相处一生了。

起初我是被教育部分配到波兰去学外交的,但由于我是客家人,从小都没有出过远门,我的地方口音很重,不适合做口译人才,而外交用的主要是口译,于是我便回到了语言文学这个熟悉一些的专业,而且抱定将来只搞笔耕的工作。到了波兰之后,你就会体验到浓厚的文学氛围,会切身感受到波兰人民对他们的作家的尊敬和爱戴。以作家命名的街道和作家的塑像可以说是无处不在,几乎每个城市都有,特别是坐落在华沙克拉科夫城郊大街中段的那座高大雄伟的密茨凯维奇雕像,它和华沙大学在一条街上,每次上下学都要经过它的旁边,而在它的不远处就是波兰著名作家普鲁斯的雕像,仰望着他们我的心中都会涌起无限的崇敬。

经过一年的波兰语言学习之后,我便进入了华沙大学的波兰语言文学系学习。我们和波兰同学同吃同住同学习,是正规的五年学制。20世纪50年代波兰的教学体制和方法同我们国内的有不小的区别。老师讲课没有讲稿,学生只好在下面边听边记笔记。每学年开始时,教文学史的老师会给每一位学生发下一份必读书目,这份书单涵盖了这一学年所涉及的全部作家和他们的主要作品。第一年学的是波兰古代文学史,波兰古今文字虽不及中国古今文字的差别那样大,但也有所不同,所以学习很困难。但我们几个中国同学相互鼓励、相互帮助,再加上波兰同学的热情相助,我们都很顺利地渡过了这个难关。

1955年,除了正式进入华沙大学学习外,还有两件事值得我铭记在心:一是这年的夏天在华沙举行的世界青年联欢节,在这个联欢节上云集了世界各国的青年,让我见到许多从未见到的人和事,开拓了我的眼界。与此同时,在这种巨型活动的感召下,我写了几篇有关华沙和联欢节的散文(或报道),向《光明日报》投稿后,不仅立即登出,报社还邀我继续为他们写稿。这是我生平第一次发表自己写的东西,像许多初次发表作品的人一样心里很是高兴,可是我的这种"自由主义"行为却受到了留学生管理员的严厉批评,吓得我拒绝了报社的约稿,从此有两年多再也不敢写稿了。二是1955年联合国教科文组织把波兰伟大诗人密茨凯维奇定为世界文化名人,这一年也被定为密茨凯维奇年。世界各国都纷纷举行纪念活动,中国也不例外。1955年秋,中国文艺界在北京举行了盛大的纪念大会,郭沫若、茅盾、孙用、戈宝权、孙绳武等一批著名作家和翻译家参加了这次大会。《文艺报》和《世界文学》都相继发表了评介文章和由孙玮(即孙绳武)根据俄文翻译的密茨凯维奇的诗歌。我虽身处国外,但对国内的这些活动依然十分关心,除了从使馆借来有关报刊仔细阅读外,还把孙译的诗篇抄在我的笔记本上。

通过第一年对波兰古代文学史(从中世纪到18世纪)的学习,我了解到波兰文学的源远流长、丰富多彩,特别是文艺复兴时期,其诗歌的成就不亚于意、法等国。第二年学的是19世纪上半叶的浪漫主义文学,发下的书单比第一年几乎多了一倍。波兰浪漫主义时期是波兰诗歌创作最辉煌的时期,涌现出一大批富有才华的诗人。这批诗人大都出生于经历三次瓜分而灭亡之后的波兰,是"一出娘胎就受着奴役的煎熬,在襁褓之中就被人钉上了锁链"的一代人。但是他们不堪外国的统治,不甘心做亡国奴,他们渴望自由,追求解放,他们的诗歌都具有强烈的爱国心、悲愤情。而密茨凯维奇则是波兰浪漫主义文学的开创者和主将,也是波兰民族解放运动的精神领袖,波兰人民尊称他为"诗圣""先知"。读他的诗往往让我心潮澎湃,激起我的强烈共鸣。在这一学年中,我读了他的全部诗歌作品和一些政论文章,同时开始收集密氏作品的各种版本和有关他的评论著作。恰逢此时我在华沙新世界街的旧书店里偶然看到一部密茨凯维奇的十六卷全集,便将它买了下来,当时心里的欣喜劲儿就不言自明了。1956年我在国内的报刊上读到出版密茨凯维奇的长诗《塔杜施先生》和《密茨凯维奇诗选》的广告,便托国内的朋友替我购买这两本书,《塔杜施先生》不久便买着了,但《诗选》却一直没有买到,朋友猜测可能还没有出版。到了1957年,心急的我便鲁莽地给该书的主译孙用先生写了一封信,信中除了简单介绍我自己外,主要是询问诗选的出版情况。由于我不认识孙老先生,只好把信寄到人民文学出版社。过了两个月,我竟收到了孙老先生的回信,真让我喜出望外。他在信中告知,由于当时的一些客观原因,诗选尚未出版,而且他非常谦和地表示,愿和我这个小辈交往。1957年暑假,我获准回国探亲,应约前去拜访了孙老前辈,他特别热情地接待了我。他身材修长，平易近人，气质儒雅，毫无大翻译家的架子。我向他表达了我对他的尊敬，以及我对密茨凯维奇和波兰文学的喜爱，期望自己将来能做一些译介工作，更希望能得到他的指教和帮助。回华沙之前我又应约去拜访了他一次，这次他要我回华沙之后，尽快译出几首密氏的诗来，好让他插进诗选去。我听了之后既高兴又惶恐不安，高兴的是有幸能得到孙老的提携、指导和帮助，不安的是我才疏学浅，深怕有负孙老对我的期望，但他很热情地鼓励了我。回到华沙之后我一边上课学习，一边挤出时间来翻译密氏的诗歌，经过一番努力，我终于译出了《希维特什》《青年和姑娘》《歌》和《犹疑》四首诗，蒙孙老润色收进了诗选，令我特别欣喜。因为这四首诗虽然体量不大，却是直接从波兰原文译成中文的第一批作品，具有一定的开拓意义。但我译诗的这种行为却被认作是名利思想的表现，又一次受到留学生管理员的批评。

第三学年学的是 19 世纪下半叶的波兰现实主义文学，这是波兰小说创作大繁荣的时期，涌现出一大批有才华的作家和闪耀着民主思想光辉的作品。发下的书单虽和浪漫主义时期的数量差不多，但每个作家的大部分作品都是鸿幅巨制，每部小说的分量都大大超过了诗集。为了记住这些作品我把读过的每章内容提要都写在笔记本上，这样的笔记本这一年就记了十几本。我当时特别欣赏显克维奇的《你往何处去》《十字军骑士》和普鲁斯的《玩偶》，曾暗下决心将来要把它们翻译成中文。

大学学完三年之后，便转入硕士两年的学习，学生可以根据各自的志愿兴趣，选择自己喜欢的时期和指导老师。我选择了浪漫主义时期，指导老师是波兰著名的浪漫主义时期研究学者 E.Sawrymowicz 教授，本来我是想研究密茨凯维奇的，但我的老师认为，有关密茨凯维奇的论著已经写得很多了，研究的空间很小，于是他指定斯沃瓦茨基为我的研究对象，并给我拟定了论文题目。这两年除了听导师的课程，我还选修了其他有关科目。1959 年是斯沃瓦茨基诞生 150 周年，波兰学术界将举行大型国际会议来纪念这位波兰浪漫派的第二大诗人。当时斯沃瓦茨基还不为中国人所知晓，其作品也尚未介绍到中国来，我便想译介他的一些诗歌。我的这一想法得到孙用老先生的赞同和支持，我便利用 1958 年暑假和 1959 年寒假，偷偷地译出了斯沃瓦茨基的二十多首短诗和三首长诗，得到孙老的编辑加工之后，决定在波兰的国际会议之前出版。孙用先生把已经编好的译稿于 1959 年 6 月初寄给我，要我审阅一遍后尽快寄回给出版社。但此时正逢我期末考试，有好几门功课要考，无法分暇去阅读译稿，等我将译稿寄回人民文学出版社时已是 7 月中旬了,出版社告知,来不及在 9 月前出版,只好等以后的机会。这一拖便是几十年,连我自己都忘记了,最近才从旧纸箱中找出,有些稿纸还被老鼠咬坏了,看来是我住东四头条平房时留下的后果。1960 年 6 月我的硕士论文顺利通过了,并获得了硕士学位和毕业证书。在等待集体回国期间我还把波兰著名剧作家克鲁奇科夫斯基的新作《自由的第一天》译了出来,当时这出剧在波兰十多个城市的剧院同时演出,轰动一时。我把译稿寄给《世界文学》后,由于国内和国际形势的变化,刊物不久便暂时停刊了,后来我对译稿也无暇关注,最后不知所终了。

　　1960 年 7 月初回国后,我们在当时的北京俄语学院集中学习四个月,直到 11 月才分配工作,我很荣幸地被分配到中国社科院文学研究所的苏联东欧文学组,组长是戈宝权,副组长是叶水夫。我到文学所后,先是学习《毛泽东选集》一个月,接着被派到锅炉房去烧火供暖。到了 1961 年 4 月,我又被派到河北涿县的张八屯去贯彻"二十三条",也就是"整社运动"。也就是在这里,我才见到我仰慕已久的戈宝权同志,他也是刚从中苏友协调到文学所,随即便被派往张八屯任工作组组长。初次相见,他便给我留下了深刻的印象,他平易近人,知识渊博,经历丰富,嗣后几十年来我都是在他的领导下和他一起工作,得益匪浅。"整社"回来后,我们苏东组便分成了两个组:苏联文学组和东欧文学组,东欧组组长便是戈宝权,组员全都是刚从东欧波、捷、匈、保、罗等国回来的留学生。这些组员都是在所在国进行了正规的四年或五年的学习,有着较为深厚的业务知识,但对于研究工作则是门外汉。于是头一两年大家都制订了个人进修计划,按照所长何其芳订立的一百多种书单进行阅读学习,书单包括中外文学经典作品、文学理论和文学论著。1962 年至 1963 年上半年的一年半是我回国后比较安定的时期,这期间,我认真阅读了书单中的作品,获益不小。与此同时,我还应约翻译了波兰哲学家沙夫的《人的哲学》中的一部分,以及有关人性论、人道主义的资料,后被收进商务印书馆编辑出版的内部资料汇编中。1963 年我又选译了一组波兰文学评论的文章,其中有密茨凯维奇的《论浪漫主义诗歌》和奥热什科娃、普鲁斯写的文章摘选,刊登在《古典文艺理论》1964 年第四辑上。回国后,我继续得到孙用老前辈的指导和帮助,他曾和我约定,一道翻译密茨凯维奇的《塔杜施先生》,因为他觉得他原来的译本是散文体,不免有所欠缺,还是译成韵文体好,于是他要我先根据波兰原文译出初稿,再由他和我一起商量修改定稿。后来我只译出长诗的半部草稿,便因种种原因而搁置了下来,未能在孙老生前完成他的愿望,实是抱憾。从 1963 年的秋冬起,我参加了通县西田阳公社的"四清"工作。1964 年 9 月外国文学研究所成立,我们所有从事外国文学工作的人员也从文学研究所转到了外文所,所长是著名的德语文学学者冯至教授。外文所一成立便把全所的百分之九十的员工都拉到安徽寿县去搞"四清"了,我和文美惠都在内。1965 年从安徽"四清"回来不久,又让我们东欧组的大部分组员(除了在山东劳动锻炼的以外)到延庆康庄的榆林堡去"滚一身泥巴",直到 1966 年"文化大革命"爆发之后才把我们撤了回来。随后便是十年"文革"。这十多年来不仅不能从事业务工作,就是连看外文书都受到限制和禁止。幸好在"文化大革命"前的几年,我利用间隙回京的短暂时间,尽可能地阅读了已译成中文的所有能找得到的波兰文学作品,从中不仅了解到波兰文学在中国的译介情况,而且也能向前辈学习到一些翻译经验和技巧。同时我也更清楚地认识到自己中文水平的欠缺,见缝插针地读了一些中国文学的优秀作品。1965 年,上海文艺出版社要我替他们正待出版的显克维奇《十字军骑士》根据波兰原文进行一番校阅。这部小说是陈冠商先生从英文转译的,比起以前所译的波兰文学作品来,陈译的这部小说不仅更加真实可信,文笔也更加流畅。我与其说是在校阅,还不如说是在学习,从中领会到了许多翻译的方法、技巧和文字的运用,初步明了了自己应如何去翻译小说,这对以后的翻译工作大有裨益。

"文化大革命"中,一切业务工作均被禁止,连看看外文书都会受到批判,但是自己又不甘心放弃,总是"贼心"不死想做点什么,于是我便想,公开做不行,那就偷偷摸摸地趁晚上回家之后做点翻译。为了掩人耳目,我把白纸裁成三寸宽的小纸条,装订成小本子,每本都不厚,随时都可以藏起来。考虑到密茨凯维奇的《先人祭》还没有人翻译,于是经过几年暗中努力,我竟把它的第二、三、四部都译出了草稿。后来人民文学出版社出了易丽君翻译的《先人祭》第三部,虽是内部发行,但总算出来了,我为之高兴。看到有了她的译书,我便将我的译稿束之高阁了。到了 1999 年浙江文艺出版社要出一套二十卷的《世界经典戏剧全集》,主编童道明要我编选其中的东欧卷,我便选了东欧国家的六个剧本,摆在前位的便是密茨凯维奇的《先人祭》。因为这套书出版时间很紧,要尽量采用已有的译本,我便选用易丽君译的第三部,得知她还译出了第四部,我又请她把稿子给我。由于她没有译第二部,我便把我原先译出的第二部草稿找了出来,加以修改整理,才使《先人祭》有了个较为完整的译本。

1968 年工军宣队进驻学部,大家都集中住在所里搞"斗批改",我也被当成

"五一六"分子隔离审查批斗了两个多月。1969年我们被下放到河南息县"五七干校"去劳动,这一大段时间就再也无法去搞业务了。粉碎"四人帮"之后,1978年才开始恢复业务工作。由于东欧室的同志大多从东欧各国留学回来,对该国的文学和社会知识都有较深的了解,但回国十多年来都几乎没有从事过业务研究工作,为了能提高这一批人的研究能力,所领导便想通过一项集体科目让大家都能得到提高。于是冯至所长、王平凡党组书记和戈宝权同志带领兴万生和我多次到人民文学出版社去和孙绳武、蒋路同志商讨开展工作的问题,决定集体编写一部《东欧文学史》。作为一部地区性的外国文学史,不仅我们国内没有过,就连欧美这些西方国家也没有写过,因此要写起来自然是困难重重。然而大家被压抑多年的工作激情终于爆发出来了,我们都有一股敢于攀登科学高峰的决心和信心。东欧可以说是个政治概念,当时是指除苏联和东德外欧洲所有的社会主义国家。但这些国家的民族、历史和社会发展都不尽相同,要把它们捏在一起,的确很不容易。经过多次的讨论,我们决定以反封建和经受外族压迫这两条主线为切入点,让这些国家的文学发展都贯通起来。随后由我起草了一份编写体例,大家通过后便立即投入到工作中去了。业务一经开展,各种任务便纷至沓来,这个时期还要参与撰稿的有:《中国大百科全书·外国文学卷、戏剧卷》《外国文学家大辞典》《外国文学作品提要》等大型工具书。与此同时,1977年底,上海文艺出版社金子信同志要编选出版一套三卷本的《外国短篇小说》,约我翻译显克维奇的《音乐迷杨科》,这是我翻译的第一篇显克维奇的小说,出版后受到广泛欢迎,并被多种文集收入出版。1978年初,我应上海《文艺论丛》之约,撰写了《鲁迅与密茨凯维奇》《论显克维奇和他的〈十字军骑士〉》,分别发表在《文艺论丛》1978年的第二辑和第五辑上。这是我发表的第一批学术论文。

1978年底,金子信同志又在策划诺贝尔文学奖获得者丛书的翻译出版工作,多次到我家同我和文美惠商谈有关选题的问题,并商定把显克维奇的《你往何处去》和吉卜林的短篇小说列为丛书第一辑最先出版。接受合约后,我便积极投入到译书的准备工作。《你往何处去》在波兰被称为最著名的一部经典小说,它以古罗马皇帝尼禄迫害早期基督教徒为背景,通过罗马青年将领维尼兹尤斯和信奉基督教的少女莉吉亚之间真挚、曲折、缠绵、痛苦的爱情故事,真实再现了那个时代的社会生活和习俗,深刻揭示了暴君尼禄的荒淫残暴和对基督教徒的残酷迫害,生动描写了仁人志士和教徒们的不屈斗争,出版后在欧美各国引起强烈的反响,被誉为"真正的基督教史诗"。要翻译这样一部史诗式的长篇小说

(50多万字),对我这样一个初出茅庐的人来说,自然会有不少的困难。我只好笨人用笨办法去解决,除了反复阅读原作外,还对小说所描写的历史背景进行了一番学习和研究。为了寻找这方面的材料,我还多次到东安市场旧书店去查找和购买有关基督教和古罗马历史方面的书籍。此外,我还阅读了波兰一些有关这部小说的评论文字,经过这些努力,我的心里才有了一定的底气,翻译起来尚能得心应手。1980年初交稿之后,因文艺和译文两个出版社之间的出版范围之争,外国文学作品的出版应归译文出版社,文艺出版社便不能再出版诺贝尔文学奖这套丛书了。不久之后这套丛书便由漓江出版社的刘硕良同志接过去了。但《你往何处去》还是被上海文艺出版社留下,直到1982年年底才出版。小说出版后受到各界的欢迎和好评,到目前为止,已经再版了七版,每版还加印了好多次,总计已出版几十万册,这在东欧文学中可以说是绝无仅有的。这本书还给我带来不小的荣誉:先是1984年波兰文化部给我颁发了"波兰文化功勋奖章",继而是波兰总统和波兰教会的最高领导都分别接见或会见了我,感谢我所做出的贡献。

在外国文学所,文学翻译是不算工作成绩的,不能列入评审职称的条件,文学研究、撰写论文和论著才是我们的主要工作。1982年戈宝权同志离休,兴万生同志也因健康原因不再任职,改由冯植生同志和我任正副主任。《东欧文学史》在大家的努力下,于1984年完成了初稿,并于该年年中在香山避暑山庄召开了一次审稿讨论会,这是我国东欧文学界举行的一次空前的盛会,参加此次会议的除了老一辈的戈宝权、叶水夫和孙绳武、蒋路等人,还有当时所有从事东欧文学研究、教学和翻译的人。大家在肯定初稿的同时也提出了许多很好的建议。听了大家的意见后,我们更加充满了信心,经过全组同志们的讨论和修改,终于在1987年完成了这部论著。

在撰写和修改《东欧文学史》期间,我又开展了我个人的研究项目:密茨凯维奇评传。为了写好这部著作,我阅读了密茨凯维奇的全部著作和有关他的各种论著,而且在写作过程当中,我还翻译了他的一些诗作,主要是供引文用。1985年到1995年我退休前的十年,是我工作最紧张最忙碌的时期,1985年起我担任东欧文学室的主任,在这期间我特别想扩大东欧文学在中国的影响,能使更多的中国读者增加对东欧文学的兴趣和了解,为此我积极参与东欧文学作品的编选工作,先后参与编选的文集有《东欧文学丛书》(十四种,重庆出版社)、《世界反法西斯文学书系》(东欧五卷,重庆出版社,我是总编委和东欧分系的主编)

和其他多种选集。与此同时，我们还和北京外国语学院东欧语系（现为北京外国语大学欧洲语言文化学院）联合举行了三次现代东欧文学讨论会。90年代我还多次在接受记者采访时提出小语种文学翻译研究人才后继乏人的问题，呼吁有关方面的重视。1998年是波兰伟大的爱国诗人密茨凯维奇诞辰二百周年，我们和北京外国语大学欧洲语言文化学院联合举行了盛大的纪念大会和学术讨论会，人民文学出版社同时还出版了由易丽君和我合译的密茨凯维奇的万行长诗《塔杜施先生》。1990年我撰写的专著《密茨凯维奇》由重庆出版社出版，这是由中国学者写的第一部有关波兰作家的论著。在这期间，我还应邀参与了《东欧戏剧史》波兰戏剧部分的撰稿工作，在此基础上我又完成了《波兰戏剧简史》这部著作（1995年出版）。

由于诺贝尔文学奖获奖者丛书已转到漓江出版社，而原先商定的《你往何处去》又被上海文艺出版社留下，只好重新再定要译的作品。经与刘硕良商定，我选译了显克维奇的十个中短篇小说，1986年底出版时书名为《第三个女人》。作为东欧文学工作者，我个人认为，翻译应该是一个重要的工作方面。在中国，东欧文学并不那么为人所知晓，它不像其他大语种的文学作品那样早就翻译过来了，而且还有专门从事翻译工作的人才。东欧文学不一样，由于过去懂得东欧国家文字的人很少，东欧文学作品介绍到中国来的也就寥寥无几，而且全都是从别种文字转译过来的。我认为，作为第一批派出去学习东欧国家文字的文化工作者，既要会研究，写出论文和论著来，也应会翻译文学作品。没有文学作品的翻译，广大读者就无法了解该国的文学，论著写得再好也等于在放空炮。所以我是主张搞东欧文学的人既要会研究、会写论文和专著，又要能翻译文学作品，而且因为人少，小说、诗歌、散文、剧本，你都要学着去做。东欧国家里的人虽然也会称赞你的研究成果，但他们更看重你的翻译，我去波兰访问时常常会遇到波兰人问我：你翻译了什么作品，很少有人问我写了什么有关波兰文学的论著，即使那个询问我的人知道我是社会科学院搞研究工作的。

1987年，中国社会科学院和波兰科学院签订了科学协定，正式恢复了两国的交流合作，我是第一个被派到波兰访问的人。从1960年毕业回国之后，相隔27年才回去波兰访问，我的那些波兰朋友见到我都喜出望外。由于音信隔断，他们都特别担心我在"文化大革命"中的遭遇。1994年我再次访问波兰，深切感受到波兰学术界在我毕业离开之后所取得的巨大成就，单是波兰文学史著作就有厚厚两大套，每套都是多卷本。每次访问都获益匪浅，收集到了许多材料。访波期间，华沙文化中心还专门为我举行了一次"作家晚会"，会上除了介绍我的经历和翻译成果之外，还用中、波文朗诵了我译的波兰文学作品，最后是合唱团的演唱，盛况可谓空前。为中国译者举行这样的晚会在波兰还是第一次。

我主编的《东欧当代文学史》1998年由中央编译出版社出版。随后我便着手撰写《显克维奇——卓尔不群的历史小说大师》这部著作，1999年由长春出版社出版。后来我还应陕西人民出版社的邀约翻译了显克维奇的另一部著名长篇历史小说《十字军骑士》（约70万字），2000年出版，2002年再版。2008年南海出版公司拿去出版，五年之内加印了八次，印数达五万多册。2011年人民文学出版社在出版八卷本《显克维奇选集》时将此书收为第八卷，今年他们又将出它的单行本。

1995年底退休之后，我依然笔耕不辍。1996年波兰女诗人辛波斯卡获得诺贝尔文学奖，我应邀为多家刊物翻译了她的诗歌和短文，并撰写了多篇评介她的文章。2000年漓江出版社出版了由我翻译的辛波斯卡的诗文集《呼唤雪人》，收有她的几乎全部的诗歌和四十篇短文。1997年，解放军文艺出版社出版显克维奇的《灯塔看守》，内收六个中短篇，其中三篇为旧译，三篇为新译。2006年，人民文学出版社选出显克维奇的七篇中短篇小说，以《哈尼娅》为书名出版。2011年，人民文学出版社在出版八卷本的《显克维奇选集》时，又把我翻译的全部十五篇中短篇小说收入其中的第一卷。

2000年我获得了波兰总统颁发的"十字骑士勋章"，并于次年年初受邀访问波兰两周。2000年应译林出版社之约，翻译显克维奇的《火与剑》（约80万字），这是显克维奇由中短篇小说转向长篇小说创作的第一部历史小说，于2005年出版，2014年又得到漓江出版社的再版。这期间我还编选了《世界戏剧经典全集》、东欧卷，《东欧国家经典散文》和《戈宝权纪念文集》。2005年、2009年和2013年我受波兰书院的邀请，先后参加了四年一届的第一、二、三届的"波兰文学翻译家国际会议"。译完《火与剑》之后，我便暂停和出版社的约稿，全心全意地投入到我非常喜欢的波兰音乐家肖邦的研究和写作之中。在留学之前，我对肖邦一无所知，踏上波兰国土之后常常听到的便是肖邦的乐曲声，耳濡目染便逐渐喜欢上了这位波兰伟大的音乐家。"文化大革命"后，我在研究密茨凯维奇的时候也涉及了肖邦，因为他们同是波兰浪漫派，到了巴黎后他们又是志趣相投的好友。我除了阅读有关他的书籍，还采购了当时国内发行的许多磁带和光碟。访问波兰时我的波兰朋友还送给我一套鲁宾斯坦演奏的肖邦全集的光碟，我自己还多次到书店去收集有关肖邦的著作。有些国内外的著作把肖邦写成一个多愁善感、优柔寡断、意志薄弱、孤傲离群、政治不坚定的人，但我读了一些材料之后感到肖邦完全相反，是个最富于同情心、思想意志最坚定的爱国音乐家，于是我想为他正名。但是我不懂音乐，无法评价他的音乐，幸好这时我得到我的好友于润洋教授的鼎力相助。他也是我留学波兰的同学，是国内独一无二的肖邦专家，曾任中央音乐学院院长。我们曾经约定：他写一本评论肖邦音乐的著作，我写肖邦的生平。他还把他的藏书毫无保留地借给我使用，特别是那部 50 年代初波兰出版的《肖邦通信集》给了我莫大的帮助，使我写的《肖邦传》有据可依、忠实可信，同时也使我得以选译出了一本中文版的《肖邦通信集》。这两本书于 2010年肖邦诞生二百周年时由中国社会科学出版社出版。出版后受到社会各界的欢迎，上海世博会期间还成了波兰方赠送宾客的礼物，同年我还得到波兰文化和世遗部颁发的"荣誉艺术—波兰文化银质勋章"。2013 年我应上海九久读书人出版公司之邀，翻译了波兰荒诞派著名作家贡布罗维奇的小说《着魔》，2014 年由上海文艺出版社出版。2015 年由我和易丽君、张振辉三人合译的密茨凯维奇的《先人祭》(全译本)在四川文艺出版社出版。2016 年漓江出版社出版了我译的显克维奇特为青少年写作的长篇小说《中非历险记》，而我积几十年翻译历程才完成的《密茨凯维奇诗选》也由四川文艺出版社出版。《米沃什诗集》(四卷本)即将由上海译文出版社于年底或明年初出版，其中前两卷由我翻译。现在仍有几项任务等待我去完成，虽然我已盖耄耋之年，年老体衰，常有力不从心之感，但只要我还一息尚存，我就不会停止工作，因为我已把译介波兰文学视为我的一种崇高的使命和职责，我也想通过自己的不懈努力来回报国家对我的培养，来感谢波兰对我多年的教育，用我的微薄之力为中波两国的文化交流和人民友谊做出一点贡献。

　　本书得以编辑出版，首先应感谢漓江出版社和吴晓妮副总编的大力支持。
　　本选集分三部分，一是小说，二是散文，三是诗歌。小说只选了我翻译的三位波兰作家的中短篇小说，这些小说都能代表他们各自的创作特色。其实我的翻译业绩主要是长篇小说，但我觉得即使选取其中最优美的片段，也不足以显示它的全貌和真正价值，所以只好舍去不选。散文方面虽然我编选过几本东欧国家的散文集，但其中我翻译的并不多。这里只选了波兰五位作家的七篇作品，以供读者赏鉴。诗歌是很难翻译的，由于国内从事波兰文学译介的人很少，而诗歌又常常受到读者的垂青,出版社来邀请你,你不好拒绝,只好勉为其难,每次翻译都有如履薄冰之感。这里选出的诗人是波兰最著名的、最具有影响力的三大诗人。前两位是波兰浪漫派的主将和爱国诗人,后一位是 20 世纪 90 年代诺贝尔文学奖的获得者。另外我还选了三位革命诗人的作品,它们代表着波兰不同时期的革命斗争内容,希望能给读者一些奋发向上的感悟和激励。

选辑、译文如有不当处,请不吝赐正。

目　录

第三卷　诗歌

第一卷　小说

亚·希温托霍夫斯基

亚·希温托霍夫斯基(1849—1938),波兰19世纪下半叶的著名政论家、小说家和剧作家。他的作品采用现实主义的创作方法,深刻揭露了当代社会各方面的问题,对城乡劳动者的不幸遭遇寄予了深切的同情。语言朴素无华,具有大众化的特色。《哈娃·鲁宾》是作家的短篇小说代表作之一,本文根据希温托霍夫斯基《作品选》第一卷译出。

哈娃·鲁宾

敬爱的读者,我请你们注意,我打算描述的这些人物和事件,是属于那个无法酬谢其代言人的社会阶层,因此,约写他们完全不是由于私利。我认为这一声明是非常必要的,它使得公众舆论在评价我的动机时无法找到这样的理由,说我是在讨好我的主人公的教友。而且我还必须首先解释清楚,"鲁宾"①这个姓只是表明,哈娃和她的丈夫西姆哈希望如此,决非事实上的红宝石。因为他们是那样的穷困潦倒,即使把他们叫作最低贱的"沙子",也不会辱没他们的财产。西姆哈的祖先用这种贵重宝石作姓氏,为的是让这一吉祥的姓氏能使他的子孙后代繁荣昌盛,所以才改姓为鲁宾(即"红玉石")。但是这个姓氏既没有给他带来好处,也没有让他的子孙后代发财致富。西姆哈真可算是一贫如洗的红宝石了。的确,凡是致穷人于死命的一切,他家都不缺少。作为一个虔诚的"正统犹太教

---

① "鲁宾"这个词在波兰语中意思是红宝石,红玉。

徒",他常常待在犹太教堂里,他深信自己是"良家子弟",又自诩为是个有名堂的人,应该受到人们的尊敬和支持,决不会成为饿殍。不幸的是,最近几年,他又害上了肺病,身体日益衰弱,任何一点体力劳动都不能干。父亲的逝世使他遭到彻底的破产。由于他在维斯瓦河畔的卡其密什城得到了四分之一座房屋的遗产,或者不如说是四分之一座摇摇欲坠的住宅,房子的下窗棂都已经下沉到了泥泞不堪的街面以下,就连市税务员也把它列入倒塌房屋之列,免除了他的税金。尽管如此,西姆哈却以有这笔遗产而自豪,因为这给了他"房东"的称号。他把那作为他全部财产的一间房子出租给两个房客住,从此以后,他不是跟房客闹得不可开交,就是答应等"春天"一到便修理房子,要不就是坐在家门口的凳子上,用熟土豆去喂他的三只母鸡。从那以后,他连犹太教堂都很少光顾了。疾病、饥饿,对出身的自豪感以及作为房产主的优越感——所有这一切都把这个可怜的犹太佬搞得暮气沉沉,衰竭不堪。当他实在感到无聊时,他就到市场上去走走,向不相识的行人吹嘘他的房子有不少买主前来争相认购,实际上无人问津。由于房客从未付过房租,读者也许要问,西姆哈和他的四个孩子又是靠什么来维持生活的呢?

为了解决这个疑团,现在就需要来谈谈哈娃·鲁宾了。

擅长修复残图破画的名师一定会认为三十岁的哈娃是个漂亮的女人。的确不错,人人都能在她身上看到端正的脸庞,秀丽的鼻子,一双炯炯有神的黑眼睛,小巧而又好看的耳朵,迷人的微笑,然而这一切都给贫穷的标志破坏了,所以我宁愿不谈她的相貌,而专谈她的勤劳节俭。她是很勤劳节俭的,作为一个犹太女人仅仅依靠三个卢布本钱做生意,要来养活丈夫和孩子一家六口人,那是不得不勤劳节俭的。若是哈娃生来就是个基督教徒,那么她每天就有可能挣到好几个兹罗提①,日子也许会过得较充裕些。可是,她是个犹太女人,在犹太女人能够谋生的许多下贱工作中,她只能干倒手贩卖生活必需品的工作,买卖顺手的话,每天也只能赚得 20 到 25 个格罗什的利润。就是这样一点微薄的收入,她也得拼着命去干才行!她需要一大清早就赶到离城三俄里远的村里去取订购好的牛奶,然后分送到各家各户去;她还得奔跑好几个村子,才能收购到几小桶奶油或奶酪,给几个官吏的太太送去;她还得从城里给邻近的村庄捎去煤油……在小城

---

① 兹罗提和格罗什都是波兰币制名。兹罗提相当于元,格罗什则相当于分,1 兹罗提等于 100 个格罗什。在19 世纪的波兰,俄国的货币卢布和戈比是通用的。

镇里,一般人家都是自给自足,即使缺少什么也很容易买到,因此贩买贩卖的生意是很有限的,只有薄利多销才能维持下去。所以哈娃为了能挣到这二十五个格罗什,必须从黎明奔走到天黑。由于本钱少得可怜,无法去做更大的买卖,因此她总是摆脱不了贫穷。如果有五十个卢布供她支配,要不了三年,她就能在犹太人的安息日穿上缎子衣服,卡其密什城的乡绅们也会向她点头哈腰,表示尊敬了。但她能周转的本钱就只有这三个卢布。要扩大做生意的本钱只有一个办法:采取一系列大胆而又走运的冒险行动。她倒具有达到这一目的两个最重要的条件:雄心和胆略。她一直在向往自己能碰上好运,发财致富。有一次她到了一个小村庄,差点付了十加仑蜂蜜的定金,由于害怕连老本都赔进去,她才作罢了。后来她听说她的一个熟人买了那些蜂蜜,一下子就挣了四个卢布,便大哭了一场,从此她下定决心,只要一碰上机会就采取果断的行动。

有一天,她赶到维斯瓦河畔去买鳗鱼。她向渔民走去,看到他们个个兴高采烈,原来是他们刚刚捕到了四条大鲟鱼①。哈娃立即闪过一个大胆的想法:把鱼买下来吧?! 于是她上前询问价钱,声音有些颤抖。

"全买的话五个格罗什一磅,"一个渔民说道,"一共一百五十磅。"

哈娃开始激烈地讨起价来。

"不要争了,"渔民说,"我们已经有一个多月都没有捕到过这种鲟鱼了。你准能卖一个兹罗提一磅的好价钱。"

哈娃看上了这桩能赚大钱的买卖,便同意了这个价钱,而且立即付了三个卢布。不足的钱她希望能从很快脱手赚来的钱中付清。在和渔民一起回城的路上,她心潮澎湃,情绪激动,连脸上都泛起了红晕,她脑海里闪现出一个个能够买鱼的主顾:法官、书记官、助理书记、公证人、市长、会计、皮匠……十五个格罗什一磅,或者二十一磅,也许真能卖到一个兹罗提一磅……一想到这里,哈娃的眼睛里又发出了那早已熄灭的光辉,嘴角上也露出了一丝开心的笑容。她理了理帽子,便大踏步地朝前走去,扛着鲟鱼的渔民们都差点赶不上她了。如果没有人要,又该怎么办呢?

一百五十磅鲟鱼,在卡其密什这座小城里,平日能吃得起这种美味的不过三十家……于是她停住了脚步,心里感到惊慌不定,连气都有点透不过来了,可是转眼之间她又恢复了勇气,她取下了头上的围巾,又匆匆赶路了。

---

① 第一版和后来的版本写的都是四条,但从本文的描写来看哈娃买的是三条。——原书注

"你们先到我家去。"她对渔民说,顺手拿走了一条鱼,"请你们稍等一等,我去换一下钱,马上就能回来。"

她不等回答,就径直朝城市另一端的一条小胡同奔去。哈娃干买卖可算是个行家了,她立即意识到,要卖掉这么多的鱼,非得按照这个城市有钱有势人家的地位高低依次进行才行。尽管她经过的路上也住着别的太太,她还是直朝法官太太家走去。她的算计没有落空。法官太太没有怎么讨价还价,就以三个卢布买下了一条鲟鱼,平均每磅超过十一个格罗什。

她既为赚到这一大笔利润感到心花怒放,又为尚未售出的货物忧心忡忡。所以哈娃在回家的路上真是悲喜交集。

"唔,没关系,"她边走边想,"一次卖得便宜点,另一次就能卖高价。她买了一整条鱼,付的是现钱,即使剩下的两条鲟鱼白白送人,我的三个卢布也保住了。"

"我的三个卢布!"她大声叫了起来,用手捏紧了她口袋里的那张钞票,"我还欠他们五个兹罗提,我付给他们;难道两条鱼还卖不出五个兹罗提吗?……"

哈娃远远地就看见自己的男人站在门前,一边用手杖指着鱼,一边和渔民们争论着,孩子们胆怯地偷看着这两条大鱼。

"这也是鱼?还算是什么鲟鱼哩!"他轻蔑地说道,"谁还吃这种鱼?只有馋鬼才吃。谁还会付钱呢!除非他是个傻瓜。啊呀呀,还算是美味佳肴哩?她付过定钱吗?"

"付了。"一个渔民回答说,"就是欠下的钱还没有付清。"

"没付清,急什么。难道我没有一座大房子,难道我不是房东,难道我的财产连五个兹罗提都不值吗?"

西姆哈一看见老婆回来,便突然傲慢地提高了嗓门:

"就是身边没有一分钱做押金,两条鲟鱼还是能顶得起的。我才不做这种傻买卖,我说过我有房子,西姆哈是房东!"

哈娃先用一句严厉的话使丈夫闭嘴不响了,随后她转身对渔民们说:

"我还欠你们三个兹罗提!"

"是五个!"渔民们齐声叫道。

"怎么啦,不是一卢布零一兹罗提一条鱼吗?"

他们便争论起来。这是哈娃一贯的做法,总希望少付给别人几个。她认为第一条鱼卖得太便宜了,就想捞回一点来。不过她的努力完全白费了。

渔民们走了之后,她就在房前的一条板凳上坐了下来,用围裙擦着脸上的汗水,也不顾四下里拉扯着她的四个哭泣的孩子。最后她才从她的口袋里掏出两个梨来,各对半切开,塞进了那四张张开的嘴里。

"西姆哈!"她喊了丈夫一声,他正背着双手站在那里凝望着他那座长满了杂草的屋顶,"快把鱼拿进屋里去!"

"鱼不怕冷,就让它们躺在这里好啦……"他慢条斯理地回答,还不断咳嗽着,佝偻着腰,步履艰难地朝城里走去。

哈娃气得浑身打战,眼里噙满了泪水。她恨丈夫的懒惰和疾病,就像一个被繁重工作压得直不起腰来的人惯常所憎恨的那样。若是西姆哈身强力壮,她对他也还有几分眷恋;如果他的懒散是出于宗教的动机,那她也能承受养活这一大家人的重压。但是西姆哈却自认为自己是个正统的犹太教徒才什么家务也不干,再加上病魔缠身,更使他懒散成性。不但如此,这个患病的寄生虫还想要生儿育女、繁衍后代,对于一个要养活全家大小的可怜女人来说,难道还有比这更可怕的事吗?

哈娃一直沉默着,她的心思全放在鲟鱼上。这些鱼得赶快脱手,否则,七月的酷热就会使鲟鱼腐臭变质的。她不顾孩子们的再次哭喊,立即站起身来,朝不远的一位主顾、会计太太家奔去,正好在花园里碰上了那位太太。

"啊,啊,亲爱的夫人,我给你送来点好东西,别人我还一点也没有告诉。我给你送来了一条又鲜又肥的美味可口的鲟鱼。"

"你说的是鲟鱼?"会计太太说道,"那算不上是好鱼,那算不上是好鱼。去年我腌了二十磅,就扔掉了一半,连孩子们都不愿吃它。"

"太太,你说哪儿的话,哪有这种事……过世的律师连过油的蘑菇都不要,宁愿吃这种鱼……法官太太也常常提醒我说:西姆哈太太,西姆哈太太,什么时候能给我送些鲟鱼来呀?"

"好吧,要是便宜的话……"

"太太,好说好说,就算一兹罗提一磅。"

"你还是到别家去卖吧,我用这价钱能买到上等的鲑鱼。"

"我本钱就花了二十五个格罗什,总得让我赚几个钱呀。"

"我出十五个格罗什一磅,我要三十磅。"

"剩下的我怎么办?唉呀,亲爱的夫人,这样味美可口的鱼,连吃它都觉得心痛哩。好吧,我到市长太太那里去一下,也许她能和你合伙买下这条鱼。"

可是市长太太一听到哈娃先去找了会计太太，便把这个犹太女人赶出了大门，这是哈娃一时疏忽大意忘记了按地位财产的等级去推销。

"臭婊子！"市长太太大声叫道，砰的一声把门关上了，"她竟敢把会计太太挑剩的臭东西推给我！我要让她永远记住！"

哈娃根本没有工夫为这种接待伤心，她继续奔忙着。商业之神显然是在惩罚她的这种胆大妄为的举动，使她再也找不到一个买一条鱼或者半条鱼的主顾了。有的人家主人不在，有的手边又没有现钱，哈娃徒劳地跑遍了全城，疲劳不堪地回到了家，心情沮丧。

怎么办？一个这样穷的小商贩，找不到一个主顾来买她的两条鲟鱼，就好像一个大商人满载着货物的商船的船壳在茫茫大海中出现了大裂缝一样恐怖可怕。在这危急关头，第一个念头就是保住老本。付清渔民的欠款之后，哈娃的本钱还短五个兹罗提。于是她当机立断，拿起斧子把一条鲟鱼劈成两半，把一半给会计太太送去。若是她买下了这半条，她依然可以得到两个卢布的纯利，即使剩下来的鱼全坏了也不要紧。啊，多么美妙的希望！多么难得的幸运日子啊！几个小时的奔走就能得到两个卢布的进益！那些资本比哈娃雄厚的人，要是知道她获利这样大，也会去做鲟鱼买卖了。

但是，这一天她差点倒了大霉。

因为会计太太声称，现在她只出十个格罗什一磅，而不是原先答应的十五个格罗什，鱼钱还得第二天付给。这样一来，哈娃连自己的三个卢布本钱都还没有捞回来，而且奔忙了大半天连一个现钱都没有赚到手！一想到这里，她就心急如焚，脸上便出现了一种毅然决然的奇怪神情，她心思沉重地走回家去。现在是下午一点钟了。西姆哈正在撕甜菜叶子喂鸡吃，鸡没有受骗都不吃叶子。孩子们坐在墙脚下，正在啃嚼着父亲从城里带回来的尚未熟透的豌豆荚。他们一看见母亲，便高声叫喊起来。哈娃抱起最小的宝贝疙瘩，亲了亲便走进屋里去了。

"请你给他们买磅面包吃。"她对女房客说，把四个格罗什给了她，"我还得赶紧出去。"

她看也不看大声叫喊的孩子们一眼便跑出房门去了，她一把抓起放在窗下的鲟鱼，往肩上一搭，便顺着通往城郊的大街走去。

"西姆哈太太，你到哪儿去呀？"一个坐在门廊里的老奶奶问道，她手里正缝着一只袜子。

"到普瓦维去，亲爱的老奶奶！"哈娃一边回答，一边向老奶奶走近，吻了一下她的手。

"背的是鲟鱼吗？给谁送去？"

"到底给谁还说不准哩！这里我卖不出去，家里还有半条。"

"我要了它。我孙子要来我这里度假，他的胃口好极了。可是你能背得动这样重的东西到普瓦维吗？"

"啊呀，我的老奶奶，我连站都站不稳啦。今天我还没有吃过一口饭哩，也不知道是不是还来得及给孩子们做顿饭吃。可是又有什么办法呢？我不能把鱼老搁在家里呀！我买了三条大鲟鱼，法官太太买去了一条，十一个格罗什一磅，会计太太买了半条，十个格罗什一磅。剩下的这一条我得拿到普瓦维去卖。我现在一个现钱也没有挣到，甚至连三个卢布的本钱也没有捞回。要是从你这里借来的本钱都赔进去，那我一家老小都得去啃泥土了。"

哈娃把自己的全部实情都向她倾诉的那个老奶奶，原是住在普瓦维的查尔托里斯基公爵家的一个已故花匠的遗孀。她先是失去了可爱的主人一家，后来又失去了丈夫，她在那个给她带来那么多痛苦的地方待不下去，便搬到卡其密什城来住，在这里她靠着不多的一点积蓄和众多亲友的接济，和一个跛脚的没有出嫁的女儿相依为命，苟度残生。两年以前她把三个卢布借给了哈娃，哈娃就靠着这笔钱做起了小买卖，她对保住这笔钱真是费尽了心思。即使不久之后就能获得一笔厚利，也不能消除她的胆战心惊。有多少次这救命的三个卢布有可能全部或者部分地从她的手中失去，这时候她经受了无法描述的恐惧，她仿佛看到她脚下有一座深渊，她和她的一家大小就要掉进这座深渊去。正是这种恐惧，迫使她想把鱼尽快地脱手。这三个卢布现在还差五个兹罗提呀！

在哈娃和伏沃斯托维茨卡老奶奶之间的关系上，最突出的特点是这个犹太女人的诚实。她做买卖时，可以欺骗城里的每一个女主顾，只有对这位老奶奶她才肝胆相照，有一说一。

"鲟鱼是什么价钱买来的？"老奶奶问。

"每磅五个格罗什！"哈娃回答。

"那你还是能挣得几个的。"

"法官太太那里倒能捞点油水，可是会计太太却是赊的账。"

"好，你就去吧，我亲爱的！我不知道现在普瓦维都住了些什么人，好像不少的富贵人家都离开了那里。"

哈娃亲了一下老奶奶的手就走了。普瓦维离卡其密什十里路，身上背着五十磅重的东西要走这样远的路,确实不是件容易的事。耷拉在她肩膀上的那条鲟鱼,摇晃着鱼头,仿佛也在怀疑她的这种大胆的行动。尽管她又饥又累,却还是大步流星地走着。走了三里路她才停下来歇一口气。一个路过的先生看见她脚边的那条鱼,立即吩咐车夫停下来。

"那是什么东西?"他问。

"鲟鱼!"哈娃回答说,心直怦怦地乱跳。

"唉,唉,不过是条鲟鱼!"他轻蔑地嘟哝了一句,便扬长而去。

若是普瓦维的人都是这样摇头,那该怎么办呢?哈娃跳起来,继续朝前赶路。走了两里路,她又停下来休息。当她正在思考自己的困境时,突然看见一辆和她同路的马车向她驶来,一个也是半路搭车的犹太人正坐在车夫的旁边。车夫是卡其密什人都认识的邮差,他原是个退伍军人,被革除了教籍,是一个被市政府鞭打过的酒鬼,他驾驭着一辆邮政马车来往送信,路上顺便搭搭客人捞点外快用。

"弗兰涅克,弗兰涅克,你停一停!"她大声招呼。

"什么事呀?"车夫勒住了马,问道。

"把我带到普瓦维去!"

"除非把你的鱼也套上,我的这匹瘦马可拉不动我们这些人。"

"路又不远,兔子跳三跳就到了。"

"那你就自个儿跳去吧!"

"不开玩笑了。"

"你坐哪儿呢?也许只好坐在莫西克的大腿上。"

"反正有我坐的地方。"她不等允许,就爬上车去。

"先付一个兹罗提!"弗兰涅克叫道。

"你这个傻瓜,我什么时候亏待过你。"

于是他们又启程了。

"怎么今天让你赶车到邮局去的?"她问。

"英德烈的孩子死了。"弗兰涅克答道,"所长就派了我来。真是件苦差事呀!"

"这要比跑遍全城和徒步到乡下去送信强得多吧?!"

"谁还徒步到乡下去?也许只有傻瓜才会把鞋底磨穿。有信要送到乡下的地主老爷那儿,我就去搭马车,搭着了我就送,搭不着我就等。信纸可不是鲜花,枯烂不了的。"

"要是急信呢?"

"它急我不急,因为我的口袋里一文不名。"

"送往乡下的信多吗?"

"鬼才会算它哩!并不是全部的信我都送,只有那些写明要邮差送的,或者那些老爷吩咐要把信送到他们家里的,还有挂号信、保价信或贵重的邮件。"

"他们付给你很多脚钱吧?"

"嘿,别提啦!有时只给一个戈比,有时只给一点大麦米。上个星期天,我就对乌西强什的那个家伙说,我不是麻雀,用不着向我撒麦皮。波拉诺夫卡的那位老爷倒还慷慨大方,昨天送他一封信就给了我一个卢布。"

"一个卢布!"哈娃激动地喊道,"从城里到波拉诺夫卡连一公里路也不到。"

"有六里路。我那天喝了几杯酒,跟所长顶撞了几句,所长要来打我,我就把他推开了,他扬言要辞掉我,这个兔崽子!啊,邮局快到了,犹太佬,快下车!"

哈娃跳下车来。

"上帝会酬报你的。"她说。

"什么,你这只母狗,要我去向你的上帝讨车钱吗?把一个兹罗提拿来!"

"弗兰涅克,你疯了。坐这一点点路就要人家一个兹罗提!"

"若是你不给我十个戈比,我就割下你的一块鱼肉。"

他说完,就拔出刀子要来割鱼。

"你要干什么,你这个无赖!"哈娃绝望地喊道,"拿去! 拿去! 你这个强盗!"

他把鱼扔在地上,要了莫西克的车钱,便打唿哨驱车前进。哈娃也背起了自己的货物,顺着同一条大路匆匆走去,随后便拐进了那条通往马丽亚女子学校的林荫路。她认为那里准能卖掉她的货物。可是她大失所望了。女厨师告诉她,这里的一切生活必需品要买就是成批地买。要是有几条或者十几条鲟鱼,她倒愿意买下,可是就这么一条鱼,她什么用场也派不上。

一离开学校,哈娃就伤心地呜咽起来。"要是到处都没人要,那该怎么办呀!"她思忖道。鱼是搁不了多久的。她肩上扛着那条鱼,在街上踯躅着。她多么希望有人会拦住她,向她买鱼。倒有不少人向她投来目光,可是一个买主也没有。终于有一位上了年纪的绅士停下来问她:

"你是给谁送的?"

"是卖的。"哈娃答道。

"新鲜的吗?"

"刚打起来的。"

他看了看那条鱼。

"这条鱼要多少钱?"

"五个卢布。"

"四个你卖吗?"

哈娃心里一阵喜悦。

"啊呀,尊敬的先生!"她恳求似的说,"这太少了,我自己就是这个价钱买来的。"

"你卖不卖?"

"我该送到哪儿去呢?"

"就是那座房子,普里斯基大夫家里。到了那里就会付钱给你。"

他在一张纸条上写了几句话递给哈娃之后就离开了。

即使哈娃要变成魔鬼的老婆,即使倾盆大雨马上要倾泻到普瓦维镇上,哈娃也决不会放过这次生意,也不会像她这时跑得那样快。世上有一些人,几个卢布的收入就会让他们高兴得飘飘然。哈娃在回家的路上不停地大笑,不停地拍着手,自言自语地说着开心的事情。赚来的几个卢布乐得她心花怒放,好像疯了似的。然而一个人的身体即使被一时的兴奋刺激而忘记本身的需要,但这人还是很快就会想起自己的生理要求。这个犹太女人除了吃过前一天剩下来的几个烤土豆以外,从清早起就没有吃过别的东西,现在已是日近黄昏了。她饥肠辘辘,浑身无力,加上一整天的奔波劳累,等到兴奋一消失,她的双腿就好像连拖也拖不动了。她好不容易才走到最近的一个村子,进了一家小酒店。弗兰涅克和一个陌生的年轻人坐在一张桌旁,两个人一边喝着酒,一边细心地在看一封邮件。那个犹太店老板站在稍远的地方,好奇地望着这一对兴致勃勃的酒友。

"邮局里有那么几个老家伙,"已经喝得有些醉意的弗兰涅克对自己的同伴说,"只要用手指在信件上一摸,就能马上知道信里面夹带了钞票没有。"

"这封信里一定有钱。"他的同伴说,"你看它又厚又重,能把它打开吗?"

"打开吧!"

全神贯注在自己事情中的哈娃,并没有去注意这个场面。她买了两个小面包,就走出酒店,在一个树墩上坐下吃了起来。通过敞开的窗子她听到了里面的

大笑声,有一次她甚至还清清楚楚地听见了弗兰涅克的莫名其妙的威胁声:

"我非得给她留下痕迹不可!"

过了不久,弗兰涅克就走出了酒店。他喝得醉醺醺的,跟跟跄跄地走到了车前,费了很大的劲才坐到车子上。

"嘿,犹太婆娘,跟我一道走吗?"他大声喊道。

"不!"哈娃回答。

弗兰涅克狂笑起来,用鞭子在她背上抽了一下,接着便催赶着他那匹马上路。他离开时还大声嚷道:

"臭婊子,你以为我是看上你了?!"

哈娃痛得尖叫了一声,咒骂了他几句便又抽泣起来。由于伤心,她的胃口也没有了,于是她把剩下的面包装进了口袋,便急忙上路了。一路上,她边走边想,她还有什么没有想到就很难说了。她想起了家里的那半条鲟鱼,想起了两条已经卖掉的鱼,想起了这一趟买卖的进益,想起了嗷嗷待哺的孩子,想起了得给他们准备一顿丰盛的晚餐,想起了送信,想起了弗兰涅克和他打的一鞭子……也许只有她的丈夫没有在她的脑海里出现过。从哈娃脸上的表情可以看出,她的脑子一直在转,她嘴里也时而低声说出算账的数目。对于我们这些了解她买卖鲟鱼内情的人来说,她的这种举动是不足为奇的,即使不算会计太太欠的那笔鱼钱,哈娃这一天也净赚了三个多卢布。三个卢布的纯利啊!也许只有母狼才能体会到,给自己的狼崽搞到一只牛腿该会是多么值得高兴啊!

等哈娃走到最靠近卡其密什的那个村子时,已经是暮色苍茫了。她来到一条壕沟上面的时候,就听到了一种很响的打鼾声,不远处她又看见了一匹马拉着一辆翻倒的马车在草地上行进。哈娃立即想到,这一定是那个醉鬼弗兰涅克在送信途中搞出来的鬼把戏,她一想起那鞭子的滋味,便拔腿跑开了。

亲爱的读者,如果你认为哈娃看见这种景象会觉得干邮差这个行当是件苦差事,那你就大错特错了。相反,她觉得这个弗兰涅克能四处送信,去一趟波拉诺夫卡就能得到一个卢布的赏钱,真是幸运极了。

她一看见自己家里窗户亮着的灯光,就觉得有一股幸福的暖流传遍她的全身。她很久都没有像这次这样挣到一大笔利润回家,也很久没有能吃上一顿较为丰盛的晚餐了。她特别感到欣慰的是,她那十个月的伊舍克,整天靠土豆来喂饱,今天终于能吃到和他年龄相适合的婴儿食物了。为了不耽误时间,她直接来到了市场,买了一夸脱面粉,三个格罗什的奶油,一升牛奶和一个无花果。她远远地就听见了孩子们的撕心裂肺的哭叫声。若是别的社会阶层的母亲一听到这种惨叫声,准会吓得心惊肉跳,以为家里发生了什么惨祸。哈娃知道,那不过是四个饿慌了的孩子的大合唱而已。

"好了,别哭了!别哭了!我的好乖乖!"她说着走进了家门。两个男孩子正在角落里大声哭泣,小姑娘却在哄劝那个哭叫得最凶的伊舍克。

哈娃亲了他一下,把无花果塞进了他嘴里,她又把剩下的面包分给了其他三个孩子,这样一来全家又安静下来了。

"爸爸哪里去了?"她问最大的女儿。

"他去参加人家的婚礼了。"

"他什么也没有煮给你们吃?"

"他没有吃饭就走了。"

不到一个小时,灵巧利索的哈娃就和孩子们一道吃着他们难得的一顿晚餐:带土豆的煎饼,上面还抹了一层奶油,还给伊舍克煮了一杯牛奶。煎饼是这顿晚餐的佳肴,因为每天只有十五个格罗什的日用开销,是不能吃到这种美味食品的。土豆、野梨、大麦粥那才是鲁宾家的日常生活享受。

哈娃这一夜所做的种种美梦,我无法加以描述。但这是一个中了彩票的幸运者的梦,一个乞丐拾到一袋金子的梦,或者如我说过的那样:一只母狼的梦,它梦见洞穴附近有一只刚被咬断的牛腿。

"你到哪儿浪荡去啦?"西姆哈第二天责问她,"你没有丈夫、没有孩子?成天在外边逛来逛去。你挣到了多少钱?"

哈娃闭口不答,不想把她现有的本金告诉他,怕他会抢走她的钱,因为她丈夫三年来就想买一身新外衣,没有这身外衣就无法博得别人的尊敬,他还想修理房子。

"你倒像位太太。"他继续说道,"你还给自己买鲟鱼,这半条鱼怎么办,谁会要它呢?"

"我卖去!"她简短地回了一句,便提起那半条鱼走出去了。到哪儿去卖呢?几乎所有有钱的人家她都走遍了;她走着走着,突然想起了昨天和弗兰涅克相遇的事情,于是她又联想到了邮政所。不错,赫章斯特凯维奇只给他老婆一笔生活费用,而且是不愿意付欠款的,可是只要他有了钱,特别是农妇们往军队里服役的丈夫那里寄钱的时候,他就能捞到不少,这时候,所长在家庭生活开销上就会特别大方,而且会立即付给你现钱。起初,哈娃还担心会和弗兰涅克相遇,发生争吵,继而她又想起,只要赫章斯特凯维奇先生在场,弗兰涅克就不敢像昨天到普瓦维去的路上那样放肆。于是她就放心地去了。

邮政所设在卡其密什的一座高山上,之所以设在这里,据说是所长觉得他的两匹马一套上马车便能飞驰而下,使乘客立即相信这两匹马并不像它们的外貌那样迟钝懒散。哈娃刚走到山脚下时,就听到了邮政所长怒气冲冲的咒骂声。这种时刻背着鱼去见他总是不妥当的,然而,要是不搞清他发怒的原因就离开,又不免感到遗憾。哈娃考虑了一会儿,便离开了大路,钻入灌木丛中。在树木的掩藏下,她小心翼翼地朝山上走去,每走近一步,那大声争吵的原因就听得更清楚一些。

"我非得让你戴上镣铐不可!"邮政所长大声吼道,"那两封信你都弄到哪儿去了,你这个大混蛋! 为什么这封信撕破了? 为什么直到今天早上你才回来? 你以为我会替你担起罪责来,你这个无耻的恶棍! 你得蹲监狱,你再也见不着天日了! 你得在监狱里蹲到你腐烂发臭,你这个狗杂种! ……"

话声刚落便听到了棍打声和可怕的惨叫声,随即是挣扎相撞声,终于有人跳进了树林,正好落在哈娃藏身的地方。那正是弗兰涅克,从邮政所长手中挣脱,落荒而逃。哈娃惊叫了一声,急速地朝他的追赶者那边跑了过去。

"啊,你这个狗杂种!"邮政所长叫喊着,喘着气,一看见哈娃便站在原地不追了,"我还得教训他一顿!"

"他偷了什么?"哈娃胆怯地问道。

"邮件。他拆信、丢信还把邮件弄坏。啊! 我饶不了他,我决不会饶恕他的……"赫章斯特凯维奇气势汹汹地嚷道,还用手杖不停地敲着地,"英德热,你到城里去,给我买一刀纸来,我要赶紧打报告。"

等到英德热去取纸,邮政所长关在办公室里想报告腹稿的时候,哈娃就朝厨房走去。为刚才这件事着急的所长太太,起初除了谈那件事外就什么也不想谈,后来渐渐放下心来才考虑买鱼的事情。

"我倒想买下。"她说,"只要费尔乔能给我钱。可是我不敢保证他会给我钱,因为那个坏蛋窃走了邮件,说不定还要找我们的麻烦,损失巨大啊! ……"

"他窃走了邮件,他就得去坐牢!"哈姓安慰她,"啊,这的确是件麻烦事,可和你们又有什么关系呢?"

"这块鱼有多重?"

"二十五磅,甚至还要更重些,我卖便宜点。"

突然门开了,赫章斯特凯维奇走了进来。

"你有时间吗,西姆哈太太?"

"有什么事吗?"

"乌西强什的科伯弗老爷昨天写信给我,要是有他的信,让我立即派人给他送去。这个坏蛋今天早上才回来,我已经把他赶走了。你能不能给科伯弗老爷送一趟信呢?他会给你报酬的。"

"既然大人吩咐,我马上就去!"哈娃说完,把鲟鱼往厨房里一搁,转身就跑出去了。

很显然,在她的命运之书里,老天爷又掀开了新的一页。昨天哈娃还在羡慕弗兰涅克的幸运,今天就让她到乌西强什去送信了。尽管乌西强什是弗兰涅克埋怨的地方,那儿的主人尽用粮食来酬劳送信人。可是对哈娃来说,一则粮食不是她所轻视的东西,二则谁也不敢打赌,邮政所长明天不会派她到波拉诺夫卡去送一个卢布一封的信,既然弗兰涅克不能当邮差了,她现在只要努力讨好邮政所长、得到他的信赖就行了。

一想到这里,哈娃开心地笑了,她的脑海里闪现出一个伟大而又光彩夺目的念头。什么念头呢,我们以后便会知道,现在应该替科伯弗说句公道话:他大方地酬劳了这个送信的犹太女人。他吩咐给她半加仑豆子,一夸脱面粉,十几个胡萝卜,而且作为一个爱美的鉴赏家,他甚至还兴致勃勃地摸了一摸她的下巴,说:

"我要告诉赫章斯特凯维奇先生,让他永远派你来给我送信。"

哈娃恭顺地躬身退出。这一天,老天爷又能让她和孩子们饱吃一顿晚餐了。

她拿着回执回到了邮政所,可是赫章斯特凯维奇的报告还没有写完。向上司报告两封挂号信被邮差在路上遗失一事,他轻而易举地解决了。可是另一封给他的死敌——市长——写的要求逮捕弗兰涅克的报告,费了他一个小时的脑筋也没有写出来,他修改词句,改了又改,删了又删,最后还得重抄一遍,费了九牛二虎之力总算把报告写好了,这份报告完全符合他的身份,又突出了事件的严重性。

"我开除了弗兰涅克。"他骄傲地对哈娃说,把钢笔上的墨水洒在桌子上,"要是你干得好,我就让你来当邮差。"

哈娃深深地鞠了一躬,嘴唇翕动了几下表示无声的感激。这时候女仆正好进来,问道:

"先生要吃冷鲟鱼吗?"

"啊，真的！"所长大声说道，"这鲟鱼钱该付你多少？"

"小意思，还算什么！"啥娃答道。

"好吧，就让你来送信。"

所长走出去了。18××年7月13日哈娃·鲁宾被正式任命为邮差，负责递送城乡的普通邮件和挂号信，报酬视收信人的恩惠而定。这件新闻不胫而走，立即传遍了卡其密什全城，而且是和所长的报告同时被送进了市政厅。

"你听到了吧，你听到了吧！"市长太太闯进丈夫的办公室，便大声叫道，"赫章斯特凯维奇赶跑了弗兰涅克，让那卖臭鱼的西姆哈女人顶替了他的位置……"

"他控告弗兰涅克的报告也刚刚送到，说他犯了偷窃罪，要我把他关进牢里。"

"你若是那样做了，我就叫你大笨蛋。难道你忘了这个赫章斯特凯维奇在书记官家里当众侮辱你的事吗？说弗兰涅克偷了邮件，你真能相信他的胡诌吗？尤其可恶的是这个无耻的犹太女人，她昨天竟敢把会计太太挑剩下的臭鱼拿来给我。你爱怎么处理就怎么处理，反正我要雇弗兰涅克来当门卫。"

"如果他真是个小偷呢？"市长回问了一句。

"在我们这儿他可不敢偷。说到底，我们得有我们自己的主意。"

市长的确有了自己的主意：他拒绝逮捕弗兰涅克，还雇他在市政厅工作。

弗兰涅克可不是那种轻易让步的人，现在有了市长，不如说是市长太太做了他的靠山，他就更有恃无恐了。由于他知道邮政所干了许多见不得人的勾当，他相信赫章斯特凯维奇害怕他的报复，不会深究他的罪行。所以他不仅决定要迎头顶住这场暴风雨，甚至还决定要向这个犹太女人报仇雪恨。因为她占据了他的位置，而且弗兰涅克还怀疑是她揭发了他在酒店私拆信件的问题。

要按公正的观点来说，也不能不承认弗兰涅克报仇的动机完全是合乎公民权利的，而且也正好符合那些为"排犹"而出版的科学论著。真理的光辉有时也能把自己的亮光照射到社会的底层。弗兰涅克正好证明了，虽然他从来也没有读过任何反犹太人的论著和法令，可是他的身上就浸透了这种精神。

"鬼才稀罕那工作哩！"他对他的伙伴、市政厅的第二个门卫说，"我又不是什么初出茅庐的人，我什么时候都能找到工作，现在不是就找着了。不过，竟让这样一个不要脸的犹太女人夺走了我的饭碗，我是无脸见人啊，而且这也是对上帝的亵渎。"

"你以为他会长期雇用她吗?"

"当然会的。他既然能为女人赴汤蹈火,也会为犹太佬跳进水里。另外,你以为他不会干什么揩油的事吗?我的手从来不掏别人的腰包,我挣来的归我所有。可是她却会死心塌地地跟着他干的。他诬陷我偷了邮件,是想要把我赶走,因为我是个诚实可信、勤勤恳恳、忠于职守的人。"

"是啊!这个大家都是知道的。"

"唔,这些犹太佬,这些犹太佬!这些狗娘养的,到处都少不了他们,你刚到嘴边的东西,他就从你嘴里夺去。嘿,现在应该永远结束这些卑鄙龌龊的事了,应该把这些犹太佬都淹死在维斯瓦河里!"

"说得对啊!"

"我们的兄弟是处处不顺心,他们倒事事如意。你还没有站稳,他们就扫你一脚。"

"确是如此!"

"我决不放过这个卖破烂的臭婊子,我要让她摔个大跟头!"

尽管有这些威胁,哈娃还是自由自在地去送信,也没有放弃她的生意,两项的进益加起来便相当可观,有时一天能挣到半个卢布。虽然她还没有到波拉诺夫卡送过信,照弗兰涅克的说法,得到一个卢布,可是由于这个时期的邮件特别多,收信人的慷慨大方,再加上这个女邮差又善于讨主顾的欢心,她得到了不少的麦米、豆子、土豆、面粉、旧衣服和现钱。最明显的证明,就是孩子们由于一天能吃到两顿饱饭,脸蛋都长得又红又圆,此外就是哈娃藏在胸前衬衣下面的那个小钱袋。钱袋里已经有她节衣缩食积蓄起来的十个卢布,这是将来给鲁宾一家添置节日服装的一笔存款。我明确地说,是给全家六口,因为哈娃也决定给她的丈夫做一套外衣,所有这些都是她家境好转的最富有说服力的证明。

与女邮差诸事顺心的同时,弗兰涅克的运气却每况愈下。有一天餐橱里的两把银勺匙不见了。市长太太也许会怀疑别的什么人,可是市长对这个新门卫早就怀有警察般的戒心,立即就把他赶了出去。弗兰涅克赌咒发誓,说他清白无辜,也是枉然,严厉的上司决无宽恕之情。

"所有这一切都要怪那个臭犹太女人!"这个过去的邮差离开市政厅时对他的伙伴说,"若不是她在中间插一手,谁都会说我是个诚实可靠的人。"

他怀着这种怨恨情绪,笔直走进了一家小酒店,事情就是那样的巧合,与银匙被窃的同时,他却得到了一笔现款。他借酒浇愁,几杯酒下肚,他就伤心地哭了起来,向斯鲁罗娃太太哭诉他的不幸遭遇,咒骂造成他不幸的那个女祸根。

"她有什么过错?"老板娘替哈娃辩护,"是她欺侮你了,还是骗过你?"

"她为什么要背着一条鱼来搭我的车?"弗兰涅克嘟哝着,"我不准许,她偏要扒上来。她一上来就好像不是马在拉车,而是山羊在拉我们。我要掐死她。我不掐死她,也要让她饿死。"

"她过得好好的。"斯鲁罗娃太太严厉地答道,"她现在过得不错,也能吃上鹅了。刚刚她还到这儿来过,今天她还要去波拉诺夫卡送信。"

"到波拉诺夫卡!"弗兰涅克瞪着双眼大叫道,"这个卢布是我的!该我去给我的老爷送这封信。到波拉诺夫卡去!"

他像个疯子似的跑出了小酒店,踉踉跄跄直朝城外奔去。

哈娃这一天的确要到波拉诺夫卡去送一封挂号信。为了表示对那位酬劳邮差丰厚的地主的尊敬,她还精心把自己打扮了一番。正当弗兰涅克跑出酒店的时候,她也刚刚到家,准备换衣。她精心梳洗了一番,穿上了新裤、新鞋,戴了一顶干净的白帽,系了一条蓝围巾,她看起来是那样漂亮,谁在这个时候见到她,也会忘记她的勤劳节俭,而只想到她的仪态万方,风韵犹存。她对自己的装扮觉得满意了,相信一定能得到丰厚的赏钱,于是她亲了亲孩子们便出门了。

通往波拉诺夫卡的大路,一边是长满灌木的高山,另一边是蜿蜒宽阔的维斯瓦河。在通往波拉诺夫卡的半路上,道路是一个高坡,要通过一个山口。哈娃通过山口时,发现有一个人躺在路中间,身穿旧军服,戴了一顶破皮帽,身上污迹斑斑,她立即想到了弗兰涅克。"也许就是他!"她想。既然现在是大白天,他就不敢袭击她。她向前走了十来步,才确信真是她在邮政所的前任。这次不期而遇使她感到不安,她想从这个睡者旁边绕过去,但他显然是看见了她,就站立起来,迎面朝她走去。她心里充满了恐惧,但还是决定不跑。

"你到哪儿去?"弗兰涅克用沙哑的嗓子问道。

"到波拉诺夫卡去!"声音有些颤抖。

"干什么去?"

"送信!"

"快把信给我!"

"为什么?"犹太女人喊道,"这是给你的吗?"

"给我拿来!"弗兰涅克怒吼一声,一手就掐住了她的喉咙。

哈娃死命挣扎着,但是他掐得越来越紧,他朝她的头上猛击了几拳,打得她立即倒在地上。这时候他扒开她胸前的衣服,从里面找到了那封信和那个小钱袋……

弗兰涅克原来并没有想对哈娃谋财害命,这点看来是不容置疑的。可是和他最初的想法相反,他现在却成了一个杀人凶手和抢劫犯,因为他盛怒之下打得太重了,还抢走了钱包。尽管他是为了报仇出气。信一到手弗兰涅克就朝波拉诺夫卡方向跑去。直走到村边,他才发觉他的这趟差事很不安全。于是他又折身回去,离开了正路——路上还躺着他的牺牲品——消失在茫茫灌木丛中了。

这时候半死半活,昏迷不醒的哈娃躺在那里,过了很久都没人来救。一个小时以后,一个驾车回卡其密什城的屠户发现了她。看到她还有气,便把她抱上车送到了她家里。既没有派出侦缉员,也没有医生赶来营救这个女伤员。唯有大声哭喊的四个孩子和咳嗽不停的丈夫在想方设法让她清醒过来,但是他们的努力全不济事。不幸的消息终于传到了伏沃斯托维茨卡老奶奶那里,她立即赶到病人家。还请来了一位医士,把水蛭放在受伤人的头上,这虽然减轻了她的痛苦,但一直处在高烧之中。病人推开了别人,双手抓着自己的胸口,尖声叫着找自己的钱袋。唉,钱袋不见了,多么可惜啊。一个钱没有,哪能谈得上医治!不错,他们向会计太太要来了她欠的那笔鱼钱,但这几个钱只够买一些土豆给孩子们吃,仅仅能延长母亲的死期而已。

哈娃经过了两天的苦痛,终于溘然长逝了。死前甚至没有告诉大家:弗兰涅克抢走了她的十个卢布,她还欠着伏沃斯托维茨卡老奶奶三个卢布。

可怜的哈娃呀,我是谅解你的,因为你在我们这个国度里从事劳动,并且想用它的面包来养育你的孩子。

亨利克·显克维奇

亨利克·显克维奇(1846—1916),是波兰现实主义的著名作家。生于小贵族家庭,毕业于华沙大学波兰语文系。后与报刊合作,以李特沃什的笔名发表小品文和随笔。1876 年以《波兰报》记者身份到美国访问,出版《旅美书简》,同时开始写作中短篇小说。19 世纪 80 年代转向历史小说的创作,写出了反映 17 世纪波兰重大历史事件的三部曲《火与剑》《洪流》《伏沃迪约夫斯基骑士》。19 世纪 80 年代出版了两部反映社会现实的长篇小说《毫无准则》《波瓦涅夫斯基一家》和两部著名历史小说《你往何处去》《十字军骑士》。1905 年显克维奇获诺贝尔文学奖。第一次世界大战爆发后,他来到瑞士的佛维,并担任"波兰战争牺牲者救济委员会"主席。1916 年 11 月 15 日逝世于佛维。

音乐迷杨科

他一生下来又瘦小、又羸弱。那些围在产妇床边的女邻居们看到母子这样的虚弱,都摇起了头。铁匠老婆西摩诺娃是个最聪明的女人,她便安慰起病人来:

"把蜡烛拿来,"她说,"我在你们床头点起蜡烛,看来你们是毫无希望的了,我的大嫂。你们要到另一个世界去了。赶快去把神父找来,请他宽恕你的罪过。"

"对!"另一个女人说,"该马上给孩子施洗礼,看来他等不到神父来就会死去。不要让孩子死了成野鬼,让他安心走吧!"

她一边说,一边点着了蜡烛,随后便抱起了孩子,把水洒在他的身上,使他眯了眯眼睛,然后她又说道:

"我以圣父、圣子和圣灵的名义给你洗礼,并赐名为'杨'。现在你已经是天主教徒的灵魂了,你可以从什么地方来就回到什么地方去啦!阿门!"

然而,这个天主教徒的灵魂一点也不想回到他来的地方去,也不想离开他那瘦弱的躯体。相反的,他两只小脚拼命乱蹬,还啼哭起来,不过哭声是那样的微弱和悲哀,连在场的妇女们都说:"这真是像只小猫在叫哩!"

他们派人去请神父。神父到来后,行完了他那一套仪式,便马上离开了。病人的情况慢慢好转。过了一个星期,她便下地干活了。婴儿虽然奄奄一息,但还是活下来了,直到第四年的春天,当布谷鸟开始咕咕叫的时候,他的病情才有了好转,时好时坏地活到了十岁。

他的身体一直都很瘦小,皮肤晒得黑黑的,肚子鼓得很大,两颊凹了进去,一头差不多全是淡白色、像亚麻那样的头发,遮盖着他那双炯炯有神的大眼,这双眼睛看起东西来,仿佛在眺望遥远的地方。冬天,他时常坐在炉子的后边哭泣,不是由于寒冷,便是因为肚子饿的时候母亲还没有把吃的东西放在炉子上或者锅里。夏天,他只穿着一件衬衣,腰上系着一根布条子,头上戴着一顶草帽,他常常像小鸟那样,从草帽的破边下朝上仰望。他的母亲是个贫穷的雇工,天天像寄居在别人屋檐下的燕子那样度日。虽然她按照自己的方式去爱她的孩子,可是她也经常打他,还把他叫作"窝囊废"。他才八岁的时候,便开始去放猪羊了,家里没有什么东西可吃的时候,他便到树林里去采菌子,树林里的狼没有把他吃掉,那只好说是上帝对他的怜悯。

他是一个非常迟钝的孩子,像别的乡下孩子一样,和别人说话时,喜欢把一个手指放进嘴里。谁也不相信他能长大,更不信他将来会成为他母亲的安慰,因为他很懒惰。他为什么会这个样子,大家都摸不着头脑。他只有一种爱好,那就是音乐,他到处都能听到音乐。等他稍稍长大一些,除了音乐,他就什么也不想了。有时,他到树林里去放牲口,或者拿着篮子去采野果子,却常常空手回来,还嘟哝说:

"妈妈,树林里在奏什么音乐?啊!啊!"

母亲便回答他说:

"我给你奏音乐，我给你奏音乐，看你还怕不怕！"

于是她就拿起木勺来敲他，给他"奏"了一顿音乐，孩子便哭喊起来，连连保证他以后不再犯了。但他心里还是想，树林里确是有一种音乐在演唱……到底是什么在演唱呢？他搞不清楚，只知道松树、山毛榉、白桦、黄莺，一切都在演唱，整个树林都在歌唱。

回声在歌唱……田野上艾草也在歌唱，麻雀在房边的果园里啾啾叫，连樱桃树也在摇动奏出音乐。傍晚，他听到村里发出的那些声音，就认为整个村庄都在演唱。有一次人家派他去干活，让他扬粪，风吹着木杈，他也认为是在奏乐。

有一次，监工看见他头发散乱，呆呆地站在地里听那风吹木杈的声音……监工一看到这样，就解下皮带，给了他一顿教训。可是这对他有什么用呢！大家就叫他"音乐迷杨科"①……春天，他从屋子里跑出，到河边去吹牧笛。夜里，当青蛙咯咯地叫，秧鸡在草原上歌唱，苍鹰迎着露水在呀呀高叫，公鸡在篱笆后面引颈啼叫的时候，他便睡不着觉，一心一意地听着，他到底听到了什么音乐，那只有上帝才能知道。他母亲不敢带他到教堂去，因为风琴一响或甜蜜的歌声一起，这孩子的眼睛就仿佛蒙上了一层浓雾，真不像是这个世界的人了……

晚上，巡夜的人在村里转来转去，为了不打瞌睡，就数起天上的星星或者对狗低声地说着话。他常常看到杨科穿着一件白衬衣，在茫茫夜色中跑到酒店那里，他不进酒店，而是到酒店旁边便停住了，躲在墙下听。酒店里面的人在跳"奥贝列格舞"②，有时一位跳舞的青年会高叫一声"乌哈！"还可以听到皮靴的踢踏声，或者听到姑娘们的"想要干什么"的声音。小提琴轻快地奏着："我们吃，我们喝，我们多快活！"大提琴用低沉庄严的声音伴和着："上帝赏赐！上帝赏赐！"窗户被灯光照得通亮，酒店的每一根柱子好像都在颤动、在歌唱、在演奏，而杨科在倾听……

若是他有这样一把能轻快奏出"我们吃，我们喝，我们多快活"的小提琴，他会多么高兴啊！就是要这样一些会歌唱的薄木板，唉！他能从什么地方找到它呢？什么地方会做这样的提琴？只要让他拿一拿，他就会心满意足的！……可是他只能听，直听到巡夜人在他背后的黑暗中叫了起来：

"还不快回家去，你这个夜游神！"

---

① "杨科"是"杨"的爱称。

② 奥贝列格舞是波兰的一种民间舞蹈。

于是,他只好赤着脚,尽快地跑回家去,在他身后的黑暗中正传来小提琴的声音:"我们吃,我们喝,我们多快活!"还有大提琴庄严的低音:"上帝赏赐!上帝赏赐!上帝赏赐!"

只要在收获节上或者在别人的婚礼上能听到小提琴的演奏,那对他说来,就像过盛大的节日一样了。过后他便坐在炉子后面,整天都不说一句话,一双炯炯发亮的眼睛,像猫一样在黑暗中望着。后来,他自己用薄木板和马尾做了一把小提琴,虽然不能拉出像酒店小提琴那样优美动听的音乐来,但还是能发出轻得像苍蝇和蚊子叫那样的声音。就是这样的提琴,他也从早到晚地拉。为了这事他挨过不少的拳打脚踢,甚至被打得像一只伤痕累累的不成熟的苹果。他就是这样的天性。这孩子越来越瘦,可肚子还是那样的胀大,头发越来越浓密,经常流泪的眼睛鼓得越来越大,而他的面颊和胸膛凹陷得越来越深,越来越深……

他完全不像别的孩子,倒像他那把刚刚能发出一点声音的用薄木板做的小提琴。在青黄不接的日子里,他差点饿死了,因为他常常只能靠吃生胡萝卜和占有一把小提琴的愿望来过活。

但是这种愿望并没有给他带来好处。

庄院里的仆人有一把小提琴,他有时在暮色苍茫的时候拉起来,以博得女仆的欢心。杨科常匍匐在牛蒡中,尽量接近饭厅那敞开的大门,以便很好地看看小提琴,它正好挂在门对面的墙上。这当儿,孩子通过眼神把自己的整个灵魂都奉献给了小提琴,因为在他看来,那是他最最珍爱的东西,也是一件他无法得到的圣物,甚至连换一摸都不配。可是他又非常渴望得到它,哪怕在手中摸一摸,或者在近边饱看一顿也好……这颗可怜的小小的农家孩子的心,因这种欲望激动得颤抖起来。

一天晚上,饭厅里空寂无人,地主夫妇早就到国外去了,仆人也到女仆那边去了,房子显得空荡荡的。杨科蜷伏在牛蒡丛中,通过敞开的大门,久久地望着那个寄托着他全部愿望的目标。正好这时候皓月当空,月光透过窗子斜照着饭厅,在对面的墙上映出了一个明亮的大四方形,这个四方形慢慢地靠近小提琴,最后完全照在琴上。在黑暗中,这小提琴好像发出了一种银光,特别是它那凸出的琴腹被照亮得如此强烈,使得杨科几乎都不敢直视它。在这皓洁的月光中,凹进去的琴腰、琴弦和弯把,所有这一切都看得十分清晰,琴钮亮得就像圣约翰节的萤火虫那样,旁边挂着的琴弓就像一根银条。

啊哈!所有这一切真是美妙而又神奇,杨科越看越入迷。他蹲在牛蒡丛中,两只肘臂支撑在瘦骨嶙峋的膝盖上,张着嘴,望着,望着……恐惧使他止步不前,难以抑制的欲望又推着他向前。不知是魔力还是什么,那小提琴在月光中像是在向他靠近,仿佛直向他游来……有时显得暗淡,有时又亮得耀眼。这是魔力,毫无疑问是魔力! 这时候,风在吹,树在簌簌地响,牛蒡在轻微地摇曳,杨科清楚地听到:

"去吧,杨科! 饭厅里没有人。快去吧,杨科!"

夜色清晰而明亮,夜莺在花园的池旁时而轻微、时而大声地歌唱:"快去! 快进去! 把它取下来!"诚实的猫头鹰却在杨科的头上轻盈地盘旋,对他说:"杨科,不要去! 不要去!"后来,猫头鹰飞走了,夜莺留下了。牛蒡便大声地嘟哝着:"那里没有人啦!"小提琴又光芒四射……

可怜的杨科缩着身子,缓慢而谨慎地向前移动,此时夜莺又低声地唱了起来:"快去! 快进去! 把它取下来!"

白衬衫越来越接近饭厅的大门,黑色的牛蒡已经遮不住他了。饭厅的门外听到了杨科有病的肺部发出的急促的呼吸声。过了一会儿,白衬衫消失了,只有一只赤脚还露在门外。徒劳啊,猫头鹰! 虽然你又一次飞了回来而且叫着:"不要去,不要去!"可是这时候,杨科已经走进了饭厅。

花园池塘里的青蛙突然一齐大声叫了起来,像是受了惊,过后又静默了。夜莺停止了鸣啭,牛蒡也不再低语。杨科轻轻地、小心翼翼地匍匐前进,可是恐惧笼罩着他。他在牛蒡里,就像野兽在原始森林中一样悠然自在,现在却像掉进陷阱里那样。他的举动仓皇,呼吸急促而带嘶响,同时黑暗又围困着他。夏天的闪电从东方掠向西方,又一次把饭厅里面照亮,照见杨科匍匐在小提琴的前面,仰望着。可是闪电消失了,乌云也遮住了月光,什么都看不见了,什么也听不见了。过了不久,一种低微的、像是哭泣那样的声音在黑暗中响了一下,好像有人不小心把琴弦碰响了。于是,突然……

从饭厅的角落里发出了一个粗壮的睡意惺忪的声音,怒气冲冲地问道:

"谁在那里?"

杨科屏住气。粗壮的声音再次问道:

"谁在那里?"

火柴在墙上擦着了,照亮了饭厅。后来……唉呀! 我的上帝! 传来了咒骂声,殴打声,孩子的哭声和"啊,上帝!"的呼叫声,犬吠声,窗内拿灯照亮的人的跑步声,整个庄园一片喧哗……

第二天,可怜的杨科受到了村长的审讯。

他们要把他当作小偷来审讯吗?……那是毫无疑义的。村长和陪审员们都注视着杨科,他站在他们面前,把手指放进嘴里,睁着一双受惊的眼睛。他又瘦又小,伤痕累累,污迹斑斑,不知道自己在什么地方,也不知道这些人要对他干什么。为什么要审讯这样一个只有十岁、刚能站立起来的可怜孩子呢?难道要把他关进监牢还是怎么的?对于孩子应该有点恻隐之心啊!让巡夜人把他带到一边,打他几棍子,叫他第二次不敢再偷就行了。

那是当然的!

他们把巡夜人斯塔赫叫来:

"你把他带走,给他一顿教训。"

斯塔赫点了点他那愚蠢而粗笨的头,把杨科朝腋下一挟,像挟住一只小猫那样,把他带到谷仓里。这孩子不知是不懂事,还是吓坏了,一句话也没有说,只是像小鸟那样望着。难道他会知道他们要怎样对付他吗?直到斯塔赫把他带进了谷仓,按倒在地上,掀起了他的衬衣,狠狠地打他的时候,杨科才喊叫起来:

"妈妈!"巡夜人每打他一下,他就"妈妈!妈妈!"地叫了起来,可是他的叫声越来越低、越来越弱,直到最后孩子沉默下来,再也不能叫"妈妈"了……

可怜的被人摔破的小提琴啊!……

唉呀!这个愚蠢的坏家伙斯塔赫,哪有这样打孩子的?!况且这孩子又瘦又小,身体一直不好。

母亲赶来了,要带走儿子,可是她只能把他抱回家去了……第二天,杨科没有起来,第三天傍晚,他已经奄奄一息地躺在床上,盖着一条棉布毯。

燕子在篱笆外的樱桃树上歌唱。太阳透过窗玻璃照了进来,把金色的阳光洒在孩子蓬乱的头上和毫无血色的脸上。这阳光好像一条大道,这孩子的灵魂便沿着这大道渐渐地离去。至少在他死的一瞬间让他走在这条金光大道上,那也是件好事,因为他生前走的是一条荆棘小路。这时候,干瘪的胸中还有呼吸,脸上的表情像是在倾听窗外传来的村子里的声音。因为是傍晚,割草回来的姑娘们唱起了"啊,在绿色草地上"这支歌,从溪水那边也传来了阵阵笛声。这是杨科最后一次听村里的音乐了。在他身旁的棉布毯上放着他那把薄木板做的提琴。

垂死的杨科脸上忽然发光了,从他苍白的嘴唇里发出了轻微的声音:

"妈妈!"

“什么呀,我的儿子?”母亲噙着泪水回答。

“妈妈,在天堂那里,上帝会给我一把真正的小提琴吗?”

“会给你的! 孩子,会给的!”母亲回答说。她再也不能说下去了,因为从她那结实的胸中突然迸发出郁积的悲痛,她只能呻吟地哼着:“啊,耶稣! 耶稣!”她伏倒在箱子上像发了疯似的号啕大哭起来,就像一个人眼看自己心爱的人被死神抓走而又无法救援。

她并没有救出他来,当她抬起头来再看她的儿子时,这位小提琴手的眼睛虽然仍旧睁着,但已经呆滞了。脸色肃穆、忧郁而僵硬,阳光也消失不见了。

安息吧,杨科!

第三天,地主夫妇从意大利回来了,同来的还有地主小姐和一个追求她的男青年。那青年说:

“意大利,多美的国家啊!”①

“那是一个艺术家荟萃的民族。在那里,有才能的人能够得到发现和保护,那真是幸运!②”小姐补充道。

白杨树在杨科的坟上簌簌地响着……

---

① 原文是法文。
② 从“在那里”起,原文是法文。

灯塔看守

这篇小说是根据真实事件写成的,霍拉因曾在《美国通讯》中报道过这次事件。

一

在离巴拿马不远的阿斯宾瓦尔,有一天,灯塔看守突然不知去向了。由于他是在暴风雨期间失踪的,人们便认为,这个不幸的人可能是在灯塔所在的石头岛的边上行走时,被一个大浪卷入海里了。等到第二天,他那只系在凹湾里的小船也不见了,这种猜测就更加合情合理了。这样一来,灯塔看守的位置就空了出来,必须立即找人补上,因为这座灯塔,无论是对于当地的交通,还是对从纽约开往巴拿马的轮船来说,都具有重要的意义。蚊蚋湾里到处是浅滩和礁石。即使是白天,要在这些滩石中间航行,也很艰难,而在夜里,由于白天热带的烈日烤热了海水,到了晚上便蒸发成浓密的水雾,航行几乎是不可能的。这时候,灯塔的光亮便成了那些船只的唯一向导。寻找新灯塔看守的重任便落在美国驻巴拿马领事的身上了。不过,这可是一件棘手的事情:首先,他必须在十二个小时之内找到这样一个接任的人;其次,这个接任的人必须是个非常忠于职守的人,并不是随便什么人都可以录用的;最后,根本没有人前来应聘。灯塔上的生活是极其艰苦而又乏味的,它对于那些喜欢玩乐和酷爱自由流浪生活的南方人来说,是毫无吸引力的。灯塔看守几乎像个囚犯,除了星期天外,他一步也不能离开这个孤寂的岩石嶙峋的小岛。每天有一只从阿斯宾瓦尔来的小船,给他送来食品和淡水,东西一放完就立即离开了。在这个方圆不过一莫尔格①大的荒岛上,就再也见不到第二个人了。灯塔看守就住在灯塔里,必须按照规定来管理它:白天根据晴雨表的指示,悬挂各种颜色的旗子来报道天气,傍晚把灯点亮。每天,必须爬上四百多级又高又陡的环形阶梯,才能到达塔顶上的灯旁。有时,一天得上来下

---

① 波兰旧面积单位,一莫尔格大约合半公顷。

去好几次,如果不是这样,那么这种工作也就不算什么繁重的了。一般说来,这是一种修道院式的生活,甚至还不如修道院,而是一种隐居苦修的生活。因此,这位伊沙克·法康布里奇领事因为找不到这样一个能长期工作的继任人而焦急万分,也就不足为奇了。然而就在同一天,出乎意料地竟有一个人前来应聘,这位领事的欣喜劲儿也就不难理解了。这是一位老人,有七十多岁,但是身体矫健,腰板硬朗,举止风度都像一个军人。他的头发全白了,肤色黝黑得有如一个克里奥尔①人,但是一看他那双蓝眼睛,就知道他决不会是个南美人。他的神情显得忧郁和悲戚,但却诚实正直。法康布里奇先生看第一眼就很满意,现在只要询问他一下就可以了。于是就有了下面这番谈话:

"你是从什么地方来的?"

"我是波兰人!"

"你以前干过些什么工作?"

"我一直在到处流浪。"

"灯塔看守可是要待在一个地方的。"

"我现在需要的正是休息!"

"你从前曾在什么地方服务过? 有没有官方的证明文件?"

老人从怀里拿出一块已经褪色的绸布,像是从一面旗子上撕下来的一角,他把它打了开来,说道:

"这就是证明:这个十字勋章是在 1830 年②得到的;这第二枚西班牙勋章,是在卡罗斯战争③中获得的;第三枚是法国勋章;第四枚是在匈牙利④得到的。后来我在美国参加了反对南方的作战,不过这一次没有发给勋章,只有这一张证书。"

法康布里奇拿起了这张证书,开始读了起来。

"噢,斯卡文斯基? 这是你的姓名吗? 嗯……在拼刺刀的进攻中亲手缴获了两面军旗……你真是个勇敢的战士!"

"我也会成为一个忠于职守的灯塔看守的。"

"每天得好几次爬上塔顶去,你的腿能受得住吗?"

---

① 克里奥尔人是南美混血人种。
② 指 1830 年华沙起义,证明他参加了这次起义。
③ 指 1834 年堂·卡罗斯和其侄女争夺王位的战争。
④ 指匈牙利 1848 年的革命。

"我是步行穿过大草原的。"

"太好了！你曾在海上工作过吗？"

"我曾在一条捕鲸船上工作了三年。"

"你好像干过不少的工作？"

"我一生没有经历过的就只有平静的生活了。"

"为什么？"

老人耸了耸肩膀，说道：

"命运如此。"

"不过，我觉得你来担任灯塔看守，似乎是太老了一点。"

"先生！"这位应聘者突然心情激动地说道，"我已经是心力交瘁了。你知道，我经历过的事情太多了，这个位置是我热切希望得到的。我老了，我需要休息！我对自己说：你应该待在这里，这里是你停泊的港口！啊！先生，现在全靠你了。这样的位置我恐怕是碰不到第二次的。正好我这时在巴拿马，我正是碰上了好运气啊！我恳求你……看在上帝分上。我现在就像一只在大海中漂泊的小船，如果再不在港口停泊，那就会沉没的……你如果想使一位老人得到幸福……我可以向你保证，我是个诚实正派的人。不过……我已经过够了那种流浪的生活……"

老人那双蓝眼睛表现出那样一种热烈祈求的眼神，使这位心地纯朴善良的法康布里奇先生也心潮澎湃了。

"好吧！"他说，"我接受你的请求，现在你就是灯塔看守了。"

老人的脸上露出了难以描述的欣喜神情。

"谢谢你！"

"你能不能今天就到灯塔去？"

"能！"

"那么，再见吧！还有一句话要说在头里，只要你失职一次，你就会被撤职的！"

"明白了！"

就在这天的傍晚，当太阳在大海的另一端沉下时，一个阳光灿烂的白天就要过去，接着来的是一个没有黄昏的夜晚。一个新任的灯塔看守显然已经就职了，因为灯塔已经像往常一样，把大片大片的亮光投射在海面上。夜晚是那样的宁谧、寂静，是真正热带的夜景。到处是透明的雾气，在月亮周围形成一个巨大的圆圈,它像彩虹一样色彩斑斓,圆圈的边缘是那样的轻柔淡白,很难与雾气区分开来。大海由于涨潮而波涛起伏。斯卡文斯基站在平台的灯旁,从下面望上去,有如一个黑点。他竭力想集中他的思想,专注在他的新职位上,然而由于他心情过于兴奋,竟不能正常地思考问题。他此时觉得自己有如一只被人追赶的野兽,现在终于在一座人迹罕至的悬岩或山洞里,找到了藏身之地,再也不会受追逐奔波之苦了。他终于得到了一个安静的时期。这种安全感使他满心喜悦,有一种难以言状的幸福。如今,他站在这个满是岩石的小岛上,想起过去的流浪漂泊,追忆往昔的不幸和失败,只是报之一笑。他真像一只船,狂风暴雨撕裂了他的风帆,折断了他的绳索、桨舵,把他从云端抛入海底。这只船被海浪拍打着,掀起了无数的浪花,但是他顶风破浪、奋勇前进,终于到达了港口。这种狂风暴雨的情景在他的脑海里迅速掠过,与他即将开始的安宁的生活形成强烈的对比。他的惊险生活经历有一部分已经对法康布里奇先生谈过了,但是还有成千上百次别的不幸遭遇,他却还没有提到。他的命运真是坎坷不幸。每当他支起帐篷,砌好炉灶,打算久居在那里,就有狂风袭来,把他帐篷的木柱吹倒,将他的炉火熄灭,使他受到莫大的痛苦。现在,他从塔顶的平台上望着那灯光闪烁的海波,不觉心潮澎湃,昔日的种种经历涌上心头。他曾经转战四方,在流浪期间,他曾经干过几乎所有工作。他勤劳俭朴,为人忠厚,曾不止一次地积攒起一笔钱,但是,无论他是怎样的富于远见卓识,怎样的谨慎小心,到头来,他的积蓄总是一文不剩。他曾在澳大利亚挖过金矿,在非洲找过钻石,还在东印度当过政府的雇佣兵。有一段时间,他曾在加利福尼亚经营过一座农场,干旱却使他破了产。他又曾在巴西内地经商,与土著部落进行贸易,不料,他的木排却在亚马孙河上被撞得粉碎,只剩下他一人,又手无寸铁,而且几乎是赤身裸体,在原始森林中流浪了几个星期,靠采集野菜为生,时时刻刻都有可能被猛兽吞噬。后来他又在阿肯色州的海伦城经营过一家铁厂,却在全城的大火中被焚为瓦砾。后来,他又在落基山中被印第安人抓去,幸而奇迹般地遇见了加拿大猎人,才被搭救了出来。再后来,他又在来往于巴希亚和波尔多之间的一条轮船上当水手,还在一条捕鲸船上当过鱼镖手,这两条船都被撞坏了,沉入了海底。他在哈瓦那开过一家雪茄烟厂,当他卧病在床的时候,他的合伙人将钱款卷逃一空。最后他来到了阿斯宾瓦尔——也许这里将成为他的全部失败的终结。难道在这样一座小小的石岛上,他还能遭到什么不幸吗?无论是水,是火,还是人,都无法妨碍他了。而且就人的这方面来说,斯卡文斯基并没有受到多大的迫害,因为他所遇到的好人总是比坏人多得多。

　　不过他觉得,宇宙间的四大元素:地、水、火、风,都在迫害他。凡是认识他的人都说他命运多舛,以此来解释他的失败,甚至连他自己也几乎变成偏执狂了。他相信有一只巨大而仇恨的手,在一切陆地上和水面上追逐着他。但是他并不愿意把这种感觉宣扬出去,只是有时别人问到他,这只手是谁的,他才神秘地指着北极星那边说:"是从那个地方来的!"的确,像他这样遭受接连不断的失败,而且这些遭遇又是那样的稀奇古怪,真是容易把人逼上绝路的,特别是对一个屡遭打击的人来说更是如此。不过,斯卡文斯基却有印第安人那种坚韧不屈的精神,还有一种极大的、镇静的反抗力量,这种力量来自他心灵的正直豪爽。以前他在匈牙利的时候,有一次,由于他不愿抓住别人为搭救他而抛给他的马镫,不愿向人屈服求饶,竟遭到了十多下剑刺。他也同样不肯向不幸低头,他就像是在攀登一座高山,有如蚂蚁一样奋斗不息,尽管他跌下了一百次,但他依然要进行第一百零一次的攀爬。他真是一个特别的怪人。这位老军人不知经历过多少次战火的考验、贫穷的锻炼,还被人打得遍体鳞伤过,但他依然保持着一颗天真无邪的童心。当古巴流行瘟疫之际,他也染上了热病,那是因为他把自己所有的奎宁全部送给了别人,自己一颗也没有留下。

　　在他身上,还有一种令人叹服的卓越的品格:在他经受了那么多挫折之后,依然充满着希望,从不失望,相信一切都会好起来。在严冬,他依然是精神焕发,预言着未来的重大事件①,他非常耐心地等待着它们的发生。整个夏季都在这种期望中度过……然而冬天一个接一个地消逝了,斯卡文斯基等来的,只有头发越来越白。他终于老了,他的体力开始衰退了,他的坚忍性也渐渐转化为与世无争了。而过去的那种镇静,也变得多愁善感了。这个经历过无数次考验的战士,竟会变成一个无缘无故就落泪的人。此外,还有一种最令人担忧的思乡病时时向他袭来,只要他一遇到这样的情景,比如看见燕子,看见像麻雀一样的灰鸟、山上的白雪,或者听到类似他昔日听过的歌曲,都会使他触景生情,勾起他思恋故土的幽情。……到了最后,只有一种思想在支配他,那就是渴望休息,这种想法完全支配着老人,把他的其他愿望和思想都掩盖下去了。这位饱经风霜的流浪者,除了想得到一隅安宁之地,使他能够休憩,在此静待天年外,再也没有值得他去追求的更宝贵的东西了。也许正是因为他被奇怪的命运所驱使,逼得他浪迹

---

　　① 指波兰民族独立运动。

天涯,连一刻喘息的机会都难以获得,所以他才认为人类最大的幸福莫过于不再流浪。确确实实,像这样微不足道的幸福,他是应该得到的。但是,挫折已经成了他的家常便饭,于是他希望休息,就和普通人渴望得到一件难以获得的东西一样,因此,他对它简直不抱任何希望了。现在,在十二小时之内,他意外地得到了这样一个职位,而这个职位就像是专为他而设的一样。所以,毫不奇怪,当他晚上点燃灯塔之后,他就像喝醉了似的。他在问自己:这是真的吗?他竟不敢回答说:这是真的。这个老人一小时又一小时地站在灯塔平台上,这种现实本身就给他提供了毋庸置疑的证据。他凝视着,心里美滋滋的,终于相信这是真的了,他仿佛觉得,这是他生平第一次看见大海。阿斯宾瓦尔的钟声已经宣告午夜的来临,可是他依然不想离开那高高的平台,一直眺望着。大海在他脚下掀起阵阵波浪,灯上的透光镜把一道巨大的三角形亮光投射在漆黑的茫茫海面上。除此之外,老人的眼睛还投向那完全黑暗的、神秘而令人畏怯的远方,但那远处的黑暗仿佛在朝着光亮奔过来。长长的浪头接二连三地从黑暗中滚滚而来,咆哮着,一直扑向岛脚。这时候,可以看见泡沫四溅的浪脊在灯光中闪烁出玫瑰色的光彩,上下起伏。潮水越涨越高,把沙滩都淹没了。海洋那神秘的话语声清晰可闻,而且越来越大,越来越高,有时像大炮的轰鸣,有时像森林在呼啸,有时像远处的人声鼎沸,有时又是一片寂静。随后老人的耳朵里又听到了几声叹息,几声抽泣,接着便是一片令人胆战心惊的咆哮声。海风终于把浓雾吹散了,但却带来了许多破碎的乌云,又把月亮遮住了。西风越刮越烈,巨浪汹涌,冲击着灯塔下的石基,浪花直达灯塔的墙基。暴风雨正在远方大逞威风。在那黑暗的波涛翻滚的海面上,有几点绿色的灯光正在船桅杆上闪耀,这些绿色的光点忽上忽下地飘动着,忽左忽右地摆晃着。斯卡文斯基离开了塔顶,回到了自己的住房。暴风雨开始怒吼了。那边,在塔外,轮船上的人们正在与黑夜、昏暗和浪涛搏斗;而这里,在他的住房里,却是这样的安宁和寂静,甚至连暴风雨的怒吼声也无法穿透这厚实的墙壁,只有时钟单调的“滴答滴答”声,仿佛在给这位劳累疲乏的老人催眠,使他安然入睡。

二

　　一小时又一小时,一天又一天,一周又一周地过去了。水手们认为,每当海上波涛汹涌时,常常听到黑夜中有人呼唤他们的名字。如果茫茫大海都能这样呼唤，那么当一个人垂老的时候，也许会有另一种更加黑暗、更加神秘的混沌来呼唤他吧，尤其是当一个人被生活折磨得筋疲力尽的时候，就更会感到这种呼唤的亲切。但是为了要听清这种呼唤，就需要安静。此外，老年人大多喜欢离群索居，仿佛早就有了进入坟墓的预感似的。对于斯卡文斯基来说，灯塔就像是半座坟墓了。再也没有比灯塔上的生活更单调乏味的了。要是青年人来担任这个工作，他们肯定待不了多久就会弃职逃走的，所以担任灯塔看守的一般都不是年轻人，而是那些心情忧郁、性格内向的人。如果他们之中有人偶尔离开灯塔，来到熙熙攘攘的人群中，就会总是跟跟跄跄，像个醉睡初醒的人。在平常的生活中，有许多细微的印象会使你去适应一切，但灯塔上却没有这种种细微的生活印象。灯塔看守所能接触的一切就是广袤无际的大海和蓝天，它们并无固定的形体，头上是浩浩长空，下面是森森海水。而处在这海天之间的只有那孤独的灵魂！在这种生活中，人的思维活动就是不断的沉思默想，而且什么也不能把这个灯塔看守从那种沉思中惊醒过来，甚至连他的工作也无济于事。今天和昨天完全相同，犹如珠串上的两颗珠子，也许只有天气的变化，才是唯一的不同。但是，斯卡文斯基却感到平生从未有过的幸福。东方发白他就起床，吃过早饭后，就去擦灯上的透光镜，然后，他就坐在平台上眺望无际的大海，他的眼睛好像对他前面的景色永远看不够似的。在这浩渺的蓝色的背景上，总是能看到一群群鼓满的风帆，在阳光中闪闪发光，强烈得使人睁不开眼。有时，有许多船只趁着所谓的贸易风，一只接一只地排着长长的纵列，鱼贯而行，犹如一串串海鸥或信天翁。红色的浮筒在微波中徐徐摇荡，给船只指示出前进的道路。在这些船帆中间，每天午后，总有一阵阵像鸟羽一样的灰色烟雾袅袅升腾，这是一只载满旅客和货物的轮船，从纽约开往阿斯宾瓦尔，船过之处，掀起阵阵浪花，形成一条泡沫的大道。在平台的另一面，斯卡文斯基可以清晰地看见阿斯宾瓦尔全城和它那繁忙的港口。港口里，桅樯林立，挤满了大大小小的船只。稍远一些，城中的白色房屋和高高的塔楼清晰可见。从灯塔的顶台望去，那些房屋就像海鸥的窝巢，船舶像一只只甲虫，人们行走在铺着白石的大街上，就像是一个个移动的黑点。早晨，东风刮起，把嘈杂的人声送了过来，但轮船的汽笛声盖过了它们。中午是午休的时间，港口中的一切活动都停止了，海鸥躲进了岩穴，海浪减弱了，好像变得懒洋洋的。这时候，无论是陆上、海上，还是灯塔上，都是一片沉寂，没有任何的喧嚣。海水退潮后留下的黄沙滩发出耀眼的光亮，在这广阔的海水里，犹如一个个金色的斑块。塔身伫立在蔚蓝的天空中，显得格外的挺拔。太阳把一道道亮光从空中直泻在海面上、沙砾上和岩石上。这时候,一种甜蜜的困倦感侵袭着这位老人。他觉得,他现在享受的这种休息是再好不过了,当他想到这种休息可以继续享受下去时,就感到心满意足、无所遗憾。斯卡文斯基陶醉在自己的幸福中,而且一个人总是很容易满足于命运的好转。于是他渐渐地恢复了希望和信心。他心里在想,既然世上的人会为那些残废者建造房屋,难道上帝就不会收留他这个残废者吗? 随着时间的消逝,他的这种信念更加坚定了。这位老人对于灯塔、灯、岩石、沙滩和孤独都已经渐渐习惯了。他也习惯了每到傍晚,那些栖息于岩缝中的海鸥便飞集在塔顶上。斯卡文斯基将剩下的食物抛给它们,不久,它们便和老人处熟了。后来一遇到他给它们喂食,就有一大群白翅膀在他周围飞来跳去,于是这位老人就在它们中间走来走去,宛如一个牧人在羊群中间走动一样。退潮之后,他便来到下面的沙滩上,去捡美味的牡蛎和漂亮的珍珠贝,它们都是退潮后留在沙滩上的。晚上,他借着月光或灯塔的灯光,下到海里去捕捉那些游到岩缝里来的无数的小鱼。到后来,他竟爱上了这些岩石和这座不长树木的小岛——岛上只生长着一些矮小的能分泌黏脂的草丛。然而,远处的美丽景色弥补了小岛的荒瘠。在下午这段时间里,只要天气晴朗,万里无云,他就能看到处在两洋之间、直到太平洋海岸的林木茂盛的整个地峡的全景。在这种时候,斯卡文斯基就会觉得自己好像看到了一座巨大的公园。成片的椰树,高大的芭蕉,组成了一个个无比绮丽的花束,点缀着阿斯宾瓦尔的房前屋后。再过去,在阿斯宾瓦尔和巴拿马之间,是一片广袤的森林,每天早晨和傍晚,都有一股股红色的雾气在它上面腾起。这是一座真正的热带雨林,森林下面是一洼洼死水,上面缠满了藤蔓,还有巨大的兰花、棕榈、乳汁树、铁树、橡胶树夹杂其中,发出一阵阵林涛声。

借助于望远镜,斯卡文斯基不仅能看见那些树木和宽阔的香蕉树叶,甚至还能看见一群群猕猴和高大的秃鹳,以及无数的鹦鹉,它们时时飞翔在森林上空,仿佛是缤纷的彩虹在飞舞。斯卡文斯基十分清楚这样的森林,因为他的木排在亚马孙河上被撞碎之后,他曾在类似的原始森林和荒原中流浪了好几个星期。他知道,在这外观绮丽而又赏心悦目的森林里面却隐伏着种种危险和死亡。他在森林中度过的那些夜晚,就曾听到过猿猴的哀叫,美洲豹的吼声,他还看见过蟒蛇像巨藤似的缠绕在树上。他还知道,在这些睡着般的林中湖泊里,到处都是电鱼和鳄鱼。他也十分清楚,在这些人迹罕至的荒原里,一个人的生活是多么的艰险,那里的一片树叶也要比人大十倍,这种地方又是吸血的蚊蚋、木蛭和巨大的毒蜘蛛遍布成灾的场所。他亲自体验过这一切,亲自看见过这一切,也受过这一切的折磨。现在他从高处望着那些荒原,观赏它们的美丽,而自己又不再受到它们的侵害,就觉得无比的欣喜了。他的灯塔使他免遭一切灾难。唯有星期天早上,他才离开小岛。这时候,他穿上带银纽扣的蓝制服,胸前挂上了他的十字勋章。当他走进教堂时,他听到那里的克里奥尔人都在悄悄议论:"我们有了一个正派的灯塔看守了,虽然他是个美国佬,却不是新教徒①!"老人听到这些话,便昂起了他那乳白色的头,显得有些自豪。一做完弥撒,他就立刻返回他的小岛去,而且心里很是高兴,因为他对大陆有一种不信任感。每逢星期天,他都要读读从城里买来的西班牙文报纸,或者看从法康布里奇先生那里借来的《纽约先驱报》,他急于在这些报纸上找出有关欧洲的新闻。这真是一颗可怜的老人的心!他虽然身居灯塔中,住在地球的另一面,但他依然心向祖国。有时候,每当给他送来食物和淡水的小船到来时,他便走下塔来,和港警约翰逊谈谈话。但是后来,他显然变得更加孤僻。他不再进城去,也不再阅读报纸,不再下塔来和约翰逊聊政治问题了。这样过了好几个星期,没有人看到过他,他也不再看见别人。唯有两件事情表示老人还活着:一是每天放在岸上的食物都被收走了,二是灯塔依旧有规律地每晚按时亮起来,正如每天早晨太阳从大海的另一端升起来一样准确无误。显然,这位老人对世事已经淡漠了,但这并不是由于他思念故土,甚至连他的怀乡之情也已淡薄了。对于斯卡文斯基来说,这个小岛就是他生死与共的整个世界。他已经习惯于这样的想法:他到死也不会离开这个小岛、这座灯塔了。而且他简直想不起来,除此之外,世界上还有什么别的东西。此外,他还成了一个神秘主义者。他那双温柔的蓝眼睛开始变得像小孩的眼睛一样,老是睁得大大的,像是盯住某一点呆看似的。由于长期的离群索居,面对的又是非常单调而又伟大的景色,这位老人已经失去了自我的独特感觉,他已经不是作为一个个体而存在,而是渐渐与周围的海天融为一体。他对这一点并没有清楚地认识,只是一种无意识的感觉而已,以至于到了最后,他觉得天空、海水、岩石、灯塔、金黄色沙滩、鼓满风的船帆、海鸥、退潮和涨潮——全都化成了一个巨大的整体,成为一个巨大的神秘的灵魂;他自己也陷入在这个神秘之中,感应到了在他周围活动和生息的那个灵魂。他沉浸在其中,被它们陶醉,终于忘记了自身的存在。而他在这种自我限制中,在这种独特的生活中,在这种半醒半睡的状态里,却得到了一种伟大得几乎像半死那样的休息。

---

① 这里指斯卡文斯基是个正统的基督教徒。

三

　　然而惊醒的时刻来到了。

　　有一天，小船送来了淡水和食物。过了一小时，斯卡文斯基才从塔上走了下来；除了平时照例送来的东西外，他看见多了一个包裹。包裹上面贴着美国邮票，帆布包皮上写着"斯卡文斯基先生收"。满腹狐疑的老人打开了包裹，见是一包书，他拿起了一本，看了一眼，立即又放回去了，他的双手抖动得很厉害。他蒙起了双眼，仿佛不敢相信似的，他觉得他是在做梦——这竟是一本波兰文的书。这是什么意思呢？是谁寄给他的呢？刚一开始，他显然是忘记了，当他刚担任灯塔看守的时候，有一次他在从领事那里借来的《纽约先驱报》上读到了纽约成立波兰协会的消息，他立即给协会汇去了他半个月的工资，因为他在塔上的花费很小；波兰协会为了感谢他的捐助，便寄来了这包书，所以这包书来得很自然，但是老人一下子没有想起来。在阿斯宾瓦尔，在他的灯塔上，当他孑然一身、孤独寂寞之时，却得到了一包波兰文的书，对他说来真是一件非凡的事情，是一种从过去传来的声音，是一个奇迹。现在他觉得自己也像那些在黑夜中的水手一样，仿佛听到了有人用一种非常亲切的、他几乎忘记了的声音在呼唤他的姓名。他双目紧闭地坐了一会儿，他甚至觉得只要眼睛一睁开，梦境就会消失。不！被打开的包裹清清楚楚地呈现在他的眼前，午后的阳光照射在它的上面，其中的一本已经打开了。当老人伸出手去想把它拿起来的时候，在周围一片寂静之中，他听见了自己的心跳。他朝它望了过去，这是一部长诗，封面上用大字母印着书名，下面是作者的姓名①。斯卡文斯基对于这个名字并不感到陌生，知道他是个伟大的诗人，1830年以后他曾在巴黎读过他的作品。后来当他转战阿尔及尔和西班牙时，他曾从本国同胞那里听到过这位大诗人越来越高的声誉，不过那时候，他正热衷于戎马生活，无暇去阅读书籍。1849年，他来到美国，过着冒险流浪的生活，几乎见不到一个波兰人，更无法读到波兰文书籍了。因此，他怀着一颗无比激动和剧烈跳动的心翻开了扉页。此刻，他觉得在这个孤岛上就要发生某种庄严的事情似的。而此刻也确实是寂静肃穆。阿斯宾瓦尔的钟声，已经宣告下午五时的来临。万里晴空，没有一丝云彩，只有几只海鸥在蔚蓝的天空中翱

---

　　① 指波兰伟大诗人亚当·密茨凯维奇。文中的长诗是《塔杜施先生》。

翔。大海在轻轻地摇荡。岸边的波浪仿佛在絮絮细语,轻柔地抚摸着沙滩。远处,阿斯宾瓦尔的白色房屋和婀娜多姿的棕榈树丛仿佛在微笑。这时候,这里的确有一种庄严肃穆的气氛。突然间,在这大自然的静穆中传来了老人颤抖的声音,他大声地朗读起来,仿佛为了使自己能更好地理解:

> 立陶宛,
> 我的故乡,
> 你正如健康一样!
> 只有失去你的人,
> 才知道应该怎样来珍惜你,
> 今天,
> 我看见并描写你的无比美丽的姿容,
> 因为我非常想念你!

斯卡文斯基读到这里,再也读不下去了,字母仿佛在他的眼前跳动着,好像有什么东西在他心里翻腾,如同海浪那样越来越往上涌,堵住了他的喉咙,使他读不出声来。……过了一会儿,他强自镇静下来,又继续读了起来:

> 圣母啊!
> 你保护着光明的钦斯托霍瓦,①
> 你照耀在尖门②之上,
> 你庇佑着诺伏格罗德克③城堡和它忠诚可靠的人民。
> 我在孩提的时候,
> 你奇迹般地恢复了我的健康,
> 那时候,
> 我悲痛欲绝的母亲把我献给你,
> 请你保佑,
> 我抬起了毫无生气的眼睑,

---

① 钦斯托霍瓦的明山有一座大教堂,里面的圣母像很有名。
② 尖门在立陶宛的维尔诺城。
③ 诺伏格罗德克是诗人密茨凯维奇的出生地。

立刻就走到了你的圣坛前，
感谢天主使我得到了第二次生命！
现在请你再现奇迹，
让我们回到祖国的怀抱！
……

　　读到这里，他心潮澎湃，热血沸腾，再也克制不住自己了。老人号啕大哭起来，扑倒在地上。他那银白色的头发和海边的细沙混合在一起了。他离开自己的祖国已经四十年了，没有听到祖国的语言也不知道有多少年了，然而现在这种语言却亲自找到了他。它远涉重洋，来到了地球的另一半，造访他这个孤寂的老人，他觉得它是那么的亲切，那么的珍贵，那么的优美！在老人的哭声里，没有丝毫的悲痛，只不过是一种突然萌发的无限的爱，与这种爱比起来，其他的一切都是毫无意义的了……所以，他要用这号啕大哭来恳求亲爱的祖国给他以宽恕，宽恕他对祖国的感情淡薄了。因为他是这样的苍老，又沉醉在这个孤寂的岩岛上，竟使他对祖国的怀念之情也开始消失了。然而现在，它又奇迹般地回到了他的身边，他怎能不激动万分呢！时间一刻又一刻地过去了，可是他还躺在那里。海鸥在灯塔上空盘旋，大声地哇哇叫着，仿佛在为自己的老朋友感到不安似的。该是他给它们喂食的时候了，所以有几只海鸥从塔上飞了下来，落到了他的身边。后来飞来的海鸥越来越多，开始轻轻地啄他，用翅膀拍打他的头。翅膀的声音把他吵醒了。他哭够了之后，才觉得心情平静了，他精神奕奕，眼睛也大放光彩。他情不自禁地把全部食物都抛给了海鸟，海鸟便哇哇地叫起来，争抢着食物。他自己又拿起那本书来。夕阳已经沉落在花园和巴拿马原始森林的后面了，正在慢慢地降落在大陆之外的另一座海洋上，但是大西洋上依然是余晖四射，室外也非常明亮，于是他又念了起来：

现在你把我那颗思念之心
带到山林、带到绿色草原中……

林洪亮译文自选集

现在，转瞬即逝的暮色来临了，模糊了白纸上的黑字，老人把头枕在岩石上，闭起了双眼。这时候，那保护着"光明的钦斯托霍瓦"的圣母，已经把他的灵魂带到了那些被谷物装扮得五彩缤纷的田野上，天空中还有一道道很长的金色和红色的晚霞在照射着。而他则沿着这条金光大道，回到了自己挚爱的祖国，他的耳边回响着祖国的松涛，听见故乡的河流在絮絮细语。他看到，一切都和过去一样，它们都来问他："你还记得吗?"他当然记得！他还看到了广袤的田地，未开垦的原野、草原、森林和村庄。现在已是黑夜了！平时在这时候，他的灯塔早已照亮了漆黑的海面，但是此时他却在故乡的村子里。他那苍老的头俯在胸前，正在做着甜蜜的梦。一幅幅景色，虽然有些杂乱，在他的眼前急速掠过。他没有看见他的老房子，因为它已被战争夷为平地了，也没看见他的父母，因为在他还是孩提的时候，他们就去世了。但是村里的景象，却依然如故，仿佛他是昨天才离开似的：一排排茅屋的窗户都透着亮光，土堆、磨房，两个相对的池塘和彻夜不停的蛙鸣声。还是在很久以前，他曾在自己的村里放过整夜的哨，现在，那早已成为过去的景象又突然历历在目地出现在他的眼前。他又成了一个枪骑兵，又在那里站岗放哨。远处是一家小酒店，灯火辉煌，在万籁俱寂的黑夜里，酒店里又是唱、又是闹、又是跳，还有小提琴和四弦琴的奏鸣声，以及"呜哈！呜哈！"的叫喊声。那些枪骑兵都策马飞驰而去，马蹄在石地上迸发出阵阵火星，只有他独自一人骑马站在那里，觉得无聊透了；时间过得真慢，灯火终于熄灭了。现在放眼望去，尽是一片浓雾，茫茫无际的浓雾，很显然这是草原上升起的热气，随后它犹如一片白云，把整个草原都笼罩住了。你也许会说，这真是一座海洋，但它不过是草原。不久之后，你就会听到秧鸡在黑暗中的咯咯叫声，而白鹭也在芦苇丛中大声啼叫。夜色宁静而寒冷，这是个真正的波兰之夜。远处，森林无风而沙沙自响，犹如海上的波涛声。过了不久，东方开始发白了，预示着黎明的临近，而公鸡也在院墙里啼叫起来，一家一家地应和着。天上也有了鸣叫的飞雁。他顿时感到精神焕发，心情舒畅。他听到了那边有人在谈论明天的战争。嗨！他一定要去参加的，他要像别的战士一样高举战旗，呐喊着，冲杀上去。尽管夜间的寒气把他冻得凉飕飕的，青年人的热血，却像战鼓一样在擂响。天亮了，天亮了！夜色已淡白下去。森林、灌木、农舍、磨房和白杨树，都已经在黑暗中清晰可辨了。井上的辘轳在吱吱地响着，就像灯塔上的铁皮旗幡的响声一样。啊！这是多么可爱的国土啊，它在鲜红的朝霞中又是多么的美丽啊！啊！这唯一的国土，这心爱的国土！

安静点！这警觉的哨兵听见有人在朝这边走来。一定是来换哨的。

突然间，有人在斯卡文斯基的头上大声叫道：

"嘿，老家伙，快起来！你怎么啦！"

老人睁开了眼睛，惊讶地望着站在他面前的那个人。残余的梦境还留在他的脑海里，正与现实进行着斗争。这些梦境终于渐渐淡化而消失了。站在他面前的是港警约翰逊。

"你怎么啦！是病了吗?"约翰逊问道。

"没有！"

"你没有点灯。你已被撤职了。一只从圣格罗摩来的船触礁沉没了，幸亏没有淹死人，否则你就要受到法律的制裁。现在你快跟我走，别的事情，你到了领事馆就会知道的！"

老人的脸色煞白了，这天夜里他确实没有点灯。

几天之后，人们看见斯卡文斯基坐上了一条从阿斯宾瓦尔开往纽约的轮船。这个可怜的老人已经失去了工作。展现在他前面的又是新的流浪的旅程；风又把这片树叶吹落了，又让它在人世间飘零，又要随心所欲地去折腾它了。就这么几天，老人的精神大减，腰背也弯曲了，只有一双眼睛还炯炯发亮。当他走上新的生命旅程时，他怀里揣着一本书，时时用手去捂紧它，仿佛生怕它也会离开他而消失不见似的……

胜利者巴尔特克

一

我的主人公名叫巴尔特克·斯沃维克①，由于他有个习惯，每当别人和他说话时，他老是瞪着一双大眼睛，于是乡邻们又把他叫作"瞪眼巴尔特克"。他这个人的确和夜莺毫无共同之处，相反，他的思维能力和憨愚鲁钝倒使他得了另一个绰号"傻瓜巴尔特克"。最后这个名字流传最广，而且毫无疑问，只有这个名字才会载入史册，流传千古。虽然巴尔特克还有第四个名字，那是他的官名。因为在波兰语中，"人"(cziowik)和"夜莺"(siowik)这两个字，在德国人听起来，是毫无差别的，而且德国人为了显示他们的文明，又喜欢把野蛮的斯拉夫姓名翻译成更高雅的名字，因此，当巴尔特克前去应征入伍填写名单的时候，就有了下面这场对话：

"你叫什么名字?"军官问巴尔特克。

"斯沃维克。"

"兹沃维克? 啊,好得很!"

于是这位军官便把他的姓名写成了"人"。

巴尔特克是波格伦坪村人,不过,波格伦坪这个村名在波兹南公国和波兰王国②的其他地方都是常用的名字。巴尔特克除了土地、房屋和两头牛外,还有一匹花斑马,以及他的老婆马格达。由于有着这样一个良好的家境,他的生活倒也舒适安宁,而且完全合乎那首诗里的意境:

> 凡是上帝要给的都给了他,
> 于是他有了花斑马和老婆马格达!

---

① 斯沃维克(siowik)在波兰语中是"夜莺"。

② 波兹南公国是1815年以后在原华沙公国划归普鲁士的一部分土地上建立起来的一个行政地区。波兰王国指原属波兰贵族共和国的地区。

的确，他的一生全凭上帝的安排，用不着他自己发愁。然而现在，上帝却给他安排了战争，巴尔特克便不免忧心忡忡了。通知书已经下来了，他必须应征入伍，从此他就得丢下房屋和土地，而把这一切都交给他的老婆去照管。波格伦坪的农民本来就穷得叮当响。巴尔特克每年冬天都得到工厂去打零工，以贴补他家的生活——现在可怎么办呢？谁知道这场和法国人的战争何时能结束呢？马格达一读完这张通知书，便放声大骂起来：“让他们都不得好死！让他们都瞎了眼！……尽管你是个傻瓜……可是我非常心疼你。法国人决不会放过你的，他们会砍掉你的脑袋，或者让你受重伤……”

巴尔特克觉得他老婆说得有理，他怕那些法国人就像害怕烈火似的。另外，他也真舍不得丢下这一切。法国人触犯了他什么呢？为什么他要去打仗呢？为什么他要去那些可怕的陌生地方呢？那里他连一个认识的人都没有呀！当他待在波格伦坪时，他觉得这里的生活既不好也不坏，平平常常，一旦别人要他离开村庄，他就觉得波格伦坪要比其他任何地方都好得多了。但是他命该如此，又有什么办法呢，他非去不行。巴尔特克拥抱了他的老婆和他十岁的儿子弗兰涅克，随后他吐口唾沫，画了个十字，就走出了他的茅屋，马格达也跟着他走了出来。在这离别的时刻，他们并没有表现出十分的悲伤痛苦。她和孩子都在抽泣，巴尔特克则一再说着：“唉，行了，别哭了！别哭了！”随后他们走上了大路，这时候，他们才看到，整个波格伦坪村都和他们一样，遇到了同样的事情。全村的人都出来了，路上尽是应征入伍的人。他们都朝火车站走去，女人、孩子、老人和狗伴送着他们。每个应征入伍的人心情都很沉重，只有几个年轻人嘴里还叼着烟斗，还有几个人已经喝得东倒西歪、跟跟跄跄的，另外几个人在用嘶哑的嗓子唱道：

> 斯克日涅茨基戴着金戒指的双手啊，
> 再也不能挥舞宝剑去东征西战了。

还有一两个住在波格伦坪的德国移民，也惊慌不安地唱起了《保卫莱茵河》。这一伙乱糟糟的五颜六色的群众——他们中间还有宪兵的刺刀在闪闪晃动——大声叫喊着，争吵着，杂乱无章地在两堵篱笆中间朝村头走去。女人们搂着她们的“战士”的肩头抽泣着。一位老太婆露出了一口黄牙，向空中挥动着她的拳头，还有的女人在大声叫喊：“愿上帝怜惜我们的眼泪！”时时能听到“弗兰克！”“卡希卡！”“约瑟夫！”“再见啦！”的喊叫声。狗吠叫着，教堂敲响了钟声，神父念起了为临死的人用的祈祷词,因为在这群朝车站走去的人里,并不是个个都能生还,战争把他们全都要去了,但决不会把他们全都送回来。犁头会在地里生锈,因为波格伦坪村已经和法国宣战,波格伦坪村决不承认拿破仑三世①的权势,而且非常关心西班牙王位的继承②问题。钟声在那些已走出了篱笆的人群上空回荡着,他们经过村口的神像时个个都脱下了帽子,路上扬起了一片金黄色的尘土。这天的天气晴朗而又干燥,道路两旁的麦子已经成熟,麦穗沉甸甸的,在和煦的阵风吹拂下摇曳晃动着,发出沙沙的响声。云雀飞翔在蔚蓝的天空中,竞相欢快地歌唱着,仿佛要给人留下永生难忘的印象。

车站到了……这里更是熙熙攘攘,拥挤不堪。有的来自上克日夫达村,有的来自下克日夫达村;有的来自维夫瓦什齐涅茨村、聂多拉村和米日罗夫村。这里人头攒动,声音嘈杂,混乱不堪。车站的墙上贴满了布告,把对法国的战争说成是"为了上帝和祖国";军队是为了保卫自己受到威胁的家庭、妻子、儿女、房屋和土地才去作战的。似乎那些法国人特别仇恨波格伦坪人,上、下克日夫达人,维夫瓦什齐涅茨人,聂多拉人和米日罗夫人,至少那些读过布告的人会产生这样的印象。车站前面的人越聚越多,不断有新来的人拥到这里。在候车室里,从烟斗里喷吐出来的烟雾迷漫着整个大厅,连布告都被遮住看不清楚了。在这种人声鼎沸之中,人们很难听清别人说的话,大家都在走动、呼唤和喊叫。月台上可以听见用德语发出的命令声。这种刺耳的声调显得简短、生硬而又坚决。

铃声响了!随即是一声汽笛,从远处传来了火车头的急促而雄壮的声音,它越来越近,越来越清晰,仿佛战争也随着这火车一道越来越近了。

响起了第二次铃声,人人心中顿时涌起阵阵战栗。有一个女人在大声叫喊:"亚当!亚当!"很显然她是在叫喊她的亚当,可是别的女人们听到她的叫喊声便都跟着喊了起来:"来了!来了!"③在这些叫喊声中又出现了一个更尖的惊叫声:"法国人来了!"转眼之间,恐怖气氛不仅笼罩着这些女人,也影响到那些未来的色当战役的英雄们。人们骚动起来了。正好这时候,火车进站了,所有的窗口都是戴红帽檐的军帽和军装,士兵多如蚁群。在那些原先是装煤的车厢里,装载着阴森恐怖的乌黑的长身大炮。而在另外几节敞篷车里堆满了步枪用的刺

---

① 拿破仑三世(1808—1873),法国皇帝,普法战争失败后宣告退位,后死于英国。
② 西班牙王位问题是普法战争起因之一,法国反对德国的列奥波德·霍亨佐伦出任西班牙国王。
③ 亚当(Adam)和来了(jada)在波兰语中读音相近,当那个女人在喊"亚当"时,别的女人们以为是火车来了,故喊叫"来了"。

刀。士兵们显然是得到了唱歌的命令，因为整列火车都震响着男人的粗壮有力的歌声。从这列长得看不到尽头的火车里，显示出一种力量和威势。

新兵们开始在月台上排成队列，但是每个新兵都尽可能地拖延时间来与家人告别。巴尔特克挥动着双臂，犹如挥动着风车的双翼，还鼓起了他的一双眼睛。

"好了，马格达，再见啦！"

"啊！我可怜的男人！"

"你再也见不着我了！"

"我再也看不见你了！"

"真是毫无办法呀！"

"愿圣母保佑你，救护你！"

"再见啦！要把家照管好！"

这个泪流满脸的女人抱住了他的脖子。

"愿上帝指引你前进！"

最后的时刻来到了。汽笛声、哭泣声和女人的抽噎声霎时间把一切都淹没了。"再见！再见啦！"那些应征的新兵们已经离开了乱糟糟的人群。组成了一个黑色的紧密的集体，他们排成了方阵和纵队，以一种机器运动的准确性和规律性朝前走去。"上车！"的命令发出了。方阵和纵队从中心分散开来，排成单行朝车厢走去，消失在车厢里面。火车头在远处响起了汽笛，喷射出灰色的烟雾，它像条巨龙似的喘息着，放出了一阵阵的蒸汽。女人们的哭号声达到了顶点，有的用手绢蒙住眼睛，有的把双手伸向车厢，用抽泣哽咽的声音呼唤着她们丈夫或儿子的名字。

"再见啦。巴尔特克！"马格达在下面大声叫喊，"没有派你去的地方你决不要去。让圣母保佑你！再见啦！啊，老天爷！"

"要把家照管好！"巴尔特克回答说。

火车突然震动了一下。车厢和车厢互相碰撞起来，随即火车朝前开动了。

"你可要记住你是有老婆和孩子的人！"马格达大声喊道，跟着火车跑了起来，"再见啦！以圣父、圣子和圣灵的名义。再见啦！"

火车越开越快，把这些来自波格伦坪，上、下克日夫达，聂多拉和米日罗夫的战士都带走了。

二

　　一边是马格达和别的女人哭哭啼啼地返身朝波格伦坪走去，另一边是装满刀枪的火车直向浅白色的前方疾驰飞奔，巴尔特克就在这列火车上。浅白色的远方一望无际，而波格伦坪村现在也只是依稀可辨，那高耸的菩提树灰蒙蒙的，教堂的高塔在阳光的照耀下发出耀眼的金光。不久之后，菩提树就看不清楚了，那高塔上的金十字架也只成了闪烁不定的小点。只要这一点还在发亮，巴尔特克就一直盯住它看，但是等到这一亮点都看不见了的时候，巴尔特克的心里便涌起了无限的惆怅。他感到全身乏力，就像要昏倒似的。随后他开始观察起那个军曹来，因为他认为：除了上帝之外，此时此地再也没有比这个军曹更伟大的了。现在巴尔特克的命运，完全掌握在军曹手中，可是巴尔特克自己却什么也不知道，什么也不理解。那军曹坐在长椅上，把卡宾枪夹在他的双膝中，抽起了烟斗，阵阵烟雾袅袅升起，像云彩那样时时遮住他那严肃而愁眉不展的脸孔。不仅是巴尔特克的眼睛在注视着那张脸，整个车厢里的所有眼睛都在望着那张脸，在波格伦坪或者在克日夫达，每个巴尔特克或者伏依特克都是他自己的主宰者，每个人也都要考虑自己的问题，都必须对自己负责，可是现在，军曹在掌握着他们的一切。如果他命令他们向右看，他们就得向右看，要是他命令他们向左看，他们也都得向左看。现在，每个人好像都在用眼光问他："我们将来会怎么样？"然而他所知道的也只是和他们一样多，如果哪个上级能够在这方面给他一道命令，或者进行一番说明，那他也会欣喜异常的。当然，这些农民是不敢问他的，因为战争是和全套军法审判机构一起产生的，什么是允许的，什么是不允许的，大家心里都没底，至少他们是不知道的，甚至一听到"军事法庭"这个词就会吓得胆战心惊，他们越是不了解它的意义，怕得就越厉害。

　　不过他们觉得，这个军曹现在对他们来说，比在波兹南接受军事训练的时候，更是不可缺少的人了，因为只有他了解一切，会替他们着想，少了他，他们就会寸步难行。这时候，军曹显然觉得那支枪太重了，便把枪交给了巴尔特克，让他替他拿着，巴尔特克急忙接过枪来，他屏息凝气，瞪大了眼睛，像望彩虹似的望着军曹，然而他从这里面并没有得到多少安慰。

　　啊！一定是听到了什么坏消息，连军曹的脸色都非常难看了。每逢到了车站，便能听见歌声和叫喊声。军曹在大喊口令，东奔西跑忙个不停，好在上级面前显示自己的卖力苦干。但是,只要火车一离开车站,大家都安静了下来,就连军曹也不再发号施令了。对他说来,世界也有它的两面性,一面是清清楚楚、令人理解的,那就是他的房屋、妻子和铺盖;另一面却是黑暗的,十足的黑暗——那就是法国和战争。他的热情,正如整个军队的热情一样,往往会强烈地表现出来,波格伦坪的战士们很显然是受到了这种精神的激励,他们的热情不是深藏在他们的心里,而是表现在他们的肩膀上,因为每一个战士的肩上都有一个背包,一件军大衣和其他的军事装备,这对每个战士来说都是不轻的。

此时此刻,火车一直在呼叫咆哮着,朝远方飞驰而去。每到一站,都要挂上新的车厢和车头,站站都只能看到钢盔、大炮、马匹、刺刀和枪骑兵的军旗。晴朗的黄昏渐渐来临了,太阳依然放射出殷红的霞光。蔚蓝的苍穹上一朵朵轻柔的白云在徐徐飘动,从红霞的边缘一直伸展到西方。火车终于不再在车站上增加士兵和车厢了,它只是稍作停留,便又朝着霞光照射的地方飞奔过去,仿佛驶进了血的海洋。从巴尔特克和波格伦坪的战士们乘坐的敞篷车上望过去,可以看到大大小小的村庄和城镇、教堂的尖塔和一群鹳鸟——当它们在巢里单脚停立的时候,看起来真像一把把弯刀——以及孤零零的房屋和一座座樱桃园。所有这一切都是一闪而过,而且都呈现出一种鲜红的色彩。当军曹把头靠在行军包上,嘴里叼着陶瓷烟斗,已经呼呼入睡时,士兵们的胆子也更大了,开始低声交谈起来。伏依捷赫·格维兹达瓦也是个从波格伦坪来的农民,刚好坐在巴尔特克的旁边,用胳膊肘碰了碰他说道:"巴尔特克,你听着!"

巴尔特克转身用一双鼓起的怅惘的眼睛望着他:"为什么你像一头被送去屠宰的牛那样望着我?不过,你这可怜的傻瓜,你确实是让人送去屠宰的啊!没错……"

"啊!啊!"巴尔特克悲叹道。

"你怕吗?"格维兹达瓦问道。

"我怎么会不怕呢?"

晚霞越来越红了,于是格维兹达瓦伸手指着晚霞轻声说道:"你看到这些霞光了吗?傻瓜,你知道那是什么吗?那是血。这儿是波兰,也就是我们的国家,你明白吗?而在那边,那发红光的远方,就是法国……"

"我们很快就能到那里吗?"

"你着什么急呀?他们说,还远着呢!不过你不用担心,法国人会来欢迎你的……"

巴尔特克开始转动起他那波格伦坪的脑子来,过了一会儿他问道:"伏依特克?"①

"什么?"

"你能否打个比方,那些法国人到底是哪种人?"

伏依特克的聪明才智在这里也遇到了一个深陷坑,倒栽进去容易,却很难爬出来。他知道法国人就是法国人。他曾听老一辈的人谈起法国人时,总是说他们是常胜军,老是打胜仗。归根结底,他也只知道,法国人了不起,但是他在这里却无法向巴尔特克解释清楚,让他了解法国人到底是怎样的不同。

于是他先重复了一下问题:"到底是哪种人?"

"唔!是的。"

伏依特克只知道三种人:住在中间的是波兰人,一边是俄国人,另一边是德国人,但是德国人里面又有好几种。于是他只想把问题说个明白而不求其确切,便这样说道:"法国人到底是哪种人,我只好这样告诉你:他们也是德国人,不过是更坏的一种。"

巴尔特克听他说后,也骂了一句:"这些狗杂种!"

直到这之前,他对法国人只有一种感觉,那就是无法描述的恐惧感。可是现在,这个普鲁士的新兵却有了一种强烈的爱国主义的仇恨。不过,他对一切仍不十分理解,于是他又问道:"德国人怎么会打德国人呢?"

听到这个问题,伏依特克就像苏格拉底第二似的,采用比喻的方法来说明:"你的那只名叫维赛克的狗不是也常常和我的那只名叫布勒克的狗打架吗?"

巴尔特克张开了大嘴,对他的老师盯看了一会儿。

"啊,真的……"

"那些奥地利人也是德国人。"伏依特克回答说,"我们不是也和他们打过仗吗?希维尔什兹老爹说过,他那个时候打仗,什特因梅茨就曾对他们大喊过:'农民们,前进!向德国人进攻!'不过,和法国人打仗就不那么容易了!"

"啊,上帝!"

"法国人没有吃过一次败仗。如果法国人来进攻你,你也用不着害怕,更不必觉得自己丢脸了!因为他们个个都抵得上我们两三个人。他们有着犹太人那样的胡子,有的人还像魔鬼一样黑。你只要一碰上这样的人,保管就会魂归

---

① 伏依特克是伏依捷赫的更亲密的称呼。

西天。"

"那么,我们干吗要去和他们打仗呢?"巴尔特克绝望地说道。

提出这种具有哲学意味的问题,伏依特克并不认为很愚蠢。很显然,他也受到了官方舆论的影响,于是他立即回答道:"我也是一样不愿去打仗的。不过,如果我们不去打他们,那他们就要来打我们,这是毫无办法的。你也读过布告,法国人最恨的是我们农民,人们都在说:他们之所以觊觎我们的国土,就是想把波兰王国的伏特加酒偷运出去,我们的政府不允许,于是就爆发了战争。现在你该明白了吧?"

"我怎么会不明白呢!"巴尔特克回答说,他不愿再刨根问底了。

伏依特克又接着说道:"他们还想抢走我们的女人,就像狗抢骨头那样!"

"要是这样的话,他们也不会放过马格达了?"

"他们连老太婆都不会放过!"

"啊!"巴尔特克大叫一声,其声调仿佛在说,"真是这样的话,那就应该去打仗的!"

他确实觉得,法国人真是欺人太甚了。他们要把伏特加酒运出去,他倒觉得无关紧要,可是要来调戏侮辱他的马格达,那他是决不允许的。现在,我们的巴尔特克开始从个人利益的立场上来看待这场战争了。他一想到有这样多的军队和大炮去保卫他那受到法国人威胁的马格达,心里就感到无比的欣慰,他不由得握紧了拳头,在他心里,对法国人的恐惧和对法国人的仇恨交织在一起。他终于相信,除了前去打法国人外,已是别无他法了。这时候,天上的晚霞已经消失,天开始黑了下来。列车在不平的轨道上晃动得很厉害,随着列车晃动的节奏,钢盔和刺刀也在左右摇动着。

一个小时又一个小时过去了,成千上万的火星从火车头上喷射出来,在漆黑的夜空里翻腾飞舞,形成了一条条金黄的长线和火蛇。巴尔特克久久不能入睡,正如那些火星在空中翻腾一样,他的脑海里也尽想着战争、马格达、波格伦坪、法国人和德国人。虽然他想从他坐着的椅子上站起来,但他却不能够。他终于睡着了,但也睡得迷迷糊糊的,而且立刻就做起了噩梦。他先是看到他家的那只狗维赛克正和伏依特克家的狗布勒克斯打着,直打得毛飞满地,他拿起棍子要去赶开它们。恰好这时又出现另一番情景:他看见一个黑得像沃土一样的法国人正和马格达坐在一起,马格达还显得很高兴,大笑着,露出了满嘴牙齿,其他的法国人都在嘲笑巴尔特克,还对他指指点点。火车头在咯哒响动,可是巴尔特克却认

为那是法国人在叫喊:"马格达! 马格达! 马格达!"巴尔特克也大声叫喊起来:
"狗杂种! 强盗! 快把我老婆放开!"可是他们依然在叫喊:"马格达! 马格达!"
维赛克和布勒克在狂叫,所有的波格伦坪人也在高喊:"决不能把老婆给他们!"
他是被捆绑起来了呢,还是怎么的?啊,他拼命挣扎着、扭动着,终于挣断了绳
索,巴尔特克抓住了法国人的脑袋,于是突然间……

　　突然间,他的身上感到一阵剧痛,像是给人猛打了一拳似的。巴尔特克惊醒
了,双脚站了起来,全车厢的人都被惊醒了,大家在问发生了什么事情。这个可
怜的巴尔特克睡梦中抓住了军曹的胡须,现在他笔挺挺地站立着,两个手指放在
太阳穴边行起了军礼;军曹双手挥动着,像疯子似的大叫着:"唉,你这头波兰的
笨牛,我要把你的牙齿敲掉,我要把你打个稀巴烂!"

　　军曹愤怒地叫喊着,连声音都嘶哑了,巴尔特克再三行礼道歉,其他士兵都
咬紧嘴唇忍住笑。但是他们也都感到害怕,因为从军曹嘴里又发出了这样的咒
骂声:"你这头波兰牛! 你这头从波兰拉来的笨牛!"

　　后来一切又归于沉寂了。巴尔特克又在他原来的位置上坐了下来,他只觉
得脸颊肿胀发痛,火车头似乎故意在气他,一直不停地叫着:"马格达! 马格达!
马格达!"

　　他心里感到莫大的悲伤……

三

　　早晨来临了,光芒四射的灰白的亮光照射在这些沉睡的、被漫长旅途折磨得
疲困不堪的脸上。士兵们横七竖八地睡在他们的座位上,有的头低垂着,有的仰
靠在椅子上。朝霞升起来了,鲜红的霞光洒满了整个大地。空气清新,生气勃
勃。士兵们都醒过来了。明亮的曙光驱散了阴影和朝雾,现出了一个他们感到
陌生的国度。嘿,哪里还有波格伦坪了,哪里还有上、下克日夫达呀,哪里还有米
日罗夫呢! 这里的一切都是那样的陌生,那样的不同。四周的山丘都长满了橡
树,山谷里的房屋都是红瓦盖顶,白墙上都嵌有黑色的交叉图案。房子也像地主
的庄园一样华丽,上面都爬满了葡萄藤。有的地方屹立着有尖塔的教堂,有的地
方可以看到喷射出紫色浓烟的工厂的烟囱。这里的一切都显得拥挤不堪,缺少
平地和农田,居民多得有如蚂蚁。城市和村镇都飞驰而去。火车经过了许多小
站,一次都没有停过。一定是发生了什么事情,因为到处都挤满了人。太阳从小

丘背后渐渐升起时,几个士兵开始祈祷起来,其他的士兵也跟着他们做起了晨祷,太阳的第一道金光便照射在这些农民士兵严肃而虔诚的脸上。

这时候,火车停在一个大站上,人群立即朝它围了过来,已经从前线传来了消息:胜仗!胜仗!电讯已到了好几个小时了。大家都以为要打败仗的,人们都被这胜利的喜讯所鼓舞,个个欣喜若狂。人们跳下床来,衣服还没有穿好就奔出门外,径直朝车站跑去。一些房顶上已有国旗在飘扬,个个手中挥舞着手帕。他们把啤酒、烟叶和雪茄送到了车厢,其热情之高真是无法形容,人人脸上都是笑逐颜开,满面红光。"保卫莱茵河"的歌声像狂风暴雨响彻云霄。一些人高兴得哭了起来,另一些人互相拥抱祝贺。"我们的弗利茨"①打垮了他们,缴获了许多大炮和军旗,人们被崇高的激情所驱使,纷纷把自己所有的东西拿出来慰劳士兵。战士们也是个个兴高采烈,放声唱起歌来,车厢都被男人们雄壮的歌声震动着,但是老百姓们听到他们不熟悉的歌声,都感到十分惊异。波格伦坪人唱的是"巴尔杜什,巴尔杜什,啊!决不能失望!""是波兰人!是波兰人!"人们一再地说道。人们都朝他们的车厢拥了过来。他们赞赏这些战士们的雄姿英发,又听到了许多关于波兰军团英勇作战的故事,使他们的心情格外兴奋。

巴尔特克的脸面宽大,再加上他那满脸的黄胡须,鼓出的眼睛,高大瘦削的身躯,给人以可畏的印象,人们围观他,像看一种特别的动物似的。德国人有多么强壮的保卫者啊!像他这样的人一定能打败法国人的!巴尔特克满意地微笑着,因为打败了法国人,他也感到高兴。至少这些法国人现在不会到波格伦坪去了,他们也不能调戏他的马格达了,也不可能掠夺他的土地。所以他笑了,由于他的脸还很痛,一笑反而露出了一副怪相,令人实在害怕。另外,他还有《荷马史诗》主人公一样的胃口,大量的豌豆香肠和一瓶瓶啤酒,都被他那无底洞似的大口吞没了。有人送给他钱和雪茄,他都一概收下了。

"这些德国人真是不错!"他对伏依特克说道。过了一会儿,他又说了一句:"你看,他们把法国人打败了!"

但是,生性多疑的伏依特克却给他的高兴劲泼了一瓢凉水。伏依特克像卡珊德娜②那样预言道:"法国人常常在开始的时候打败仗,那是为了诱敌深入,以后他们就会集中全力,把你打得一败涂地。"

---

① 弗利茨,即弗里德里克·卡罗尔,普鲁士王位的继承人,在1870年的战争中曾是一支部队的司令官。
② 卡珊德娜,《伊利亚特》中的人物,特洛伊国王的女儿,能预言未来。

伏依特克并不知道,大部分欧洲人都与他的观点相同。他更不了解,所有的欧洲人也犯了和他同样的错误。

火车又朝前开去。目力所及,铁路两旁的房屋上都是国旗招展。在一些火车站上,火车停留的时间较久,因为到处都停满了列车。从德国四面八方调来的士兵,正急急忙忙地被运往前线,以接替他们打了胜仗的弟兄,所有的火车都披上了绿叶的冠圈。步兵们把人们送给他们的鲜花都插进了枪膛,这些步兵大多是波兰人,每节车厢里都能听到他们的说话声和叫喊声。

"你好啊,小伙子,上帝要把你带到哪儿去呀?"

有时从疾驰而过的火车里,传来了熟悉的歌声:

> 在山多密什那个地方,
> 姑娘正和战士交谈。

巴尔特克和他的伙伴们立即齐声和唱:

> 战士先生,快来和我谈情说爱。
> 上帝保佑你,我还没有吃饭!

如果说,在出发的时候,这些波格伦坪人还是心情悲伤,那么现在,他们都显得异常兴奋而又精神倍增。然而从法国开来的第一列运送伤病员的列车却把他们的兴奋心情给扰乱了,这列火车停在德茨车站,以便给那些急需开赴前线的列车让路。可是等这些列车过完科伦大桥,需要好几个小时。于是巴尔特克和其他新兵都跑去看那些伤病员。他们有的躺在闷罐车里,有的则躺在敞篷车里,只有这些伤员才能看得清清楚楚,巴尔特克看了第一眼,他的英雄气概顿时就短了半截。

"你到这边来看看,伏依特克。"他惊恐不安地喊道,"你看看那些法国人把我们的同胞砍杀成什么样子呀?"

这真是一幅惨不忍睹的景象。那一张张苍白的憔悴疲困的脸孔,有的被火药和创伤弄黑了,有的则血迹斑斑。面对车外群众的欢笑声,他们只能用呻吟来回应。有些伤病员在诅咒战争,诅咒法国人和德国人,乌黑焦灼的嘴唇时时喊着要水喝,两眼无神地转动着。在伤病员中间处处都可以看到那些垂死者的僵硬的脸孔,有的显得平静,眼睛周围显出一道紫青色的圆圈;有的则被痉挛扭曲了,睁着一双吓人的眼睛,露出咬紧的牙齿。巴尔特克平生第一次看见了战争的血的成果。他的心里又是一片混乱。他睁大着眼睛呆望着,张着嘴巴,木偶似的站立在人群中,被人们挤来挤去,背上还挨了宪兵的一棍子,他用眼睛寻找着伏依特克,终于见到了他,对他说道:"伏依特克,愿上帝保佑我们啊!真是可怕!"

"你也会这样的!"

"耶稣,玛利亚!人们就是这样互相残杀的啊!要是平时一个农民这样打了另一个农民,警察就会把他抓进牢里,交付法庭审判的。"

"不过现在,谁杀人最多,谁就是英雄。你在想什么,傻瓜,你以为战争像军训那样,只用火药射击,或者只打靶子不打人吗?"

在这儿,理论与实践的区分一清二楚。尽管我们的巴尔特克已经是个战士,参加过军训和演习,还放过枪,也知道战争就是要杀人。然而现在,当他看到血肉模糊的伤病员,看见这些战争的可怕景象,他就觉得浑身难受,像要虚脱的样子,两条腿都快支撑不住了。他对法国人又产生了畏惧之心,直到他们过了德茨桥到达科伦之后,这种畏惧之心才有所消除。在中央车站,他们第一次看到了俘房。俘房四周站着许多围观的士兵和群众,他们骄傲地望着这些俘房,但并不怀有敌意。巴尔特克用胳膊推开人群,挤了进去,他朝车厢里一望,顿时感到无比惊讶。

一大群法国士兵,身穿破烂的军装,既瘦小肮脏,又面容憔悴,把车厢挤得满满的,就像一桶腌青鱼。许多人都伸出手来接受群众送给他们的东西,只要卫兵不阻拦。与他从伏依特克那里听到的情况相比较,巴尔特克现在对法国人的印象截然不同了,他的心里又恢复了勇气和自信心,他环顾四周寻找伏依特克,发现伏依特克就站在他身边。

"你刚才说什么来着?"巴尔特克问道,"他们不过是些可怜虫,我只要把他们中的一个人杀死,就会有四个人吓得昏死过去。"

"准是他们倒霉了!"伏依特克回答说,他也有点感到意外。

"他们叽里咕噜说的是什么话呀?"

"当然不会是波兰话!"

看到这种景象而放下心来的巴尔特克,便顺着车厢一节一节地看了下去,当他巡视完这些正规兵之后,便嘟哝了一句:"真是够惨的啊!"

不过,最后几节车厢里装的都是佐夫兵①,这些人却给巴尔特克留下了更多的思考余地。由于他们都坐在有篷盖的车厢里,无法看清他们的身体是否是那样的魁梧:一个人能抵得上两个或者三个普通人。不过,从车窗里望进去,却可以看见这些长着长胡子的士兵,他们肤色黝黑,眼里露出了凶光,个个都是久经沙场的战士,满脸杀气,表情凛然,巴尔特克又害怕了起来。

　　"这些人真吓人!"他低声说道,好像怕他们听见似的。

　　"你还没有看到那些没有被我们俘虏过来的士兵是什么样子呢!"伏依特克应了一句。

　　"但愿上帝保佑我们!"

　　"你等着瞧吧!"

　　他们看过了那些佐夫兵,又继续朝前走去,刚刚走到最后一节车厢,巴尔特克便突然后退了几步,像是被火燎了一下似的。

　　"啊! 伏依特克,让上帝救救我们吧!"

　　从敞开的车窗,可以看见一个土尔科斯兵②,他脸色漆黑,眼睛翻动着,一定是受了伤,因为他脸上显出一副痛苦的表情。

　　"你怎么啦?"伏依特克问道。

　　"这哪里是兵,一定是个魔鬼。上帝啊,请宽恕我的罪过吧!"

　　"你再看看他有一副多好的牙齿!"

　　"让魔鬼把他抓走吧! 我再也不要看他了!"

　　巴尔特克闭口不语,过了一会儿他又问道:"伏依特克?"

　　"怎么啦?"

　　"朝他画个十字,是不是会有用处?"

　　"这些异教徒对这种神圣的信仰是无法理解的!"

　　上车的信号响起了,过了一会儿,火车又继续朝前开动了。直到夜幕降临,这个土尔科斯兵的那张黑脸,还有他的那双可怕的眼睛,却不断地在他眼前晃动着。如果以这个波格伦坪战士眼下的心情来判断,他是很难预计到自己将来会有一番作为的。

---

① 佐夫兵,1831 年成立于阿尔及利亚的法国步兵队。
② 土尔科斯兵,由殖民地来的士兵组成的一支法国步兵军团。

四

巴尔特克亲身参加的这次格拉维洛特阵地战,起初他只觉得在打仗的时候有东西可看,却无事情可做,因为战斗一打响,上级就命令他和他的团队把枪放在脚边,要他们在种满葡萄的小山丘下面待命。远处是大炮轰鸣,近旁是疾驰而过的骑兵,马蹄声震撼着大地,到处是旌旗招展,刀光剑影,一发发炮弹在小山上面的蔚蓝天空中呼啸而过,宛如一朵朵飞驰的白云。接着是烟雾满天,把整个地平线都淹没了,这使人感到,战争犹如一场狂风暴雨,它席卷四面八方,但在每处停留的时间都不长。

过了不久,巴尔特克所在部队的四周就出现了异常的活动。其他部队开始在他所在部队的周围聚集起来。在部队与部队之间的空隙处,拉来了许多大炮,这些大炮迅即被卸下摆好,炮口对准了小山顶。整个山谷都布满了军队。现在号令四起,副官们在急速奔跑着,我们的这些战士也在交头接耳,窃窃私语着:"现在该轮到我们了!啊,是的!"或者不安地互相打听着:"是不是就要冲锋了?""当然是的!"他们心神不安,生死问题已经摆在面前了。在淹没住整个山丘的烟雾里,像是有什么东西在喧嚣,在发出可怕的爆炸声。大炮低沉的轰响和机枪子弹的哒哒声越来越近。远处传来了某种不大清晰的响声,还听到了霰弹炮声。突然,那些刚刚安装好的大炮开炮了,炮声震撼了大地和空气。炮弹发出可怕的呼啸声,在巴尔特克团队的头上飞过。他们都在翘首观看,只见一团通红的东西,像是一片小彩云朝他们飞来,里面还有啦啦的响声,随即便听到了格格声、呼呼声、尖叫声和轰鸣声,这些农民战士便叫喊起来:"是炮弹!是炮弹!"就在这一瞬间,这只战争的凶鸟有如台风疾驰而来,它越来越近,终于掉下来了,爆炸了!可怕的响声震耳欲聋,一阵震动仿佛是天崩地裂,还掀起了一股狂风般的推力。站在大炮附近的那些队伍中,出现了一阵骚动,发出了惊叫声,接着是口令:"立正!"巴尔特克站在前排,肩上扛着枪,昂起头,闭紧嘴唇,以免让牙齿打架,不许他发抖,也不准他开枪,只能站在那里等待。于是这里又落下了炮弹,一发、两发、三发、四发……十发……风吹散了山丘上的烟雾,才看到法国人已经占领了普鲁士的炮兵阵地,并把自己的大炮架在那里,现在正向山谷里开炮。不时从稠密的葡萄丛中蹿起一道道很长的白色烟柱。法国步兵在大炮的掩护下正朝山下走来,以便展开枪战。现在他们到了半山腰。风又把烟雾吹散了,可以清清楚楚地看见他们了。难道是葡萄在开放罂粟花？啊，不是，那是法国步兵的红帽子。有时他们隐没在高高的葡萄藤下消失不见了，只能看见三色旗在一些地方飘扬。步枪声急速而又杂乱地响着，时时会突然在一些新的地点响起来。炮弹还在不断地轰鸣，与空中的枪弹组成了交叉火力。山上不时有叫喊声传来，山下就有德国人的"呜啦！"声回应着，山谷里的大炮也接连不断地朝对方发射，然而他们的团队依然站在原地，一动不动。

但是，火力圈已经渐渐逼近，包围了他们，子弹在远处像苍蝇似的嗡嗡响，或是发出可怕的嘶声从近旁飞过。数量越来越多，就在他们的头上、鼻子、眼睛和肩膀旁边响着，成千上万，无法计数，居然在这样的地方还有人站着不动，真是令人惊叹不已！突然，从巴尔特克身后传来一声呻吟："耶稣！"随即是一声命令："站好！"又是一声呻吟："耶稣！""站好！"随后呻吟声越来越频急，命令声也更加急促，队伍也越聚越紧。子弹的呼啸更骤更急，更使人胆战心寒。周围尽是死人，真像是到了世界末日。

"你怕吗？"伏依特克问道。

"怎么会不怕呢？"我们的主人公回答道，牙齿都在咯咯作响。

但是，巴尔特克和伏依特克依然站在那里，他们两个全然没有想到要逃跑。既然上级命令他们原地待命，那就只有服从。巴尔特克说的不是真话，他比起那些处在与他同样地位的人要胆大得多，军纪支配着他的全部思维，而他的思维也没有把他当时的处境描绘得那样惊恐不安。当然，巴尔特克是意识到了他们会杀死他，他便把这种想法告诉了伏依特克。

"他们打死的人太多了，天堂里连收留你这个傻子的空位子都没有了。"伏依特克以不屑的口吻回答他说。

这句话使巴尔特克的心受到了很大的宽慰。他似乎觉得，天堂里的空位子真的已经被人占去了，一想到这里，他就平静下来，耐心地站在那里，他只觉得闷热异常，满脸都是汗。这时候，敌人的火力已经密集到那样的可怖，眼见他所在的部队正在迅速地土崩瓦解，死伤的人已经不再有人去理睬了。垂死者的痛苦呻吟与炮弹的轰鸣声和枪弹的叭叭声交织在一起。从三色旗的移动中可以看出，被葡萄藤掩护的法国步兵正越逼越近。炮弹的爆炸使他们这支队伍急剧减少，他们开始感到绝望了。

不过，在这种绝望的后面，却蕴藏着焦急和狂怒，只要一声令下，让他们冲锋向前，他们就会像狂风那样席卷过去。他们再也不能站在原地不动了，一个士兵突然把他的头盔取下来,用力将它摔在地上,大声叫道:"反正都是一死!"

巴尔特克又从这句话中得到了鼓励,他几乎不再感到害怕了。因为,既然人不免一死,那么死也就不是什么大问题了。这是种农民的哲学,这种哲学更优于任何其他的哲学,因为它给人以慰藉。尽管巴尔特克早就知道,人不免一死,不过现在听人说起,也就更加真实可信,于是他更觉宽心了,尤其是此时此刻,战争已经变成了一场大屠杀,他的团队连枪都没有响一声就已死伤过半,那些从打散的联队逃奔到他们这儿来的士兵,都已溃不成军,秩序混乱。只有从波格伦坪村、上下克日夫达村和米日罗夫村来的这些农民士兵还遵守着普鲁士军队的铁的纪律,依然挺立在那里,不过,即使在他们队伍中间也能觉察出某种动摇不安。再过一会儿,他们也会挣脱纪律的约束,他们脚下的土地已经被鲜血浸透得又软又滑了,血腥气和火药味交杂在一起。由于尸体的隔开,有些地方的队伍都不能连成一体了。在这些依然挺立的士兵脚下,另一半士兵却躺在血泊中,他们在呻吟,在挣扎,已经奄奄一息,或者已在静默中死去。空气令人窒息,队伍中间议论纷纷,怨声不断:"他们是把我们带到这儿来送死的!"

"谁也不能活着出去了!"

"闭嘴,波兰狗杂种!"一个军官在吆喝。

"你就到我这儿来站站看!"

"原地站好,混账东西!"

突然又有一个声音响起:"在你的保佑之下……"

巴尔特克立即接了下去:

"神圣的圣母啊,我们向您祈求……"

于是就在这个硝烟弥漫的阵地上,一个波兰的合唱队高声唱起了钦斯托霍瓦保护神的圣母颂:"请不要拒绝我们的祈求……"

他们旁边的伤员也用"玛利亚!玛利亚!"的呻吟声来伴和着他们。显然是圣母玛利亚听到了他们的祈求,因为就在这个时候,一位副官策马飞奔前来,下达了进攻的命令:"拿起武器冲锋!呜啦!前进!"竖立的刺刀一下子都平端了起来,队伍立即排成了长长的横列,朝小山丘冲了过去,用刺刀去寻找那些尚未发现的敌人。不过,我们的这些农民士兵现在离山脚还有二百米,而且还得冒着敌人的强大火力才能冲过这片地带……他们会不会全军覆灭呢?他们会不会溃退下来呢?他们宁愿战死疆场也决不后退一步,因为普鲁士的指挥官们深谙采用什么曲调能使这些波兰战士奋勇杀敌。在大炮的轰隆声中,在机枪的嗒嗒声中,在战火弥漫、队伍混乱和伤员的呻吟声中,最响亮的是军号和战鼓的声音,它们直冲云霄,奏出了使他们心中的每一滴血都会沸腾的颂歌。"呜啦!"那些马齐克们在高呼,"只要我们还活着!"他们心情激动,满脸生辉! 他们像旋风似的越过躺倒在地上的人和马的尸体,踏着大炮的碎片,他们跌倒了,但是他们依然在呐喊着,在高唱,奋勇向前。他们已经冲进了葡萄园里,消失在葡萄藤中,只能听到歌声在飞扬,偶尔能看到刺刀在闪光。山上的火力更加猛烈了,而在山谷里,军号不停地吹响着。法国的枪炮射击越来越急,越来越猛烈,突然间……

突然间他们都沉寂无声了。

在山谷里,那被称为"战争之狐"的斯特因梅茨,点起了他的瓷烟斗,用非常满意的口吻说道:

"只要军号这么一吹,这些乡巴佬就会奋不顾身!"

过了一会儿,果真有一面傲慢地挥动着的三色旗忽然升起随即便倒了下去,再也看不见了。

"他们是不开玩笑的!"斯特因梅茨说道。

军号又吹起了那支颂歌,波兹南的第二支部队开上前来协同作战。

于是在葡萄丛中展开了一场白刃战。

现在,缪斯女神啊,请您赞美我们的巴尔特克吧! 让后代的人都能知道他的功绩。此时此刻,他心中的全部恐惧、焦虑和绝望都已化作一腔愤怒。他一听到那支乐曲,他的每根神经都像钢丝一样绷得很紧,他的头发都直竖起来,两眼冒火。他忘记了一切,也忘记了"人总不免一死",他的一双大手紧端着钢枪,跟着别人一道冲向前去。等他冲到山脚下,他至少跌倒了十次,鼻子都摔坏了,全身都沾满了泥土和鼻血,他气喘吁吁,张开大嘴呼吸着,但是他还是疯狂地朝前奔去。他瞪圆了眼睛,以便能发现葡萄丛中的法国兵。他终于一下子看见了三个站在军旗下的法国兵,他们都是土耳科斯人,他们以为巴尔特克要后退了,啊,不! 此时此刻,哪怕是魔王亲自出战,他也要抓住他的双脚不放,他已经朝他们冲了过去,他们也高喊着迎了上来,两把刺刀有如两支致人于死命的利针,已经刺到了他的胸膛,可是我们的巴尔特克不慌不忙地把他们的刺刀往两边一架,顺势一转便刺了过去……立即就响起了可怕的呻吟声,两具黝黑的尸体便倒在地上痉挛地抽动了一下。

就在同一瞬间,有十多个法国兵赶来帮助那举旗的第三个土耳科斯人。巴尔特克像凶神恶煞一样朝他们猛扑过去。他们开了枪,只见一下闪光一声响,但是同时，从烟雾中响起了巴尔特克沙哑的咆哮声："他们打偏了！"

这时候，他手中的枪挥动成一个可怕的半圆形，随即便是一片呻吟声。土耳科斯人一看到这个发狂的巨人，都吓得后退了。也许是巴尔特克听错了，也许是这些土耳科斯人说了几句阿拉伯语，但巴尔特克却明明听到，从他们的厚嘴唇里喊出了："马格达！马格达！……"

"让你们去想马格达吧！"巴尔特克高喊着，一步跨进了敌人的中间。

幸亏这时候，马齐科、伏依特克和别的战士都赶来帮助他。于是在这片浓密的葡萄园里，展开了激烈的肉搏战。刀枪的撞击声，鼻子里的哼声和搏斗者的急促呼吸声相互应和在一起。巴尔特克像狂风似的怒不可遏，烟雾迷住了他的眼睛，身上流着血，他看起来与其说像个人，倒不如说像只野兽，他忘记了身边的一切。每当他刺出一枪，就有一个敌人倒下，就有枪被打断，就有人被打破脑袋。他的双手快如闪电，挥动着那架播种毁灭的机器。他一步蹿到旗手身边，他的铁爪立即抓住了对方的喉头，那旗手的眼睛便鼓了出来，脸也涨红了，喉咙里发出了咕噜声，双手伸了开来，军旗便倒了下去。

"鸣啦！"巴尔特克大声喊了起来，他举起那面军旗在空中挥舞着。

山下的斯特因梅茨将军看见了这面高举着的随即又倒下的军旗。

但是他看见这面旗只有半秒钟，因为在另外半秒钟里，巴尔特克使用这面旗打破了一个戴金线军帽的脑袋。

这时候，他的战友们都已经冲到前面去了。

巴尔特克独自停留了一会儿，他把旗扯了下来，放进胸前的口袋里，他双手握住旗杆，朝战友们追了过去。

一大群土耳科斯来的士兵发出声声号叫，返身朝架设在山顶上的大炮跑去，那些马齐科们也一面呐喊着，一面追了过去，手里还挥动着枪托和刺刀。

那些驻守在大炮阵地上的佐夫兵用步枪的火力来迎接那些朝他们跑过去的土耳科斯人和波兰人。

"鸣啦！"巴尔特克高喊着。

他们跑进了大炮阵地，于是这里又展开了一场新的短兵相接的肉搏战。这时候，又有第二支波兰部队赶来参战。巴尔特克手里的旗杆现在竟成了一根魔杖，每次挥动都能在密集的法国兵中间打开一个缺口。那些佐夫兵和土耳科斯兵开始惊慌了，凡是巴尔特克所到之处，他们都节节败退。因此转瞬之间，巴尔特克就第一个坐在大炮上，仿佛骑在波格伦坪的牝马上一样。

然而,当别人还来不及看清他骑在这尊大炮上,他又骑在了另一尊大炮上,还打死了大炮旁边的另一名旗手。

　　"乌啦! 巴尔特克!"战友们齐声欢呼。

　　战斗获得了全胜,全部大炮都被缴获了。溃不成军的法国步兵在逃往山后时被另一支普鲁士联队包围了,不得不缴械投降。

　　巴尔特克在追赶逃敌当中还缴获了第三面军旗。

　　巴尔特克的模样这时真是值得一看,他精疲力尽,满身是血,像铁匠铺里的风箱一样喘着气,现在他正和战友们一道走下山来,肩膀上奉拉着三面军旗,现在在他看来那些法国兵真是不堪一击。伤痕累累,气喘吁吁的伏依特克正好走在他的身边,于是巴尔特克便对他说道:"你以前是怎么说的? 他们不过是些可怜虫,一点力气也没有,他们只会像小猫一样抓破我们的一点皮。可是我是怎样干掉他们的,你只要朝地上看看就明白了。"

　　"以前谁看得出来你是这样的厉害!"伏依特克回答说。巴尔特克的整个战绩,他都看得一清二楚,现在他对巴尔特克真是刮目相看了。

　　不过,有谁能看不到他的丰功伟绩呢? 历史、整个团队和大部分军官都看见了。现在,大家都用惊讶的眼光来看这个浅黄胡子和眼睛鼓起的彪形大汉了。"啊,你这个该死的波兰人!"少校亲自对他说话,还扯了扯他的耳朵,巴尔特克高兴得张着大嘴,露出了牙齿。等到全团又在山脚下整队的时候,少校把他引荐给上校,上校又把他引荐给斯特因梅茨。

　　斯特因梅茨看了看他缴获的军旗,命令将它们收集起来,随后他就审视着巴尔特克。我们的巴尔特克又像根琴弦那样站得笔笔直直,还举枪致敬,这位老将军看了他一会儿,便满意地点了点头。最后他对上校说了几句话,只有"军士长"这个词听清楚了。

　　"他太傻了,将军。"少校回答说。

　　"让我们试试看。"将军说道,随即勒转马头,朝巴尔特克走去。

　　巴尔特克不知道该怎么办好:一位将军和一个士兵说话,这在普鲁士军队中是前所未有的事情。不过这位将军这样做并不困难,因为他会说波兰话,而且这个士兵又是缴获三面军旗和两门大炮的人。

　　"你是从哪里来的?"将军问道。

　　"我是波格伦坪村人。"巴尔特克答道。

　　"好,你的姓名呢?"

"巴尔特克·斯沃维克。"

"就是人。"那少校解释道。

"是人。"巴尔特克重复了一句。

"你知道你为什么要打法国人?"

"知道,老爷……"

"那你就说说看!"

巴尔特克开始嘟嘟噜噜起来:"因为……因为……"突然伏依特克说过的话涌上他的心头,于是他毫不迟疑地复述出来,免得再结结巴巴地说不清楚。

"因为他们也是德国人,不过是更坏的一种!"

老将军的脸上抽动了一下,像是要笑的样子。过了一会儿,老将军便对少校说:"你说得不错。"

我们的这个巴尔特克,自己觉得很是满意,依然像根弦似的站得直挺。

"今天这一仗是谁打胜的?"将军又问他。

"是我,大人。"巴尔特克心直口快地回答道。

将军的脸又抽动了一下。

"是的,是的,是你打胜的,这是给你的嘉奖!"

说到这里,这位年老的军人便从自己的胸前摘下一枚铁十字勋章,随后他从马上弯下身来,给巴尔特克挂上了这枚勋章。在上校、少校、上尉甚至在士官们的脸上,都极其自然地映现出将军的那种神情。将军离开之后,上校奖给了巴尔特克十个金币,少校送了他五个金币,以下各级军官都对他有所奖励,大家都笑着对他说,这次胜仗是他打的,这使巴尔特克高兴得有如上了七层天似的。

奇怪的是,唯有伏依特克非常不满意我们的这位英雄。

黄昏时候,他们两个都坐在火堆旁。当巴尔特克那张扬扬得意的脸被豌豆香肠塞得鼓鼓囊囊,就像香肠被豌豆塞得鼓鼓囊囊的时候,伏依特克便用一种惋惜的口气说道:

"唉,巴尔特克,你呀,你真是个大傻瓜,因为你傻得……"

"我怎么啦?"嘴里被香肠塞满了的巴尔特克说道。

"你干吗,我的同乡,要对将军说法国人也是德国人呢?"

"那不是你自己这样说的吗?"

"但是你应该想,将军和军官们都是德国人呀!"

"那又有什么关系呢?"

伏依特克开始思考了一会儿。

"就算他们是德国人，你也不应该当面对军官们这么说呀，这不是让他们难堪吗……"

"我说的是法国人，又不是说他们……"

"唉，反正这是……"

伏依特克突然把话打住了，很显然他还想再说下去，本来他是想向巴尔特克解释清楚：当着德国人的面去说他们的坏话那是很不恰当的，但是他话到嘴边又缩了回去。

五

过了不久，普鲁士王家邮局给波格伦坪村送去了下面这封信：

　　赞美耶稣基督和他的圣母！最最亲爱的马格达，你好吗？你平平安安地躺在家里的热被窝里，那真是享福啊！可是我在这里打仗真是苦得很。我们围攻了梅茨大炮台，打了一次大仗，我把法国人杀得那样惨，把所有的步兵和炮兵都吓得惊慌逃命了，就连将军本人也对我惊讶不已，他说是我打赢了这一仗，还奖给我一个十字勋章。现在军官们和士官们都很尊敬我，不再打我的耳光了。后来我们又向前推进，打了第二仗，我不知道那座城市叫什么名字，我又打死了不少法国兵，我夺得了第四面军旗，我还打败了一个身材高大的重甲骑兵队的上校，把他俘虏了。我们的军官对我说，当我们的团队调回家乡时，让我写一份申请书，要求留下来。因为在战争中，除了不能好好睡觉外，倒是非常惬意的，要吃多少有多少，而且在这个国家里，到处都是酒，因为这是个很富裕的国家。我们还放火烧了一个村子，连孩子和女人都没有放过，这次行动我也参加了，教堂烧成了平地，因为他们都是天主教徒，许多人被烧焦了。现在我们正要去攻打他们的皇帝，到那时候战争就该打完了。可是，你要照看好我们的家和弗兰涅克，如果你不好好照管，等我回家后就让你尝尝我的厉害，要让你知道我是怎样的一个人，愿上帝保佑你。

巴尔特克·斯沃维克

很显然，巴尔特克对战争产生了兴趣，现在他把打仗看成是一门手艺了，他有了更大的信心，他现在参加战斗，犹如他在波格伦坪村参加田里劳动一样。每次战斗之后，他的胸前不是增挂了奖章，就是增挂了十字勋章。尽管他没有当上军士长，但他已被看成是全团首屈一指的战士了。他依然像从前一样，遵守纪律，服从命令，而且还具有不怕一切危险的人那种盲目的勇敢，这种勇敢已经不像开始时那样是从愤怒中产生的，现在的勇敢来源于战士的实际战斗经验和自信心。此外，他那超人的体力又使他能承受行军和站岗放哨的一切艰难困苦。他周围的人一个个都倒下了，唯独他一人精力充沛地活了下来，而且变得越来越凶猛，越来越粗野，成了一个更加残忍的普鲁士士兵了。现在他不仅枪杀法国人，也更加仇恨他们了，他已经成了一个忠心耿耿的士兵，盲目崇拜他的指挥官，他在给马格达的第二封信中写道：

我和伏侬特克的看法有了分歧，所以我们大干了一场，你明白吗？他是个浑小子，因为他说法国人就是德国人，然而他们是法国人，德国人却是我们自己人。

马格达在回复他的两封信中狠狠地骂了他一顿，她是这样写的：

最亲爱的巴尔特克，在圣坛前跟我结婚的夫君，真想让天主惩罚你！你才是个浑家伙，异教徒！你和那些恶棍们一起去残杀信奉天主教的人民，你难道不知道，那些恶棍们都是些路德教徒吗？而你这个基督教徒却去帮助他们！你只想打仗，你这个好吃懒做的浑家伙，你现在什么事情都不做，尽和人打仗、吃吃喝喝，还残杀无辜。你不吃斋，还放火烧教堂，我真希望你到了地狱之后他们也用火来烧你。你还扬扬得意，自己逞能，连老人小孩也不放过。你这只公山羊，你要记住圣书上对我们波兰人写下的金玉良言。从开天辟地到世界末日，至高至尊的天主决不会宽恕那些又笨又懒的人。你要好好地管住自己，你这个土耳其佬，免得将来我打破你的脑袋，我给你寄去五块钱，尽管我的日子过得很困难，而且也不知道将来怎么办好，家里的境况很不好。我拥抱你，最最亲爱的巴尔特克。

马格达

信中提出的忠告并没有引起巴尔特克的重视，"娘们懂个啥，"他心想，"倒爱管闲事！"他禀性难移，打起仗来依然和过去一样。几乎每打一仗，他都要得到奖赏。后来，他还受到了地位比斯特因梅茨还要高的人的注意。以致到了最后，当损失惨重的波兹南团队被送回德国内地休整的时候，他听从了军曹的劝说，打了申请报告，于是便留了下来，进了别的团队，其结果便是他一直打到了巴黎城下。

　　现在，他的信中尽是对法国人的轻蔑，"每次战役，他们都像受惊的兔子那样狼狈逃走。"他给马格达写道。他写的都是实话。但是这次围攻巴黎却不合他的胃口，在巴黎城下，他不得不整天躺在壕沟里，听着大炮的轰鸣，常常是一身泥土一身水。另外，他也很想念他原来的团队，现在他作为志愿兵加入的这个团队，尽是些德国人，他过去只会说一点点德国话，那是他在工厂里学来的，不过一句话里十个字中最多只会说四五个，现在，他的德国话说得可流利了。但是这个团队里的人却把他叫作"波兰牛"，幸亏他的那些十字勋章和一双令人生畏的拳头，才使他免遭别人更为恶意的嘲笑。不过，几次仗打过之后，他便获得了新伙伴们的尊敬，而且和他们的关系也渐渐亲密起来了。由于他给全团争得了巨大的荣誉，他们也就把他看作是自己人了。巴尔特克一向不愿意别人把他看成是德国人，认为这是对他的侮辱，如今他为了表示自己是法国人的敌人，也称自己是"德国人"了。他觉得，这是完全不同的两种事情，而且他也不愿意自己比别人差。不过，后来发生的一件事情倒能使我们的主人公进行深刻的反思，如果他的头脑能够反思的话。有一次，他的团队派出了几组士兵去伏击敌人的狙击兵，他们设下了埋伏，于是狙击兵便陷入了他们的包围之中。但是这一次，第一阵枪声响过之后，巴尔特克并没有见到红帽子在逃走，因为这支法国狙击兵全是由久经沙场的老兵组成，他们是一个外籍军团的残余士兵。尽管他们被包围了，但战斗得异常顽强，后来他们直冲过来，用刺刀从普鲁士军队的包围中冲出一条血路，他们反抗得那么英勇，竟有大部分士兵冲出了重围。其余的人知道狙击兵被俘之后都不免一死，因此他们都不愿活着落入敌人的手中，巴尔特克所在的那个连队，才抓住了两个俘虏。晚上，这两个俘虏被关在看林员的一间屋子里，准备第二天枪毙的。几个士兵在门外设岗防守，而巴尔特克则被安排在屋子里的那扇玻璃被打碎的窗子下面，看守被捆绑的两个俘虏。

　　其中一个年纪已经不轻，长着一把灰白胡子，脸上现出一副满不在乎的神气。另一个年约二十余岁，脸上的胡须刚刚依稀可辨，他的脸孔不像个士兵，倒像个姑娘。

过了一会儿，年轻的那个说道："一切都完了！脑袋上一粒子弹，一切就都完了！"

巴尔特克浑身颤抖，连手中的枪也震动起来了，原来这个年轻人说的是波兰话。

"我反正都无所谓了。"另一个用一种厌倦的语调说道，"说句老实话，反正一个样，我已经活了这把年纪，也够本了。"

巴尔特克的那颗心在军装下面跳动得更加急速了。

"你听着！"老的接着说道，"已经没有别的法子了。要是你害怕，就想些别的事情，要么干脆睡它一觉，生活是可悲的。上天可以作证，我对一切都无所谓了。"

"我真可怜我的母亲。"年轻的低声说道。

很显然，他为了抑制住自己的感情，要么是自己在欺骗自己，便开始吹起口哨来。突然他停住了口哨，用非常绝望的声音哭叫道：

"让天雷来打死我吧，我都没有跟她告别一声呀！"

"那你是从家里偷跑出来的了？"

"是的，那时候我认为，只有打倒了德国人，我们波兹南人的日子才会好过一些。"

"我也是这样想的……可是现在……"

那个年纪大的挥了挥手。他又说了些什么话，因为声音太低，都被呼呼的风声淹没了。夜寒天冷，又不时飘落着阵阵细雨，附近的森林漆黑得有如服丧的黑纱，寒风在房间的四角呼号着，又像狗一样，在火炉的烟囱里尖叫着。免得被风吹灭而高挂在窗户之上的那盏油灯，把摇曳不定的灯光投射在房间里，然而站在窗边的巴尔特克却完全处在黑暗中。

那两个俘虏看不清他的脸，这对他来说兴许是件好事。因为在这个农民的心里，许多奇怪的事情正在汹涌翻滚。起初，他满是惊异，瞪圆了眼睛望着两个俘虏，竭力想听清他们的谈话。原来他们出来打德国人，是为了波兹南人生活得更加美好。而他也是为了波兹南人生活得更好才来打法国人的，可是那两个人明天就要被处死，这是为什么呢？这个可怜的人真是迷惑不解，他难以解答这个棘手的问题。他又能对他们说些什么呢？要是他能告诉他们，说他是他们的同乡，他非常同情他们，那该多好呀！突然他觉得他的喉咙好像被谁掐住了似的，

林洪亮译文自选集

他能对他们这样说吗？他能救他们吗？他若是这样做了，那他也会被枪毙的。嘿，真见鬼，他现在左右为难，一种悲怆的心情使他再也不能待在这个房间里了。

一种揪心的怀念之情仿佛把他带到了波格伦坪村，满腔怜悯——这在他这个战士的心中是个从未认识的客人——在他耳边大声叫喊："巴尔特克，快救救他们吧！他们是你的同胞啊！"而他的心也想起了家，想起了马格达，想起了波格伦坪村。这种思念之情又是那样强烈，这是他从来没有过的。法国、战争，还有那些战役，他已经受够了。他越来越清楚地听到了这声音："巴尔特克，快救救这些自己人啊！"要是战争能在大地上销声匿迹该多好啊！从破窗户望出去，森林一片漆黑，像波格伦坪的松树一样悲号着，而且就在这悲号声中仿佛也有一种声音在呼叫他："巴尔特克，快救救你的同胞啊！"

他能做什么呢？

和他们一起逃到森林中去，还是采取别的什么办法呢？但是普鲁士纪律所灌输给他的一切，使他立即把这种想法给否定了……圣父圣子保佑啊！他只能丢弃这种想法，他，一个士兵，能去当逃兵吗？永远也不！

这时候，森林呼号得更响了，风的呼啸也更加悲哀了。

那个年纪大的俘虏突然开口说道："这风刮得就像我们家乡的秋天那样！"

"你让我安静一下好吗！"那年轻的用不满的口气说道。

可是过了一会儿，他又不停地一再说着。

"在我们那里，在我们那里！在我们那里！啊，上帝，上帝！"

声声悲叹混进了呼啸的风中，两个俘虏又寂然无声地躺在地上。

巴尔特克浑身像犯疟疾似的颤抖着，连他自己都不明白到底是怎么回事。这是最糟糕的事情，巴尔特克什么也没有偷过，可是他觉得自己就像偷了别人什么东西似的，害怕别人来抓他。他没有受到任何威胁，可他老是在胆战心惊。千真万确，他的脚在发抖，他的枪也变得特别沉重了。他感到喘不过气来，像是被一场大哭扼制住了似的。是因为马格达，还是由于波格伦坪？两者都有。不过，主要是因为他无法救出那个年轻的俘虏而感到无比的悲痛。

巴尔特克时时觉得他已经睡着了。这时，屋外的狂风刮得更加猛烈了，而在风的呼啸中，种种奇异的呼叫声在扩大，在增强。

突然间，巴尔特克头盔底下的每根头发都倒竖起来。因为他觉得，在那漆黑的潮湿的森林深处，好像有人在呻吟、在悲号："在我们那里，在我们那里，在我们那里！"

巴尔特克全身瑟缩了一下,用枪托敲打着地板,免得昏睡过去。

他的神智渐渐清醒了……他抬头一看,两个俘虏依然躺在角落里。灯光摇曳,风在呼叫,一切都依然如故。

此刻灯光照亮了那个年轻俘虏的脸孔,那是张孩子的脸或是姑娘的脸。他的眼睛紧闭着,头枕着麦秸,看起来像个死人似的。

打从巴尔特克出世以来,还从来没有为这种怜悯痛苦过。显然有种什么东西把他的喉咙给扼住了。一种悲哀的哭声正要从他的胸膛里喷射出来。

这时候,那个年纪大的俘虏困难地侧过身来,说道:

"晚安,伏瓦德克……"

接着又是一片静寂。一个小时过去了,巴尔特克的确感到很不好受。风如同波格伦坪的风琴那样轰鸣着,两个俘虏静静地躺在那里。突然,那个年轻的俘虏挣扎着抬起了身子,叫道:"卡罗尔?"

"什么事?"

"你睡着了吗?"

"没有……"

"你听我说!我害怕……你随便说点什么都可以,我可是要祷告了……"

"那你就祷告吧!"

"我们的在天之父,愿你的名字永远神圣,愿你的天国来临……"

呜咽突然中断了他的祷告……不过依然能听到他那断断续续的声音:"按照……你的意志……"

"啊,耶稣!啊!耶稣!"巴尔特克的心在悲号。

不,他再也无法忍受下去了。再待一会儿,他就会喊起来:"老乡,我也是波兰人啊!"然后就越过窗户……逃进森林,一切都只好听天由命了。

突然,从院里传来了整齐的步伐声,来的是队长和军士长,他们是来换班的。

第二天打早上起来,巴尔特克便喝得酩酊大醉,第三天依然是醉醺醺的……

但是在以后的日子里,新的行军、战斗和进攻接二连三地发生了……因此,作者很高兴地报告大家,我们的主人公已经恢复了平静。不过,从那个晚上开始,他就迷上了酒瓶,常常从这里面寻找乐趣,有时是借酒浇愁。此外,他在战斗当中变得比以往更加残暴了,他的胜利也是接踵而来。

六

几个月又过去了,早已是春回大地。在波格伦坪村,果园里的樱桃树也已枝繁叶茂,鲜花盛开,地里的小麦长得绿油油的,满眼青翠。有一天,马格达坐在院里,正削着已经长了芽的土豆,预备做午饭吃,这些土豆给牲口吃要比给人吃更适合。但当时正青黄不接,而且贫穷已经来到了波格伦坪村,这些都可以从马格达瘦黑而愁苦的脸上看出。也许是为了驱散心头的苦闷,马格达闭起了双眼,用一种尖细的假嗓子唱起歌来:

> 啊! 我的雅辛科去打仗,
> 啊,他给我寄来许多信。
> 啊,我也回了他好几封,
> 啊,因为我是他的婆娘。

麻雀在樱桃树上吱吱喳喳地鸣叫,似乎要赛过她似的。马格达一边唱着歌,一边还不时地看看那只躺在阳光中的小狗,有时也抬头眺望房屋旁边的那条大道,或是把目光转向那条从大道通向果园的小路,可能是因为这条小路是通向火车站的近道,而且上帝果真显灵,她这一天没有白看。远处出现了一个人影,马格达便把一只手放在眼睛上面,但是她什么也看不清楚,因为阳光太刺眼了。但是那条秃毛狗却立即惊醒了,抬起了头,吠叫了几声,开始警觉起来,它竖起了耳朵,左右摇晃着它的头。就在这时候,一段听不清的歌词传到了马格达的耳中,那只狗也立即跳了起来,朝来人方向飞奔过去,马格达的脸色突然煞白了。

"是巴尔特克,还是别人?"

她也噌地一下跳起身来,把装满土豆的筐子都掀倒在地了。现在,毫无疑问是他了。那只狗已经双脚搭在来人的肩膀上,马格达也飞奔过去,高兴地大声喊道:"巴尔特克! 巴尔特克!"

"马格达,是我回来了!"巴尔特克喊叫着,向她送来一个飞吻,大步流星地朝她迎了过来。

他推开了院门,被门框绊了一下,差点跌了一跤。幸亏只摇晃了两下,于是他们俩就紧紧拥抱在一起了。

马格达抢着说道："我还以为你不会回来了……我以为你被他们打死了……你怎么啦？让我看看你，我要好好地看看你，你瘦多了！啊！耶稣！啊，你这个可怜的人！啊，我最亲爱的……你回来了，你回来了……"

她把双手从巴尔特克的脖子上挪开了一会儿，仔细地打量着他，随即又紧贴在他的胸前。

"你回来了，谢谢上帝……我亲爱的巴尔特克！你还好吧？快进屋里去……弗兰涅克上学去了！德国人常常欺侮我们的孩子……小家伙长得很结实，就是像你一样脑子笨。啊！你回来得正是时候，我真不知道该怎么办好了。我告诉你，家里苦极了，真是苦得要命啊！整个家都快败光了，圈舍的屋顶都刮飞了。你怎么样？啊！巴尔特克！巴尔特克！想不到我还能再看见你！你不知道播种的时候，我遇到了多大的困难……幸亏邻居们都来帮忙，但总不能都靠别人啊！啊，你好不好？身体还行吗？啊！我真高兴你回来。真高兴！上帝保佑你，快进屋去吧！啊，上帝！你是巴尔特克，可又不像巴尔特克了。你这是怎么搞的？啊，上帝！"

这时候，马格达才看见巴尔特克脸上的长伤疤，从左边的太阳穴，经过脸颊，一直到下巴颏。

"没什么，是一个胸甲骑兵砍伤的，可是我也回敬了他一下。我住过医院。"

"啊，耶稣！"

"唉，这不过是小小的一块伤疤！"

"可是你瘦得像死神一样。"

"闭嘴！"巴尔特克回答了一句。

他的确很瘦，而且脸色憔悴，衣衫褴褛——一个真正的胜利者？此外，他连站都站不稳，身子摇摇晃晃的。

"你怎么啦？是喝醉了？"

"我……身体还很虚弱。"

他身体虚弱，这话不假。不过，他也是喝醉了酒的，因为对他这样一个皮包骨头、气衰力竭的人来说，只要一杯白酒就够他受的，何况他在火车站喝了四杯酒呢！不过这倒使他有了一个真正胜利者的神情和勇气，而这种神情是他过去所没有的。

"闭嘴！"他又说了一遍。"我们已经打完了 Krieg（战争），现在我是个老爷了，你知道吗？你看见了这个吗？"说到这里，他用手指着他的那些勋章和奖章，

"你知道我是什么人吗？嘿！左！右！干草！稻草……立定！"

最后一句"立定！"声音是那样的尖锐刺耳，吓得马格达倒退了几步。

"你疯了！"

"你好吗？马格达！……当我说'你好吗'，那就是说，你好吗？法国话你懂吗，傻婆娘？Musiu Musiu！谁是 Musiu？我是 Musilu①。"

"嘿，你这是怎么啦？"

"这关你什么事！什么？快拿午饭来②，懂吗？"

马格达的额头上开始愁云密布。

"你叽里呱啦说的是什么话呀？你这是怎么回事？难道你连波兰话都不会说了？你这个浑人，我说得不错，他们都把你变成个什么样的人了！"

"给我拿吃的来！"

"走，进屋去！"

任何一道命令都会给巴尔特克产生不可抗拒的印象，因此，当他一听到"走"时，他就一个立正，两只手紧贴在腿侧，半转身之后，便朝他老婆命令的方向前进，然而当他走到门槛前，他才醒悟过来，惊讶地望着马格达。

"唉，你要干什么？马格达，你要……"

"开步走！前进！"

他走进了屋里，但在门槛上摔了一跤。这时候，酒真的开始涌到他的头上了。他开始唱起歌来，在房子里寻找弗兰涅克，尽管弗兰涅克不在家，他口里也在说着："你好，孩子！"接着他又放声大笑起来。他朝前迈了几步，高喊着"呜啦"便全身瘫倒在床上了。直到傍晚时分，他才醒了过来。他显得清醒多了，也休息过来了，和弗兰涅克打过招呼后，便向马格达要了十多个芬尼，又朝酒店奋勇前进了。他那赫赫战功的名声早已传遍了波格伦坪村，因为同一团队里的其他一些连队的战士都比他先回到家，他们都谈起过他在格拉维洛特和色当大战的英勇事迹。现在，一听到这位英雄就在小酒店里，过去的伙伴们都赶来看望他了。

此刻，我们的巴尔特克坐在桌子旁，没有人能认出他来了，过去他是多么的温和谦恭，如今他用拳头敲打着桌子，傲气十足，嘴里叽里咕噜像只火鸡。

---

① Musiu 应是 Monsieur，法文"先生"的意思，这里是巴尔特克读音不准，才有 Musiu 一词。

② 巴尔特克在这里说的是德文。

"小伙子们,你们记得不记得,我那时是怎样打法国人的? 斯特因梅茨又是怎么说的呢?"

"我们怎么会不记得呢!"

"人们一谈起法国人,就感到害怕,其实,他们是些可怜的家伙,他们吃起生菜来像兔子,他们逃跑的时候也活像兔子。法国人是不喝啤酒的,光喝葡萄酒。"

"这话不错。"

"每当我们放火烧村的时候,他们都拱起双手,大声喊起 Pitte! Pitte!① 听起来倒像是请我们去喝酒,实际上是哀求我们放过他们,可是我们毫不理睬他们。"

"他们叽里咕噜说话,你能听得懂吗?"一个年轻的农民问道。

"你是听不懂的,因为你太傻了,可是我听得懂,Done di pe②,你懂吗?"

"这是什么意思?"

"你们看见过巴黎没有? 我们在那里接连打了好几仗,全是我们打赢了。他们没有好的指挥官,人们都是这么说的,大家都说,他们的鹿砦修得不错,但管理却糟透了。他们的军官都是群笨蛋,他们的将军也是些笨蛋,可是我们的军官都很不错。"

马捷依·凯兹,这个波格伦坪村见多识广的老农民,摇着头说道:"是的,是德国人打赢了这场可怕的战争,是他们打赢了,我们也帮助他们了,不过,我们能从这里面得到什么好处呢? 也许只有上帝知道。"

巴尔特克瞪着眼看他:"你在说什么?"

"德国人从来就瞧不起我们,现在更要把鼻子翘得高高的了,就像是上帝都不在他们头上了,以后他们会更加欺侮我们的,甚至现在就对我们傲慢起来了。"

"你说的不对!"巴尔特克大声说道。

在波格伦坪村,凯兹老人具有这样的权威:全村的人都是以他的思想为思想的,因此,谁要是反对他,就会被视作狂妄分子。但是现在,巴尔特克是个胜利者,他自己也是个权威了。

---

① 法语,"发发慈悲""发发善心"之意,与波兰语的 Picie(喝)音相近。

② 法语,应该是 donnec du pain(给我面包)。

然而大家还是惊讶地望着他,甚至露出了愤激的情绪。

"你怎敢顶撞马捷依!你算老几?!"

"马捷依有什么了不起!我还不愿和他这样的人说话哩!知道吗?小伙子们!难道我没有跟斯特因梅茨说过话吗?马捷依爱怎么想就怎么想好了,现在我们用不着去理他。"

马捷依对这个胜利者凝视了一会儿。

"啊,你这个傻瓜!"他说道。

巴尔特克一拳打在桌子上,震得所有的酒瓶酒杯都跳了起来。

"住嘴,混蛋!"①

"安静点,你叫喊什么!你就问问神父或者贵族老爷去吧,你这个傻呆子。"

"神父打过仗吗?贵族老爷打过仗吗?可是我打过。小伙子们,你们不要信他的话。现在德国人开始看重我们了,是谁打赢了这场战争?是我们打赢的,也是我打赢的。现在我们想要什么,他们就会给什么。如果我想在法国当个地主老爷,我就可以留在那儿。谁把法国人打得落花流水,政府是一清二楚的。我们的团队是最优秀的团队,军事文告上就是这样写的。现在波兰人的地位提高了,你们知道吗?"

凯兹搓了搓双手,起身走出了酒店。巴尔特克在政治战线上也打了个胜仗,那些和他一起留下来的年轻人,现在都把他看成是个了不起的人物了。他又说道:"无论我想要什么,他们都会给的,若是不给我,那还能给谁呢?凯兹这老头儿是个木瓜脑袋,你们知道吗?政府要你去打仗,你就去打仗好了,谁以后还会欺侮我呢?是德国人吗?那么这是什么?"

他说到这里,便把他的勋章和奖章拿给大家看。

"我是为谁才去打法国人的?不是为了德国人,难道还会为别人?现在,我甚至比德国人还更强,因为没有一个德国人能有我这样多的勋章和奖章。快拿啤酒来!我跟斯特因梅茨说过话,也和波德别尔斯基②说过话。快拿啤酒来!"

他们渐渐地喝醉了,巴尔特克开始唱了起来:

喝酒,喝酒,喝酒!

———————————

① 原文是德文。

② 特奥菲尔·冯·波德别尔斯基(1814—1879),普法战争中的总指挥,普鲁士将军。

　　　　只要我的口袋里，

　　　　还有一文钱！

　　突然他从口袋里掏出一把芬尼来。

　　"拿去吧！我现在是个老爷了……你们怎么不想要？啊，我们在法国用的可不是这种钱。而是另一种钱。啊，我们在那里烧了多少地方、杀了多少人啊，只有上帝才知道……还有狙击兵。"

　　酒鬼的脾气是变化多端的。巴尔特克忽然出人意料，竟把桌上的钱又收归起来，开始伤心地哭叫着："上帝啊，请拯救我这个有罪的灵魂吧！"

　　接着，他两个胳膊肘支撑在桌子上，把头埋在手掌里，默不作声了。

　　"你怎么了？"一个酒客问道。

　　"他们自己找死的，我有什么罪过？"巴尔特克伤心地喃喃说道，"我真是为他们伤心过，因为他们是我的同胞。啊，上帝，您发发慈悲吧，一个就像鲜艳的朝霞，第二天就苍白得像夏布一样。他们还没有断气，就给活埋了……快拿烧酒来！"

　　随后是片刻的沉默，在场的人都面面相觑，无比惊异。

　　"他在胡说些什么呀！"一人问道。

　　"他在和自己的良心说话呢！"

　　"管它什么战争，人就该喝酒。"巴尔特克嘟哝道。

　　他接连喝了两杯烧酒，一声不响地坐了一会儿。后来他吐了一口唾沫，又出人意料地恢复了他的兴致。

　　"你们和斯特因梅茨说过话吗？……可是我就和他说过。呜啦！快喝吧！谁来付钱？我来付！"

　　"你付钱，你这个酒鬼！"忽然传来了马格达的声音，"你不用担心，看我还会不会给你。"

　　巴尔特克用呆滞的目光望着进来的这个女人。

　　"你和斯特因梅茨说过话吗？你是什么人？"

　　马格达没有回答他，而是面向那些很感兴趣的听众，开始哭诉起来。

　　"唉，老少爷们，老少爷们！你们都看见了我是多么的丢脸，我是多么的悲苦！他回来了，我感到高兴，以为他是个好人，可是有谁知道，他回来时竟成了一个酒鬼。他甚至连天主都忘记了，也忘记了波兰话。他一回到家里就倒在床上睡着了,起床后清醒了一阵子,现在又喝得醉醺醺的,而且是用劳动换来的血汗钱来喝酒,你知道你拿的钱是从什么地方来的吗?那是我做牛做马,辛辛苦苦挣来的呀!啊,老少爷们!他已经不是个天主教徒了,他也不是个人了,他全被德国人迷住了,他尽说德国话,他正在找机会害人哩,他是个异教徒。他是……"

她说到这里,已是满脸泪水了,随后她又把声音提高了一个八度。

"从前他人笨,可心眼好。可是现在,他们把他变成个什么样的人了。我日日夜夜都在盼望他早点回来,可是他回来后,我既没有得到欢乐,也没有得到他的怜爱,万能的上帝啊,仁慈的上帝啊!你还不如傻了好,要么你就干脆变成个十足的德国人也好。"

最后这两句话她说得那么伤心,几乎是拉长嗓子在哭唱了,然而,巴尔特克却回了一句:"闭嘴,看我不揍你一顿!"

"你打吧!你砍掉我的头好了!你现在就砍啊!打呀!你打死我好了!"这女人叫嚷着,毫不示弱,还把脖子伸了过去。她转身面对大家说道:"啊!老少爷们!你们大家都来看看!"

但是这些农民都一个个地溜走了。不一会儿,酒店都走空了,只剩下巴尔特克和他的老婆,她还伸着脖子等他去砍杀哩。

"你干吗还像只鹅似的伸长着脖子?快回家去吧!"巴尔特克嘟哝道。

"你砍呀!"马格达又说了一遍。

"唔,我才不砍你哩!"巴尔特克回答道,把双手插进口袋里。

这时候,酒店老板想尽快结束这场吵闹,便把灯吹灭了,店堂里立即变得又漆黑、又寂静。过了一会儿,黑暗中又响起了马格达尖锐的叫喊声:"你砍呀!"

"嘿嘿,我就不砍你!"巴尔特克用一种得胜的声调回答道。

月光下,可以看见两个人影从酒店出来,朝农舍走去。一个走在前面,还在无声地抽泣着,这是马格达。那个格拉维洛特和色当大战的胜利者巴尔特克,却低着头,顺从地跟在她的后面。

七

巴尔特克回到家里,身体是那样的虚弱,有好几天都不能劳动,这对他的家庭来说是极为不幸的,因为他的家现在正急需一个强壮的男子汉来撑持。马格达已经尽了她的努力,她从早到晚忙个不停,邻居们也都尽力来帮助她,可是这一切仍无济于事,她的家业已濒临破产。她还欠了一笔债,钱是从德国移民尤斯特那里借来的,这个波格伦坪村的德国人,从原先的地主那里买了十多顷荒地,现在已成了村里家业最兴旺发达的人,他还积有一笔钱,专用来放高利贷的,他的钱主要是借给村里的地主雅金斯基。雅金斯基这个姓氏曾上过"金谱",正是由于这个缘故,他不得不使他的家庭维持相应的场面。不过,尤斯特也借钱给农民。半年当中,马格达便欠下了他几十块钱的债,其中一部分是贴补家用,另一部分则寄给了正在打仗的巴尔特克。这笔债款本来问题不大,只要上帝赐给一个丰收的年成,再加上辛勤的劳动,就能从丰收的粮食中还清这笔借款。然而不幸的是,巴尔特克竟不能劳动了。起初,马格达还不相信他不能劳动,她去找过神父,请他帮助她的丈夫振作起来,但他确实不能劳动了。只要他一干活,就会喘不过气来,腰背发痛,他只好整天坐在茅屋前面。他身穿一件白色军服,头戴胸甲骑兵的头盔,嘴里叼着一根瓷烟斗,活脱一副俾斯麦的派头,他用一个至今身体还多病而无法劳动的男人的呆滞目光望着周围的世界。他坐在那里,时而想起战争,时而想到他的种种战功,时而又想到他的马格达,有时他浮想联翩,有时他什么也不想,就那么傻待着。

有一天,他正好这样待着的时候,突然听见从远处传来的弗兰涅克的哭叫声。

弗兰涅克从学校回来,一路上哭得四周都荡着回声。

巴尔特克取下嘴里的烟斗。

"嘿,弗兰涅克,你怎么啦?"

"怎么啦?"弗兰涅克抽泣着,重说了一遍。

"你哭叫什么呀?"

"为什么我不能哭叫,有人打了我的耳光。"

"是谁打你的?"

"还有谁呢? 除了博格先生。"

博格先生是波格伦坪村的老师。

"他有什么权力打你的耳光?"

"也许有的,因为他已经打了!"

正在菜园里挖地的马格达从篱笆里面出来,手里拿着锄头,朝孩子走去。

"你在说什么呀?"她问道。

"我还能说什么呢? 我在说博格先生骂我是波兰猪,还打了我的耳光。他还说，他们要像打法国人那样，也要把我们踩在他们的脚底下，因为他们是最强的人。我并没有触犯他，就是当他问我，谁是世界上最伟大的人时，我回答说是圣父，于是他就打了我一巴掌，我哭了起来，他就骂我是波兰猪，还说现在就像打法国人一样……"

弗兰涅克又从头到尾说了一遍，还反复说着："他说，我说……"于是马格达用手封住他的嘴，转身对着巴尔特克大声叫嚷道："你听见了没有？你听见了没有？你去跟法国人打仗好了，也好让德国人来打你的儿子，就像打只小狗那样，就让他骂孩子吧！你去呀，你去打仗好了……就让这个斯瓦布人打死你的儿子。这就是对你的奖赏，真是活报应呀……"

说到这里，马格达也为自己的话语感到痛苦，便抱着弗兰涅克一道哭了起来。巴尔特克睁大着眼睛，张着嘴，呆呆地站在那里，什么话也说不出来，他弄不明白这到底是怎么回事，为什么会这样，难道他的战功都一钱不值了吗？……他一声不响地坐了一会儿，突然仿佛有什么东西在他的眼里闪现，热血也涌上了他的脸，对于一个普通的乡下人来说，惊异也像恐怖一样，很容易转变为愤怒的。巴尔特克立即站了起来，从咬紧的牙齿缝中迸出一句话来：

"我要去跟他评评理！"

他朝外走去，路不太远，学校就在教堂后面。博格先生此时正好站在台阶上，周围是一群小猪，他在扔碎面包给小猪吃。

他身材高大，年约五十岁，身体强壮得如同一棵橡树。他身材不胖，只是脸显得胖一些，并且有一双圆鼓鼓的眼睛，显示出强悍和坚定的神气。

巴尔特克朝他走过去。

"德国佬，你为什么打我的儿子？为什么？"他大声问道。

博格先生倒退了几步，眼睛盯着他，毫无畏惧之色。他傲慢地说道："滚开，你这个波兰傻瓜！"

"你为什么打我的孩子？"巴尔特克又问了一遍。

"我还要打你呢，你这个波兰老粗。现在我要让你知道，谁是这儿的主人。快滚开，你去法院告我好了……滚！"

巴尔特克双手抓住教师的肩膀，用力摇来摇去，拉长了他的沙喉咙叫嚷道："你知道不知道我是谁？你知道是谁打败了法国人？是谁和斯特因梅茨将军说过话？你为什么要打我的儿子？你这只斯瓦布狗？"

博格先生的鼓眼睛瞪得并不比巴尔特克的小，博格先生是个强壮有力的人，他决定采用出其不意的猛击一拳，以挣脱巴尔特克的纠缠。

这一拳正好打在格拉维洛特和色当两次战役的功臣的脸上。这样一来，这位农民也豁出去了。博格先生突然受到左右两拳的猛击，于是他的头也像钟摆那样左右摇动起来，所不同的是，他的头摆动着更急速可怕。在巴尔特克身上，那种使土耳科斯兵和佐夫兵闻风丧胆的征服者的英雄气概又复苏了。博格的儿子，二十岁的奥斯卡，一个跟他父亲一样魁梧有力的小伙子，急忙赶上前来帮助他的父亲，但也无济于事。于是爆发了一场可怕的短促搏斗，儿子被打倒在地，父亲觉得自己悬空了。巴尔特克双手把他托举起来，不知该怎样处理他好，不幸的是，房子前面正好有一只大泔水桶，那是博格夫人专门收集泔水用来喂猪的。只听桶里嘭的一声巨响，过了一会儿，才看见博格先生的双脚伸出桶外，拼命挣扎着，博格太太从房里冲了出来。

"快来人呀！救人呀！"

这个精明能干的女人立即把泔水桶推倒，她的丈夫和泔水一道倒在了地上。

邻近房子里的德国移民们都纷纷赶来援助他们的乡邻。

十多个德国人朝巴尔特克猛扑过来，有的用棍棒敲打他，有的拳脚相加，于是又出现了一场混乱的搏斗，在这一大群敌人中间，很难找出巴尔特克来。十多个人打成一团，这团人急剧地转动着。

但是，突然间，巴尔特克从这团混战的人群中突围出来了，他像疯子似的拼命朝篱笆跑去。

德国人也在后面追赶他。转眼间，篱笆发出了断裂声，一根粗大的木桩已握在巴尔特克的铁手中。

他迅速地转过身来，满脸怒容，他高举木棍挥舞着，吓得那群德国佬急忙后退。

巴尔特克追上前去。幸运的是，他一个也没有追上。这时候，他的火气也渐渐消了下来，转身朝家里走去。啊，如果这次打的又是法国人，那么历史就会把他的凯旋写成不朽的了。

然而情况是这样的：大约有二十个追击的人又聚集在一起，朝巴尔特克追过来，他只好缓慢地后退着，像一只野猪被一群狗追逐那样，每当他转过身来站住时，那些追击他的人也止步不前，他手中的那根木棒已使他们完全慑服。

不过这时候，他们又朝他扔石头，有一块石头打在巴尔特克的额头上，顿时鲜血流到眼里，他感到浑身无力，身体摇晃了一两下，便倒在地上，木棍也掉落在一旁。

"呜啦!"德国人欢呼雀跃。

可是,他们还没有走近他身边,巴尔特克又重新站起来了,他们被吓得惊恐后退,这只受伤的狼对他们来说依然是很凶狠的,况且现在离波兰人的住屋不远了,远远地看到有几个农民正急急朝战场奔来,德国移民们匆匆退回到自己的家里。

"发生了什么事?"那些跑过来的农民问道。

"我把这些德国人教训了一顿!"巴尔特克刚说完这句话,又晕了过去。

八

事情变得严重了,德国的报纸连篇累牍地发表蛊惑人心的文章,说是性格温和的德国移民受到了那些野蛮而又愚昧无知的群众的迫害,这些群众被反德国的宣传和宗教的狂热所煽动。于是博格竟成了英雄。他,一个性格沉静而又温文尔雅的教师,在普鲁士的边缘地区播种智慧之光,他是个在野蛮人中间传播文化的真正的使者,却成了暴乱的第一个受害者。幸运的是,他得到了千百万德国人的支持,他们决不允许这类事件发生……诸如此类的话还有很多。

巴尔特克并不知道,他的头上正在酝酿一场多么严重的风暴,相反的,他非常乐观,相信他一定会打赢这场官司,因为博格打了他的儿子,而且又是先动手打他的,后来还有那么多德国人上来围攻他,当然他完全有申辩的理由,他们还用石头打破了他的头。他们打的是谁呢? 是他,一个名字上了《战地日报》的人,一个曾在格拉维洛特打了胜仗的人,一个曾经和斯特因梅茨说过话,并获得过许多勋章的英雄。他的确没有料到,那些德国人会不知道这些情况,会这样欺侮他。他同样没有想到,博格居然敢威胁波格伦坪村人,说只要有机会,他们德国人就要狠狠地揍波格伦坪村人,就是因为波格伦坪人英勇打击了法国人。至于他自己,他坚信法院和政府一定会支持他的,毫无疑问,他们知道他是个什么样的人,以及他在战争中的伟大功绩。即使别人不支持他,至少斯特因梅茨会替他说话,因为正是这场战争,使巴尔特克变穷了,家里还欠了债,他们总不能不公正地对待他呀。

然而就在这时候,德国警察来到了波格伦坪村,传讯巴尔特克。他们估计会有一场可怕的反抗,于是一下子来了五个荷枪实弹的警察。但是他们的估计是

林洪亮译文自选集

错误的,巴尔特克根本没有想过要反抗,他们命令他上马车,他就坐进去了,只有马格达在伤心痛哭,不停地叫嚷:"唉,谁叫你那样卖命去打法国人的?现在可好了,落得这样的结果,可怜的人儿,竟落得这样的结果!"

"闭嘴,蠢婆娘!"巴尔特克回答。车子驶动后,他还对沿途过路的人微笑。

"我要让他们知道,他们欺侮的是谁?"他在马车里大声喊叫。

他的胸前挂满了勋章,俨然像个胜利者那样来到了法院。

法院倒是对他宽大为怀,他们考虑到各种因素的存在,一致决定从宽处理,巴尔特克被判处三个月徒刑。

除此之外,法院还判罚他一百五十个马克的补偿费,以偿付博格一家和其他受伤的德国移民。

"然而罪犯,"《波森①日报》在"法院专讯"报道上写道,"在判决书宣读之后,不仅毫无悔恨之意,反而口出狂言,且无耻地列数他对国家的所谓种种功勋,然而法官对于辱骂法院和德国民族的新罪行却充耳不闻,不予处理,实在令人疑惑不解。"

与此同时,关在监牢里的巴尔特克却平静地回想起他在格拉维洛特、色当和巴黎的英雄战绩。

要说博格先生的行为没有受到任何舆论的指责,那也是不公正的。的确有过批评。在一个大雨滂沱的早晨,议会里有一个波兰议员,以其雄辩的口才指出,政府对波兹南地区的波兰人在态度方面有了很大的改变。他还提出,鉴于波兹南联队在战争中所表现出的英勇精神和牺牲,应该给波兹南人民以更多的权利。最后他还指出,波格伦坪村的博格先生滥用自己作为教师的权力,殴打波兰孩子,还辱骂他们是波兰猪,甚至还扬言,在这次战争之后,新迁来的移民定将本地的居民踩在自己的脚下。

当这位波兰议员演说的时候,正好下着大雨,而且这种天气容易催人入睡,因此,不仅保守党人在打瞌睡,而且国家自由党人也在昏昏欲睡,甚至连社会党人和中立派也哈欠不断,因为这件事发生在他们的"文化斗争"开始之前。

就在这一通"波兰抱怨"之后,议会立即转入了它预定的议事日程。

此时的巴尔特克却坐在牢房里,说得确切些,是躺在监狱的医务所里,因为他被石头打伤之后,在战争中留下的伤口现在又迸发了。

---

① 波森即波兹南。

当他不发烧时，他就想呀想呀，就像一只在沉思中毙命的火鸡那样，但是巴尔特克并没有死，只是思来想去，毫无结果。

不过，有时候，当科学称之为"神志清醒"的时刻，他也会想到，他不该那样卖力地去"收拾"法国人。

马格达的艰难时期来临了，她必须交纳罚金，可是这笔钱从哪里筹集呢？波格伦坪的神父愿意帮忙，但一看他的钱袋，总共不到四十个马克。波格伦坪本来就是个穷教区，再加上这位年高德重的神父从来也不知道他的钱是怎样花掉的。雅辛斯基老爷又不在家，据说他是到波兰王国①去向一位富有的小姐求婚去了。

马格达真是一筹莫展。

延期付款，那是连想也不敢想的事，那么，还有什么法子可想呢？把牛马卖掉吗？现在正是收割的前夕，是最困难的时期。收割快临近了，家里也需要钱用，可是她已经是囊空如洗、一文不名了。这女人束手无策，真是绝望了。她好几次打报告给法院，希望看在巴尔特克立过战功的分上，减免他的刑罚，但是她始终没有收到过回文，限期快到了，随之而来的便是财产的扣押。

她不断地祈祷，她痛苦地回想起战前的美好时光。那时候，她的家庭尚且宽裕，巴尔特克冬天还能到工厂去打工挣钱。马格达到亲戚家去借钱，可是他们也是一贫如洗。家家户户都受到了战争的影响。她不敢去找尤斯特，因为她还欠着他一大笔债，甚至连利息都没有付过。这时候，尤斯特却出人意料的亲自来到马格达家里。

一天下午，她萎靡不振地坐在门槛上，因为她伤心绝望得已经浑身无力了。她望着那些在空中互相追逐的黄头苍蝇，心中暗忖道："这些小虫子是多么幸福啊！它们欢欢快快地生活，无须向别人付钱。"等等。有时候她又长叹一声，或者从她苍白的嘴唇间发出喃喃的声音："啊！上帝啊，我的上帝!"突然，门外出现了尤斯特的大鼻子，以及大鼻子底下的长烟斗，马格达一见，顿时脸色煞白，尤斯特开口说话："你好!"

"你好，尤斯特先生!"

"我的钱呢?"

"啊，我尊敬的尤斯特先生，请您发发善心吧，我是个可怜的女人，我真是一点办法也没有。他们抓走了我的男人，我还要替他付罚金，我真是走投无路了，

---

① 指沙皇俄国占领的以华沙为中心的波兰地区。

还不如死了的好,免得一天天遭受痛苦的折磨。请您再等等吧,我亲爱的尤斯特先生!"

说到这里,她就呜呜地哭了起来,她毕恭毕敬地低下头,亲吻着尤斯特先生又胖又红的双手。

"老爷快回来了,我打算向他借钱来还您的债。"

"啊,那罚金你又怎么去付呢?"

"我也不知道,也许只好卖掉那头母牛了。"

"那么,还是让我再借给你一笔钱吧!"

"愿上帝保佑您,我亲爱的先生,您虽是个路德派教徒,可是个大好人,我说的是实情话。要是别的德国人全像您那样,村里的人就会祝福他们了。"

"不过,没有利息我是不会借钱的。"

"我知道,我知道。"

"那么,你就一起写个借条给我。"

"好的,您真是个大善人,上帝会报答您的!"

"我要到城里去,我们就去办签约吧!"

他到了城里,办好了签约。不过,在这之前,马格达曾和神父商量过,可她又能从他那里听到什么好的意见呢?神父只是说,这笔钱借期短、利息高,可惜的是,雅辛斯基老爷现在不在家,要是他在家,一定会帮助她的。然而,马格达决不能等着她的牛马被扣押,只得接受尤斯特的条件。她向他借了三百马克,比罚金多一倍,因为她家里还急需一笔钱用。为了表明这次契约的重要性,巴尔特克必须亲自在契约上签字画押。为此事,马格达还专程去探了一次监,这位昔日的胜利者显得异常的忧郁、憔悴,病病歪歪的。他曾写过一封申诉书,列数他的冤屈,但他的申诉未被接受。《波森日报》上的文章,使得行政当局的意见对他更为不利了,难道行政当局能不去保护那些生性和平的德国人吗?"在最近的这次战争中,他们对祖国的热爱和献身精神得到了多么充分的证明。"因此,他们拒绝巴尔特克的申诉完全合情合理,而巴尔特克的彻底崩溃,也就不足为奇了。

"现在我们全完了!"他对他的老婆说道。

"是全完了。"她重复着。

巴尔特克又竭力在思索问题。

"这是对我们的最残酷的欺压!"他说道。

"博格还在虐待我们的孩子。"马格达说道,"我去向他求情,他还大骂我一通。啊，现在德国人在波格伦坪村占了上风，他们横行霸道，真是无法无天了！"

"当然，因为他们最强大。"巴尔特克悲哀地说道。

"虽然我是个平平常常的妇道人家，可是我要告诉你，最强大的是上帝！"

"他是我们的庇护所。"巴尔特克接着补充了一句。

他们沉默了一会儿，随后他又问道："唉，尤斯特是怎么说的？"

"要是上帝今年给我们一个丰收，那我们就能还清他的债务。说不定地主老爷也会帮助我们的，尽管他自己也向德国人借了债。据说他在战前就要把波格伦坪卖掉的。也许这次他会娶一位富有的小姐回来。"

"他能很快回来吗？"

"谁知道呢，庄园里的人说，他很快就会带着老婆一道回来的。只要他一回来，那些德国人就会去纠缠他，德国人真是无孔不入啊！他们多得像昆虫一样。无论你朝哪边看，无论你走到哪里，也不论是农村还是城市，到处都是德国人。也许这都是我们的罪过招来的！我们该到哪里去求救呀？"

"也许你能想出办法来，因为你是个聪明的女人。"

"我能有什么好办法呢？要是我有办法，我哪会心甘情愿去向尤斯特借钱。为了这笔钱，现在，我们的房屋、土地全都押给他了。尽管尤斯特比别的德国人要好一些，但是他也只把眼睛盯在自己的利益上，决不会去照顾别人的，他也不会比别人更宽宏大量些。难道我是个傻瓜，连他为什么借钱给我都看不出来吗？可是我又有什么法子呢？又有什么法子呢？"她说到这里，扭动着双手，"你也想想办法，你从前不是顶聪明的。你打法国人倒是很有能耐，要是你头上没有片瓦遮身，嘴里没有面包去填肚子，我看你怎么办？"

这个格拉维洛特的英雄又低垂着头。

"啊，耶稣！耶稣！"

马格达是个温柔、好心的人，巴尔特克的痛苦使她心情激动，于是她立即说道："安静点，亲爱的人，不要急，你头上的伤还没有好呢，你不要再伤脑筋了，只要上帝来个丰收年就好了，大麦长得真是喜人，已经弯到地上了，小麦也长得不错，土地可不是德国人，不会亏待人的。你在打仗的时候，田里的情况糟得很，可现在庄稼长得这样好，真叫人高兴。"

善良的马格达满含着泪水微笑起来："土地可不是德国人……"她又重说了一遍。

"马格达！"巴尔特克瞪大了眼睛望着她，说道，"马格达！"

“什么?”

“啊,你真是……像……”

巴尔特克对她真是感激涕零,但是他无法把这种感情表达出来。

九

说实在话,马格达真可以抵得上十个比她差的女人,虽然她有时对巴尔特克很严厉,可她却是实心实意地爱着他。有时,当她火冒三丈时,比如那次在酒店里,她当众大骂他是笨蛋,但是平时她在别人面前总是说他好。“我的巴尔特克是在装傻,实际上他是个机灵鬼。”她常常这样对人说。不过,巴尔特克的机智聪明真可以和他的那匹马相媲美,要不是马格达,恐怕他连家里的土地和其他事情都会搞得一团糟的。现在,全部事情都落在马格达身上,她东奔西跑,到处求情,她从不放过任何一次机会以求得别人的帮助。上次探望之后,过了一个星期,她又急急忙忙赶去看望巴尔特克,她走得气喘吁吁,却满脸春风,喜形于色。

“巴尔特克,你好啊,我的宝贝!”她高兴地大声说道,“你知不知道,地主老爷已经回来了,他在华沙结了婚,他那年轻的夫人真是个大美人,而且还得到了她的一大笔陪嫁。啊,真是不错的!啊……”

波格伦坪村的这位地主老爷确实结了婚,把他的夫人带回了庄园,而且也确实得到了一大笔财产。

“真是不错。那又怎么样呢?”巴尔特克问道。

“别性急呀,傻瓜!”马格达答道,“我走得连气都喘不过来了。啊,耶稣……我去拜见过这位夫人,我见到了她,她像个女王一样出来见我,她年轻娇美,真像一朵含苞欲放的鲜花,又像朝霞一样艳丽。啊,这天气真热死人,我连气都喘不过来了!”

马格达提起围裙,擦了擦脸上的汗水,过了一会儿,她又像放连珠炮似的说了起来。

“她穿了一条像矢车菊那种颜色的裙子,我跪在她的面前,她向我伸出手来……我吻了吻它。她的手香气扑鼻,而且细嫩得像孩子的手一样,她长得像画中的那些圣女,又有一副好心肠,很同情穷人,于是我就请求她帮助我们……愿上帝保佑她身体健康……她说:只要我做得到的,我一定帮忙。她就是这样说的,她说话的声音又甜又好听,你听了心里都会乐开了花的,于是我又说起了波格伦坪村的人多么不幸,她说,唉,不光是波格伦坪村啊……这时候,我止不住哭了起来,她也哭了……直到老爷走进来,他见到她在哭,便把她抱住吻着她,吻得非常文雅,老爷们可不像你们那样粗暴,于是她就对老爷说:尽力去帮助这个女人吧,他回答说:只要是你所希望的,世界上的一切我都会去做……但愿圣母保佑她,保佑这位可亲可爱的夫人,保佑她早生贵子,保佑她身体健康。地主老爷还对我说:你们受了很多苦,因为你们是落在德国人手里。不过——他说——我一定会帮助你们的,帮你们还清尤斯特的债。"

巴尔特克又开始担心起来。

"可是他自己也落在德国人手里了呀!"

"那有什么关系,他的夫人很富有。现在他们能把波格伦坪的全部德国人都买过来,所以老爷才敢说这样的大话。他还说,选举快要进行了,人们要留心,决不能去选德国人,不过,我会还清尤斯特的债教训那个博格的。于是他的夫人便搂住了他的脖子。老爷又问起你来,他说:'若是他身体还不好,我就去跟医生谈一谈,让他出一张证明,证明他现在不能关在监牢里,若是他们不肯释放他,那就说家中需要他收割麦子,假释出来,到冬天再回去坐牢。'你听见了吗?昨天地主老爷进了一趟城,今天医生就来了波格伦坪村,是地主老爷把他请来的,他不是德国佬,他会写证明的。到了冬天你再来蹲监狱好了,你会像国王一样,这里又暖和,又会白给你吃的。现在你就能够回家干活了,我们也能还清尤斯特的债了。也许地主老爷会不要我们的利钱。要是秋天我们还不能全部还清,到时我就恳求夫人,但愿圣母保佑她!……你听见了吗?"

"她是个仁慈的夫人,这没得说!"巴尔特克立即说道。

"你去见她的时候,一定要跪在她面前,你一定要跪下。要是你不跪,我会扭断你的狗头。只要上帝赐给一个丰收就好了。现在你看清楚了,这种帮助是从哪里得到的。是从德国人那里吗?他们之中有谁会为了你的那些臭勋章给过你一个铜子呢?他们唯有把你的头打破,别的你休想得到。我告诉你,你一定要在夫人的面前跪下。"

"我怎么会不下跪呢!"巴尔特克坚定地回答。

命运似乎又在对这位胜利者微笑了,几天之后他得到通知,由于健康原因,他被假释出狱,等到冬天再执行监禁,他被带到了审判官面前,巴尔特克全身哆嗦着。这个昔日曾用利刃夺取过军旗和大炮的英勇战士,现在一看见穿制服的人,比见到死神还要害怕。他的脑海里立即下意识地涌起一种深沉的情绪,觉得这些都是迫害他的人,都在任意地摧残他。他觉得有一种巨大的不友好的,甚至是恶意的力量在追逐他,如果他反抗这种力量,就会遭到毁灭。因此,他现在站在审判官面前,就像以前站在斯特因梅茨面前一样。身子笔直,胸脯挺起,肚子缩紧,屏声息气地站立着。除了审判官,还有几个军官在场:巴尔特克的眼前仿佛是战争和军事审判庭的再现。那些军官们从金丝眼镜下面以傲慢和轻视的眼光望着他,就像普鲁士军官望着一个普通士兵和波兰农民一样。巴尔特克凝神静气地站立着,那个审判官用一种命令式的口气说话,他不是提问和劝说,而是在命令和威胁。他说,柏林死了一个议员,因此要举行新的选举。

"你这个波兰狗!你若是敢投雅辛斯基先生的票,你就等着瞧吧!"

这时候,军官们个个横眉怒目,露出威逼的凶光。那个叼着烟斗的军官,又把审判官的话重复了一遍:"你就等着瞧吧!"于是这个胜利者巴尔特克连粗气都不敢放一声。等到他听到:"滚出去!"他便向左转过身走出门外,才大大透了一口气:他们命令他投上克日夫达村的苏伯达先生的票。对于这个命令,他并没有多加考虑,只是舒了一口气,现在他终于能回到波格伦坪村了。收割时节,他又能待在家里,况且地主老爷还会替他还清尤斯特的债务。他朝城外走去,路边上沉实的麦穗在微风中波浪般起伏着,轻轻发出一种农民感到亲切悦耳的簌簌声。巴尔特克身体还很虚弱,但太阳温暖着他。"嘿,世界真美呀!"这位憔悴的士兵想道。

离波格伦坪村已经不远了。

十

选举!选举!马丽亚·雅辛斯基夫人的脑海里想的尽是选举。她的所思所想,她的一言一行,甚至连做梦都离不开选举。

"尊敬的夫人真是个大政治家呀!"邻村的一位乡绅对她说道,以一种尊敬的姿态吻着她的纤纤玉手。但是这个大政治家的脸红得像樱桃似的,露出甜美的微笑,回答道:"啊,我们不过是尽我们的努力去宣传罢了。"

"约瑟夫先生一定会当选为议员的!"乡绅坚信不疑地说道。那位"大政治家"却回答说:"这正是我所希望的,虽然这不单是为了约瑟夫,也是大家的事情。"说到这里,这位"大政治家"的脸颊上又泛起一阵"非政治的"红晕。

"说老实话,你真是一位地道的俾斯麦!"乡绅大声说道,又吻了吻她的那双纤手。接着他们就在一起商量如何进行选举动员的问题。

那位乡绅主动承担了下克日夫达村和米日罗夫村的竞选活动（上克日夫达村是毫无希望的了，因为那是苏伯达先生的领地），马丽亚则负责波格伦坪村。她把整个身心都倾注到这个角色中去，一点时间也不浪费。每天都能看见她来往于通往农舍的大路上，她一手提着她的长裙，一手撑着阳伞。从提起的长裙下面，可以看见她那双细嫩的脚，为了伟大的政治目标而不辞劳苦，奔走不停。她深入农户，一路上对正在田间劳动的农民说声"上帝保佑你"，她探望病人，对村里居民亲切相待，甚至还尽力帮助他们，即使不是为了政治目的，她也会这样做的，因为她有颗善良的心，不过现在由于政治的需要，她做得更加起劲罢了。为了这个政治目的，为什么她不应该尽力去做呢？！现在她唯一不敢告诉她丈夫的是她对村民大会有一种无法克制的想去参加的愿望，她甚至已经打好了在大会上演说的腹稿，那会是一篇多么精彩的演说，多么感人的演说！的确，她害怕演说，不过，一旦需要她登台演说，那她就会妙语惊人！然而，当统治当局禁止村民集会的消息传到波格伦坪后，这位"大政治家"便把自己关在房间里，气愤得不禁哭了起来，把一块手绢都撕碎了，眼睛哭得红了一整天。她丈夫劝说她，不要"伤心"到这个程度，但也无济于事。第二天，她又以更大的热忱在波格伦坪村进行竞选活动。现在，马丽亚夫人是勇往直前，决不后退了。她一天之内走访了十多户农家，还大骂那些德国人，以至她丈夫都不能劝阻她了。但是这没有什么危险，村民们都很高兴地接待她，亲吻她的手，并对她笑脸迎送，因为她长得那样漂亮、那样娇艳，无论她走到哪里，哪里都更加明亮。她也同样来到了巴尔特克的家里，秃尾巴狗一见她便大声吠叫起来，不过，马格达在惊喜之中用木棍敲了一下它的脑袋。

"啊！尊敬的夫人！我高贵的夫人！我好心的夫人！"马格达兴奋地叫着，热烈地亲着她的手。

巴尔特克按照他许下的诺言，立即跪在马丽亚夫人的面前。小弗兰涅克先是吻了一下她的手，随后便把大拇指放进自己的嘴里，呆呆地望着她，露出一副好奇的神情。

"我希望，"年轻的夫人在问候之后说道，"我希望，我们的巴尔特克一定会投我丈夫的票，而不投苏伯达先生的票！"

"啊，亲爱的夫人，我的曙光！"马格达叫道，"谁会去投苏伯达的票呢！谁投了谁就会遭殃！（说到这里，她又吻了一下夫人的手）请夫人别生气，我只要一提到德国人,就管不住自己的舌头了!"

"我丈夫刚才还在对我说,他要替你们还清尤斯特的借债。"

"愿上帝保佑他!"说到这里,马格达转身对巴尔特克说道,"你干吗像木桩子一样在那里傻待着。啊,尊敬的夫人,他真像个大哑巴,实在对不起!"

"你们一定会投我丈夫的票,是吧?"夫人问道,"你们是波兰人,我们也是波兰人,所以我们应该团结在一起。"

"要是他不投老爷的票,我就把他的脑袋拧断!"马格达说道,"为什么你老像个木头似的站在那里,一动也不动,真是个木呆子!"

巴尔特克又吻了一下夫人的手,但他一直默不作声,脸色像黑夜一样阴暗,他又想起了那个审判官。

选举的日子日益临近而且终于来到了,雅辛斯基先生有必胜的信心。所有的乡邻们都来到了波格伦坪村。他们已经投过票了,从城里回到了波格伦坪,现在都在等着神父带回来的消息。以后,就要举行一次庆功宴。晚上,雅辛斯基夫妇要到波兹南去,随后便到柏林去就职了。在这个选区中,有些村庄昨天就投完票了,所以选票结果今天必须揭晓。所有在场的人都很乐观,只有年轻的夫人有点心神不安,然而,她也是满怀着希望,露出了微笑。她真是个慈悲好客的女主人,所以大家都一致承认,约瑟夫先生在华沙找到的是一个真正宝藏。此时此刻,这个宝藏无法静下心来待在一个地方,她来往于宾客之中,向每个人问上几百遍,以确认她的"约瑟夫一定会当选!"她并无什么野心,也不是受虚荣心的驱使而渴望成为一位议员夫人。不过,在她的头脑里,却萦绕着她和她的丈夫有一种真正的使命等待他们去完成的想法。所以她的心跳如同她结婚时一样急速。她美丽的脸上也充满了愉快的光辉。善于在宾客中间应酬的她,迅捷地来到她丈夫的身边,拉着他的衣袖,像个孩子似的在他耳边轻轻地叫了一声:"议员大人!"他微笑着,两个人都感到无比的幸福,双双都有一种强烈的欲望去拥抱和亲吻对方。但是他们碍于客人在场,只好作罢。与此同时,所有的客人都时时刻刻在望着窗外,因为此时此刻,这个问题是最重要的了,故世的前议员是个波兰人,而在这个选区里,德国人是第一次提出自己的候选人的。然而这次战争的胜利却给了他们以勇气。正是为了这个缘故,这些聚集在波格伦坪庄园中的人都非常希望他们的候选人能够当选。在午宴之前,并不缺少热情洋溢的爱国演说,这些演说尤其令这位年轻的夫人大为感动,因为她还没有习惯听这种演说。她时时感到有一种恐怖袭上心来:要是他们在计算选票时舞弊又怎么办呢? 不过,选举委员会里不单是德国人呀!年老的乡绅还向这位夫人解释选票的计算方法,尽管她已经听了好几百遍,但她还想再听听。啊,现在,这个问题涉及当地居民在议会中是拥有一个自己的代言人呢,还是一个敌人。再过片刻,这个问题就能见分晓了,而且立刻就能决定了,因为大路上已有一股灰尘飞驰过来,"神父来了!神父来了!"在场的人齐声叫道。夫人脸色苍白,大家的脸上也露出了紧张激动的表情,虽然他们都相信必胜无疑,不过这最后一刻,他们的心还是跳得特别快。来的人不是神父,而是骑马从城里赶回来的管家,也许他知道了结果吧?他把马在柱上拴好后,便急急跑进了府院。

客人和女主人都拥到了台阶上。

"有什么消息吗?有没有?我们的老爷当选了吗?什么?快到这儿来。你的消息确切吗?选举结果已经公布了没有?"

大家七嘴八舌,都在争着问他,那管家却把帽子抛向空中:"我们老爷当选了!"

夫人突然跌坐在椅子上,双手按在她那汹涌起伏的胸脯上。

"万岁!万岁!万岁!"大家齐声欢呼。

仆人们都从厨房里跑了出来:"万岁!德国人被打败了!我们的议员万岁!议员夫人万岁!"

"神父哪儿去了?"有人问道。

"他一会儿就回来!"管家回答说,"他们还在统计票数。"

"我们入席吧!"议员先生招呼道。

"万岁!"人们又是一阵欢呼。

大家又从前厅来到了客厅,向主人和女主人祝贺,现在是在较为平静的气氛中进行了,但是,夫人自己却无法抑制住自己的激动,她不顾客人的在场,双手搂住了她丈夫的脖子,不过,大家都不觉得她有失体统,相反的,人人都非常激动。

"啊!我们又有生路了!"一个从米日罗夫来的乡绅说道。

这时候,台阶上传来了一阵脚步声,神父走进了大厅,后面跟着波格伦坪村的马捷依。

"欢迎!欢迎!"在场的人齐声说道,"谁得到了多数票?"

神父沉默了片刻,在众人的欢乐气氛中,突然响起了一句简短而刺耳的回答:"苏伯达当选了!"

接着是一片惊诧,随即便是一串焦急和慌乱的问话,神父依然只回了一声:

"苏伯达当选了……"

"怎么会呢？这是怎么搞的？是用了什么手段？管家说的可是不一样，到底出了什么事？……"

这时候，雅辛斯基先生把可怜的夫人带了出去，她咬住她的手指，以免哭出声来或者昏倒过去。

"啊，不幸啊不幸！"人们一再说着。

与此同时，在村里的另一边，传来了一片喧闹声，像是人们在欢呼庆贺，这是波格伦坪村的德国人在欢庆他们的胜利。

雅辛斯基夫妇又回到了大厅。人们听见他在门边对他夫人说道："请你镇静一点！"这时她便停止了哭泣，眼里没有了泪水，只是非常红肿。

"现在请你告诉我们，这是怎么回事？"主人平静地问道。

"老爷，怎么会发生这样的事哩！"老马捷依说道，"就连波格伦坪村的农民都投了苏伯达的票！"

"是谁这样干的？"

"你说什么？是本地人吗……"

"是的，我亲眼看见了，大家也都看到，巴尔特克·斯沃维克就投了苏伯达的票。"

"是巴尔特克·斯沃维克吗？"夫人问道。

"就是他！现在大家都在骂他，那家伙躺在地上哭。他老婆正在咒骂他，我亲眼看到了他是怎么样投票的。"

"应该把这样的家伙驱逐出村！"那个从米日罗夫来的乡绅说道。

"老爷，还有那些打过仗的人都像他那样投了苏伯达的票，他们说，有人命令他们这样做的！"

"这是欺骗！这是地地道道的舞弊！这选举是无效的！这是欺诈行为！"许多人都在嚷叫。

这一天，波格伦坪宅院中的午宴便显得异常的沉闷了。

傍晚，主人夫妇便离开了波格伦坪村，但不是到柏林，而是去了德累斯顿。

这时候，巴尔特克却待在家里，既显得可怜，又遭人指责、谩骂和憎恨，连他的老婆都把他当作陌生人，他老婆整天都不和他说一句话。

秋天，上帝赐给了一个丰收年，而那位已经接收了巴尔特克全部家业的尤斯特先生显得心满意足，因为他这笔交易真是捞着了。

有一天，从波格伦坪村通往城里的大路上，有三个人急趋而行，其中有一男一女，还有个孩子。男的已腰弓背驼，俨然像个乞丐，而不是个身体壮实的农民。他们是到城里去的，因为他们无法在波格伦坪村居住和工作了。这天恰逢秋雨淅淅，那女的为失去她的农舍和背井离乡而伤心呜咽，男的则一声不响地走着。路上荒凉冷静，既无马车往来，也不见别人行走，只有被雨水淋湿了的十字架，在他们头上张着它的双臂。雨越下越大，越下越密，天色也更加昏暗了。

　　巴尔特克、马格达和弗兰涅克一家人到城里去了，因为这个格拉维洛特和色当战役的胜利者，为了博格的那件官司，冬天还得被关在监牢里。

　　雅辛斯基夫妇却一直住在德累斯顿。

酋　长

　　安特洛普小镇坐落在得克萨斯州的安特洛普河的河边上，这天，凡是能行走的人都急急忙忙地赶去看马戏团的演出。他们之所以表现出如此强烈的兴趣，是因为这个城镇打从它建立以来，一个拥有舞女、歌手和走绳索的马戏团前来这里演出还是第一次。这是座新建的城镇。十五年前，这里不但连一座房子都没有，就是这方圆几十里的地区也见不到一个白种人。不过，在这条河的河汊口上，也就是现在安特洛普镇所在的同一个地方，原先有一个叫恰瓦达的印第安人的村寨，这个村寨成了黑蛇族人的首府。黑蛇族的印第安人那时简直成了那些住在附近的，从柏林、格龙德纳和哈尔莫尼亚来的德国移民的眼中钉、肉中刺，使得这些移民再也无法忍受下去。的确，这些印第安人不过是为了保卫自己的"领土"而斗争，那是得克萨斯州政府曾以非常庄重的条约给他们以永久权的。但是这些从柏林、格龙德纳和哈尔莫尼亚来的德国移民，根本不把这条约放在眼里。毫无疑问。他们虽然要夺走黑蛇族人的土地、水和空气，但也会给这一地区带来文明。当然，那些红皮肤的人也用自己的方式对他们表示了感激——那就是剥去这些德国人的头皮。这种状况是不能长此以往的。于是这些从柏林、格龙德纳和哈尔莫尼亚来的移民纠集了四百多人，还邀请了拉奥拉的墨西哥人前来助阵，便在一个月色皎洁的晚上，袭击了正在睡梦中的恰瓦达村寨。恰瓦达村寨被烧成了灰烬，寨里的居民，不分男女老幼，被赶尽杀绝。只有一小队战士因为当时正好在外面打猎，才幸免于难。留在村寨里的人一个也没有剩下，主要是因为这个村寨坐落在河汊口上，又适逢春季，洪水泛滥，整个村寨都被洪水围住了。但就是这同一个河汊口，使印第安人遭到毁灭，却给德国人带来了好处。要从这河汊口逃走固然困难，却易于防守。基于这种考虑，就有许多从柏林、格龙德纳和哈尔莫尼亚来的移民立即迁移到了这河汊口上。转眼之间，在这块荒蛮的恰瓦达的废墟上，便出现了一座文明的城镇安特洛普。五年当中，它拥有的居民已达两千。

　　到了第六年，由于河汊对岸发现了水银矿，它的开采又使人口增加了一番。第七年他们根据"私刑法"，在城里的广场上公开绞死了黑蛇族剩下的十九个战士,这些人都是在不远的"死人森林"中被抓获的。从此以后,再也没有什么人来妨碍安特洛普的发展了。城里出版两种日报和一种《星期一评论》。还在龙舌街上建起了三所学校,其中一所是高级中学。在绞死最后一批黑蛇族战士的那个广场上,建起了一座慈善院。每逢星期天,神父们都要在教堂里教导其教徒热爱自己的乡邻,尊重别人的财产,以及文明社会所具有的种种美德。还有一位旅行演说家甚至在市政大厅里做过一次《论各民族权利》的报告。

那些有钱的居民都在谈论建立一所大学的必要性,为此,他们要求州政府给予资助。市民们财运亨通,水银、柠檬、大麦和葡萄酒的交易使他们大发其财。他们都是些正直诚实、遵纪守法、勤劳节俭和有条不紊的人,而且个个都长得大腹便便。若是谁在最近几年里前来访问这个一万多人口的安特洛普镇,他决不能认出这些当地的富商十五年前竟是烧毁恰瓦达村寨的惨无人道的战士。白天,他们在商店、工厂、办公室里度过,晚上就泡在响尾蛇街上的那家名叫"金色阳光下"的啤酒店里。当你听到这些用缓慢的语调唱着"祝你胃口好",或者用冷漠的声调唱起"啊!莫勒先生,这是可能的吗?";当你听到这些觥筹交错的声音、啤酒的冒泡声和啤酒溢出流到地上的哗啦声;当你看到这里是那样的平静、那样的秩序井然;当你看到那些市侩们的油光光的脸孔和一双双鼓起来的眼睛,你就会以为你置身于柏林或慕尼黑的啤酒屋里,而决不会想到是在恰瓦达的废墟上。不过现在这座城镇已是非常的舒适,再也没有人会想起那个废墟了。这天晚上,所有居民都急于赶去看马戏团的表演,一是因为在辛苦的工作之后,娱乐便成了必需而又令人愉快的事情,二是市民们为马戏团的到来而感到自豪。众所周知,马戏团是不到小城镇去演出的,所以,冯·M.德安马戏团的到来,就无可辩驳地证明了安特洛普的伟大和重要性。此外,还有第三个原因,也许这是激起大家好奇心的最重要的原因。

节目单上的第二个节目是这样说的:走钢丝,高度离地面十五尺,有音乐伴奏。表演者:著名特技表演家红鹭,黑蛇族的酋长,他既是黑蛇族之末代酋长,也是此部族的最后一人。表演动作:一、行走;二、安特洛普式腾跳;三、死神之歌与死神之舞。

如果这个"酋长"能在什么地方激起最大的兴趣,那就只有安特洛普了。冯·M.德安在"金色阳光下"啤酒店里讲起了十五年前,他在前往桑达费的途中,于托纳多平原上遇见了一个奄奄一息的印第安老人,带着一个十岁的男孩,这老人确实是由于受伤和衰竭而死的。他在临死前曾说过,这个年幼的孩子是被杀死的黑蛇族酋长的儿子,也就是黑蛇族酋长的继位者。

马戏团抚养了这个孤儿。德安先生是在"金色阳光下"啤酒店里才知道安特洛普就是昔日的恰瓦达,而这位著名的杂技演员就将在他祖先的墓地上演出。这一消息使这个马戏团的经理心花怒放,因为他认为,只要能巧妙地加以利用,必然会产生轰动全城的效果。所以,不难理解,安特洛普的这些庸人市侩们匆匆赶去马戏团,就是为了让他们从德国输入来的妻子儿女去看看黑蛇族的最后一个人——他们的妻子儿女有生以来从未见过印第安人——而且还可对他们说:"你们看,十五年前我们就是把这样的人杀得寸草不留的!"于是市侩们就能从这些阿马尔钦和小弗利茨的嘴里听到惊讶的钦佩声"啊,天呀!"而感到得意扬扬了。全城也在不断地叫喊着:"酋长!酋长!"

从早晨开始,孩子们就以好奇而又胆怯的神情,从板壁缝中朝场里窥视。那些年龄稍大一些的孩子被战士精神所鼓舞,在学校放学回家的路上,都排成整齐的队伍,迈着雄壮的步伐朝家里走去。为什么要这样做,连他们自己也不清楚。时值晚上八点钟。这是个美好的夜晚,天气晴朗,满天繁星。从城郊吹来的阵阵微风带来了柠檬树林的芬芳,到了城里就和酒气混合在一起了。马戏团里灯火辉煌。大门前插着燃烧的大松枝火炬,发出阵阵黑烟。阵风把烟雾和明亮的火光吹得摇曳不停。火光把这座建筑物的黑暗轮廓都照得通亮。演出场地是一座新建的圆形木板棚,尖屋顶,顶上飘扬着美国的星条旗。大门外聚集着一群没有买到票或是没有钱买票的人,他们都在观看马戏团的那些大车,而且更爱看入口处的那幅布帘子,布帘上画着白种人和红皮肤印第安人的交战场面。每当布帘被掀开的时候,就能看见里面被灯光照亮的酒吧,桌子上摆放着几百只玻璃杯。后来他们把布帘完全拉开了,人群便蜂拥而入,于是座位之间的空道上便响起了人们的脚步声。不久,这黑黝黝的人流就把所有从上到下的空隙都塞满了。马戏场里照亮得如同白昼,尽管他们还没有装上煤气灯,但却有一盏用五十根灯头点燃的大吊灯,把缕缕灯光射在舞台和观众身上。在灯光映照下,可以看见那些啤酒迷的肥头大耳往后仰着,这能让他们的下巴更舒服一些,还能够看清女人们年轻的脸孔和孩子们美丽而又惊喜的面容,这些孩子们惊奇得连眼睛都要突出来了,而且所有的观众都露出了好奇、自满而又傻乎乎的表情。在嘈杂的谈话声中,常常能听到"新鲜水""新鲜啤酒"的叫卖声。大家都在焦急地等待着演出的开始。终于响起了铃声,出现了六个穿高统皮靴的马夫,分成两排站立在从马厩到表演场地的通道里,一匹狂暴的马从两排人中间冲了出来,既无座鞍,又无笼头，马上面飘动着一缕薄纱和彩带。那是舞女丽娜，在音乐的伴奏下开始了表演。丽娜是那样的美丽，龙舌街上那个啤酒商的女儿，年轻的马蒂尔德，一看到她便惶恐不安起来，转向同一条街上开杂货铺的青年弗罗斯的耳边，悄悄问他："你还爱不爱我？"这时候，马在狂奔，像火车头那样喷着气。鞭子在挥舞。好几个小丑跟在舞女后面，叫喊着，拍打着自己的脸颊。舞女像闪电一样消失不见了，随即响起了暴风雨般的掌声。多么精彩的表演啊！但是第一个节目很快就过去了，接着是第二个节目，观众的嘴里都在不停地叫着"酋长！酋长！"。现在谁也不去注意那几个还在拍打着自己脸颊的小丑。小丑们还在像猴子似的表演杂耍的时候，马夫们便搬来了十几尺高的木架子，摆放在表演场地的两边。乐队停止了《扬基歌》的演奏，而改奏歌剧《唐璜》中那支悲怆的将军咏叹调。马夫们在两个木架中间架起了绳索。突然，一片红色的火光从入口处照射进来，把整个演出场地蒙上了一片血光。于是那个可怕的"酋长"，最后一个黑蛇族人，便在这血光中出现了。这是怎么回事呀？——出来的并不是那个酋长，而是马戏团的团长德安。他向观众鞠了一躬便开始说了起来。他很荣幸地请求"各位可亲可敬的绅士们，以及美丽而又同样可敬的女士们，要保持特别的安静。不要鼓掌喝彩，要绝对平静，因为今天酋长的心情非常烦躁，比平常更野蛮！"这些话给观众留下了深刻的印象，而且事情也真是怪得很。就是这些在十五年前铲除恰瓦达村寨的安特洛普的高贵市民，如今却产生了一种不愉快的感觉。前一会儿，当丽娜在马上进行翻跳动作时，他们还庆幸自己坐得那样近，就在栏杆的后面，可以看得清清楚楚。现在却以一种羡煞的心情来看待那些高排上的座位了，而且与一般物理的规律相符，他们感到坐的位置越低，越是气闷。

不过，那个酋长还记得这一切吗？他可是就在德安的马戏团里长大成人的，而这个马戏团里大多是德国人。也许他还没有忘记那一切吧？！不过看起来不可能。他所处的环境和十五年的马戏团生活，他的艺术表演，他所获得的掌声，都不能不对他产生影响。

恰瓦达呀，恰瓦达！然而他们，这些德国人，现在也不是处在自己的国土上，他们远离祖国，除了商业事务所需要的外，也不再更多地去想它了。最重要的是吃喝问题。对于这个真理，不仅每个生意人都应牢记心上，就是黑蛇族的这个末代酋长也得铭记不忘。

这些联想突然被马厩里的一声粗野的呼哨打断了。马戏场上终于出现了观众焦急期盼的那个酋长。观众中间响起了一阵短促的低语声："就是他！就是他!"接着便安静下来了,只能听见门口一直在燃烧的松枝火把的响声。所有的目光都集中在这个酋长的身上,他今天要在祖先的坟地上表演特技。这个印第安人的确是值得看的。他神气得像傲慢的国王,一件银鼠的大氅——那是酋长身份的标志——把他高大的身躯都遮住了,他野蛮得使人想起一只未经驯养的美洲虎,他的脸像是由青铜铸出来似的,他还有一颗老鹰似的头颅。他有一双地地道道的印第安人的眼睛:镇定、冷漠而又凶相毕露,闪现出冷峻的目光。他用眼睛朝观众巡视了一番,像是在搜索某个牺牲品。此外,他浑身上下都被武装了起来,鸟羽毛在他头上摇晃着,腰上挂着一把板斧和一把剥头皮用的尖刀。不过他手里拿着的不是一把硬弓,而是一根走钢丝时用来保持平衡的木棍。他站在场地中心,突然发出一声黑蛇族的战斗呼号:"老天爷!"那些曾屠杀过恰瓦达村寨的人都清楚地记得这可怕的呼叫声,而且更令人奇怪的是,这些在十五年前面对成千上百这样的战士都毫无惧色的人,如今却在这唯一的战士面前冒冷汗了。不过,幸好马戏团的团长这时走近了那个酋长,对他说了些什么,像是在规劝他,让他冷静下来。这野兽像是受到了约束,劝说产生了效果。因为过了一会儿,酋长便在钢丝上摆动了。他眼睛盯着那盏大煤油灯,开始向前走动。钢丝弯得很厉害,有时甚至看不清楚。这时候,这个印第安人看起来就像是悬在空中似的。他像是在登高似的前进着。随后他退几步又向前走去,以保持平衡。他伸开两只被银鼠大氅遮住的臂膀,看起来俨然像两只大翅膀。他摇摇晃晃的,他要掉下来了!但是他并没有掉下来。于是响起了一阵暴风雨般的掌声,随即又沉寂下来了。酋长的脸色显得更加冷峻凶狠,他那双注视着煤油灯的眼睛露出一种吓人的目光,场里的观众惶恐不安,但是谁也不敢打破这种寂静。这时候,酋长已经走到钢丝的另一端,他站住了,出人意外地唱起了一支战歌。

真是令人感到惊讶,这酋长是在用德语唱歌。不过,这是不难解释的,他一定早已忘记了黑蛇族的语言了,而且当时谁也没有注意到这点。所有观众都在听他唱歌。他的歌声越来越高亢、越来越雄壮。他一半是在唱,一半是在呼号,显得无比的悲伤、粗犷和嘶哑,包含着杀伐的意味。

他们听到了下面的这段歌词:"在每年的暴雨之后,五百名战士从恰瓦达出发,有的走上征途,有的参加春季大狩猎。作战回来的人都带回了头皮,打猎回来的人带回的是兽肉和野牛皮。他们的妻子都非常高兴地迎接他们。于是他们翩翩起舞,向伟大的神灵表示礼赞。

"恰瓦达是幸福的!妇女们在棚屋里劳作,孩子长大成美丽的姑娘和英勇的战士。战士们战死在光荣的战场上,到雪山去和祖先的鬼魂一道狩猎。他们的斧头从来不染指妇女和儿童的鲜血,因为恰瓦达的战士都是心地高尚的人!恰瓦达是强大的,但是从远洋来的白种人却放火烧毁了恰瓦达。白人战士不是在战斗中去打败黑蛇族,而是像胡狼那样进行深夜偷袭。把刀子刺进了正在熟睡的男女老幼的胸膛。

"恰瓦达就这样不复存在了,因为在它原来的位置上,白人建起了他们的石房子,被屠杀的部落和被毁灭的恰瓦达正在呼喊着复仇!"

酋长的声音更加嘶哑了。现在他在钢丝上摆动着,看起来俨然像一个复仇的天使长,高高地飞翔在人们的头上。很显然,就连马戏团的团长都觉得害怕了。马戏场里是死一般的寂静。酋长又继续呼号起来:

"整个部落只剩下一个孩子,那时他又小又弱。但是他曾向大地的精灵发过誓:要报仇雪耻!他要看到白人男女老幼的尸体!他要看到火与血!"最后这句话变成了愤怒的咆哮。整个马戏场里顿时响起了一片悄悄的议论声,成千个得不到回答的问题出现在人们的脑海里:这只疯狂的老虎要干什么?他的警告是什么?他会怎样去报仇雪恨?就他一个人吗?是留下还是赶紧逃走?要不要保卫自己?又怎样来保卫呢?Was ist das? Was ist das?[①] 响起了女人们的惊恐的声音。

突然间,从这个酋长的胸中爆发出一声不像人类的吼叫。他剧烈地晃动了几下,便跳到了木架子上,正好站在煤油吊灯下,高高地举起他的木棍。一个可怕的想法像闪电般地掠过大家的脑际:他要打下吊灯,让燃烧的煤油流遍整个马戏场。从观众的胸中正要迸发出一声喊叫。可是怎么回事啊,场地上有人在喊:"站住!站住!"原来是酋长不见了。他一跳下来便消失在通道里。他会不会放火烧毁这座马戏场呢?他到哪儿去了?啊!他又出来了,回到了场地中央。他气喘吁吁,精疲力竭,而又令人害怕。他手里拿着一个白铁盘子,朝观众伸了过去,用恳求的口气说道:诸位观众,高兴赏赐几个给最后一个黑蛇族人吧!沉重的石头终于从观众的心上落了下来。殊不知这一切都是在节目的安排之中,是马戏团团长耍的一套诡计,为了追求效果。半元和一元的美元像雨点一般丢了过来。对于黑蛇族剩下的最后一人,而且又是在安特洛普镇、在恰瓦达的废墟上,谁还会拒绝不给呢?人总是有良心的啊!

---

　① 德语:怎么回事? 怎么回事?

演出之后，酋长便来到"金色阳光下"啤酒店喝啤酒和吃甜饺子。生活环境显然已经对他产生了潜移默化的效果。他在安特洛普受到了极大的欢迎，尤其是女人们的欢迎，甚至还流传着他的许多桃色新闻呢……

第三个女人

一

我和希维亚特茨基共同居住和画画的那间画室,是没有付房租的,一来是因为我们两人总共只有五个卢布,二来我们对付房租一直是深恶痛绝的。

人们把我们画家叫做败家子。我宁愿把钱喝光,也不愿交给房东。

说到我们的那个房东,人倒不是个坏人,况且我们是有办法来应付他的。

一般他是一大早就来催房租。希维亚特茨基睡在一块铺在地板上的草垫上,上面盖着一条我们画肖像画时用来作背景的土耳其衬布,一见房东来了,他就半抬起身子,用一种像是从坟墓里发出的声音说道:

"见到先生您,真使我高兴,因为我夜里做了一个梦,梦见您死啦。"

房东是个非常迷信的人,而且怕死怕得要命。一听到这话,他就惊恐不安起来。希维亚特茨基立即躺在垫子上,两脚伸直,双手交叉摆放在胸膛上,继续说道:

"我看见您就像我现在这样笔直地躺着,您那长长的手指上戴着一副白手套,脚上穿着一双抛光的皮鞋;除此之外,您的变化不大。"

这时候,我就会加上这么一句:

"这样的梦有时候是非常灵验的!"

我觉得,正是这"有时候"把房东气得火冒三丈。结果是,他怒气冲冲地把门砰的一声关上,我们就听到他像疯子似的,一步跨四级阶梯奔下楼去了。不过,这个老实人也决不会去叫法警来。

因为他很清楚,这样做是得不到什么好处的。当然,他无疑也想过,把这间画室连同厨房一并租给别的画家。就算他这样做了,也不见得比现在好,甚至还要更糟糕。

不过,我们的那一套把戏后来渐渐不灵了。房东对于死的梦已经听惯了。于是希维亚特茨基决定画三幅像乌茨那样的画,分别题为"死亡""葬礼"和"大梦初醒"。很自然,我们的房东便成了这三幅画的主人公了。

画这种以死亡为主题的油画,是希维亚特茨基的特长。照他自己的说法,他把他画的死尸画称之为"大尸体""小尸体"和"中不溜儿的尸体"。也许正是这个原因,从来也没有人来买他的画,尽管他很有才华。他把两幅这种"死尸画"送到巴黎当代绘画展览会上去展出,我也把我的那幅《维斯瓦河畔的犹太人》送去展出了。这幅油画在列入作品目录册时,题目被改成了《巴比伦河边的犹太人》,我们两个都怀着焦急的心情等待着评委会的评判结果。

当然,希维亚特茨基预先就料到,决不会有什么好结果的,他认为:"评选委员会都是由地地道道的白痴组成的,如果不是由白痴组成的话,那我自己就是个白痴了,我们的画也是稀里糊涂画的,如果它们得奖了,那就等于让白痴达到它的顶峰了。"

在我们两人同住的两年中间,这个猢狲给我带来了多少烦恼,真是难以描述。

希维亚特茨基的最大愿望就是要叫别人相信,他是个神经不正常的人,是个丧失了道德的"活尸"。他常常装扮成酒鬼,其实他根本不是那样的人。他会斟上一两杯白酒,看着是不是有人在注意他喝酒,如果他觉得没有人注意他时,他就会用胳膊肘碰碰我们之中的某个人,皱着眉头望着他,用一种从地底下发出来的声调问道:

"真的,我已经够堕落的了!是不是?是这样吧?!"

我们会立即回答说,他是个大傻瓜。这时候他就会暴跳起来,再没有比我们对他的堕落表示不相信更使他愤恨的了。不过,话又说回来,他本质上是个不错的小伙子。

有一次,我们在策尔海边的萨尔兹卡梅古山上迷了路。

由于夜幕降临了,又有摔断脖子的危险,希维亚特茨基便对我说道:

"听着,符瓦德克,你比我有才华,若是你摔死了,损失就更大了。我走在前头探路,如果我摔下去了,你就坐在原地不动,一直坐到天亮,到了早晨,你就有办法走出去了。"

"你不能走在前面,还是让我在头里走吧,我的眼睛比你的好。"我回答说。

希维亚特茨基却坚持说:

"即使今天我不摔断脖子,以后我也肯定会死在哪条阴沟里的……反正死在哪里对我都是一样。"

于是我们互相争执起来,各不相让。

这时候,天越来越黑了,像在地窖中似的。最后,我们只好用抽签的方法来决定谁走在头里。

希维亚特茨基抽中了,于是他朝前走去。

我们走在山脊上,开始路还相当宽,后来越走越窄。根据我的估计,我们左右两边都是无底的深渊。

山脊越来越狭小了,而且风化了的岩石碎片不断从我们的脚下滚落下去。

"没有别的办法,我只好用四肢爬着走了。"希维亚特茨基说道。

的确也只好这样办了。我们就这样爬着前进,像是两只黑猩猩。

可是过了不久,连爬都没法爬了,这条岩石的山脊小路,比马背还要狭窄。希维亚特茨基跨开双腿,骑坐在山脊上,我也跟他坐了下来,我们手拉着手,一点一点地朝前移动着,我们的衣服都磨坏了。

过了一会儿,我听到希维亚特茨基的声音:

"符瓦德克!"

"什么事?"

"山脊已经到头了!"

"前面是什么?"

"什么也没有,一定是悬崖。"

"你捡块石头扔下去,听听有多深。"

我听见希维亚特茨基在黑暗中用双手摸石头,然后他对我说道:

"我扔了……你听着!"

我们两个都侧耳倾听着。

一片寂静。

"你听到什么声音没有?"

"没有!"

"我们走不出去了,肯定有一百英尺①深。"

"再扔一次。"

希维亚特茨基又捡了一块较大的石头扔了下去。

毫无反响。

---

① 1 英尺 = 30.48 厘米。编者注

"难道真是深不见底吗?"希维亚特茨基说道。

"没有别的办法,我们只有坐在这里等天亮啦!"

我们就这样坐在山脊上。希维亚特茨基又扔了几块石头,一点反响也没有。一个小时过去了,又过了一个小时,我终于又听到希维亚特茨基的说话声:

"符瓦德克,可别睡着了……你有烟吗?"

我身上倒有香烟,可是我们两人都没带火柴,真是倒霉透了。时间可能是午夜一点钟吧,也许还不到。

这时开始下起了毛毛细雨,周周一片漆黑,更深夜静。我相信,凡是生活在城乡地段的人都无法真正体验到什么是寂静。我们周围万籁俱寂,我甚至能听见血在我的血管里流动,听到心在剧烈地跳动着。

刚开始,我对我们的处境还觉得挺有意思。在这样漆黑的夜晚,下面是万丈深渊,一个人像骑马似的跨坐在巉岩峻峰的山脊顶上,这对于生活在大城市的人来说,真是千载难逢的冒险机会啊!可是不久之后,天气越来越冷了,同时希维亚特茨基又开始发表他的那套乏味的哲学高论来了。

"生活是什么? 生活不过是龌龊的勾当。他们还侈谈什么艺术,艺术! 让艺术见鬼去吧! 艺术不过是像猿猴仿效人一样的对大自然的模仿,而且都是拙劣的货色……我去看过两次当代画家作品展览会,他们送去展览的油画竟是那样之多,要是用这些画布做成床垫都够全世界的犹太人用啦! 这又有什么用呢,那不过是最低劣地迎合小市侩的口味,是一种填饱肚子的投机买卖,是艺术上的无政府主义,仅此而已! 如果有艺术,有真正的艺术,那也真会让人伤心死的。幸亏这个世界上没有真正的艺术……只有大自然,也许大自然也是卑鄙龌龊的……最好是从这里往下一跳,那就万事大吉了。只要有酒喝,我就会往下跳,可是现在没有酒,我也就只好不跳了,因为我曾经发过誓,决不在头脑清醒的时候去死。"

虽然我对希维亚特茨基的饶舌已经习惯了,可在此时此地,身处荒野寂寥之中,天气又黑又冷,两边是悬岩峭壁,又找不到出路,他的唠叨真使我十分反感。幸好他说累住口了。他又拾起石头扔了下去,扔了好几次,每次都听到他说:"没有一点声音。"此后,我们都一声不吭地过了三个小时。

突然,我们听见了上面有呱呱叫和拍打翅膀的声音,我觉得过不了多久,天就要亮了。

这时,天空还是黑黝黝的,什么也看不见。不过我相信,这是山鹰在崖顶上飞翔。"呱呱""呱呱"的叫声在黑暗的天空中越来越响了。使我惊异的是,竟有那么多的叫声,仿佛有一大群山鹰在头顶上空盘旋似的。不过,无论如何,它们正预示着黎明的即将来临。

又过了一段时间,我能看见我扶撑在岩石上的双手了。接着,我看见了希维亚特茨基的肩背的轮廓,它完全像在黑暗的背景上的一个黑色人体。地面渐渐显得更清楚了。随后,一抹淡淡的银光照射在岩石上,照射在希维亚特茨基的肩背上。亮光倾泻在黑暗中,仿佛有人把银色液体注入了黑色之中,它们相互融化在一起,把黑暗从黑色变成了灰色,由灰色又变成了奶白色。周围依然是阴暗和潮湿,所有的东西,无论是岩石还是空气,都弥漫着一种湿气。

天空每分每秒都在变得更加明亮了。

我仔细地观察着这一切,努力记住这光线的不断变化。并在我的脑海里将它们描绘出来。突然,希维亚特茨基的叫喊声打断了我的观察。

"真见鬼!我们这两个傻瓜!"

转瞬之间,他就从我的眼前消失了。

"希维亚特茨基,你想干什么?"我喊道。

"别叫了,你看!"

我俯身向下一看,我看到了什么景象呢?原来我是坐在一块离地面不到一英尺半的岩石上,四周是长满青苔的草地,石块一定是落在苔藓上才没有声音的,因为草地很平坦,远处是一条大路,路上有一群乌鸦,我却把它们当成了山鹰。我们只要把腿往岩石下面一伸,就能平安无事地回到住所。

可是我们却呆呆地坐在那块岩石上整整一夜,冻得牙齿直打战。

不知道为什么,当我和希维亚特茨基正在为房东的催交房租而感到惊恐不安时,我又想起了这件一年半以前发生的事情,仿佛它是昨天才发生似的。

不过,这一回忆倒给了我一种安慰、一种欣喜。于是我立即对希维亚特茨基说道:

"你还记得吗,安特克?那次我们还以为是坐在深渊的边缘上,结果却是一条平坦的大道。现在也可能会出现类似的情况。尽管我们穷得像教堂里的老鼠,房东一心想把我们赶出画室去,说不定时来运转,一下子什么都变了,也许一座荣誉和财富的宝库就要向我们打开哩!"

希维亚特茨基正好坐在床垫上,边穿皮鞋边嘟哝道:"生活就是早上穿鞋、晚上脱鞋,有勇气上吊自杀的人才是聪明人。如果他,希维亚特茨基不是个大傻瓜和可耻的胆小鬼,早就这样做了。"

我那番乐观的估计打断了他的思路,于是他抬起了圆鼓鼓的眼睛望着我,说道:

"当然你是有充分的理由感到高兴。前天,苏斯沃夫斯基先生把你从他家里、从他女儿的心中赶了出来,今天房东也许又要把你从这间画室撵出去。"

遗憾的是,希维亚特茨基的话说对了。三天以前我还是卡佳·苏斯沃夫斯卡的未婚夫,可是星期二,是的,是星期二,我却接到了她父亲写来的一封信:

亲爱的先生:

　　我们的女儿在父母的规劝下,已经同意割断将会给她带来不幸的联系。她永远会在母亲的胸怀和父亲的屋顶下得到可靠的保护。从我们做父母的来说,就是要尽一切努力来防止这种不幸的发生。不单是你的经济状况,还有你那轻浮的性格——这是你竭力想掩盖也掩盖不了的——都促使我们和我们的女儿解除和你的婚约,中断与你的一切联系。当然,这并不妨碍我们对你的友情。

波兰国家财政委员会前主任

赫里奥多尔·苏斯沃夫斯基　谨上

这就是那封信的内容。

说到我的经济状况,我是穷得叮当响的,对此我是完全同意的。但是,我真不理解,这个道貌岸然的老狐狸为什么要提到我的性格呢?

卡佳的头使人想起法国大革命执政时期的式样。如果她不是把头发梳成今天的时髦发式,而是梳成执政时期的发型,那准要好看得多。我甚至请求过她这样做,但枉费口舌,因为她不懂这些事情。可是她面若傅朱、美丽动人,活像是福图尼①画的美女一样。

正因为这点,我才那样地爱她,也是因为这个缘故,接到她父亲来信的那天,我就像中了邪似的踉踉跄跄。直到第二天的傍晚,我的痛苦才减轻了一些。我对自己说:"吹了就吹了吧!"幸亏当时我头脑里尽想着巴黎当代画家展览会和我画的那幅《犹太人》,这才大大帮助我承受了这次打击。我深信这是一幅相当

---

① 福图尼(1839—1874),西班牙画家。

不错的油画,虽然希维亚特茨基曾说过,就连展览会的过道上,也不会有陈列它的位置的。

我是一年前着手画这幅画的。

事情是这样的:

一天傍晚,我信步来到维斯瓦河畔。看到一只装满苹果的小货船被撞翻了,一群街头少年正在打捞水里漂浮的苹果。河岸上坐着一家犹太人,他们是那样的悲痛欲绝,连哭都哭不出来了,只是绞动着双手,像一尊尊雕像似的呆望着河水。在这一家人中间有一个犹太老头,他是一家之主,显得非常的穷酸;一个犹太老婆子;一个长得像麦卡博斯①那样粗壮的犹太青年;一个脸上长有雀斑,但鼻子和嘴唇却有一种刚毅之气的年轻姑娘,还有两个犹太孩子。天渐渐黑了下来,河水映出古铜色的光辉,晚景真是美极了!萨克森小岛上的树木全都沐浴在霞光中,小岛过去是广阔的水面,那里霞光万道,呈现出一派姹紫嫣红的色彩。接着是银灰的色彩,随后又变成了绛红色和紫色。天空的景色真是令人心旷神怡。那些色彩与色彩的转换是那样的奇妙,又是那样的难以描绘,使你的灵魂都为之悸动。四周静悄悄的,晚霞辉映,淡雅宁谧,一切都处在那样一种忧郁之中,使你真想大声叫喊、大声呼号。而这一伙沉浸在悲凄之中的犹太人,从最小的到最老的,全都坐在那里一动不动,恰像画室里那些摆弄姿势的模特儿一样……

我的脑海里立即想到,这就是我要画的画呀!

我是个不带画盒和油彩就不出门的人,于是我立即画起素描来。动手画之前,我对这些犹太人说:

"就这样坐着,不要动!到晚上我给你们每个人一个卢布。"

这几个犹太人一眼就看出我是干什么的,他们像生根似的坐在那里,我画呀,画呀,专心致志地画了起来。那些调皮的少年已经从河里爬了上来,不久我就听到他们在我身后的起哄声:

"画家,画家,偷了东西,还说是捡到的!"

我也用他们的那种粗话和他们交谈,倒是把他们争取过来了,他们也不再向犹太人扔木片了。这样我的工作就能继续下去了。

可是出乎我的意料,这些犹太人倒高兴起来了。

"犹太佬,要伤心一些!"我大声叫道。

---

① 《圣经》中犹大的别名。犹大是出卖耶稣的耶稣门徒。

那个老婆子却回答说：

"画家先生，请您原谅，既然您答应了给我们每人一个卢布，我们为什么还要伤心呢？让那些什么也挣不到的人去愁眉苦脸吧！"

我只好用不付钱来吓唬他们了。

我画了两个黄昏的素描，然后他们又到我的画室给我当了两个月的模特儿。希维亚特茨基爱说什么就让他说什么好了，反正它是一幅真正的好画，完全不是那种冷冰冰的画。它非常逼真，色彩自然。我甚至把那个年轻犹太姑娘白脸上的雀斑都画上去了。他们的脸孔也许可以画得更漂亮一些，但却不会有现在这样真实，这样富于个性了。

当我一心只牵挂着那幅画时，对于失去卡佳，我也就比较容易忍受了。现在希维亚特茨基又跟我提起了这事，可是我觉得它是非常非常遥远的事了。这时候，希维亚特茨基正在穿第二只皮鞋，我却把茶炊点着了。

老安托尼奥娃送来了面包，希维亚特茨基一年来都在劝说她上吊自尽，当然她是不会那样做的。于是我们两人便坐了下来喝茶。

"你今天为什么这样高兴？"希维亚特茨基不客气地问道。

"我怎么知道，你等着看吧，今天我们准会遇到什么预料不到的事情。"

正好这时候，我们听到楼梯上的脚步声朝画室而来。

"是房东来了！这就是你预料不到的事情！"希维亚特茨基说道。

他一口就喝完了热茶，呛得眼泪都快流出来了，随即他跳了起来。由于我们的厨房就是过道，他就躲到画室里的衣服后面去了。他从那里压低嗓音说道：

"我亲爱的，房东是喜欢你的，你去跟他谈谈吧！"

"他怕你，你去应付他吧！"我说着，也躲进了同一个地方。

这时门开了，进来的是谁呢？不是房东，是苏斯沃夫斯基住的那幢房子的看门人。

我们从躲藏的衣服后面窜了出来。

"我给先生您送来了一封信。"看门人说道。

我接过信来……向赫尔墨斯①起誓，这是卡佳写来的！我立即撕开信封，信是这样的：

————————————

① 赫尔墨斯——希腊神话中众神的使者，亡灵的接引者。

我深信，我的父母会原谅我们的。你立刻赶到我家来，不必顾及时间太早。我们刚刚在公园里喝完矿泉水回来。卡。

我真不敢相信，她的父母会原谅我，不过我也没有时间来思考这个问题了，我已惊讶得懵懵懂懂了。

过了一会儿，我把信递给希维亚特茨基看，对看门人说道：

"我的朋友，请你告诉小姐，我立刻就到！等等，我没有零钱，这里是三个卢布（我身上仅有的三个卢布），你拿去兑换一下，你自己留下一个，剩下的还给我。"

顺带说一下，这个无赖拿走三个卢布后就再也没有露面了。这个可恶的东西心里清楚，我决不会为了这点事到苏斯沃夫斯基家里去责骂他的，他就恬不知耻地占了便宜。不过当时我并没有把这件事放在心上。

"怎么样？"我问希维亚特茨基。

"没有什么！每头牛都得被宰杀的！"

我急于穿衣打扮，没有时间想出一句适合的话来回敬希维亚特茨基的讥讽。

二

一刻钟以后，我按响了苏斯沃夫斯基家的门铃。

卡佳亲自出来开门。她多么妩媚动人啊！她的身上还散发着刚刚睡醒的暖意，浅蓝色的带折褶的印花布衣服上散发出从公园里带回来的早晨的清新。她刚刚脱下帽子，头发有点乱。她满脸笑容，她的眼睛在笑，她那甜润的嘴唇也在笑……她自己就是真正的早晨。我抓住她的双手，吻了起来，一直吻到胳臂肘，她斜倚过来，在我耳边说道：

"你看是谁爱得最深呢？"

随后她牵着我的手，把我带到她的父母面前。他们两个都坐在那里喝咖啡，老苏斯沃夫斯基脸上的表情，恰像一个为了祖国而献出自己独生儿子的罗马人。母亲的眼泪不断落在咖啡杯里。他们一见我们走进去，都站了起来，苏斯沃夫斯基老爹说道：

"理智和职责迫使我说不。但是一颗做父亲的心却有自己的权利。如果这是一种软弱的话，那就让上帝为此而审判我吧。"

林洪亮译文自选集

他抬起眼睛，表明他已准备好了要进行申辩，如果天上的法庭立即提出起诉的话，在我这一生中，除了在科尔索出售的意大利香肠和意大利通心粉外，就再也没见过比他此时的表情更富于罗马味的了。这个时刻是如此的庄严肃穆，连河马都会为之心潮澎湃、潸然泪下。苏斯沃夫斯基太太伸出双手，用抽泣的声调说话，更增加了这种庄严的气氛。

"我的孩子们，你们在生活中无论什么时候遇到了不幸，都可以躲到我这儿来，到我这儿来吧！"

她一边说，一边指着她的胸口。

哪有这样的大傻瓜！我怎么能躲到那儿去呢？怎么能呢？如果是卡佳给我提供这样一个匿身之处，那又另当别论了。无论如何，两位老人的一片诚心还是令人感动不已的。我的心里充满了感激之情。

由于心情激动，我喝光了那么多杯咖啡，连苏斯沃夫斯基老爹都不安地望着咖啡壶和奶油壶了。卡佳不停地往我杯里倒咖啡，我在这段时间里则尽力在桌子下面踩她的脚，她把脚都缩了回去，轻轻地摇摇头，还笑得那样迷人，我真不知道，我为什么没有高兴得发疯哩！

我在那里停留了一个半小时，终于不得不走了，因为博布希正在画室里等我，他是来我这里学绘画的，每次上完课后他都要留下一张印有族徽的名片，而我总是把这些名片扔在一边。卡佳和她母亲把我送出前厅，这使我很不高兴，因为我多么想让卡佳一个人来送我啊！她这时的嘴唇真是美极了！

我穿过公园往家走，一群群的人刚喝完矿泉水回来……沿途我发现，这些人一看见我就停下了，我听见周围的人都在悄悄说着："马古尔斯基！马古尔斯基！就是他！"年轻的小姐们穿着各种款式的印花布衣裙，衬托着她们那亭亭玉立、婀娜多姿的身段，都一个个地向我送来这样的秋波，仿佛在说："你来吧，我们等着你哩！"真是见鬼啦！难道我就这样出名吗，还是有什么别的原因？我真是摸不着头脑。

我继续朝前走去，碰到的依然是同样的情景……在前厅的阶梯上，我正好迎面碰上了房东，就像一只船和礁石相碰时一样。啊，房租！

这时，房东朝前走了一步，说道：

"我的先生，尽管我常来麻烦您，但是请您相信，我对您是……真的！请允许我，尊敬的先生！"

他刚说完话，就上前搂住我的脖子，紧紧拥抱起来。啊！我明白了，一定是希维亚特茨基告诉他，我要结婚了。他心想，从此以后，我就会按时付给他房租了。那就让他这样想好了……

我朝楼上跑去，在楼梯上我就听见了画室里一片喧闹声，我奔进屋里，画室里烟雾迷漫，昏黑一片。屋里有尤莱克·齐辛斯基、瓦赫·波特凯维奇、弗兰涅克·车普科夫斯基、老斯乌德茨基、卡尔敏斯基、伏伊特克·米哈拉克等人，他们玩得兴高采烈，正在把那个穿戴考究的博布希抛上抛下，一看见我，他们就把那个被抛得半死不活的博布希往房间中央一扔，立刻大喊大叫起来：

"祝贺你！祝贺你！祝贺你！"

"把他抛起来！"

转眼之间，我就落到了他们的手上，被抛了好一会儿，他们一边抛，一边还像一群猴子似的尖叫着。最后我站到了地板上，衷心向他们表示感谢，还保证邀请他们都来参加我的婚礼，特别是希维亚特茨基，我预先邀请他做我的傧相。

这时，希维亚特茨基举起双手，说道：

"这个小滑头还以为我们是在祝贺他订婚哩！"

"不是祝贺我订婚，那又是为了什么？"

"你是怎么搞的，难道你什么都不知道？"大家齐声问道。

"我什么也不知道，你们搞的是啥鬼名堂呀！"

"把《风筝报》给他，把那份早晨版的《风筝报》给他！"瓦赫·波特凯维奇大声叫道。

他们把那份早晨版的《风筝报》给了我，一致对我喊道：

"看看那条电讯吧！"

我看起电讯来，上面这样写着：

本报特电：马古尔斯基的油画《巴比伦河边的犹太人》荣获今年巴黎画展的大金质奖。评论界找不到恰当的词句来赞美这位大师的天才。阿尔贝特·沃尔夫称此画是惊世的杰作。希尔什男爵已出价一万五千法郎购买此画。

我要晕倒了，快救救我吧！我呆若木鸡，竟说不出一句话来。我知道这幅画会成功，但会有这样的成就，我连做梦也没有想到过啊！

《风筝报》从我手里滑下去了。

他们拾起了报纸,给我念了"最新消息"一栏中的有关消息:

第一条消息:我们从大师口中得知,他的这幅画将在我们这个美人鱼①城市展出。

第二条消息:波兰美术家协会理事会副主席询问我们的大师,是否愿意在华沙展出自己的杰作时,大师回答说:"我宁愿在华沙展出我的画,也不愿在巴黎出售我的画。"我们希望我们的后代能在大师的墓碑上读到这两句话。(当然,上帝将会让这样的事尽力往后推迟。)

第三条消息:大师的母亲在读完从巴黎来的电报之后,由于过分激动而休克。

第四条消息:我们送稿去付印时获悉,大师母亲的病情已有所好转。

第五条消息:我们的大师已收到来自欧洲各国首都的要求展出其杰作的邀请信。

听了这些哗众取宠的胡编瞎说,我的头脑略为清醒了一些。奥斯钦斯基,这位《风筝报》的总编辑,同时又是卡佳的追求者,看来是发疯了,因为他把事情做得太过分了。自然,我会首先在华沙展出我的画,可是第一,我对任何人都没有谈起过此事;第二,美术家协会副主席也没有问过我;第三,我也没有回答过他一句话;第四,我母亲去世已经九年了;第五,我还没有收到过一封要求展出此画的邀请信。

更糟糕的是,这时我突然想到,如果电讯也和这五条消息一样"真实可信",那不是要了我的命吗?奥斯钦斯基半年以前遭到了卡佳的拒绝,虽然她的父母都赞成这门亲事。也许他是故意来捉弄我的。要是那样的话,那就会像某部歌剧中所唱的那样:"用他的脑袋或别的这类东西来还债!"同伴们都安慰我说,奥斯钦斯基可能捏造这些消息,但电讯却不会是假的。

正好这时候,斯达赫·克沃索维奇也拿来了上午版的《极地报》,上面也登有这则电讯,我才松了一口气。

现在是他们挨个地向我祝贺了。

----

① 美人鱼是华沙的城徽,这里指华沙。

老斯乌德茨基是个口是心非的十足伪君子,他摇晃着我的手说道:

"上帝可以做证,我始终相信你的天才,一贯为你说好话(我知道你向来把我看作是笨驴)。亲爱的伙计,不过,上帝可以做证……也许你不喜欢我这样一个微贱的人叫你作'伙计'吧。如果是这样,那就请你原谅我,我这完全是出于习惯,亲爱的上帝……"

我在心里诅咒他见鬼去吧,可是我还没有开口,卡尔敏斯基就把我拉向一旁,跟我说起悄悄话来,不过声音响得能让大家都听见:

"亲爱的伙计,如果你需要钱,只要说一声,我就……"

在我们这伙人当中,卡尔敏斯基是以乐于助人而闻名的,他常常对我们之中的某人说:"如果我的同行急需用钱,只要对我说一声,我就……再见!"他的确很有钱,我回答他说,如果我在别处搞不到钱,就一定去找他。这时候,别的朋友都走上前来向我祝贺。他们都是像金子一样的好小伙子。他们的拥抱把我的腰背都压痛了。最后是希维亚特茨基向我走来,我看出他非常激动,尽管他竭力不表露出来,他揶揄地说:

"虽然我知道你变成了犹太教徒,我还是要祝贺你!"

"虽然我知道你变傻了,我还是要向你表示感谢。"我回答说。我们紧紧拥抱在一起。

瓦赫·波特凯维奇大叫说,他的喉咙又干又渴,可是我身上一个子儿也没有。希维亚特茨基也只有两个卢布。其他的人也只带了一点零钱,于是大家凑在一起,买来了酒菜。他们为我的健康干杯,又一次把我往空中抛去。等我告诉他们,我和苏斯沃夫斯基家的关系已经大为改善时,他们又为卡佳的健康干杯。这时候,希维亚特茨基来到我的身边,对我说道:

"难道你没有想一想,我的小书呆子,那位小姐在写信给你之前,他们就没有读过这条电讯?"

啊,老天爷!我真像挨了当头一棒!这一边的地平线开始明亮起来,那一边的地平线又昏暗下去。毫不奇怪,苏斯沃夫斯基夫妇是什么事都干得出来的,可是卡佳,难道她也会藏奸耍猾!

看起来很有可能,他们今天早晨在喝矿泉水的时候就看到了这条电讯,于是才写信叫我立刻赶来。

我气得真想立即跑到苏斯沃夫斯基家去问个究竟,可是我不能丢下这些伙计们……正好这时候奥斯钦斯基也来了,他仪表堂堂,性格平静,非常自信,像平常一样戴着手套。他像火光一样才气外露，同时又像猴子一样的机灵。

他还在门边就派头十足地挥动着他的手杖，说道：

"我恭喜你，大师！我向你表示祝贺！"

他说"我"这个字时特别加重了语气，好像他的祝贺比别人的意义更大。也许的确是这样的吧！

"你都瞎编了些什么？"我大声喊道，"你现在看到了，我是在读了《风筝报》之后才知道这一切的？"

"那关我什么事呢？"奥斯钦斯基答道。

"关于那幅画展览的事，我什么也没有说过呀！"

"你现在不是在说吗?!"奥斯钦斯基冷冷地说。

"他没有母亲，他的母亲更没有休克！"伏伊特克·米哈拉克叫道。

"我才不关心这些事哩！"奥斯钦斯基高傲地答道，脱下了第二只手套。

"那电讯可是真的吗？"

"真的！"

这一保证使我完全放了心。出于感激，我敬给他一杯酒，他把酒杯举到嘴边，一口气喝完了，然后说道：

"首先为你的健康干杯，第二你知道我要为谁的健康干杯！我祝贺你双喜临门！"

"你是怎么知道的？"

奥斯钦斯基耸了耸肩膀。

"因为今天早上八点钟以前，苏斯沃夫斯基到编辑部来过。"

希维亚特茨基开始骂起这些卑鄙的人来，我再也控制不住自己了，拿起帽子就跑了出去。奥斯钦斯基也跟着我出来了，不过我在路上甩掉了他。几分钟后，我再一次拉响了苏斯沃夫斯基家的门铃，又是卡佳给我开的门，她的父母都不在家。

"卡佳，你先看到过那份电讯？"我严厉地问道。

"是的！"

"可是……卡佳！"

"你怎么啦，我亲爱的？你不要责怪我的父母，他们总得有个可信的理由，才会同意我嫁给你呀！"

"那么你呢，卡佳？"

"我当然会利用这个大好的时机……你认为我这样做不对吗,符瓦德克?"

我的目光又温和了,我觉得卡佳做得完全对,我则要责问自己,干吗要像个疯子似的跑到这儿来呢?这时候,卡佳走近我的身边,把头紧紧靠在我的肩上。我半搂着她。她把脸转向我,闭起了眼睛,还把她的樱桃小口伸了过来,轻轻说道:

"不!不!符瓦德克!现在不要……等我们结婚了……我请求你……"

恰是这种请求,使得我把我的嘴紧贴在她的嘴上,我们紧紧亲吻着,吻得我们都喘不过气来。卡佳的眼里现出梦幻一般的神情……后来她双手捂着眼睛,说道:

"我这样求你,请你不要……"

她的嗔怪、她手指缝后的秋波传情,却使我激动得再次吻了她。当我们爱着一个人的时候,自然我们是非常想吻他的,胜过别的愿望,比如说打人的愿望。我爱卡佳,我的爱无边无际、热烈疯狂,生前死后永远相爱,矢志不渝,要么是她,要么谁也不爱,我的爱情就是这样!

卡佳忧心忡忡地说她害怕会因此而失去我的尊敬。我最亲爱的人儿,你怎么说起蠢话来了!我尽力安慰她,于是我们开始冷静地交谈起来了。

我们商量好了,如果她的父母坚持说他们是后来才看到电报的,我也得装出对事情真相毫无所知的样子。随后,我就告别了卡佳,答应晚上再去。

我必须赶到波兰美术家协会办公处去,只有通过它我才能和巴黎当代画家展览会的秘书处取得联系。

三

我发了一份电报,声明我同意希尔什男爵出的价钱,不过,在卖给他之前,我要在华沙展出这幅画,等等。

打电报和其他开支,我都是向美术家协会办公处借的钱,他们毫不迟疑就借给我了。一切都进行得很顺利……

《风筝报》和《极地报》都发表了我的小传,不过里面没有一句真话,正如奥斯钦斯基所说的:"那关我什么事哩!"我也得到了两家画刊的约稿,他们要我的相片和那幅画的复制品。真是时来运转啊!

往后钱就会像流水一样源源而来。

四

过了一星期，我就收到了希尔什男爵汇来的第一笔款子。全部价款，要等买主得到那幅油画后才会付清。我从商业银行取出了五个法郎的清一色的金路易。活到现在，我还从来没有一次见过这样多的钱。我像一头骡子似的把它驮了回来。

我的画室里又挤了一屋子的人。我把这些金路易全撒到地板上，因为我从来没有过这样多的钱，现在我该好好地摆弄摆弄它们了。希维亚特茨基也和我一道摆弄起来……房东进来一看，以为我们都发疯了……我们是按照野蛮人的方式在纵情嬉戏啊！

五

有一天，奥斯钦斯基对我说，他感到幸运的是卡佳拒绝了他，因为这给他打开了更美好的前景，他这话是什么意思，我一点也摸不着头脑。

我听了很高兴，倒不如说我是无所谓的。不过有一点我相信，奥斯钦斯基是个在生活上善于应付一切的人。

当他追求卡佳的时候，她的父母，特别是她的父亲苏斯沃夫斯基，都是非常赞成他的。奥斯钦斯基对这位老人产生了这样大的影响，这个罗马人在他面前甚至失去了昔日那种尊严。可是卡佳打从他们见面的第一刻起，就无法忍受他。这是一种本能的反感。而且我完全相信，他使她厌恶的原因，与我们这些熟知他为人的人对他的厌恶，是截然不同的。

与其说他是个怪人，不如说是个怪文人。

不仅在我们中间，就是在所有较大的文学艺术中心，当我们一想起某些人时，就会不由自主地问道：这些人为什么会有这样大的权势？

我的这位《风筝报》的朋友就是属于这样一种人。有谁会相信，奥斯钦斯基的权势的秘密，他的精神生活的核心，竟会是他不喜欢也不尊重天才，特别是文学天才，而且他是靠轻视天才为生的。他蔑视天才。对他说来，生活上的严肃规矩，对事物的观察敏锐，和处世待物的聪明机灵，使他在社交生活中一直都是一帆风顺的。

应该看看他在会议上、在文艺集会上和在庆祝宴会上,是怎样讽刺挖苦别人的,这些人在创作领域里强过他十倍,看看他如何把他们逼入困境,如何用他的逻辑和知识把他们搞得狼狈不堪,如何把自己的文学优势强加在他们身上。

希维亚特茨基每每想到这里,就想用一根床板条去打破奥斯钦斯基的脑壳。可是我对奥斯钦斯基的显赫并不感到奇怪。真正有才华的人往往是迟钝、胆小,缺乏随机应变的能力,缺乏精神上的镇定自若……不过真正的天才,只要不受到别人的侵扰,就会双肩生翼、展翅翱翔,而在这样的条件下,奥斯钦斯基只好去睡大觉了,他还有什么话好说哩。

未来会在这些人中间排定次序,定好等级,给每个人以相应的位置。奥斯钦斯基是个聪明透顶的人,不会不知道这点的,可是他心里却在嘲笑它。目前这个时刻,他是个要人,大家都非常器重他,而不愿去找比他更好的人,于是对他说来,也就心满意足啦!

我们这些画家对他的妨碍比较少,因此有时他会用他的那支生花妙笔写写文章吹捧我们一番,当然,那是为了《风筝报》的利益和与《极地报》竞争中的需要。不过话又说回来,他倒是个好伙伴,一个容易打交道的人,我甚至可以说,我是喜欢他的,不过……

让奥斯钦斯基见鬼去吧,说他说得太多了。

六

他们竟这样对待我,总有一天我会被逼得砰的一声关上那扇大门的。

这是多么可笑啊!打从我有了名,有了钱以后,竟出乎我的意料,苏斯沃夫斯基就对我看不顺眼了。他自己、他妻子、卡佳的男女亲属,对我都是冷眼相看。

头天晚上,苏斯沃夫斯基就在说,如果我认为我的新地位能影响他们的行动,或者,如果我认为——他们就是这样看我的——我使他们沾了光,尽管他们为了孩子的幸福准备做出重大的牺牲,但是,即使他们的独生女儿也无法要求他们牺牲自己做人的尊严。她母亲还加了一句:他们的孩子在这种情况下知道到哪里去寻求庇护。好心的卡佳勇敢地站出来为我辩护,有几天甚至很不客气地顶撞了他们。可是她的父母却使劲挑剔我说的每句话。

只要我一说话,苏斯沃夫斯基就咬紧嘴唇,望着他的妻子,点点头,好像在说:"我早就料到了这样的结局。"他们一天到晚就是这样对我横挑鼻子竖挑眼的。

这是道地的虚情假意,其根本目的就是要把我紧裹在他们的罗网里,就是想得到那一万五千法郎,他们想得到那笔钱,甚至比我还心急,尽管各人的动机不同。

现在是到了非解决不可的时候了!

他们把事情闹到了这种地步,几乎连我自己都觉得,我的那幅画得了金质奖章和一万五千法郎,倒像是犯了一桩大罪。

七

我们订婚的日子来到了。

我买了一只路易十五式的精巧的戒指,既没有得到苏斯沃夫斯基夫妇的欢心,甚至连卡佳也不喜欢,因为他们这家人,没有一个懂得真正的艺术。

我不得不劝说卡佳,以消除她的那种小市民的爱好和趣味,教导她如何艺术地去看待一切事物,因为她是爱我的,所以我希望能收到预期的效果。

订婚典礼,除了希维亚特茨基外,我谁也没有再邀请。我本来想在订婚之前,就让希维亚特茨基去卡佳家做一次礼节性的拜访,可是他坚决不去,还说自己虽然在身心方面都是个破落户,但还没有卑贱到如此地步,非要去拜访不可……真拿他没有办法!

我事先向苏斯沃夫斯基一家打过招呼,说我的这位朋友是个性格古怪的人,不过他却是个有才华的画家,也是个最正直的人。

苏斯沃夫斯基一听说希维亚特茨基画了许多大大小小的死人画,便皱起眉头说道,他一向只和正派的人来往,他的官场经历也从来没有过污点,他希望希维亚特茨基先生会懂得如何来尊重这个忠厚朴实家庭的传统家风。

不过,我承认在这个问题上我是有点担心的。因此,从天亮的时候起,我就跟希维亚特茨基争论起来了,他坚持非要穿上护腿不可,我苦苦劝说他,请求他,甚至哀求他不要那样做。

最后,他终于让步了,说道:好吧,就让我自己当一次小丑好了。遗憾的是,他的那双皮鞋,使人一看就会想到中非探险队员穿过的鞋子。这双皮鞋当他从鞋店老板那里赊来的时候,黑漆就开始脱落了。这又有什么办法哩!

更糟糕的是,希维亚特茨基的那颗脑袋,活像一座被大风折弯的森林所覆盖的苏台特山①峰。这点我只好迁就了,因为在这个世界上很难找出一把能够把他的一头鬈发梳理整齐的梳子,不过我硬要希维亚特茨基脱下他平常穿的那件工作服,换上了一套常礼服。这样一来,他的神态活像他的死人画中的人物,他也立即沉浸在那种"坟墓"的心绪中。

来到大街上,人们都目不转睛地望着他那根瘿节密生的手杖,望着他那顶硕大而又破旧的帽子。不过我对这些早已习惯了。

我们拉了门铃,走了进去。

刚走进前厅,我就听见了表兄雅茨科维奇的声音,他在大谈人口过剩的问题。人口过剩是表兄雅茨科维奇经常谈论的话题,也是他的智慧所在。卡佳身穿一件像白云似的钿纱布衣裙,十分迷人……苏斯沃夫斯基身着大礼服,男亲戚们都是清一色的大礼服,姑姑婶婶们穿的都是丝绸衣服。

希维亚特茨基的到来,引起了一阵骚动,他们都用一种不安的目光注视着我们……希维亚特茨基忧郁地打量着周围,对苏斯沃夫斯基说道:"要不是为了符瓦德克结婚以及诸如此类的事……"他是不会打扰府上的。

这"诸如此类"的话,更是激起了大家的反感。苏斯沃夫斯基庄严地站了起来,问希维亚特茨基,"诸如此类"是什么意思。希维亚特茨基先生回答说,对他来说都是无所谓的,不过,为了符瓦德克,他很愿意自己变得更加彬彬有礼,特别是,如果他知道苏斯沃夫斯基先生非常看重这点的话……我那未来的岳父望望他的妻子,望望卡佳和我。在他的眼神中,惊讶和愤恨在激烈斗争。

幸好我以少有的镇定态度,请我未来的岳父给我介绍一下他一大家子人中我还不认识的成员,这才挽救了这个尴尬的局面。

他把在座者一一作了介绍,随后大家便坐了下来。

卡佳坐在我的身边,把她的一只手放在我的手里,屋里挤满了客人。不过大家都很拘谨,默不作声,气氛显得很沉闷。

雅茨科维奇又谈起了人口过剩的问题,我的朋友希维亚特茨基眼睛注视着地面……在这种沉默的气氛中,表兄的声音显得越来越响,他的一颗门牙掉了,每当说"sh"这个音时,就会发出一种漏风的嘘嘘声。

"这个问题很可能会在整个欧洲引起极其可怕的灾难!"雅茨科维奇说道。

"可以移民呀!"我旁边的一个客人说。

---

① 苏台特山位于波兰南部。

"统计数字表示，移民也不能防止人口过剩。"

希维亚特茨基突然抬起头来，把一双圆鼓鼓的大眼睛转向那个说话的人：

"那就必须采用中国的习惯了。"他用一种阴沉沉的男低音说道。

"如果可以的话，请问这中国的习惯又是怎讲？"

"因为在中国，做父母的有权溺死他们的呆笨的孩子，在我们这里，儿女们也应该有权利除去他们的呆笨的父母！"

这下可完了！真是雷劈惊天，姑姑姊姊们坐的椅子都发出了吱吱声，我这下可要遭难了！苏斯沃夫斯基闭起了双眼，一时连话都说不出来。

全室一片沉寂！

不久便听到了我那未来的岳父由于愤怒而发颤的声音：

"我的先生，我希望你作为一个基督教徒……"

"为什么我要做基督教徒呢？"希维亚特茨基打断了他的话，不友好地摇了摇头。

又一次打击！姑姑姊姊们坐的那张躺椅现在开始颤抖了，像在发疟疾一样，正在飞向深渊……我觉得我脚下的大地也在裂开。

一切都完了，一切希望都付诸东流了。

突然，传来了卡佳的银铃般的笑声，接着雅兹科维奇也笑了起来，却不知为什么要笑，我也大笑起来，同样不知道为什么要笑……

"爸爸！"卡佳大叫道，"符瓦德克事先告诉过爸爸，希维亚特茨基先生是个怪人。希维亚特茨基先生是在开玩笑。我知道，希维亚特茨基的母亲还在世，他对待他的母亲，可真算得上是个最孝顺的儿子哩！"

卡佳真是个魔鬼，不是个姑娘！她不仅会编造，而且还会猜测，希维亚特茨基确实有一个母亲，而且他真是个孝子！

卡佳的笑声和她说的这一席话，使室内的气氛大大缓和了。等仆人端着酒杯和点心进来时，气氛就更加活跃了。这仆人就是前几天拿走了我三个卢布的那个看门人，现在他们给他穿上了一身常礼服，真像一个侍者似的走了进来，一双眼睛紧盯着托盘，托盘里的杯子咔咔直响。他走得很慢，好像端的是装满了酒的大酒杯。

我真担心他会把整个托盘都掉在地上，幸亏我的担心是多余的……

过了一会儿，那些酒杯都斟满了酒。

我们就要举行订婚仪式了。

一个年龄不大的堂妹端来了一个放有两只戒指的瓷盘,由于好奇,她的一双眼睛睁得大大的,这个仪式给她带来了莫大的乐趣,她竟跟盘子和戒指翩翩起舞了。苏斯沃夫斯基站了起来,大家也跟着站立起来,只听见椅子移动的声音。

又是一片沉寂。我听到一位太太低声说道,她原以为我的戒指会"更体面些"。尽管有这样的低声议论,当时的场面可谓庄严极了,连苍蝇都从墙上掉了下来……

苏斯沃夫斯基说道:

"我的孩子们,请接受父母的祝福吧!"

卡佳跪下了,我也跪下了!

此时此刻,希维亚特茨基一定又是一副怪模怪样的表情,多么难看的一副脸孔啊!

但是我不敢朝他看,只好望着卡佳的细纱裙,它在已经褪色的红地毯的衬托下,真是好看极了。卡佳的父亲和母亲双双把手按在我们的头上,接着,我那位未来的岳父说道:

"我的女儿!你在家里是做女儿的最好的榜样,你对丈夫也应该如此,所以我无须再教导你怎样去尽你做妻子的职责,我希望你未来的丈夫会教导你。现在,我要对你,符瓦迪斯瓦夫……"

于是他发表了简短的演说,在他说教时,我数了一百下,之后又从一开始数了起来。公民苏斯沃夫斯基,官吏苏斯沃夫斯基,父亲苏斯沃夫斯基,罗马人苏斯沃夫斯基——现在可有了机会来表现他心灵的伟大了。……那些孩子、双亲、职责、未来、祝福、烦恼、纯洁的良心等词句,就像一群黄蜂在我的耳边嗡嗡直叫,它们停在我的脑袋上,叮咬我的耳朵、肩膀和额头……

我的领带一定是系得太紧了,因为我气闷得难受。我听到了苏斯沃夫斯卡太太的哽咽声,这使我感动极了,因为她是个好心肠的女人。我听到了那个蹦蹦跳跳的堂妹的盘子里的戒指在沙沙作响……啊,耶稣基督啊!这个希维亚特茨基一定又在做鬼脸啦!

我们终于站了起来,堂妹把盘子端到我们的眼皮底下,我和卡佳交换了戒指……

哈哈!我订了婚啦。我以为仪式已经结束了!哪里会呢!苏斯沃夫斯基还要我们去接受所有姑姑婶婶们的祝福。

我们只好照办了,我吻了五只像鹳鸟爪子那样的手……所有的姑姑婶婶们都希望我不要辜负她们对我的信任。

她们究竟有什么可信任我的呢？表兄雅兹科维奇拥抱了我，我敢断定我的领带确实是系得太紧了……

不过最难受的时刻已经过去了，天开始黑了下来……他们端来了茶。

我坐在卡佳的身旁，一直装作不去看希维亚特茨基。这只猢狲又一次使我感到不安，别人问他要不要往茶里加点阿拉克酒，他却回答说，他一向是就着瓶子喝酒的……总的来说，那一晚结束得相当顺利。

我们告辞出来后，我深深吸了一口气。的确是我的领带系得太紧了。

我和希维亚特茨基默默地走在路上，这种沉默使我感到烦闷，不久就变得难以容忍了。我觉得我应该和希维亚特茨基说说话，谈谈我的幸福，谈谈一切都进行得相当顺利，谈谈我对卡佳的爱情。我是想这样做的，可是不知从哪里开头。直到离画室不远了，我才说道：

"希维亚特茨基，你得承认，生活还是美好的。"

希维亚特茨基止住了脚步，蹙起眉头望了我一眼，说道：

"哈巴狗！"

这天晚上，我们再也没有说过一句话。

八

订婚后又过了一个星期，我的那幅《犹太人》开始展出了。

这幅画是在一间单独的大厅里展出的，管理处也是单独收取参观费的，收入的一半归我所有……前来参观的人从早到晚络绎不绝。

我去那里看过一次，但他们都盯着我看，比看我的那幅画还热心。我再也不想去了，何必生这种冤枉气哩！

如果我的画真是一幅世界上从未见过的杰作，那么这些观众就应该怀着像看克拉奥人或者像看吞食生鸽的豪屯托①人那样的好奇心去看我的画呀！可是现在我倒成了豪屯托人。要是我真像希维亚特茨基说的，是只哈巴狗，那我倒也会感到满意的，可我是个画家，为了一个红极一时的人而贬低艺术，再也没有比这更使我愤慨的了。

----

① 西南非洲的土著民族。

亨利克·显克维奇　　　　　　　　　　　　121

九

三个星期以前,很少有人知道我这个人,可是现在我却收到了几十封来信,大部分是求爱的信,五封信中有四封是这样写的:

"也许你读了这封信,就会讨厌女人",等等。只要她们不来扰乱我的神经,我是不会讨厌女人的。

说老实话,要不是有了卡佳,我是不会不理睬这种感情的流露的。

最使我感到恼火的是,像这样一个"不认识的女人",竟会希望一个从未见过她的男人,只要她一召唤,就赶去和她见面。还是先撕下你的面纱来吧,我那美丽的不认识的女人!等我见过你之后再来回答你吧……啊,我什么也不会告诉你的,因为我已经有了卡佳了!

我还接到过一封来自一位白头发的女朋友的信,她在信中称我为大师,把卡佳叫做傻女人。

"大师,她怎能做你的妻子呢?"我的白头发女朋友问道,"这样的选择怎么能配得上你这个全国瞩目的人呢!你是一场阴谋的受害者啊!"

奇怪的推想,还有更加奇怪的要求,说我不应该按照自己的心意去结婚,而应迎合群众的舆论去结婚。

这个可怜的卡佳,这些已经成了她的障碍了!

的确,世界上有比写匿名信更大的罪恶,但没有比这样的信更——怎么样才能表达得更确切呢?——算了,不去管它吧!

我和卡佳结婚的日期尚未确定,不过很快就会举行的。

现在我要卡佳穿上她最漂亮的衣服,和我一起到展览会去,让大家看看我们是在一起的……

希维亚特茨基的"死人画"也从巴黎送回来了。这幅画题名为《最后的会见》,画的是一个男青年和一个姑娘,他们双双躺在解剖桌上。这幅画的构思是那样巧妙,使人一目了然,你能看出这对青年男女生前相爱着,贫穷苦难拆散了他们,死亡又把他们结合在一起了。

那些俯身在尸体上的大学生们,个个表情严肃,解剖室的背景画得稍差一些,但两个死人却画得形神肖似,尸体上散发出一股股寒凛之气。在巴黎当代画家展览会上,这幅画没有得到任何的奖励,也许是因为它给人的印象太可怕了、太丑恶了。但评论界却很推崇它。

在我们的画家当中，的确有不少是有才华的，就在希维亚特茨基的那幅死人画旁边，就挂着弗兰涅克·车普科夫斯基的《科尔德茨基之死》，这幅画既气势雄浑，又富于独特的个性。

希维亚特茨基把弗兰涅克叫作白痴。首先是因为他的头发油光整齐，还蓄起了山羊胡子，第二是因为他的穿着最合时髦，第三是由于他受过很好教育，对人彬彬有礼，老是提起他的那些出身高贵的亲戚。

然而，希维亚特茨基错了……

天才如同一只鸟，爱在哪儿筑巢就在哪儿筑巢，有时在荒无人迹的荒原，有时又筑在整齐优美的公园里。

我在慕尼黑和巴黎都见过一些画家，他们看上去像是啤酒厂的工人，或者像理发师和流浪者，谁也不会施舍给他们三个小钱的，可是他们都是那样的富于激情，那样富于色彩感，又那么善于把这些感受搬上画布，真不能不令人叹为观止。奥斯钦斯基这个富于文采的记者，描写什么都有现成的确切的成语，他在《风筝报》上谈到这一特点时就用了"言为心声"这个成语。

在希维亚特茨基看来，历史画是愚昧落后的复古。我是从来不画历史画的，我个人对这一切都毫无兴趣，但是我到处听到的都是这种所谓进步的理论，他们还不厌其烦地大肆宣扬，真使我讨厌透了。

我们波兰的画家有个缺点，他们很容易接受某种艺术学说，然后就拜倒在它的脚下，用这些学说的观点去评价一切。按照这些学说去搞他们的艺术，其结果是他们的绘画远不如他们的理论宣传。和我上面提到的那些人相反，我还见过这样一些画家，他们大谈什么是艺术，应该怎样进行艺术创作，说得头头是道唾沫飞溅，可是轮到他们拿起画笔时，却什么也画不出来……

我常常想，艺术理论应该由哲学家们去创造，如果他们创造出来的是歪理，那也由他们自己负责。画家应该按照他们的心愿去绘画，而且要懂得怎样画画，这才是根本。

照我看来，即使是庸才也比最华美的理论更有价值，而最华美的理论也抵不上艺术的自由。

十

我和卡佳以及她的父母一起来到展览会上。

我的那幅画前面一直挤满了人。

我们刚走进展览室，人们就低声谈论起来，他们的注意力不是专注在我的画上，也不是集中在我的身上，而是集中在卡佳身上。特别是那些女士们，更是目不转睛地盯着她看。我看出她得意扬扬，当然，我并不认为她有什么不对。

糟糕的是，她认为希维亚特茨基的那幅"死人画"，是幅猥琐下流的作品，苏斯沃夫斯基也接着说：她说出了他要说的话。可是我听了大为恼火，卡佳对艺术竟有这样的看法！

我借口要去见奥斯钦斯基，立即和他们告别，悻悻而去。我的确是去找奥斯钦斯基的，不过是为了把他拉去吃早饭。

十一

我看见奇迹啦，没有比这更令人惊讶的事了！

现在我才明白，人为什么要长眼睛。

噢哟哟！多美的美人啊！

我和奥斯钦斯基一道走着，在柳树街的转角上，我突然看见一个女人迎面而来。我骤然站住了，我呆若木头和石头，我睁大了眼睛，我失去了理智。我无意识地抓住了奥斯钦斯基的领带，又松开了他的领带。啊，救命啊！我要死了！

难道是因为她的相貌美？……她的相貌不仅长得美极了，她简直就是一幅艺术创作。她是绘画的杰作！色彩的杰作！感情的杰作！格罗齐①见到她准会死而复活的，接着他又会因为自己画了那样一些稻草人而悬梁自尽。

我看呀！看呀！目不转睛地盯着她，她一个人走来了，不是一个人！诗歌伴随着她，音乐和她在一起！是春天、欢乐和幸福伴随着她走来的。我拿不定主意该不该当场把她描绘下来，但是我真想跪在她的面前，我要为了她生得这样美而亲吻她的双脚。啊，我自己也不知道该怎样办才好……

① 格罗齐（1725—1805），法国画家。

她从我们身旁泰然走了过去,仿佛是夏日一样明媚光亮。奥斯钦斯基向她点头致意,但是她没有看见他。我仿佛从神志恍惚中惊醒了过来,大声叫道:

　　"我们跟住她!"

　　"不! 你发疯了! 我要系好我的领带,安静点! 这是我的一个朋友。"奥斯钦斯基说道。

　　"是你的朋友? 把我介绍给她!"

　　"我决不会这样做! 还是多关心你的未婚妻吧!"

　　我大骂奥斯钦斯基,甚至连他的祖宗八代都骂了。我决定自己去追这个不认识的女人。

　　幸亏她坐上一辆马车走了。

　　我远远地只能看见她的米黄色帽子和红阳伞。

　　"你真的认识她吗?"我问奥斯钦斯基。

　　"我认识所有的人!"

　　"她是什么人?"

　　"她是海伦娜·科乌查诺夫斯卡夫人,图尔诺人,有个外号叫'寡妇小姐'"。

　　"为什么叫'寡妇小姐'"?

　　"因为她的丈夫是在结婚晚宴上死去的。如果你的神志已经冷静下来了,我就把她的历史告诉你。有一个很富有的、没有儿女的孤身老人,名叫科乌查诺夫斯基,他是乌克兰的科乌查诺沃地区的一位大贵族,他有许多有名望的亲属,他们都想当他的继承人,因为他体胖多病,这使那些继承人得到极大的快慰。我认识这些继承人,他们都是些令人尊敬的贵族,你还能要求他们什么呢! 但是,就连他们之中最令人尊敬和最无私的人,都巴不得科乌查诺夫斯基早归西天,而且他们做得那样过分,那样露骨,这位老人一气之下,就向邻居的女儿求婚了,并且立即订立了婚约,把全部财产遗赠给她。接着就举行了订婚典礼,订婚之后,又举行婚礼,婚礼完了,又举行了盛大的结婚晚宴。当晚宴快要结束时,他突然中了风,当场就死了。于是海伦娜夫人就这样成了寡妇小姐——你明白了吗?"

　　"这事发生了多久?"

　　"已经三年了。那时她才二十二岁……打那以后,如果她想结婚的话,可能都结过二十二次婚了,可是她不想结婚……大家都认为她是在等哪一位公爵哩! 可事实表明,她并不是这样,因为不久以前她就拒绝了一位公爵的求婚。此外,我还清楚地知道,科乌查诺夫斯卡夫人并不是一个矜持做作的女人。到现在为止,她一直和我们的最富于同情心、最有才华的著名女演员艾娃·亚达米保持着亲密无间的友情,就是最好的证明。她们过去是一所寄宿学校的同窗好友。"

我一听见这话,高兴得跳了起来。

如果真是这样,那就用不着你奥斯钦斯基了。我的亲爱的、诚挚的艾娃定会把我介绍给海伦娜·科乌查诺夫斯卡夫人的。

"你真的不愿把我介绍给她吗?"我问奥斯钦斯基。

"说老实话,一个人真想要认识住在同一个城市的人,那他自会有办法去认识他的。"他回答说,"你已经搞得卡佳都不理睬我了,所以我才不愿意让人家搬弄是非,说是我挑拨你这样干的……此外,我不知道……再见!"

十二

这一天,我该去苏斯沃夫斯基家吃午饭的。我给他们写了一张字条,说我去不成了。

的确,我从来没有牙痛过,这次可要牙痛一番了。

海伦娜整天都在我的眼前出现。一个画家对这样美丽的脸孔都不想,那他还算是什么画家哩!

我在心里已经画了十多张她的肖像了。同时我也构思好了一幅画,在这幅画里如果出现像海伦娜这样的脸孔,一定会给人留下深刻美好的印象。但我必须见过她几次后,才能画好这幅画。

我立刻去找艾娃·亚达米,可惜她不在家。晚上我收到卡佳的一封信,要我明天早晨到公园去喝矿泉水,然后再去喝咖啡。这些水呀,咖啡呀,真是烦死人!

我不能去,如果我早上不去找艾娃,那就整天也见不着她了……

艾娃·亚达米,这是她的艺名,她的真实姓名是安娜·叶德林斯卡,她是个很独特的姑娘。我和她早就是老朋友了,相互以"你"称呼。

她演戏已经五年了,但她一直保持着名副其实的贞洁。戏剧界的确有许多女人,尽管她们在肉体上洁身自好,但是她们一旦把自己的全部欲望都揭示出来,我相信,就连最不知羞耻的狒狒,也会为那些没有被皮毛遮住的地方而感到脸红的。剧院能腐蚀人的灵魂,特别是女人的灵魂。

的确,很难要求一个天天晚上扮演爱情、坚贞和高尚等的女人,最后会不形成这样一种本能的观念:贞操德行仅仅是戏剧和演员的装饰品,与现实生活完全是两回事。

　　艺术和真实生活的巨大差别，使这些女演员加深了这种观念。竞争和获得喝彩声，毒害了她们心中的一切高贵的激情。

　　和演员这样道德堕落的人长期相处，就会产生种种欲望。在这样的环境中，就连最洁白的安哥拉猫，它的身体也不会不受到玷污。只有经过艺术之火锤炼的伟大天才，或者是真正献身于艺术的人，才会不受到邪恶的侵蚀，就像水无法渗进天鹅的羽毛一样，才会战胜这些邪恶。艾娃·亚达米就是属于这种不可渗透的人。

　　我的同行们常常整夜整夜地一边喝着茶、抽着烟，一边谈论着艺术界的事情，从艺术界的最高级的诗人，到最低下的戏子。

　　艺术家——就是想象力比普通人更为发达的人，就是比一般人要更敏感的人，更富于幻想的人，更容易激动的人，是一个在幸福和欢乐的领域中无所不知并竭尽全力为之奋斗的人。这就是艺术家。

　　为了战胜诱惑，他必须具有比别人强三倍的性格和意志力。

　　但是，正如一朵特别美丽的花，它并没有理由一定会比别的花具有对付风暴的更大抵抗力，一个艺术家也没有理由一定会比普通人具有更坚强的性格。

　　相反，倒是有理由证明他们性格的脆弱，因为这种艺术世界和日常现实世界的相互矛盾和冲突，耗去了他们的精力。

　　他们就像长期发着烧的病鸟，一会儿消失在云层上面，一会儿又在尘埃灰土中拖着它那沉重的翅膀。艺术使他厌恶尘埃和灰土，而日常生活又使他丧失了展翅高飞的力量，因此，艺术家的内心世界和外部世界就常常发生这样的矛盾和斗争。

　　世界对艺术家比对别人的要求更高，并且还要责怪他们，这可能并没有错。但是耶稣来拯救他们，那也是公平合理的啊！

　　奥斯钦斯基坚持认为，戏子之属于艺术界，就和长喇叭、黑管、弯号等属于艺术界一样。但是他的意见是错误的。

　　艾娃·亚达米就是最好的证明，她是一个道道地地的艺术家，既有才华，又有艺术家的情操，它们就像母亲那样，使她免遭邪恶的侵蚀。

　　尽管我和艾娃有着深厚的友谊，但我很长时间没有去看她了。她见到我很高兴，虽然她脸上有一种我无法了解的奇怪表情。

　　"你好啊，符瓦德克，我终于见到你了！"她说道。

我看见她在家里,也非常高兴。

她身穿一件土耳其式的晨袍,在乳白的底色上衬着红色的棕榈树,还有天鹅绒的绣花,再加上宽大的袖口,映着她那苍白的脸和紫罗兰色的眼睛,那绣花真是好看极了。

我把我的这种印象告诉她,她听了很高兴,于是我就直截了当地对她说道:

"我亲爱的红演员!你认识那位科乌查诺夫斯卡夫人,那位美如天仙的乌克兰女人吗?"我问道。

"认识,她是我的同学。"

"请你带我去见见她……"

艾娃把头摇了摇。

"我的亲爱的!我的可爱的!你一向对我都是那么好,你就给我介绍一下吧!"

"不,符瓦德克,我不会带你去的……"

"你看看,你多么无情!可我以前有一次还差点爱上你啦!"

这个艾娃还真像一株含羞草,她一听这话,脸色就变了。她把胳膊肘支在桌子上,(多么好看的胳膊啊!)手掌托着她那苍白的脸,问道:

"那是什么时候的事?"

我只急着想谈海伦娜。不过,我以前真的有一次差点爱上了艾娃。现在我为了让她高兴,就把那次的经过告诉她:

"事情是这样的……一次我们从剧院出来后,来到了植物园。还记得吗?那是个多么迷人的夜晚啊!我们坐在水池旁边的一张椅子上,你说你真想听听夜莺的歌唱。我当时有点忧郁。我觉得头痛,就脱下了帽子,你走到水池边把你的手绢浸了水,然后把它敷在我的额头上。你的手也放在那上面。当时,你在我的眼中,真像一个天使那样善良。我心里想道:如果我抓住这只手,把它贴在我的嘴唇上,那就一切都决定了,我会不顾一切地爱上你……"

"嗯,还有呢?"艾娃轻轻地问道。

"你突然挪开了身子,坐得离我远远的,好像猜到了什么似的。"

艾娃陷入了沉思,过了一会儿才回过神来,惶恐不安地说道:

"我们别谈这事了,我求求你……"

"好吧!我们不谈这个了。艾娃,你知道我是太喜欢你了,我才没有爱上你,前者排斥了后者。自从我认识你的时候起,我对你就有一种淳朴的真挚感情。"

"但是,你订婚了,是真的吗?"艾娃问道,她是按照自己的思路说的。

"是真的!"

"那你为什么不告诉我?"

"这件事曾一度中断,最近才又恢复的!如果你想对我说,我已经订婚了,就不该去结交海伦娜夫人啦!那我可以先回答你,我首先是个画家,其次才是个未婚夫!你是不是在为她担心呢?"

"你想到哪里去。我不愿意把她介绍给你,是因为我不想引得人们对她说三道四。外面的人都在说,几个星期以来,半个华沙的人都爱上你了。人们还对你的成功,编造了许多离奇古怪的故事。不久以前,啊,就是昨天,我还听到了这样一个笑话,说你在'十诫'之中为自己选择了一条,你知道是哪一条吗?"

"是哪一条呢?"

"不贪恋邻居的妻子……徒劳无益。"

"主啊,你是知道我的不幸的!……不过,这玩笑倒还不错。"

"一定是击中要害了!"

"你听着,艾娃!你想知道全部真相吗?我一向胆小、腼腆,过去和现在都很难博得女人的欢心。人们作何想法,只有上帝知道,连你也不会想到,在我的'主啊,你是知道我的不幸的!'这句话里,包含着多少意思啊!"

"可怜的大师!"①

"别说意大利语了!……把我介绍给科乌查诺夫斯卡夫人好吗?"

"我的符瓦德克,我不能这样做!……只要人们越把你看作是'唐璜'②,那么我,作为一个女演员,就越不应该把你介绍给海伦娜这样一个非常引人注目的女人。"

"那你为什么要接待我呢?"

"我完全是另一回事!我是个女演员,我可以给自己引用莎士比亚的一句话:'即使你纯如泪珠,洁白如雪,也难免受到诽谤。'"

"你知道,这会使我发疯的!人人都可以去认识她,拜访她,可以见到她,只有我不能!这是为什么?难道就是因为我画了一幅好画,得到了一定的名声?"

---

① 原文是意大利语。
② 唐璜,西班牙中世纪传说中的贵族青年,后来成了许多欧洲文字作品中的主人公,是作为花花公子而出现的。

"从你这方面来说,你是对的,"艾娃面带笑容说道,"你没有想到,我事先就知道你为什么要来找我的。奥斯钦斯基来过这里,他劝我'最好'不要把你带到海伦娜那儿去。"

"啊!我明白了!你就答应他了。"

"我没有答应他,我甚至生气了。不过,我想,'最好'还是不让你和她来往。现在,我们来谈谈你的画吧。"

"别跟我提什么画的事了!既然你不愿意,那就拉倒吧!不过我预先告诉你,不出三天,我就会结识科乌查诺夫斯卡夫人的,哪怕要我化了装去找她也在所不惜!"

"你可以化装成一个花匠,给她送一束鲜花去,就说是奥斯钦斯基叫送的。"

就在这一瞬间,另一个念头突然出现在我的脑海里,它是那样的有趣,我高兴得拍打起自己的脑门来了。我完全忘记了刚刚还在生艾娃的气和对她的怨恨,大声喊道:

"你发誓,决不泄露我的秘密!"

"我发誓!"艾娃好奇地说道。

"我告诉你,我要装扮成一个弹竖琴的乌克兰老歌手。我有全套的服装,我有竖琴,我到过乌克兰,我会唱乌克兰的民歌……科乌查诺夫斯卡夫人是乌克兰人,她准会接待我的。你这下可明白了吧!"

"多么奇妙的想法啊!"她说道。

因为她是个艺术家,不会不喜欢我的计划的。另外,她又向我保证,决不会泄露我的秘密,丝毫也没有责备我的意思。

"多么奇妙的想法啊!"她又说了一遍,"海伦娜是那样地爱她的乌克兰,若是能在华沙这里见到一个来自乌克兰的老歌手,那她一定会高兴得热泪盈眶的……可是你该跟她说些什么呢?你又是怎样来到这里,来到维斯瓦河畔的?你怎样才能向她解释清楚呢?"

不知不觉,我的热情也感染了艾娃。

过了一会儿,我们都坐了下来,开始拟订出一个最佳的方案。

我们达成了协议:我先化装好了,艾娃乘马车到我的住所来,接我一道去,这样就不会引起街头观众的强烈好奇心,在艾娃没有把秘密泄露之前,海伦娜夫人一点也不会知道的。

我们两人都拿我们的计划逗笑了一番。我吻起了艾娃的双手,她留我吃早饭。

晚上我是在苏斯沃夫斯基家度过的。

卡佳因为我早上没有去,有点不高兴,但是我像个天使那样,忍受了她的嗔怪和抱怨,同时,我心里却在想明天的冒险和海伦娜。

十三

已是上午十一点钟了!

艾娃还没有来。

我身穿一件胸口裸露的粗布衬衫,一件已经破旧,但还相当不错的乌克兰长袍,腰扎一根皮带,脚穿一双皮靴,加上其他全部必要的装束。

灰白的假发一直垂到我的眼睛上面。谁若是能看出我戴的是一顶假发,那他准是个聪明绝伦的人。我的胡子是耐心的杰作,从早上八点起,我就忙着用黏性强的鱼胶把白线粘在我的天生的胡子中间,到最后,我的胡子变得那样灰白,就是到我当真老了,也不会这样。稀释了的乌贼墨把我的面孔染成了深褐色。希维亚特茨基又把我的皱纹化妆得惟妙惟肖,我看上去真有七十岁了。

希维亚特茨基认为,我不用画画,单靠给人当模特儿就能维持生活,也许这能给艺术带来更大的益处哩!

等到十一点半,艾娃坐着马车来了。

我把我平常穿用的一包东西送到了马车上,以便改装时用。接着我手拿竖琴,走下楼去。当我走到门口时,便大声说道:

"光荣属于主!"

亚达米先是一惊,随即称赞起来。

"真是个道地的老歌手,道地的老歌手!"她重说了一遍,大笑起来,"只有艺术家才会想出这样的花招来!"

顺便说一句,她本人看上去真像夏日的早晨。她身穿一件朴素的绸裙,头戴一顶插着罂粟花的草帽,害得我的眼睛老是盯着她看。她是坐着一辆敞篷马车来的。这时候,街上的人开始向我们围拢来,但她一点也不在意。

马车终于启动了,我的心跳得越来越快了,再过一刻钟,我就能见到这位绝代佳人海伦娜了。

我们还没有走出一百步远,我就看到了奥斯钦斯基朝我们走来。

"这真是个无所不在的人!"

他一看见我们就站住了,他向艾娃点了点头,便细细打量起我们来,特别是我。我不相信他认出了我。可是等我们驶过他身边之后,我回头一望,他依然站在那里,目光紧随着我们,直到转过街角,我们才看不见他了。马车驶得相当快,可在我看来,这段旅程仿佛走了一个世纪,最后,我们在贝尔维德尔大街上停住了。

我们来到海伦娜的住房前面。

我直朝大门奔去,好像这所房子着了火似的。

艾娃在后面边追边喊:

"多么讨厌的老头子!"

一个衣着华丽的男仆给我们开了门,他一看见我,眼睛就睁得大大的。艾娃使他放了心,她对他说道:这个老头子是和她一道来的。于是我们朝楼上走去。

正好这时女佣人出来了,她说,夫人正在隔壁换衣服,说完她就离开了。

"你好,海伦娜!"艾娃大声叫道。

"你好,艾娃!"一个美妙清爽的声音答道。

"等一等,等一等,一会儿我就好了!"

"海伦娜,你不知道,什么在等着你,你会看到什么人……我给你带来了一位竖琴歌手,一个道道地地的乌克兰老歌手,在乌克兰草原上流浪的歌手。"

隔壁房间里传来了一声欢叫,房门突然打开了,海伦娜奔了出来,她身穿紧身晨衣,披散着头发。

"歌手!瞎子歌手!在这里!在华沙!"

"不是瞎子!他看得见。"艾娃急忙回答说,她不想让玩笑开得太过分了。

然而已经太晚了,因为我这时候已经跪倒在海伦娜的脚边,大声喊道。

"上帝的天使啊!"

我双手抱住她的脚,慢慢地抬起头来,欣赏着她的那双纤纤小脚。人们,快跪下吧,乡亲们,快手捧神香前来朝拜呀,这是米罗的维纳斯,真正的维纳斯啊!……

"天使啊!"我又满怀激情地说了一句。

我这个老歌手的激动,无疑可以作这样的解释:在经过了漫长的流浪之后,我终于又看见了一个真正的乌克兰人。尽管如此,海伦娜还是从我的手中拔出脚来,朝后退去……转瞬间,我还看见了她那裸露的肩膀和脖子,它们使我想起了那不勒斯的普赛克①。随即她就消失在门后了,而我依然跪在房间中央。

艾娃摇摇她的阳伞吓唬我。她一边笑着,一边把她那羞红的鼻子埋在一束木犀草里。

这时候,我们隔着房门,开始了一场最漂亮的乌克兰方言的交谈,就像普里皮亚特河口的人和捷尔托梅利克人在交谈一样。

我事先就准备好了全部问题的回答,我像背书似的瞎说一气。我说我原是捷赫林的一个养蜂人,我的女儿嫁给了一个住在华沙的波兰人,我这个孤老头子一直在蜂场里忙碌着,终于我到这里来看她了。好心的人听了我的歌唱,都施舍一些钱给我。可是现在呢,我已经见到了我的宝贝女儿,给了她祝福,我就要回到故乡去了,因为我想念母亲乌克兰啊!我想要在蜂箱中间死去。每个人都不免一死,对我这个老菲米普来说,早就该轮到了……

艾娃真是个好演员!她清楚地知道我是谁,可她还是那样为我扮演的角色而感动,忧郁地点起她那秀丽的头来,满怀同情地望着我。

从隔壁的房间里,也传来了海伦娜激动得发抖的声音。

房门打开了一点,从门缝里伸出她的一只纤细白手,出乎意料,她竟给了我三个卢布!没有别的办法,我只好收下了。我以所有圣徒的名义,滔滔不绝地发出一长串祝福,朝海伦娜的头上送去。

女仆进来打断了我,她通报说,奥斯钦斯基已在楼下,他问夫人是否愿意接见他。

"不要让他上来,我亲爱的!"艾娃慌张地喊道。

海伦娜说,她当然不会接见他的。她甚至对他这样早就来拜访,感到十分惊异。说实在的,我也无法理解他的行动。奥斯钦斯基是个讲究礼节的人,而且以通晓各种礼仪而闻名,怎么会在这么早的时刻就来这里拜访哩!

"一定发生了什么事!"艾娃说道。

但是没有时间作进一步的探究了,就在这时候,海伦娜已经打扮得整整齐齐地出来了。同时仆人也禀告说,早饭已经准备好了。

两位女士来到了餐厅。

海伦娜一定要我入席就餐,我坚决不从,于是我抱起竖琴,便在门边坐了下来。一会儿就给我端来了一大盘食物。装得又满又多,六个乌克兰老歌手吃下

---

① 普赛克,希腊神话中人类灵魂的化身,以少女形象出现。

去,也会得消化不良症。但我还是吃了起来,因为我太饿了。另外,我还可以在吃饭这段时间里,仔细地瞧瞧海伦娜。

真的,在全世界的美术展览馆里,你很难找出比这更美丽的头部来。我活了这样久,也从未见过这样明亮的眼睛。通过这双眼睛,你简直可以看见一个人的全部感情,就像明净的溪水那样清澈见底。她的那双眼睛,还有一种本领:她的嘴还没有笑,眼睛已经笑吟吟了。于是,她的那张脸也像阳光照在上面似的,显得那样的明媚娇艳,她那紧闭的嘴唇又是那样无可比拟的甜蜜!这是一颗卡罗·多尔斯①画的头像,不过她的眼睛和眉毛的式样又使我想起了桑扎②的最高贵的形象。

我终于停住口不吃了,我盯着她看呀,看呀,我真愿意这样一直看到我死去。

"你昨天没有来我这里,我还以为下午你会来的。"海伦娜对艾娃说道。

"上午我有场排演,下午我去看了马古尔斯基的画展。"

"你看见那幅画了吗?"

"没有看清楚,人太多了……你呢?"

"我上午去看过。他真是个诗人,看了真会让你为那些犹太人伤心哩!"

艾娃看了我一眼,我心里美滋滋的。

"我只要能去,就想多去看几次。"海伦娜继续说道,"我们一道去,好吗?今天就去怎么样?使我感到高兴的,不仅是能看到那幅画,也还因为我们中间出了这样一位天才。"

我怎能不崇敬这位女人呢?

接着我又听到她说:

"遗憾的是,这个马古尔斯基,人们竟讲了那样多关于他的奇闻逸事。我向你承认,我好奇得要命,我真想见见这个人。"

"是吗?"艾娃漫不经心地答道。

"你认识他,是吗?"

"我向你担保,你和他混熟了,就会失望的。骄傲自大,目中无人。噢哈,真是无聊透了!"

我真想大骂艾娃一顿,好不容易才忍住了。可是艾娃却用她那双调皮的紫

---

① 卡罗·多尔斯(1616—1686),意大利画家,以画肖像画而出名。
② 桑扎,即拉斐尔·桑扎,意大利著名画家。

罗兰色眼睛望着我,说道:

"老头子,你是不是吃不下去了?"

我真要骂人了,我再也忍受不了了!

可是她又对海伦娜说道:

"噢,是的!佩服马古尔斯基比认识他更值得。奥斯钦斯基形容他是个长得活像理发匠的天才。"

如果奥斯钦斯基真是说过这样的话,那我就要把他的耳朵揪下来。至于艾娃,我非常清楚,她是个调皮鬼,不过这次她做得太过分了。

幸好早餐吃完了。

我们来到花园里,我就要在那里唱歌了。

这使我有点不高兴,我宁愿以一个画家的身份来和海伦娜认识,而不愿作为一个歌手来到这里。

但是现在太迟了。

我坐在墙边的栗子树下,阳光穿过树叶辉映在地上,形成了许多斑斑点点,随着风吹树叶,这些斑斑点点的亮光摇曳着、闪动着,时而消失,时而重现。花园很深很大,几乎听不到街上的喧闹声。再加上园中的喷泉又把外面的嘈杂声淹没了。天气很热,浓密的树叶中间可以听见麻雀的啾唧声,轻柔悦耳,仿佛在梦中似的,随后,又是一片静寂。

我发现这是一幅真正的好画:花园、茂密的树林、日影、喷泉、两个紧挨着坐在一起的无比娇美的女人,还有我这个手抱竖琴坐在墙边的老歌手,所有这一切都有一种魅力,我作为一个画家,更感受到它们的美了。

我差点忘记了我扮演的角色。于是我开始聚精会神地唱了起来:

> 人们认为我幸福无比,
> 我笑他们不知道底细,
> 他们看不见我的痛苦,
> 也不见我泪水横流。
>
> 我孤苦伶仃,飘泊四方,
> 我将痛苦地走进坟墓,
> 母亲啊,你为什么生我,

在这样悲惨的时代里?

艾娃着迷了,因为她是个艺术家,海伦娜也听得入神了,活像个乌兰克的女儿,而我呢——因为有两个这样的美人,望着她们,我就陶醉了。

海伦娜平静地听着,没有显出激动的样子,可是我从她那明亮的眸子里,看出我的歌唱给了她多大的快乐。

这和那些来华沙参加狂欢节的乌克兰女人有多大的不同啊!那些太太小姐们在跳舞时,老是向她们的男舞伴们唠叨,说她们是多么思念乌克兰,实际上,正像我的一位朋友说的,你就是用牵引机来拉她们,也无法把她们从华沙,从狂欢节拉回到乌克兰去。

海伦娜边听边频频点着她那美丽的头,不时对艾娃说:"这歌我知道!"还跟我一起唱了起来。我已经镇静下来了,我从我的记忆和心灵深处,把我所有的全部乌克兰民歌材料都倾倒了出来,从歌唱将军、武士和哥萨克的,到赞美雄鹰、索尼亚、马露霞、草原、坟茔的,以及其他的歌曲,连我自己都感到惊奇,我从哪里学会了这么多的歌哩!

时间像做梦一般地过去了。

告别回家时,我心满意足……不过也精疲力竭了。

十四

在画室里,我非常意外地看见了苏斯沃夫斯基夫妇和卡佳,他们是想让我大吃一惊的……

为什么希维亚特茨基要告诉他们,说我不久就会回来呢?

无论是卡佳,还是她的父母都没有认出我来,这证明我的化装是多么出色啊!我走到卡佳面前,握着她的手,她惊讶得直往后退。

"卡佳,你不认识我了?"我问道。

看到她那惶惑不解的神情,我笑了起来。

"那是符瓦德克!"希维亚特茨基说道。

卡佳仔细地打量着我,末了她笑着说道:

"呸!多么丑的老家伙!"

我是丑老家伙!我倒想知道,哪里还有更好看的人!不错,卡佳是受到她父亲苏斯沃夫斯基的美学原则的熏陶的,在她看来,任何一个老歌手都必然是丑陋的。

我又退回到我们的厨房里,几分钟之后,我就以平常的打扮出现在他们面前了。

卡佳和她的父母开始盘问我,为什么要化装成老歌手!

"为什么要化装……这很简单……你们知道,我们画家经常互相帮助,常常为朋友当模特儿,比如说,希维亚特茨基就给我当过那个犹太人的模特儿。卡佳,你在那幅画里没有看出是他吗?我现在就是在给车普科夫斯基当模特儿。我们画家之间,向来就有这样的习惯,因为在华沙尤其缺少模特儿。"

"我们来是想让你吃一惊的。"卡佳说道,"另外,我活到今天还没有见过一间画室。哎呀呀!真是乱七八糟的,所有的画家都是这样乱的吗?"

"差不多都是这样!"

苏斯沃夫斯基先生说,他宁愿看到这里更整洁些,希望以后这方面会有很大的变化。我真想把我的竖琴朝他头上砸去。这时候,卡佳露出一副娇媚的模样,笑着说道:

"有这么一个画家,他真是邋遢鬼!只要我那么一收拾,管保他的房间会大变样……一切都会井井有条,放得妥妥当当,灰尘也会打扫得干干净净。"

她这样说着,把自己的翘鼻子往上一仰,望着那些装饰着我画室四角的蜘蛛网,又接着说道:

"这样乱糟糟的,连买主也会吓跑的……人家来到这里,还以为是到了旧市场哩!嘿,就拿这件武器来说吧,它的表面锈得多厉害呀!但是,你只要把女用人叫来,让她用砖头打磨一遍,它就会像新茶壶一样闪闪发亮了。"

哎呀,耶稣玛利亚!她竟提起买主来了,还要用砖去擦我的从古墓中发掘出来的盔甲……卡佳呀卡佳!

心情愉快的苏斯沃夫斯基吻了吻她的额头。希维亚特茨基却发出一种可怕的声音,就像野猪的号叫声一样。

卡佳指着我的鼻子吓唬我说:

"我请你记住,一切都要改变!"最后她又说,"如果这位先生今天晚上不到我家来,那他就太可恶了,我们也就不会再爱他了!"

她一说完,就闭起了眼睛。我不能不说,她的这种姿态真有股迷人的魅力……我答应她一定去,并把我未来的亲属送到了楼下。

我回到画室后,看到希维亚特茨基侧身而立,正在怀疑地望着放在桌上的一包一百卢布一张的钞票。

"这是什么?"

"你知道这是怎么回事吗?"

"我不知道!"

"我像个普通的小偷那样拿了人家的钱!"

"你说什么?"

"我把我的'死人画'卖了。"

"这就是卖画的钱吗?"

"是的,我是个可耻的高利贷者!"

我拥抱了希维亚特茨基,衷心地祝贺他,于是他把经过告诉了我:

"你走后,我一个人坐在家里,不久来了一位先生,问我是不是希维亚特茨基,我回答说,我倒想知道,为什么我不是希维亚特茨基。他又说道:'我看了你的画,想把它买下。'我说:'好啊!但是请你允许我说一句,只有傻瓜才会买我这样低劣的画。'他听了又说:'我不是傻瓜,但是我有一种怪癖,喜欢买傻瓜们画的画!''既然如此,那我就只好卖了!'我说。他问我要多少钱,我回答:'这对我又有什么关系呢?''我愿出这个价钱。''那好吧,你愿意给多少就给多少好了!'他付完钱后就走了,留下了一张印有'医学博士比亚科夫斯基'的名片。我真是个卑鄙的高利贷者!事情就是这样。"

"死人画万岁!希维亚特茨基,快结婚吧!"

"我宁愿去上吊!"希维亚特茨基回答说,"我是个卑鄙的高利贷者,不是别的!"

十五

这天晚上,我是在苏斯沃夫斯基家度过的。

我和卡佳两个人坐在客厅的凹室里,那里有一张小沙发。

苏斯沃夫斯卡太太坐在灯光明亮的桌子旁,为卡佳缝制嫁衣。苏斯沃夫斯基先生也坐在那张桌子旁,正在细心地阅读晚上版的《风筝报》。

我心情不太好。为了驱散我心头的不快,就跟卡佳挨得近近的。

客厅里一片寂静。只有卡佳的悄悄说话声打破了这里的宁静,当我想拥抱

她时,她就回答说:

"符瓦德克,爸爸会看见的!"

这时候,爸爸高声念了起来:

"著名画家希维亚特茨基的题名为《最后的会见》的那幅画,今天已被比亚科夫斯基大夫用一千五百卢布买去。"

"啊,是的! 希维亚特茨基今天上午卖掉了那幅画!"我说道。

我又想拥抱卡佳,可她还是低声说道:

"爸爸会看见的……"

我不由自主地把眼光转向苏斯沃夫斯基先生。我突然看见他脸色大变,他用一只手放在眼睛上挡住亮光,身子弯在《风筝报》上。

真见鬼! 他在那份报纸上发现了什么哩!

"老爷子,你怎么啦?"苏斯沃夫斯卡太太问道。

他站起身来,朝我们走近几步,便停住了,用眼光打量着我。他绞动着双手,开始摇起头来。

"您怎么了?"

"任何欺骗和罪恶终究会原形毕露的!"他用愤恨不平的声调说道,"我的先生,你读读吧,如果羞耻之心能容许你读完的话。"

他说完这句话,便做了一个像是给自己披上长袍的动作,并把《风筝报》递给了我。我拿起那份报纸,眼光停留在一条题为"乌克兰竖琴歌手"的消息上。我有点慌乱,急忙读起这条消息来:

近日来,我市出现了一位远方来客,他是个年迈体弱的乌克兰竖琴歌手。这个老歌手已拜访了所有居住在本市的乌克兰家庭,他以弹唱民歌来换取施舍。据悉,我们那位富于同情心的著名女演员艾·亚,对这位老歌手极为关切,恰好今天上午就有人看见她和他一道乘车出去。远方客人出现的头几天,本市就有一惊人的奇闻流传:我们最杰出的画家之一,曾身穿竖琴歌手的外套,其目的就是要躲过丈夫们和保护人的眼睛,而能轻易地进入名媛淑女之闺阁绣房。我们相信,此谣言纯属无稽之谈,因为我们的名演员绝不会参与此种勾当,根据我们的调查,该老人确系来自乌克兰,其神志虽然有些癫狂,但记忆却非常好。

真是要命啊!

苏斯沃夫斯基先生愤怒得说不出话来了,后来他怒不可遏地指责说:

"新的欺骗,新的诡计,你对你的行为还有什么可辩解的呢?今天我们不是看见了你那可耻的化装吗?那个老歌手是谁呢?"

"我就是那个老歌手!"我回答说,"但是我不明白,你为什么认为那是可耻的化装呢?"

这时卡佳一把从我的手里抢走了那份《风筝报》,读了起来。苏斯沃夫斯基更加愤怒地束紧了他的宽袍,说道:

"你刚刚踏进一个正派家庭的大门,就把丑行带了进来。你还没有成为这个不幸孩子的丈夫,就背叛了她,和一个轻浮女人胡混在一起,你践踏了她和我们对你的信任,破坏了你神圣的誓约……这是为了谁呢?这是为了一个演戏的婊子!"

听到这里,我气得发疯了!

"我的先生,您的这些陈词滥调,我已经听够了,这个婊子远远超过十个像您这样虚伪的卡托①……您对我说来,真是一钱不值,而且我还要告诉您,您使我讨厌极了,我对您和您的专横跋扈再也忍受不下去了……"

我说不下去了,而且我也用不着多说了,因为苏斯沃夫斯基突然解开了他的背心,仿佛在说:

"你就打吧!不必吝惜你的气力,这就是我的胸口!"

我根本就没有想过要打人,我只说了一声"我告辞了",因为我担心自己又会对苏斯沃夫斯基说些气话。

我没有向任何人告别就出来了。新鲜空气使我发热的头脑清爽了些。当时已是晚上九点钟了。夜色非常美好。

我需要走走,以便使自己完全冷静下来,于是我急忙朝贝尔维德尔大街走去。

海伦娜住的那座别墅的窗户一片漆黑,显然她不在家。不知道为什么,我感到非常失望。

哪怕我只在玻璃上看到她的影子,我也就会平静下来的,现在我的火气又上来了。

---

① 卡托(公元前234—前149),古罗马政治家,演说家,属保守派。

只是我不知道我该怎样来收拾他,那篇报道写得特别的圆滑。奥斯钦斯基一定会否认,那个老歌手是一个化装的画家,他好像是在保护艾娃,却又向海伦娜揭露了整个事情的真相。很显然,他是想离间海伦娜对艾娃的好感,为了卡佳而对我进行报复,此外他还想出我的洋相。

要是他没有写我是神志癫狂倒也罢了,可是它已经发表出来了!在海伦娜眼里,我一定是非常可笑的,她肯定会看《风筝报》的。

啊,对艾娃来说,这真是一件不愉快的事,是对她的一次打击。这个奥斯钦斯基一定在自鸣得意了。我必须有所行动,如果我是《风筝报》的记者就好了,我一定知道该如何行动了。

我突然想起,还是去找艾娃商量一下,她今晚有演出……我得立即赶到剧院去,等演出结束时,我就能见到她了。

时间还来得及……

半小时之后,我便到了她的化妆室。

艾娃的演出快要结束了。于是我便观察起身边的一切来。众所周知,我们的剧院并没有特别奢侈的设备:白粉墙的房间,两盏煤气灯不停地摇曳着火光,一面镜子,一个洗脸池,几把椅子,一个角落里放着一把躺椅,也许是这位红演员的私有财产,这就是她的化妆室……镜子前面放着许多化妆用品,一杯未喝完的黑咖啡,几瓶口红和香粉,画眉毛的画笔,几双依然保持着手的形状的手套,上面放着两条假发辫。旁边那堵墙上挂满了白的、粉红的、深色的、浅色的和黑色的衣服,地上还放着两筐女人的用品。房间里全是香水和香粉的气味。到处都凌乱不堪!仿佛这里的一切都是匆匆忙忙乱放在一起,由于煤气灯光的摇曳,形成了无数的色彩和反光,产生了形形色色的光和影的效果。

这是一幅自成一格的图画,有其独特的风格。的确,这里跟普通女人的化妆室没有多大的区别,然而它却有一种使它看起来不像一间化妆室,而像一座殿堂的独特魅力和美妙之处。在这一切乱七八糟、匆忙杂乱之中,在这用石灰粉刷过的四壁之间,却有一种艺术的气息。

传来了雷鸣般的掌声。噢,演出已经结束了……透过墙壁,我听到了观众的欢呼声:"亚达米!""亚达米!"一刻钟过去了,观众还在不停地喊叫。

最后,装扮成特奥多拉的艾娃奔了进来。

她头戴王冠,眼睛画得黑黑的,脸颊上涂满了红油彩,她的一头披散开来的头发落到了她那裸露的肩膀和脖子上,她的情绪是那样激动兴奋,又是那样的疲劳无力,我几乎连她轻声说的"你好啊,符瓦德克!"都听不清楚,她急忙脱下了王冠,还穿着皇袍就倒在了躺椅上。显然她无力说话,只是像只累坏了的小鸟那样默默地望着我。我坐在她的身边,一只手放在她的头上,此时此刻,我除了艾娃外,什么都不想了。

我在她那双涂得黑黑的眼睛里看到了尚未熄灭的激动的火焰,我在她的额头上看到了艺术的痕迹,我看到了这个姑娘怎样向艺术之神的祭坛上贡献出她的健康、她的心血和她的生命。我看到了她此时此刻连气都喘不过来的情景。一种怜悯、同情和疼爱的感情在我心中油然而生,它是那样的强烈,我真不知道我该做什么好了。

我们一声不响地坐在那儿,最后,艾娃指着化妆桌上的那张《风筝报》,轻声说道:

"多么可恶啊! 多么可恶啊!"

她突然神经质地哭了起来,浑身像片树叶似的颤抖着……

我知道得很清楚,她是因为疲劳才哭的,绝不是为了那张《风筝报》。那条消息不过是无稽之谈,到不了明天,大家就会忘记得一干二净的。在我看来,整个奥斯钦斯基抵不过艾娃的一滴眼泪。我的心跳动越来越急速了,我紧紧握着她的双手,热烈地吻着它们,我把她的双手紧紧压在我的心口上,我的心跳动得异常的剧烈,一种不可名状的感情正在我的心中涌起,我跪在艾娃的脚边,连我自己也不知道在干什么,云雾遮住了我的眼睛,突然我像失去了理智似的,把她紧紧搂抱在我的怀里。

"符瓦德克,符瓦德克,你可怜可怜我吧!"艾娃低声说道。

但是我紧紧地把她按在我那激动不已的胸前,我忘记了一切,我发疯了,我狂热地吻着她的额头、她的眼睛和她的嘴唇,我只会说这一句话了:

"我爱你! 我爱你!"

这时候,艾娃头向后仰,双手热烈地抱住了我的脖子,我听到她的悄悄说话声:

"我早就爱上你了!"

十六

如果在这个世界上,对我来说还有比艾娃更可爱的人,那我就是一条醋渍青鱼了。

人们说,我们艺术家做事都是凭一时的冲动,这是不对的!事实表明,我早就爱上了艾娃,只不过我是一头蠢驴,竟没有意识到这一点。

只有上帝知道,那天晚上送她回家时,我到底发生了什么事。我们手挽着手朝前走去,一句话也没有说。我不停地把她的胳膊往我这边拉,艾娃却把我的胳膊往她那边拉。我感觉出,她是在竭尽全力地爱我。

我把她送到楼上,当我们来到她的起居室时,我们都变得那样的慌乱不安,两人都不敢正面看着对方。她用双手捂着脸,我轻轻掰开她的双手,说道:"艾娃,你是我的吗?是真的吗?"她紧紧贴近了我,回答道:

"是的!是的!"

她是那样的迷人,她的一双眼睛是那样的含情脉脉,而又闪闪发亮,她的整个姿态都是那样荡人心魄,以致我无法离开她了。

说老实话,她也离不开我,好像是要弥补她的长久沉默和隐瞒感情似的。

我很晚才回到家里,希维亚特茨基还没有睡,正在灯下为一家画刊制作一幅木版画。

"这里有你的一封信!"他说道,仍然在埋头工作。

我从桌上拿起了那封信,感觉出信封里装有一只戒指。真是好极了,明天我正好用得着。我拆开了信封,读到下面的几句话:

我知道,送还这枚戒指会使你高兴,因为显然这是你预谋的目的。
至于我,也不想去和一个女戏子竞争。卡。

好在这封信写得简短。这封信满纸怒气,仅此而已。

如果在这之前,卡佳对我还具有某种魅力的话,这一下可就烟消云散,彻底完结了。

多么奇怪的事,大家都认为,艾娃是我化装和所有这一切活动的起因,实际上,她不过是后来所发生的那些事情的根源。

我把这封信一揉,塞进了口袋,就去睡觉了……

希维亚特茨基抬起了眼睛,期待地望着我,等着我说点什么,可是我一声未吭。

"那个无耻的奥斯钦斯基晚上看完戏后曾来过这里!"希维亚特茨基对我

说道。

十七

次日上午,刚刚十点钟,我就巴不得跑到艾娃那里去,可是我有客人,去不成。

来客是卡托弗莱男爵,他是来订购我那幅"犹太人"的复制画的,他出价一千五百卢布,我要两千,结果成交了。

他走后,坦森贝格又来预订了两幅肖像画。希维亚特茨基是个反犹派,他骂我是"犹太画家"。但是我倒想问问:如果不是这些"财主"来买我们的画,还有谁会来买呢?这些"财主"不愿买你希维亚特茨基的死人画,那可不是我的过错啊!

直到一点钟,我才赶到艾娃那里。我把那只戒指送给她,并用商量的口气对她说,婚礼一结束,我们就到罗马去。

艾娃欣然表示赞同。昨天晚上我们两个都是寡言少语的,今天却争着说话,谈个没完。

我把那两笔定货都告诉她了,我们两个都欣喜异常。两帧肖像画我必须在蜜月旅行之前完成。那幅给卡托弗莱的"犹太人"的复制画,我想等到了罗马以后再画。然后我们就回到华沙来,新建一个画室,我们的生活将会像在天堂一样美好……

当我这样设想未来的计划时,还特别提出,在我们今后的一生里,都要把昨天这个日子当成我们的节日来庆贺。

艾娃把头偎依在我的肩膀上,请求我别再说下去了。接着她就用晨袍的短袖裹住我的脖子,把我叫作她的"伟人"。她的脸色比平时苍白,眼睛也更呈紫罗兰色,由于欣喜而闪闪发光。

啊,我以前真是个人傻瓜!我身边就有这样一个女人,却还要到别处去找幸福,到一个与我陌生的社会阶层中去寻求幸福。

艾娃真是个天生的艺术家,她是我的未婚妻,于是她立即就担当起这个角色来,而且不由自主地就扮演了一个年轻而又幸福的未婚妻。但是,对于这个演剧多年的可爱人儿,她这样做,我毫无责怪的意思。

午饭之后,我们一道来到了海伦娜·科乌查诺夫斯卡夫人的家里。

从艾娃把我作为未婚夫介绍给她的时候起,那扮演老歌手的玩笑也就显得毫无恶意,不会引起两个朋友的误会了。海伦娜张开双臂欢迎我们,为艾娃的幸福而高兴。我们三个像疯子似的为那个老歌手、为那个扮演老歌手的人不得不听人家议论马古尔斯基而放声大笑。昨天我还想用匕首去刺杀奥斯钦斯基,今天却称赞起他的聪明机智来了。

海伦娜笑得连她那双明亮的眼睛都噙满了泪水。顺带说一句,她真是美极了。当拜访结束,她低头送别我们时,我的眼睛简直无法离开她了,就连艾娃也受到了她的强烈吸引,整天都在毫无意识地模仿她的鞠躬行礼和注视人的模样儿。

我们商定,等我们从国外回来,我就给海伦娜画一幅肖像画。不过在这之前,我一定要在罗马画好我的艾娃。如果我能再现她那娇嫩的、几乎是透明的脸部特征就心满意足了。她的那张脸是那样的富于表情,几乎每一种激情都会在它上面反映出来,就像云彩映在一池清水中一样。

我一定能画好!……为什么我不能画好呢?

晚上版的《风筝报》登载了几则关于我接到订约的胡编乱造的消息。

说什么我的收入是以千来计算的了。

也许就是这个原因,第二天我收到了卡佳的一封信,说她是因为气愤和嫉妒才把戒指退回给我的,如果我现在就到她家里去,和她一起跪在她父母的脚边,她的父母还可能会宽恕我们的。

对于这种下跪和请求宽恕的事我已经受够了,对这封信我根本不想回答。谁愿意谁就跪在他们的脚边吧,让卡佳去嫁给奥斯钦斯基好了,我有我的艾娃!

很显然,我的沉默在苏斯沃夫斯基家里引起了惶恐不安。几天之后,同一个送信人又送来了卡佳的一封信,不过这次不是给我的,而是给希维亚特茨基的。

希维亚特茨基把信给我看了……卡佳请求他前去商谈一些关系到她整个未来的重大事情,她期望得到他的同情,期望他的公正,这是她见到他时第一眼就看出来了的,希望他不会拒绝一个不幸女子的请求。希维亚特茨基大骂了一通,对那些卑鄙的市侩们诅咒了一番,还说有必要把这些家伙连同他们的子孙后代都吊死,不过他还是去了……

我猜想,他们是想让他来劝说我的。

十八

希维亚特茨基实际上是个好心肠的人,显然他是被他们征服了。

整整一星期,他天天到苏斯沃夫斯基家去,最近这三天,他不停地在我身边转来转去,完全像头狼似的蹙起眉头望着我……

最后,有一天在喝茶时,他愤愤不平地问道:

"听着! 你打算拿那个姑娘怎么办?"

"哪个姑娘呀?"

"你别装蒜了! 就是苏斯沃夫斯基家的那个。"

"我跟苏斯沃夫斯基家的那个毫无关系!"

沉默了片刻,希维亚特茨基又接着说道:

"她一天到晚都在那儿哭,连我都受不住了!"

真是个好心的人!

他这时愤激得连声音都哆嗦了,他像头犀牛一样喷着鼻子,接着说道:

"一个正派的人是不会这样干的!"

"希维亚特茨基,你使我想起,你就像那个苏斯沃夫斯基老爹。"

"也许可能,我宁愿像苏斯沃夫斯基老爹,也不会去欺侮他的女儿。"

"我请你别管我的事!"

"好吧! 从现在起,我和你分道扬镳,各走各的路。"

我们的谈话到此结束,从此我和希维亚特茨基就不说话了。

我们装作彼此不认识,更可笑的,我们还住在一起,每天上午还在一起喝茶,而且我们两人谁也没有想过要搬出这间画室。

我和艾娃结婚的日子临近了……

通过《风筝报》全华沙都知道这件事了。大家都瞧着我们俩,特别对艾娃感兴趣。每当我们来到展览会上,就有一大堆人围住我们,搞得我们难以脱身。

我的那个不相识的女朋友又给我寄来了一封匿名信,她在信里向我提出忠告,说艾娃不适合做我这样的人的妻子……

我不相信人们所说的关于亚达米和奥斯钦斯基的关系。可是你,大师,所需要的是一个甘愿为你的名望和伟大做出牺牲的妻子。但是,

林洪亮译文自选集

亚达米小姐本人就是一位艺术家,她自己就需要别人常常往她的磨盘里注水……

希维亚特茨基一直不断地上苏斯沃夫斯基家去,不过现在,他更像一个安慰者了,因为苏斯沃夫斯基一家早已知道我的计划了。

我在剧院经理部替艾娃请好了不定期的长假。艾娃开始梳起了乡下姑娘的发式,衣着非常朴素,穿上了齐脖颈的衣服,但都和她很相称。化妆室的那种场面再也没有出现过,艾娃不允许,最多只让我吻她的双手,这真使我感到火烧火燎,心急如焚了,不过我引以为荣的是,她……

她疯狂地爱着我。我们整日都在一起,我开始给她上绘画课。

她对绘画课、对美术,整个儿地着迷了。

十九

执掌雷电的宙斯啊,你从奥林匹斯山顶上一定能纵观全局、明察秋毫!

往往有一些事情,连哲学家们都梦想不到。

我结婚前夕,希维亚特茨基来到我身边,用胳膊肘碰了我一下,把他的那乱蓬蓬的脑袋转向一边,以忧郁的语调说道:

"符瓦德克,你知道吗? 我犯了大罪!"

"那么你就告诉我,你犯的是什么罪?"我回答。

希维亚特茨基的眼皮一直向着地板,仿佛在自言自语似的:

"像我这样一个酒鬼、一个毫无才华的白痴、一个无论是肉体还是精神都堕落了的人,居然要和一个像卡佳这样的姑娘结婚,这简直是一种弥天大罪啊!"

我真不敢相信我的耳朵,但我还是拥抱了希维亚特茨基。

他把我推开了,我不在意。

他的婚礼在几天之后举行了……

二十

在罗马度过数月之后,我们——艾娃和我,收到了一份非常精致的请帖,邀请我们去参加奥斯钦斯基和海伦娜·科乌查诺夫斯卡夫人的婚礼。

我们不能去参加,因为艾娃的身体不允许。

艾娃仍旧在学画,进步显著。我得到了佩斯①颁发的一枚奖章,克罗地亚的一个富翁买了我的一幅画,我和古皮尔也建立了联系。

二十一

在维罗纳,我得了个儿子。

艾娃说她从来也没有见过这样好的孩子。

真是个不同一般的孩子!……

二十二

我们回到华沙已经有好几个月了。

我布置了一间精美的画室。

我们常常到奥斯钦斯基家去玩。

他已经卖掉了《风筝报》,现在担任失业工人面粉分配委员会的主席。你简直想象不到他受到了多么大的爱戴和尊敬。他拍拍我的肩膀,对我说:"过得很好吧,我的大恩人!"他依然关心着那些文学人才,每星期三举行一次招待会。

海伦娜永远像梦幻一样美!……

他们没有孩子。

二十三

救命啊,因为我要笑死了!……

希维亚特茨基这对新婚夫妇从巴黎回来了。

卡佳真像一个挥金如土的画家的妻子;而他自己则穿了一件绸衬衫,头发修饰得齐整光洁,蓄起一把漂亮的山羊胡子。这一切都是不难理解的!我能想象得出,她是怎样去改变他的习惯和性格的,但是如何制服了他那头蓬乱的头发的,对我来说,就永远是个不解之谜了。

---

① 佩斯当时是匈牙利的首都,后来与相邻的布达城连在一起,成了今日的匈牙利首都布达佩斯。

希维亚特茨基并没有停止画他的死人画。他同时也画一些田园风俗画,而且非常成功。他也画过一些肖像画,但却显得功力不足,而且这些人像的脸上和身上的颜色,往往使人想起他的死人画来。

我以老朋友的交情,问他和妻子过得是不是幸福,他告诉我说,他做梦也没有想到会有这样的幸福。我不得不承认,卡佳在这方面,超出了我的预料。

如果不是艾娃身体不好的话,如果不是这个可怜的人常常为此焦急的话,那我就是个十全十美的幸运儿了。有天晚上,我听见她在抽泣,我知道这是为什么!她是多么想重返舞台啊!她嘴里不说,可是心里在想念。

我已经在画奥斯钦斯卡夫人①的肖像了。她真是个天下无敌的美人。即使她对于奥斯钦斯基的尊敬也无法阻止我……如果不是我非常爱艾娃的话,我不知道会怎么样……

可是,我对艾娃的爱是深沉的,无边无际的!

---

① 即海伦娜·科乌查诺夫斯卡夫人(波兰女人结婚后是随丈夫姓的)

雅罗斯瓦夫·伊瓦什凯维奇

　　雅罗斯瓦夫·伊瓦什凯维奇（1894—1980）是波兰当代著名诗人、作家、翻译家和社会活动家。生于乌克兰的卡尔尼克城，曾在基辅大学攻读法律，兼修音乐。1918 年来到华沙，积极参与文学活动，是"斯卡曼德尔诗社"的主要成员之一。二三十年代曾在波兰议会和外交部门工作。第二次世界大战后，曾主编《文学生活》《创作》等文学刊物。1952 年起一直是波兰议会议员，曾担任波兰保卫和平委员会主席和波兰作家协会主席。伊瓦什凯维奇具有多方面的文艺才华，在诗歌、小说、戏剧、散文等方面都有杰出的表现，取得了重大的成就。其代表作品有诗集《酒神》《日书与夜书》《回到欧洲》《1932 年夏天》《别的生活》等十多部，小说《月亮升起》《红色盾牌》《名望与光荣》等数十部，剧本《诺昂之夏》《假面舞会》等和音乐著作《肖邦》《巴赫》等。1970 年曾获列宁国际和平奖金。

腾　飞
——献给阿·加缪

　　为什么我没有去华沙？是因为碰上了星期天吗？不，是我不想去！那些女人真够我受的。我告诉你，我简直没法赶走她们，对不起，这些个老太婆……年轻的我也受够了，现在我厌烦了。你看，我常常让自己歇着。我留在布里约夫这里,独自一人到吉朗卡酒店喝杯酒。你是镇上的老住户了,你一定知道吉朗卡的故事……他是个德国人,由于他不想当"人民德意志"①成员,结果遭人杀害了。现在店主是他的老婆。你看,她就在柜台后面。不管怎样,这里的伏特加酒总是有得喝的……

因此,每逢星期天,我就让自己轻松轻松。我独自一人来到酒店,喝上一两杯,再加上一盘猪肉煮酸白菜,或者一份煎肉排,就心满意足,别无所求了。这就意味着,星期天是独自思忆的日子。

你妨碍我了吗? 说哪里话,不,不妨碍,请你坐下吧。我很愿意和你谈谈,看得出,你是个明白人。哪怕整晚上和你这样聊天,我也愿意,这样孤独的星期天晚上,只要不和女人在一起就行。女人会马上把你拉到床上去,可是我,亲爱的先生,我已经不中用了,不是肉体方面不中用,而是道德方面不允许(我只好这样说)。我已经不中用了。不过我很愿意和你在一起。请,请,你就坐在这里好了。如果你能赏脸和我喝上两杯,那就更令人满意了。今天我们用香肠下酒,好吗?

倾盆大雨,狗日的,这里的秋天老是这样。有时雨季来得早,有时来得迟。今年就来得太早了,去年要比今年来得晚。雨季总是一个样:泥泞,城里灯火黯然。华沙上空却红光满天。我对你说什么来着?那不过是假象,你只要一到首都,那里照样是阴沉昏暗,一片忧郁肃杀之气……

你看,雨点打在玻璃上,都停不下来了……

你也没有妻子。是的,那么你怎么办呢? 怎样来度过这样的夜晚? 我对你说过,我不愿跟女人在一起。那个老太婆老是来缠我。我身材高大,臂膀有力,她就以为我无所不能。她请我吃晚饭、付出租车费,而且总是有办法找到一的房间。有时一个人要找到这样的房间非得付出半条性命才办得到,可是她总有办法找到。她是向朋友或者别人借的钱,我怎么可能知道呢? 你是了解我们布里约夫的住房情况的。你自己就住在这城里,不过你是个大房东,房子倒了,你把墙支起来就行了。这就是说,你可以骂你自己,或者骂那些租你房子的房客,因为你是房主,工程师先生……是这样的吧?

有时别人也叫我工程师,因为我多年来在建筑工地上工作,当过多年的监工。有人甚至还劝我去买一张工程师证书。可我不想要,难道没有证书就不能

---

① 希特勒上台后所成立的一种组织。

生活吗？干吗一下子就把二万五千块钱丢进水里去呢！况且，即使我手上有二万五千块钱，我也情愿用在别的事情上。

是用来打牌吗？不，我打牌从来没有输过。我很少打牌。打牌往往是最枯燥乏味的事情，要么打赢，要么赌输，老一套，有什么意思呢？

啊，真见鬼，门老是晃来晃去，是风吹的吧，也许有人上吊了。现在我们这里上吊的事屡见不鲜。最近有个人好像是上吊死的，实际上是他的同伙把他掐死的，他们还扒光了他的衣服，为了蒙混视听，把他吊在公园的树枝上。不过一眼就能看出，这是个骗局，因为他的一双脚够得着地。我去看过，他赤身露体地挂在雨中，身体紧挨着树干。你想得到吗？没有人知道他是从哪里来的，是干什么的。人们把他放了下来，掩埋了，没有人过问，也没有人来认尸，真是件怪事。他是从哪里来的？

也许是分赃不均，也许是他对同伙了解得太多了？

我对你说过，我常常独自一人端着酒杯度过星期天或星期六。这样的日子是沉思的日子，回忆的日子。我是个年轻人，你也看得出实际上我还年轻，甚至要比我的外貌更年轻，我是未老先衰，我常常这样坐着，思考着……只是希望，先生，女人不要来纠缠我。不过你请坐，你是不会妨碍我的。相反，你能和我一道抚今思昔。因为我们是同乡，又是此地的名流。我们两个在这里的泥沼中都曾滚过一身泥巴，就像那些恣意放纵的猪一样。请你不要生我的气。我们是在喝酒谈心。也许你曾经看见过我，没有？这就奇怪了，我认识你。而且很了解你。不过你没有注意我就是了，虽然我身材高大，人们都说我一表人才。女人们也说我英俊漂亮，你对此有何看法，我果真漂亮吗？

我曾读过不少书，那时我还是个孩子，是在敌占时期、德国占领时期。你也是念过书的。你读过那本关于姑娘从桥上跳入河中的书吗？她做得对，她又能做出什么更好的事来呢？女人下了车，马儿更轻松。难道跳河自尽的女人还少吗？他妈的，就连跳河的男人也不止一个。这又有什么关系呢？你不喝了，先生？一、二，纵身往下一跳就行了。是不是我的头脑里也出现了这样的念头？啊，不！不！对我来说所有这一切都无足轻重。我从来不想入非非，一切对我来说都是那么透明，就像擦得锃亮的玻璃一样。所有这一切我都了如指掌。他们说我是在讲有趣的故事，这根本不是故事，而是千真万确的真实事情。我们这一代人不需要任何故事，啊，难道不是吗？一个人只要几杯酒下肚，他脑海里涌现出来的一切，难道不是最优美的故事吗？

那本写姑娘从桥上投水的书叫什么名字来着？还有那个见死不救的男人叫什么来着？他为什么要救她？这样一个打扮入时的臭小子，能像我救我的姑娘那样吗？谁也无法去救别人的，谁也没有救过别人，人连自己都救不了。

　　你以为我对女人的厌恶是无缘无故的吗？我缺了她们不行，可是又讨厌她们。我最受不了的是她们在灯光下脱光衣服，我最不爱看裸体的女人。

　　你知道，那是在大战初期，也就是大战开始后的第二年或者第三年，我那时还小，只有十岁。我是1932年出生的。就是说，那是在1942年。这样年纪的孩子懂得什么呢？什么也不懂。不过他的头脑里已经有了一点印象，一点关于姑娘的印象、有一种模模糊糊的印象。这是战争时期，我的母亲在1939年便搬到外地去了。因为，你知道，我的父母离了婚，后来我的母亲便随第二个丈夫到里沃夫去了。我有个哥哥跟着母亲。我哥哥和我母亲后来到底又迁到哪里去了，只有鬼知道。整个战争期间我没有见过母亲，就是战争结束后，我也没有见到过她。我的父亲和另一个女人也去了别的地方。你知道，到了帕尔切夫附近的森林。由于那里人迹罕至，无路可通，也就没有人知道他到底住在什么地方，除非他自己出现。他只出来过一次，不过那是另一个故事了。

　　唔，当时我只有十岁，你了解这样的孩子，我的姑妈让我乘火车从布里约夫到谢德里斯克的女裁缝家去，我姑妈在那里织毛衣，那个女裁缝有羊毛。我在谢德里斯克车站等火车，等的不是那种普通的火车，而是一种小火车，是由有轨电车的车厢组成的小火车。喏，总而言之，你知道，等的就是这种火车。

　　当时乘坐这种火车的都是自己人，任何危险都没有。即使有的话，事先也会发出警告，汽笛会发出特别的尖叫声，或者乘务员会告诉大家："你们不要上车，这里正在抓人。"或者说，那边有危险。

　　我到谢德里斯克车站去等小火车。你知道，谢德里斯克车站很大，车站旁边有一座库房，是一般火车站或者电车站都有的那种库房，房顶是单向流水的。至于是木头房还是砖房，鬼才记得！

　　既然小火车还没来，我们大家只好傻等。当时已是秋天，就像现在这个时候，不过那天没有下雨，天空晴朗，是个秋高气爽的日子。等火车的人熙熙攘攘，都有点不耐烦了。你知道，当时出门的人穿着都很破旧，只要家里能找到破旧的衣服，越破越好，就穿上出门。一来免得遭抢劫，二来不致引起别人的注意，三来穿得越灰越好。因此人群都是一片灰色，就是这个词：灰色。

　　为什么你不喝酒呢？你认为这是堕落吗？这根本不是堕落。像我这样坐在此地，自斟自酌怎么是堕落呢，恰恰相反，我觉得我是飞腾在整个世界之上，翱翔于我们的布里约夫之上。有时我有一种幻觉，我好像凌驾于一切之上。我根本用不着他们授予我工程师、教授或者博士的称号。此时此刻我就是博士、就是工程师。你可怜那个从桥上跳进河里的姑娘，难道你就不可怜我这样的小伙子吗？你不可怜吗？对，对，我是个机敏的小伙子。女人们说我英俊漂亮，什么也不缺。现在我正坐在窗边这个角落里，坐在铺着纸餐巾的桌子旁。我师傅就是在这种纸餐巾上算账的，从账目上可以看出，我们大大地宰了一下我们的顾客，因此今天我才能开怀畅饮。现在我觉得自己在飞翔。我展翅高飞于一切之上，我飞向高空，那里有我的一切，我并不觉得这可笑，这就是我的腾飞。

只是每当我飞翔于布里约夫之上，我就要在谢德里斯克的上空盘旋。我看见了自己，是个傻小子，就像我在等火车时那样。

我等呀，等呀，看到了两个姑娘，她们的相貌长得俊俏秀丽，穿着打扮也非常考究。一个年纪稍大一些，另一个年龄较小，我觉得她们真是花容月貌，年轻的小伙子都目不转睛地望着她们，他们都盯住她俩不放，也许还因为她们穿戴着昂贵的裘皮大衣和帽子，手提包也非常精巧。再因为这两个姑娘都是犹太人，而且她们什么也不怕。

当时在犹太人中间有这样一种风气，有人对他们说过，只要他们衣冠楚楚，就没人会想到他们是犹太人，因为人们以为犹太人都躲藏起来了。人人都会认为，身穿这样的裘皮大衣，绝不可能是犹太女人，因为犹太女人都十分害怕自己的穿着会引起别人的注意。

她们在月台上徘徊，相互很少说话。我看出了她们的惊恐不安。看出别人的惊恐不安是不礼貌的。但是她们长得真是美极了。

小火车终于来了。火车进站时发出的汽笛声又尖又怪，火车上真的有宪兵。这时的月台上已经没有女商贩了，她们一听见这样的汽笛声都惊慌四散、逃之夭夭了。月台上剩下的人不多。宪兵们一下火车，便立即注意到了那两个犹太姑娘。我匆忙走进车厢，心想火车会马上开走。但是宪兵们扣住了火车。他们抓住这两个姑娘，把她们带出月台几步远，就在车站和库房的中间。我们都拥到了火车的窗前，想看看会发生什么事情。我们既惊慌不安，又深感好奇。他们把姑娘拉到两座房屋中间的通道上，命令她们脱去衣服。她们必须把衣服脱光，一丝不挂。这时候，我平生第一次看到了赤身裸体的女人。我从来没有看见过，而且对不起，也从不知道女人的肚子下面会有毛。我曾以为那个地方是光溜溜的，像小姑娘的一样。我从未去过海滩,也未见过女人的乳房。我第一次看见了阴毛、乳房、肚子,看见了裸体的女人。然而她们又年轻又美丽。人们屏息静气地望着她们。她们站在两堵墙壁的中间,大家都知道她们的命运了,她们自己也明白将会发生什么事情,但是她们什么话也没有说,既不哭泣,也没有叫喊。

啊,先生,她们像每个被枪杀的人那样倒下去了。被枪杀的人是如何倒下去的,对我们20世纪的人来说,是用不着再费口舌去描述了,我们每个人都知道得清清楚楚,每个人都目睹过这种场面,每个人都会想起他们像空口袋一样倒下去的情形。也许正因为如此,20世纪的人,才会相信灵魂已经脱离了被枪杀的躯体,于是躯体才会像空口袋那样倒下去。

不过后来,尸体就变僵硬了,变僵硬了。

唉,宪兵们把这两个犹太姑娘枪杀之后,便把她们的大衣和其他衣物、值钱的和不值钱的,全都拿走了,他们还拿走了她们的手提包。他们叫人拿来了一个大袋子,把全部东西装进袋子之后,便上了小火车,于是我们的小火车开走了。那两具尸体呢?尸体留在原地,后来被车站上的人埋葬了。

你看看,我怎能去救这些姑娘呢,难道我能制止这些宪兵吗?谁也没有哼一声,大家都害怕了。你也清楚什么叫恐惧。我们在恐惧中生活了多年。就是现在,我只要一看见赤身裸体的女人,就有一种难以描述的恐惧穿透我的全身,真想逃到遥远的地方去,就像那次我从小火车上逃回姑妈家一样。我对姑妈一句话也没有说,便悲伤地号啕大哭了一场。我还是个孩子,当时只有十岁。而现在,我再也不想在这个世界上看见女人肚子下面的阴毛了,如果我和某个女人相处时间较长,我就要她把阴毛剃掉,就像日本女人那样。

后来我神经衰弱了,晚上无法入睡,夜里常常惊醒。姑妈不知道我到底发生了什么事情。你知道,我像当时的孩子一样,什么也没有告诉家里。你知道我们住在什么地方吗?就住在拐角上的那座木头房子里,就在石子路和沥青路的交接处。对面是农民的小房子,我们的房子全被蔓藤爬满了。我家的房子正好处在石子路转为沥青路的地方,汽车一到这里总是不停地发出响声,我便坐不住,跳将起来,向姑妈大叫大喊。

不过,后来一切都过去了,我睡得像石头一样死,也不再做梦了。就在这时候,我父亲来看我了。大哥早就被关进了奥斯维辛集中营,二哥随母亲到了哈萨克斯坦,只有我一人留在姑妈家里。我的愿望实现了,我的父亲离开了帕尔切夫附近的森林,前来看我,只有上帝知道,他是怎么来到这里的。

我不知道他是怎么来的，因为我睡着了。他的到来对我来说真是喜出望外。1939年以后我就没有见过他，我几乎认不出他来了。我记得他身材高大而又瘦削，他的双手又细又好看。不过我记得最清楚的是他的手掌。然而很遗憾，当时我用刚刚惊醒的那种呆滞目光望着他的手掌时，我只觉得他的双手又污秽又难看。

　　一个十岁的孩子，整个秋季的白天都在外面蹦蹦跳跳，当人们半夜一点钟把他叫醒，给他穿上衣服，让他坐在桌旁和大人们一起吃喝的时候，你可以想象出他的感受如何。父亲不停地喝着酒，连他自己也不知道，该对我说些什么。他向姑妈和姑父谈起了森林中的种种可怕的冒险故事以及他到布里约夫来的经历，接着他们又回忆起战前某个时期的事情，这对我来说像是在听钉子王的童话一样，我怎会知道那些年代的事情，那时一公斤白糖才一角二分，一张火车票也不过一元八角。那时候，我父亲是个庄园的管家，我们兄弟三人都住在一起，这些我都记不得了，我听着，睡眼惺忪地望着父亲。他有一双蓝眼睛，一头卷发直盖到他的前额上。什么？我真的像他吗？也许是，我不知道。从来也没听人说过我像父亲，父亲长得相貌堂堂，以英俊闻名。嗯，女人们是这样说我的……为此她们还给我钱用，让我乘出租汽车，很喜欢盯住我看，但我常常是："快关灯，他妈的！我不愿看见你的裸体，快关灯，臭婊子！"

　　于是我就这样望着我的父亲，他英俊洒脱，声音低沉洪亮，犹如森林中的树木在歌唱，他用一种男低音说话，我甚至听不清楚他说些什么，我只是这样听着，他的声音充满了我们整座木头房子。窗户全遮住了，但姑父仍一直提醒他：

　　"你轻点！轻点！别这样大声，会招来麻烦的！"

　　我的姑父胆小怕事，我还要告诉你，他非常害怕，不过那时候，有谁不提心吊胆呢？

　　我望着父亲，父亲也不时地望我一眼，但是他没有一句话是对着我说的。他完全不知道该向我说点什么，仅仅不时地看我一下，仿佛他已经知道，这是他最后一次看到我了，最后一次看到他的儿子了。望着自己调皮的孩子而又不知道自己再也见不着他了，这一定是件憾事。那时候，我们大家又能有什么作为呢？我们不过是希特勒的奴隶，仅此而已。他望着我，边看边说……他讲了许多离奇古怪的事情，姑妈后来说他是在吹牛，不过当时怎能弄清楚真伪呢？人们常常说的是真话，却没有人会相信——我们的时代就是如此。现在再也分不清什么是真理、什么是谎话了。往往一切都似真似假，真假难辨。

我也同样望着他。房里很冷,没有生炉子,尽管外面已天寒地冻,可煤还没有着落,我还没有偷来煤,我负责供应全家的烧煤,整个战争期间我都是个"扒煤者"……父亲穿的是一件浅色的麂皮服或者猎装,是用浅色皮子还是别的浅色布料做的短外套,我就记不清了。他坐在桌旁,伸开双脚,高高举着酒杯(因为他的确是和我姑父一道在喝私酿的白酒),这时我便在他浅色皮子或浅色布料做成的衣袖上看见了一条长长的污迹。现在我认为,这是手中握着缰绳时沾上的污迹,或许是用匕首杀人或者用步枪打死人时溅上的血迹,到底是什么,我又怎么能知道呢?也可能是沾上了肉汤或者咖啡,总而言之,袖子上有一长条污迹。可是那个时候我却认为,这一定是血迹。

你也知道孩子的心理,凡是他自己想出来的事情,他就会坚信不疑。我当时相信,这是一条血迹,父亲杀人时血染在袖子上了。说不定是野猪的血,或者是羚羊的血呢?你也知道帕尔切夫一带、雅布翁一带,森林紧挨着森林,野兽不可胜数。但是我断然认为,那必定是杀人留下的血迹。

我并没有说出我的惊异。很显然,我父亲杀死的人不止一个。我想,他亲手杀掉的德国人不止一个,而且肯定不像打野兽那样,远远地开枪打死……因为当时都是短兵相接,相距那么近,你也知道,打死人就像推倒一只口袋那样。唉,你明白吗?

也许他还杀过自己人?他的事情我怎能知道?只有一点,我一看到这条污迹,便对父亲产生了反感和恐惧。我问道:

"爸爸,你杀过人吗?"

对我的问题大家都默不作声,父亲也沉默不语了。在我父亲来城里的整个时间内,这是我唯一的一次对父亲说话。大家都沉默着,都不敢看我,只是望着他们自己。最后父亲回答道:

"那当然,我不能不打死那些德国人。"

现在我还记得,当时我又说了一句:

"难道德国人就不是人吗?"

我自己也不明白为什么要说这句话。我自己就知道德国人不能算人。我常常想,若是我有枪,我也会把那些在布里约夫转来转去的德国佬统统干掉。的确,要像对待人那样去对待他们,那是绝不可能的!他们自己也认为和凡人不同。我不知道为什么要这样问父亲。

我的问题算不了什么,可是当时我对父亲却产生了一种可怕的厌恶感。我是那样的惊恐万状,一下子便跑进了我的房间,倒在床上,把脑袋藏在枕头下面……

我不知道我哭过了呢,还是仅仅躺在床上。姑妈又来把我带回到那间大家坐在一起的餐厅里,她温和地劝我。我自己也不理解为什么会出现这样的事情。

喂,你知道,这是我最后一次见到父亲,可是我却给他带来这样的不愉快。不知道怎么搞的,我竟把他看成是杀人犯,是凶手,这不仅是因为他袖子上的那条污迹,还有他的手掌和手指(至今我还记得清清楚楚,他的手指很好看),它们都脏得可怕。

毫无疑问,在帕尔切夫森林中过着动荡不定的生活,又经过长途跋涉,他的手指不可能干净。可是我老摆脱不掉这种想法:他袖子上有血。

你知道吗? 父亲的面貌我已经记不清楚了,不过我记得他的那双眼睛是多么的炯炯有神。他的那双手我也记得清清楚楚,此刻它们是那样的清晰可见,好像就搁在这张桌子上,就在这些杯盘旁边。因为那时候我父亲就是把他的双手放在桌子上的杯盘之间的,他把胳膊肘都弄脏了。那情景宛如今天发生的一样,我记得那样清楚。好像后来他们还对我说过,我父亲杀的人不止一个,甚至还杀过自己人。他在自己的支队中实行铁的纪律,对自己的部下管得很严,而他自己……你也明白他们没有说出的话是什么。这一切都像神话似的。如果他们讲的有关森林中的种种故事都是真实可信的话,那么森林中的每棵树都会淹没在血泊中,难道不是这样吗? 我并不相信这一切。不过有一点我们不能不相信,那是在几个星期之后,他们派人来接我们。父亲牺牲了,他们把他埋在某个地方——啊,不,不是埋葬,而是临时浮厝,因为我父亲想要我们全家人都去参加他的葬礼。他是受伤而死的,因此他临终还能说话。他们把他的尸体浮厝在一个土洞里,等我们到来,我和我的姑妈,还有奶奶。全家人都到了。大哥在奥斯维辛集中营,二哥和母亲在哈萨克斯坦,父亲却想全家都去参加他的葬礼。

我说几个星期之后,实际上是在父亲那次回来之后好几个月。当时正是三月,森林里白雪皑皑。我和姑妈、奶奶来到帕尔切夫,他们还用马车拉着我们走了一段很长的路,最后一段由于积雪融化导致道路泥泞不堪,我们只好徒步前进,我们常常摔倒在地,我们终于到达了目的地……你想象不到,我们到的地方不是林中空地,也不是蛮荒之处,而是隐没在森林中的一个小村庄,那里还有一座小教堂,一座墓地。父亲躺在一副没有盖盖的棺材里,全身僵硬,脸上的颜色就像刚砍下的树皮那样灰白。我对躺在棺材中的父亲要比那个在杯盏之间喝着私酿烧酒的父亲记得更加清楚。

整个支队都来了，有仪仗队和礼炮，还有神父，他念起了"安魂曲"。目睹这一切，我觉得我从布里约夫来到此地，并没有白跑，他们是按照全部礼仪来安葬我的父亲的。领导这支军队的却是一个女人，大家怕她就像怕火一样，后来我听姑妈说，她就是我父亲的情妇。她身体壮实，也许是她身上穿的那件皮外衣使她浑身出汗，虽然春寒料峭，但是阳光灿烂，她用她那副尖嗓子下着命令："枪上肩！"我忍俊不禁，姑妈生气地瞅了我一眼，我紧闭嘴唇才没有笑出声来，他们此时此地正在安葬我的父亲呀，但是我没有丝毫的悲痛，只感到疲困，和一种——请你相信我——厌恶感。

我真无法理解我自己。我知道他们都是英雄，是为了我们而斗争的。父亲是个非常出色的战士，只是他身边的这个女人，还有这支部队的那种萎靡不振和衣冠不整的形象，以及那种认为他们既然是军队就有权杀人的观念，都使我非常反感：就一般而论，他们有权杀人吗？唉，在我们喝这第四杯酒的时候，你就告诉我吧！……什么，是第三杯？不，这是第四杯了，你来之前我就已经喝过一杯了。吉朗科娃太太认识我，只要星期天我到这里来"腾飞"一番，用不着我说话，她就会主动端上酒来。请你说说吧，你知道，我是怕他们的，非常怕。我的确有那么一种厌恶感。那个女人想亲亲我的额头，可是我没有让她吻，我立即对姑妈说道：

"我们回去吧！回去吧！让我们回到帕尔切夫去，无论如何我也不愿待在这里了。"

先生，我可怜那些人，真的可怜他们。我爱他们吗？也许爱过。但是我讨厌他们，几乎像讨厌德国人一样。父亲在棺材里穿的那件皮上衣，他们在将他埋到地里的时候就把它脱了下来，现在它千真万确染上了血迹。不过有人说，血很容易洗掉。

血容易洗掉，你也是那么想的吗？

你知道，那时候我没有时间去想：血是否能够洗掉。整个葬礼和三月的那个日子，很快就从我的记忆中消失了。那时候，田野上空百灵鸟在放声歌唱，但在森林中依然是雪盖冰封，而父亲像石头一样僵硬。等我后来记起这些时，已经过去了很久的时间，那是在大战之后，我被关进了监狱。你知道，一个人在监狱里什么没有想过啊。恐惧归恐惧，回忆往事还是必要的，那次葬礼在我的脑海中再现了。

你记得春天是什么样子吗？春光明媚，万木竞秀。战争的第三个春天，我已经长成另一个男孩了。第三个春天，我长得像大人一般大了。那时，姑妈病得很重，差点死去，姑父却躲在木材厂里和那些工资很低的德国工厂里，久久不回家来。于是一切便落到了罗曼的头上。哪个罗曼？难道你不知道我的名字叫什么？受洗时，给我取的名字就是罗曼，而且正是我的姑妈把我抱到布里约夫的教堂给我受洗的。现在全部重担都落在我罗曼身上，罗曼一会儿到这里，一会儿又去那里，当时为了贩卖货物，需要到拉瓦、马佐维茨卡或者更远的地方去。我们走的尽是不引人注意的小路，夏天走大麦地里的田间小路，没有大麦的季节，就只有靠上帝保佑了。

离那里不远住着一位富翁，他现在还活着，不过不如过去那么富有了。我每星期从比亚瓦给他送去两次猪肉，表面上我是按分量给他送去的，暗地里我总要扣下一块肉留给姑妈，因为姑妈病得奄奄一息，只能靠肉汤活命，可是家里哪里有钱买肉呢？靠姑父在锯木厂挣的钱吗？那是连提都不要提的。我给自己人贩来香肠和鸡蛋，一路上真是举步维艰。道路全是"清一色"的沙路。我自己明白，你也知道，我在工地上是个道道地地的工长，我知道，姑妈也尽力教育我，战后也一样，因此我读了不少书……只要我一想起那段贩运经商的经历，只要一想起那些和我一道贩卖货物的伙伴，我就不能不念叨一声："清一色"。真是够傻的！这个词立刻使我想起了他们：维切克、罗兹普罗瓦奇（我们是这样叫他的）、科比瓦的杨纳克和别霍里、斯达希……你一定会以为他们都是和我一样大的男孩子。不，不是，他们都是上了岁数的农民，我就是和他们一道出外贩运货物的，而且你想象不到，我就是从他们那里学会喝酒的，我记得是维切克给我倒的第一杯酒。当宪兵追捕我们，朝我们开枪的时候，当宪兵抢走我们的黄油和肥鹅的时候……我就和他们喝起了烧酒。每当姑妈向我唠叨这些事情时，我就会像现在这样对她说道：

"没有什么可说的，姑妈你再这样唠叨个没完，我就不再带黄油回来了……你就会饿得半死不活，姑父是没法帮助你的，你总不能去啃木头，人总得吃饭呀……"

恰好这时候，亲爱的先生，我和艾德克交上了朋友。你知道吗？是和艾德克，和那个……那个……就是那个艾德克。他是个漂亮的小伙子，是个狂热的疯子。啊哈，他是个多么漂亮的小伙子啊。他的年龄比我大，但是他常常听我的，是我带他去做这些冒险生意的，而不是他带我。先生，我们一直到达过边境线，到过罗兹城郊。有时我们还越过边界。有一天正好在边境上，他们把他逮住了，不过在他被捕之前我们已经干过好多次了……

我又想起了一件冒险的事。你知道我们住的地方吗？你还记得，我们住房的对面是农民的房子，那里的女人都养鸡，德国人发现了，有一天他们来抓鸡……小汽车、卡车在我家旁边的街道上停了下来，德国人徒步走了过去。他们不仅要把鸡抓走，还想就地把鸡烤熟了吃，于是他们在这些农民家里闹腾了半天。那个坐在小汽车里等候的司机昏昏入睡了。他身子前面放着一支手枪，又把自动步枪放在身旁，却鼾声如雷呼呼地睡着了。我心想，"兔崽子，你等着，我让你睡！"于是我摸到汽车旁边，拧开了螺丝盖，往里面撒了些沙子，艾德克也爬到汽车下面，从路上递给我沙子。我撒呀，撒呀……"看你们能走多远。"我心想。

司机惊醒了，不过还没有完全清醒过来，他迷迷糊糊地问道，口气很温和：

"孩子，你在干什么呀？"

而我对他说：

"你等着，狗杂种，我马上就完了，只要再撒两把沙子就够了。"

等到他站起来，还来不及大声叫喊，我和艾德克便撒腿逃开了。

他们搜遍了整个布里约夫，一座座房子都搜查到了。我的姑妈大叫大喊，由于我的姑妈是在德国受教育的，虽然未参加"人民德意志"，可他们都怕她，就连她没有大发脾气的时候他们也都对她敬畏三分，这是别人后来告诉我的，因为当时我什么也听不到，我一溜烟逃走了，连头也没有回过一次，至于艾德克的情况如何，我当时一点也不知道。我跑进了森林……你知道，就是那座斯特里营斯基的森林，那里有一大片橡树，我在一棵大橡树的底下待了一天一夜，后来又在一个认识的守林员那里藏了三天。姑妈在那里找到了我，她对我说，我可以回家了，德国人已经找过我了……我又可以到比亚瓦和耶佐夫去贩卖黄油和香肠了……他们没有我供应香肠便无法生活。但是我不想去了，因为我越长越大，胡子都长出来了。我担心一旦被他们抓住，就会把我送到德国去……艾德克对我说：

"到德国去可是件大事，你到了那里能学会劳动，再也用不着靠偷窃谋生了……"

唉，怎么，你急着要走了吗？已经太晚了吗？嗯，有什么关系？我们亲爱的吉朗科娃会耐心地等着我们的，就是待到天亮也不要紧。再来一杯混合酒好吗？

你不喜欢混合酒,那就喝纯白酒怎么样?纯酒也不错。

要是把我抓走,无疑会更好一些,因为我已经非常堕落了,我喝酒、赌博、打架斗殴、走私,人们为了这些走私来的货物而你争我夺,正像谚语说的:"民以食为天",对吗,尊敬的先生?我那时只是没有学会抽烟,不过现在我可是个大烟鬼了……只要我的鼻子一闻到臭味,我就要抽烟,而我的鼻子老是能闻到臭味……不过这是另一回事了。

只要一来搜查,我就藏起来,我已经不再是孩子了。作为儿童,我可以在书包里运送弹药。我离开老师之后,就直接到公园,到那个富翁的家里去……你看我都对你说了些什么?那是个好人,只是……不过这一切都过去了。我的钱是从哪里来的,你对这很关心吗?是女人给我的,还有我挣来的,偷来的……不过对你来说反正是一回事。是我正正当当挣来的,这不就完了吗!

我从学校直接去公园,在那边的坟场里总有人来接收我运送的弹药。我一点也不害怕。有一次我被宪兵抓住了,他抓住我的脑袋,把我转过身去,他打开了我的书包,上面放着书本和早饭,他没有把手往下伸,便使劲一脚,把我踢出了大路,因为宪兵们正在兹维诺瓦这里修路……

现在我长大了,倒有些胆怯了。只要一搜查,我便立即逃到斯特里营斯基的森林里。那里有一棵大橡树,橡树根部有个大洞。我常常在那里一待就是几个小时,像个野人似的。请你说说,那时候,我们和野人之间到底有何差别呢?也许毫无差别。我只要喝上几杯酒……其实我和你喝得并不多,可是现在我把所有的事情都搅混在一起了,连我自己也不知道我是什么人,是文明人呢,还是个野人?在过去的我与现在的我之间是否没有任何差别呢?喏,总而言之,我完全不知道……你一定也不知道,你只是装作知道、装作理解这一切,实际上任何人都无法理解。若是杀了人,那就根本不可理解了……

有一回我躲在斯特里营斯基的森林里,躲在那棵大橡树下的时候,亲眼看到了一场大屠杀。

你知道,我说的是过去的事,那时我躲在枝叶茂盛的橡树的树根下面,当时正好是夏天;就在起义爆发之前……他们运来了一批犹太人,先生……

唉,先生,再喝一杯吧!可恶的犹太人,他们就是这样说的。你当然记得,在布里约夫和谢德里斯克有多少犹太人……他们是不是都是富翁,我已记不清了,我只记得,他们是怎样被运来的。我不知道他们是从哪个地方运来的。很显然,他们来自某个服苦役的地方,因为他们个个瘦得皮包骨头,被阳光晒得乌黑。当时正是夏天,你还记得,起义之前的夏天有多美啊!

　　你想知道,是谁给我弹药的?难道我会去问他们吗?我不知道。后来听人说,是工人党员。也许是吧……有一个人常常来找我……有一天在路上他上来和我搭讪,说我看起来很诚实。是的,这个人真会看人。请你现在望着我,仔细地看看我的眼睛,请你告诉我,我真是很诚实吗?你为什么沉默?不,请你不必解释。我知道我的形象如何……你既然怕我,为什么没有从我这里逃开呢?没有什么可怕的。已经用不着害怕了,完全不用害怕了。若是人们还怕我,那是完全不必要的,从来也没有必要害怕我。我甚至可以告诉你为什么:不过这是秘密,请你不要告诉别人。我可以公开告诉你,为什么用不着怕我,请你不要告诉任何人……甚至当你想要和我说话时,也请你忘掉我在此地对你说的这句话:对我是用不着害怕的,因为我自己就胆小怕事,你理解我的谨小慎微吗?如果我毫无畏怯之心,那我又能干什么呢?既然要活下去,要生存下去,就用不着去救那些从桥上跳进河里的姑娘们。你知道,那个向库斯切拉开枪的人,也是从桥上跳入维斯瓦河的。你明白不明白,冒着枪林弹雨从波尼亚托夫斯基桥上往河里跳,意味着什么吗?若是允许的话,你不妨思考一下,想象一番。你曾从跳台上往游泳池里跳过吗?没有,那么现在你连想象也很难想象了,呼吸急促,池水冰冷……那是在二月,你懂吗?在二月……他心想,不管子弹打不打得中,我都要往前游……只有一个想法:我要游到对岸去……请你,教授先生还是工程师先生,我又搞糊涂了,不要用你们称之为道德的问题来吓唬我。我上学的学校是一座不成其为学校的学校。我的生活倒是实实在在的生活。你看,我没有到森林中去,也没有到那棵吊死我朋友的大树那儿去。我也没有从口袋里拿出绳子或者解下皮带、领带。不,我曾用领带试过,它承受不住我的重量,断了。

　　噢,我刚才对你说,他们运来了一批犹太人。我目睹了这一切,我害怕了,当然,程度不及后怕,因为我当时……正如你们所说的……还没有意识到……是的,我还没有意识到。我不知道这是怎么回事。我只觉得我的喉咙像是被堵住了似的,但是我并不明白是怎么回事。是的,他们把犹太人运来了,让他们排成了一行,离我只有三百米远。当然他们扫射了,是用机关枪扫射的……我不想讲述事情的经过——这会倒我的胃口。你知道,场面非常可怕,而又那样平平常常,毫无特殊之处。人们成群死亡的时候,就像蚂蚁窝被捅了似的,甚至还不如蚂蚁,因为蚂蚁还会乱爬一气。然而这些犹太人,却一动不动地站在那里。显然,他们一点反抗的气力也没有了,而且对一切都无动于衷,他们像一群羔羊俯首听命。使我感到惊异的是，他们之中没有一个人挪动过一步，更没有人想逃跑。先生，你知道，周围都是森林、绿荫蔽天，天气炎热，鸟儿在歌唱，百花竞放——当时是六月，又是刚下过雨——太阳透过树叶照射进来。可是他们之中却没有人敢动一动，甚至也没有人敢朝森林那边挪动一下脚步。他们就这样死了，但是他们至少也应该看一眼森林呀……的确，犹太人不喜欢森林，也不喜欢类似的自然景色。也许就是这个缘故吧，你是怎么想的？真的，也许就是这个缘故？

唉，我不想对你讲述事情的经过。持续的时间很短，他们把人全部打死了，就把尸体集中在一起，然后便离开了那里，我又待了一个小时才逃走，我惊恐万状，因为天快黑了。

到了家门口，我遇见了艾德克。我们一起来到我们的隐蔽所。那是在我们果园的一棵树上，这棵树长在苹果树林里，枝繁叶茂。现在这棵树还在。我就住在这个隐蔽所里，因为姑妈把我赶出了家门……我们来到树上，我把这一切都告诉了艾德克。我真是太蠢了，我已经知道了他的不少事情，可我还是告诉了他，我还哭了。艾德克对我说：

"走吧，笨蛋！这些犹太人身上一定还有些东西，他们的金子很可能藏在衣服的夹缝里，必须把它们找出来……"

我笑他，他笑我。你是怎么看的？你一定猜得到……过了几天我们才去找，这时候，尸体都开始腐烂了，又是黄昏时节去的，天已经黑了，只好摸索着搜寻。

我们都觉得奇怪，他们为什么没有把这些尸体焚化或者运走，又过了几天等我们去看时，这些尸体被运走了……我什么也没有找着，而他，这个叫艾德克的浑小子，却找到了两颗金牙齿，他把它们拔出来后放进了口袋，放了好多天，以致他身上都有股难闻的尸臭味……亲爱的先生，为什么他们不把死人烧掉？他们反而把我的哥哥焚化了。正好在这个时候，也许要早几天，从奥斯维辛集中营寄给我姑妈一个盒子，里面装的是骨灰。也许是更早一些，我也记不清了，我的脑子里把所有的时间都搅混在一起了，我竟记不得枪杀犹太人是什么时候，这骨灰盒又是什么时候寄来的……并不是因为现在我多喝了几杯才把时间搞混的，我的脑子里早就是一锅粥了，就是我清醒的时候也是记不准的。啊，战后的这些岁月……啊，啊……脑子里真的是一锅粥。我是个年轻人，才二十五岁，可是这年龄，就像角落里的老鼠那样窜来窜去，我竟忘记了事情发生的时间。每当我想要回忆起那些年代的事情时，就像抓住老鼠尾巴要把它们拉出洞来那样，它们只会尖叫和发出臭气,这些年代也只会尖叫,发出臭气……你懂吗?

姑妈不知道如何来处置这个骨灰盒,是把它保存起来,还是把它扔掉。我们对奥斯维辛集中营的情况毫无所知,我们只好相信德国人,说我的哥哥是害心脏病死的,他才活了二十岁,德国人便把尸体焚化了,把骨灰装进这个盒子里,寄到我姑妈家中以慰亲人……我们并不那样傻。骨灰盒就放在五斗柜上,有时我看它一眼,心想这就是我的兹比什科的遗骸。你应该知道,我是最喜欢我大哥的。他很风趣,说起话来,常常像神父布道。是的,是的……他老是说,罗梅克,你不应该这样做,你应该听听那个……就像神父布道时一样。可是我知道神父说的和做的不一样。我也一样,对兹比什科说的是一套,做的又是一套。先生,我的这位兹比什科常常就是这样和我说话的。他独自住在华沙,他是在华沙被德国人抓走的。他每次到布日约夫来,都要对我说:"罗梅克,首先,你应该永远说真话!"我回答他说:"说得对! 说得对!"连我自己都在暗笑自己……说真话……那就有我们好看的,工程师先生还是教授先生,我又把你的职业搞混了,不过这是因为我喝多了——若是我们说真话,那就有我们好看的。在我们的时代能说真话吗? 先生,你明白吗? 若是我对姑妈说实话,对别人说实话,说艾德克的口袋里装着两颗犹太人的金牙齿……那姑妈就要昏死过去,对艾德克……

艾德克就是一部完整的故事。因为搜寻那些犹太人的尸体,我们身上已是臭气熏天,于是我们就去游泳……这天晚上的情景依然历历在目。你也知道,在通往耶德瓦博纳的路上有个池塘。那时候,池塘的水还是满满的,不像现在这样水涸塘干了。六月的夜晚天气晴朗,天空一片玫瑰红,如同锦葵的鲜花一般。柳林中间出现了一轮淡雅的月亮。这些柳树年代虽久,却也枝叶葱茏,而在柳树下面……已经十点钟了吗? 不对,我数过是八点钟……我坐在柳树下面,看着艾德克脱去身上所有的衣服,衣服不多,只有衬衣和短裤。脱完后便朝这玫瑰色的池水走去,池水仿佛被染红了似的,他站在水里,对我喊道:"罗梅克,快来呀!"啊,先生,为了这个艾德克,我不仅会和他一道跳进水里去,还会跟着他走遍天涯海角。他在喊我:"唉,快来呀!"可是我当时没有去,只是望着他,心中在想:这个艾德克到底是个什么样的人……他从犹太人口里拔下金牙来,一点也不胆怯。他是什么人呢? 他长得这样漂亮,可又和别人完全不同。我爱我的大哥兹比什科,可对这个艾德克,我爱得也许更深。

我已经满十三岁了,他比我大四岁。我们过去从未单独行动过,老是在一起,不过从这年夏天开始,艾德克常常对我说:"喂,罗梅克,你先回家去吧,我这里还有点事。"这期间我已经不再运送弹药了。艾德克曾向我说,要我安分一点的好,这可不是闹着玩的。他还问我,我送去的弹药是谁来接的,我告诉他,我不知道。我确实不知道。不过他这样问,使我感到很不安。我虽然年幼,但多少还是懂得一些事情的。

先生,你也知道,那时正好抓走了一个工程师,他私藏着一套德国军服,常化装成德国人。你还记得那次在布里约夫进行的大搜捕吗?……他们放火烧了房子,还抓走了人。有人说,他们还搜出了工人党的地下印刷所,也有人说是发报机。他们还搬走了什么机器……

有一天,我在森林边上遇见了那位先生,因为那时我终日东游西荡。他是个简朴的人,其貌不扬,连三分钱也不值。我在森林边上遇见的这位先生,就是过去让我运送弹药的人。他把我叫住了,问我认识不认识艾德克,"这个漂亮的艾德克",他是这样说的。

我回答说:"他是我最要好的朋友,怎么会不认识呢?"那位先生要我在那天傍晚把这个艾德克带到森林里来,他想和他谈谈。我答应带他去,并商定了时间。

他这么一说,我心里马上明白这到底是怎么回事了,我立即就猜到了一切。当然,猜中并不困难。艾德克出卖别人,就像我回家一样自然。我亲眼看见过这种事情。他监视别人,然后就把那人出卖了。他这样做是不是为了钱呢?可能不是,你知道的,可能不是。他这样做,仅仅是为了"运动",这给他带来愉快。只要他一指出某个人,他们就把那个人抓走。也许他连无辜的人都出卖了,虽然那时候很难找到无辜的人,因为每个人都免不了有某种过错。

我的心情紧张极了,因为艾德克是我最要好的朋友。我曾经多么爱他呀!可是,我又想到,我何必惶恐不安呢?他还出卖过我,因为他知道我曾用书包运送弹药,他也知道我把沙子撒进德国人的汽车里。姑妈和姑父的事情他也知道得清清楚楚,只要俄国人来了,单是为了"运动",他也会去向俄国人报告的。我为此感到痛心,也为他伤心。既为我自己,也为他感到忧心如焚。不过,我还是对他说了:"艾德克,你听着,今天傍晚,森林里有个犹太人,他想用金子买生活用品,现在需要和他商定:他需要什么东西,需要多少,付给我们多少钱。我们必须在八点钟以前赶到森林,一直等到戒严。只要天一黑,他就会来的。"

我带他到森林中那个商定好了的地方,不过我不是直接带他去的,免得别人看见我们两个在一起。在森林外面就和他说好了,让他先走。我们在那里等到天黑。后来我借口有事便走开了,我像兔子那样飞跑回家,还没有跑出二百米,就听见了枪声,枪声只响了一下,好啊,他妈的,开枪了……

先生,我永远也忘不了那个躺在棺材里的艾德克,他是多么的英俊啊! 人们采集了不少鲜花,他高高地躺在那里,他的母亲哭得死去活来。我也哭了,他们无法安慰我……因为他是我最要好的朋友……我经常看见他,甚至常常梦见他,看见他站在池塘里,池中的水是那样殷红。他对我喊道:"来呀,罗梅克,快下来呀!"

什么? 我为什么把脸遮起来? 是为了更好地想起那次葬礼。神父和教堂的唱诗班都唱得棒极了。谁也不知道,为什么他们要杀死艾德克,不过后来人们便猜出来了。

你知道吗,他们开始怕我了。我是个文静的、安安稳稳的小孩子。我对人一无所求,我不过扒点煤、贩卖黄油猪肉,可是突然间,他们都怕起我来了。

你知道,起义一爆发,他们便瞒住我前去支援。你知道(并非所有的人都知道)布里约夫的整个组织在起义的第二天就连夜出发了。他们尽走田间小路,穿过纳达林和拉申,以为这样可以甩掉我,可是我悄悄地跟在他们后面。那天下着雨,你记得吧,地上全是水。当然,他们没有走公路,而是走两旁的小路。这一夜他们真是受够了罪,真是饱尝痛苦——不过他们终于来到了莫可托夫。我跟着他们,他们到达时,天都快亮了。这时来了命令:大家都回家去,各自分散活动。我抓住他们之中的一个人,你想象不到,他是多么愤怒,我也是怒气冲冲的,因为我是想和他们一道到华沙去的。但是他们说:不行! 城市四周都被包围了,无法进入华沙城。另外,我们在布里约夫看见去华沙的火车上面什么都有:大炮,坦克,还有奶牛……我们在莫可托夫待到天亮,然后我们返程回家,路上经过彭奇茨。我们目睹了在彭奇茨发生的那次"遭遇战"。有一队人从奥霉达开过来,他们连侦察兵都没有派,在彭奇茨附近,突然和德国军队遭遇上了。亲爱的先生,大家一发现德国人,便立即逃散,躲进大麦和燕麦地,德国人从地里把他们全都抓了出来,后来把他们都带到黏土场、荒芜的黏土场,就在普鲁什科夫砖窑厂附近。他们在那里站了两个小时,全都被打死了。不论是波兰人,还是犹太人,他们在机枪面前倒下去的情形都是一个样,完全一个样。我和那个人说过,没有任何区别。

我们就这样回到了家里,我们像傻瓜一样待着。这里的情况如何……你是能想象得到的。那边炮火连天,华沙上空硝烟弥漫,我们在这里却无所作为……

我们只有从一个地方转到另一个地方,从康彼诺斯出来再转回到康彼诺斯,简直什么事也没有干,如果有人想干什么,也都回避着我,任何事情都不告诉我。

另外,我向你承认,所有这一切在我脑子里都成了一团乱麻。何时何地发生过何种事情,我都记不清楚了,起义前和起义后发生的事情我也常常混淆在一起。亲爱的先生,我真没有想到,起义后整个华沙变得空荡荡的,所有的人都被赶走了……你以为,我没有到过空城华沙。在我们布里约夫,有一家德国人很关心我,经常和我说话,对我也很友好,他老是说:"华沙完了!"而且为此感到悲伤……正是他把我带到了华沙。那时候,德国人驾着卡车,沿途放火、抢劫、破坏一切。一些波兰人也浑水摸鱼,把别人的东西都攫为己有,以便增加自己的财富。就连最重要的慈善机关,也从私人家里拿来衣物,然后将这些东西施舍出去或者卖掉。真是无奇不有……

啊呀,先生,我还对你说些什么呢?你自己也知道这些事情。那时候你在什么地方?在拉多姆吗?这么说来,你知道的确实不多。我却是亲眼所见,因此我一直在想,人怎么能这样干呢?这个华沙,先生,真成了个空城、荒城,我置身其中,仿佛置身一座荒凉的山上,我在姑妈的一本书中看到过一张荒山的古老图片,那好像是座非洲的山或者美洲的山,而在我们的华沙,尽是残垣断壁,尽是废墟……

又是一次枪杀,先生。那是在起义刚开始的时候,就在我们森林中屹立着这座纪念碑的地方。从谢德里斯克运来了一批囚徒。我又看到了杀人的场面。只是这一次他们先让人挖好了坑,而且立即把死人埋葬了……唉,艾德克已经不在人世了,他也在啃泥土……

总而言之,先生,我走到哪里,哪里就能见到死尸,我的命运就是如此。这不仅仅是我的命运,因为不止我一个人东奔西走,也不止我一个人看见了这些场面,大家都看见过。就在我家附近,他们就枪杀过一个犹太人,那时正好是冬天。我的脑子又把一切都搅混了,把这件事和那件事混杂在一起。那是在起义的前几年,他们就把他杀死了,还命令我们把他的尸体拉到旁边的灌木林里。雪地上留下了殷红的鲜血。你相信吗?那些血都不愿渗透到雪里去。那是个大雪纷飞的冬日,下着鹅毛大雪,雪像白灰一样一层一层地堆积起来,先生,鲜血透过一层层白雪又出现在表面上。

我问过姑妈:"为什么这血不渗到雪里去?"姑妈回答说:"一定是渴望报仇!"我又能向谁报仇呢?我能向谁去报仇呢?向自己吗?难道我要向自己

报仇？

你说我的酒喝得太多了？也许是的。该吃点酸黄瓜下酒，你看，吉朗科娃太太也想到了，她马上给我们端来了酸黄瓜。怎么搞的，这酒店也是空空荡荡的。是我吓跑了他们？哎，先生，你胡说什么呀，我还能吓跑谁呢？其实，大家对这些事情都是一清二楚的，我说的毫无新奇之处。他们不愿意听就不听好了。没有人听我说话了，因为我是这里的常客，每个月我都要说这么一次，或者两次，我有一种男子汉的唠叨劲。对吗？吉朗科娃太太？不对？你听我讲过不止一两次了……现在人人都知道是我出卖艾德克的。这没有什么，先生，他们照样和我握手，而且还说我是个机灵鬼，问我是怎样把那个奸细带到森林中去的……而我……

唉，何必多说哩！请你用不着害怕，我不会从桥上往下跳的，何况我们这里连座桥都没有。

我曾有过强烈的愿望，想到华沙去打仗，但未能如愿以偿。尤其是，每当我想要到什么地方去，到康彼诺斯或者别的地方去，我姑妈便会立即要我出去做买卖，或者留在当地干活。所以我的脑子里混乱得很，很难分清何时何地干了什么事。我像只耷拉出长舌头拼命奔跑的狗一样，记不清这件事发生在起义之前还是起义之后，人们都在等待，直到俄国人来到，德国人被赶跑。

俄国人来了，恰好这一天，我姑父在伐木场碰上了他们。请你不要笑，我说的是实话，毫无夸大之处。谁也没有杀他，他是一见到俄国人来了便突然死去的。人们都笑他是被吓死的。可是我认为，他不想给我姑妈增加麻烦。因为这时候，正好发现他和德国人打得火热，甚至还和他们签订了什么字据。我们的村长是个德国人，不过他早就定居在这里，是个正派人。你又在笑我了，我对你说的是实话。他是个非常正派的人。什么，你不认识他？难道你是战后才迁居到这里来的吗？嗯，好的，你不认识他。我要告诉你，只要是真正的德国人，就像人们所说的那样，即使是个德国鬼子，那也是个正派人。他在此地保护着大家，决不单是保护我。但他从不和我姑父握手，他说我姑父是头蠢猪，和德国人一起来损害波兰人的利益。不过我认为他错了，我姑父没有给波兰人造成任何损失，相反，他把有些人安插进了伐木场。有一位来自波兹南的教授还吻我姑父的手，感谢我姑父帮助他在伐木场里找到了工作。

你无法想象这个末日来临的情形。就在那边离酒店不远的地方，在十字架下摆放着一门大炮。一月十七日早晨，德国人把这门大炮炸毁了。响声是那样大，先生，它把我掀了起来。就连那间坐落在十字架旁边的卖香烟的商亭也被抛到了铁路下面，而我则被抛到了商亭上面。真是可怕呀！大家立即赶去抢撒在泥地上的香烟。一个小伙子朝我跑了过来，对我说："罗梅克，快扔掉这些香烟，到德国医院去拿毯子。"于是我们便跑到医院去拿毯子。在那里，有的人抢药品，有的人拿器械，有的人在砸那里的玻璃。我真感到痛心，这些药品要是接收过来，可以医治多少波兰人啊：德国人除了阿司匹林外，是不给波兰人药的……没有时间来谈这些药品了。响起了一片"来啦！来啦！"的叫喊声，小城沉浸在欢乐之中！

啊，我的上帝，坦克飞驰过来了，那不是大坦克，而是一种小坦克，里面坐着一些又黑又年轻的士兵。就是这样的人——我心想——把那些武装到牙齿的装备精良的德国人打垮了。有谁在别的地方见过这样的士兵呢？谁也没有想到他们会是俄国人。而盘踞在一座别墅中的盖世太保——这座别墅坐落在通往森林的路旁，当时名叫"列斯琴克别墅"——乘坐了一辆汽车逃走了。可是汽车驰出不远便陷进了沙土中，他们想把车拉出来。于是有一个盖世太保找到我，他是个乌克兰人，脸色像死人一样灰白，他对我说："给我弄几匹马来，给我叫些人来，得把汽车拉出来！"我听懂了他的话，因为他是个乌克兰人，说的话和波兰话差不多，只是略有不同。我从哪里能给他弄到马和人呢。我只好回答他说："太迟了，上尉先生！"就在这时，转角的地方又出现第二辆坦克，这是辆大坦克，还有汽车，俄国人飞快地跳下车来，朝这些盖世太保冲了过去。转瞬之间，就把这些盖世太保推进了泥坑里，还把他们的汽车带走了。这些德国佬或许是乌克兰人，在那里躺了一个星期，猫把他们的脚趾都咬掉了，这是我亲眼看见的。我还赶走过一只猫。过了好几天，这些尸体才被掩埋。甚至没有人去扒掉他们的衣服，我记得，我当时还挺可惜那些皮带，他们的皮带非常漂亮，是纯皮做的，而且还是崭新的。你也知道，那时的皮子多珍贵。

还有一个乌克兰人滞留在我们那儿一户农民家中，就是我家对门的那一家，他把他们的燕麦都拿光了。他没有料到俄国人会来得这样快，他以为俄国人还在维斯瓦河那边，至少还要几个小时或者明天才能到达，谁知他们竟突然出现在这里。这家伙刚走出小城，踏上公路，就被打死了。他身材又高又瘦，有一只眼睛患白内障。我知道，他的权势已经完结，可是我还是怕他，觉得他依然是那么凶狠可怕。

你知道吗，我一直不喜欢晚上经过那个竖着十字架的地方，那家伙就是在那里被打死的,我看见他的时间只有十分钟,不过那是他生命的最后十分钟,所以我才记得这样牢。只要我晚上经过那个十字架,我就看见他又高又大,足有二米高,比我现在还要高,他身上的那支枪看起来也要大得多。当然,那是支正规的步枪,只是我觉得它格外大而已。于是我便联想到:他的母亲是谁,他是在哪儿出生的,他过去是否像我一样是个小伙子,你说,可能吗?

俄国人一来,我感到无比高兴,实在是兴奋极了。你一定知道,当时大家的热情有多高,那几个月我们多么快乐。我那时想到,我的母亲就要回来了,我告诉你,这使我非常兴奋和快活。姑妈虽然和善,但姑父一死她就糊涂了。虽然我在家里的地位一直很重要,但是现在我不想帮助姑妈了,我变得好逸恶劳、懒散成性了。妈妈就要从俄国回来了,我感到无法形容的喜悦。我期待着她的到来。我什么也不想干。我心里只念叨着:"母亲就要来了,新的生活就要开始了!"我什么也不想干了。我向你承认,我就等着铁路通车,你也知道,铁路并不是立即通车的,直到二月底,火车才开始运行。你还记得不记得,你正好是这个时候从拉多姆来到布里约夫的,你那时结婚了吧……你是来这儿结婚的,没有比这个时候更适合结婚的了。然而现在你和我一样都没有妻室了……铁路一通车,我每隔一两个小时就跑一趟火车站,看看妈妈是不是来了。妈妈不知道姑妈现在的住址,她很久都没有来过布里约夫了,我们的住房她也不认识。我当时心想,只要妈妈一到,我就能把我们的住址当面告诉她……

你是否注意到,我像个孩子似的向你讲述了我的一切,我现在说的,完全和过去说的一样,和我到我们著名的布里约夫车站去等妈妈时所要说的一样。啊,先生,这酒使我回忆起了这一切,我自己也仿佛回到了童年,那时候我虽是个孩子,对妈妈的思念和向往,和现在完全一致。

你相信不相信,直到去年我妈妈才回到波兰。她神情困倦,憔悴不堪,行动不便,身体有病还不算,脑子也不灵了,她有点呆傻,什么事也不能干,由奶奶,也就是我父亲的母亲照顾她。当然我也帮助她。不过,先生,现在世界上的事真是没法说,奶奶还要去照顾自己的儿媳妇,这样合适吗?奶奶到华沙去做工,妈妈就住在她家里,住了还不到一年。妈妈都不愿相信,现在她身边只剩下我了,而我又不是勤奋节俭的人,尽管我每天都勤勤恳恳工作,不管怎么说,我还是学到不少东西。他们要我去拿弃屋里的东西,凡是能去的地方我都去了,战争结束前夕,我甚至到过柏林近郊,凡是能携带的东西我都带回来了,因为姑妈在战后的这几年变得糊里糊涂,丧失了劳动能力。

我必须供养姑妈，自己还要上学校。既然大家必须学习，我也就进了学校，虽然没多大的长进，到底还是有所收获，我还进过伏罗兹瓦夫的学习班。你知道，当时有各种各样的学习班。我学的是建筑会计，你知道，这对我来说并不困难。你也了解当时西部地区的学习情况，晚上打枪，白天又偷又抢，把别人留在家里的财物拿走。若是别人拿走了你的东西，你一定会心如刀割，可在布里约夫则视为美事。我曾经上过学，在伏罗兹瓦夫和华沙之间经常往来，而且我已经知道，妈妈不会很快就回到波兰来。

　　我们曾向西部地区移民。移民真是一场游戏，有时真想为这场游戏大哭一场。我已经十六岁了，是个大小伙子，长得像根木桩。我挣钱、喝酒、抽烟，我终于学会了抽烟，我是个十足的男子汉了。正是在那里，在伏罗兹瓦夫的郊区，我第一次杀死了一个人。

　　我不想对你讲述这次事件。有什么必要呢？我不喜欢这件丑事。即使你不想打听，我也会感到不愉快。我刚满十八岁就进了监狱，不过不是因为这件事才坐牢的。啊，上帝保佑！若是他们还记得这件事，那么他们有可能把我再次投进监狱。我为什么坐牢？你不知道，我也不知道，这样更好。为什么我放低了声音说话？我不想让吉朗科娃太太听见，更不愿别人知道，那我为什么还要说呢？唉，既然我把一切都说了，那也就只好把这件事和盘托出了。

　　请你放心，他不是俄国人，也不是德国人，更不是安全部的人。我对这种事一无所知，然而事情就这样发生了。那时我才十七岁……

　　活在我们这个时代而不杀人，那才真是怪事。你不知道，我们每个人身上都有这种杀性。我忘不了父亲袖子上的那条血迹，我们每个人身上都有这种红色瘢痕，没有？你没有吗？那你就不是今天的人，你看起来像个大草包。你的老婆逃走了，这我是知道的。看得出来，你是从拉多姆来的。请你不要生气，我只是开开玩笑。对于喝醉了的人是应该多加原谅的。不，不，请你不要走开。我连一半还没有说完哩。我知道你生气了，不过对喝醉了的人请不要在意。现在有什么办法呢！吉朗科娃太太，再来杯烧酒，不，不，不是那种小杯，要250克一杯的，这是最后一杯吗？也许是最后一杯。要么我的客人还想再敬我一杯。我自己不准备再喝了。全部工资，一个星期的全部工资都让我喝光了，尽管我的口袋里还有钱。在这里比和女人在一起更舒坦，尽管女人们也喝酒。

　　我讲话颠三倒四、翻来覆去，这点我知道，不过在这种唠叨中自有一种乐趣。好比一个人在火炉旁讲故事一样。故事归故事，可我说的是事实。亲爱的工程师先生,也许是教授先生,是教授吗?就算是教授好了。那你就是孩子们的老师了,尽管我没有孩子。假如我有孩子,也不住在此地,而是住在西部地区……我很有可能在那里播下过种子。不过我对此一无所知。

在那里,我结果了那个家伙。此事过去无人知道,现在也不会有人知道,除了你以外,不过姑妈好像有所察觉。你知道,杀过人的人身上都有一种难闻的气味,就像艾德克口袋里那两颗金牙齿的气味。姑妈好像闻到了什么,便立刻怕起我来了,对我十分厌恶……不过这是后来的事,那个时期是个充满激情的时期,"青年斗争"①时期,你知道吗,青年斗争。波兹南就有这样的一条街:青年斗争街。不过,现在没有这条街了,也没有青年斗争了。

那时候,为了它,我真是废寝忘食,我握紧过拳头,我还担任过组织工作。我在布里约夫组织过五一活动,甚至连教区的神父都夸奖我。因为你也知道,战后最初几年,五一和五三②都是连在一起庆祝的……噢,你也知道,我们这里一个事件接着一个事件,纪念活动层出不穷,所有这一切都使我感到那么新鲜,那么庄严辉煌。我们有位分队指导员——当时就是这样称呼的——他领导着我们大家。他叫维谢克,英俊潇洒、身材高大,嘴边有块黑痣。他是个男子汉。他给我们上课,只要是他说的,我全都相信。他所讲的一切,我都深信不疑。只要是他吩咐的,我就卖命去干。凡是他命令的,我想,我都应该"干好"。他大约二十岁,我非常喜欢他,我真想成为他那样的人。

有一次我们来到一个由国家接管的庄园,当时叫不叫国营农场,我记不清了。这家农场在库特诺,非常优美,不过已经荒芜,杂草丛生。当然它不是一下子就变成这个样子的,它荒芜败落是在我从西部地区回来之后。维谢克大声喊道:"小伙子们,我们去帮助收割吧!那里缺少劳动力,我们也需要粮食!"他还说了一大堆话,所有这一切都使我欣喜欲狂。

不过,你也知道,我不想老是跟在他的屁股后面跑,而想自己有所作为,应该干出一点名堂来。姑妈担心我丧失良心……你相信这样的东西,相信良心吗?当然,良心是没有的,不过我有时也想成为一个正派的人,非常、非常正派的人,你或许会以为我过去不是个正派人吧?请你相信我,我过去就是个道地的正派小伙子。

---

① 指波兰 1955 年前的时期。青年团报纸的名字叫《青年斗争》报。
② 指 1791 年波兰议会通过的第一部爱国宪法,这部宪法是 5 月 3 日通过的。

于是我们便去参加麦收了。我们住在庄园里，房顶漏雨，雨水滴在地板上、麦秸上。我们的伙食平平常常。我们名曰帮助他们收割，其实帮不了什么忙，首先缺乏设备和工具，第二我们根本不懂农活。但我们还是垛起了一堆堆麦秸。我们一共有五十个人，男女都有。唉，你没有想到，凡是我们垛起的麦秸，第二天早晨前去一看，几乎个个都倒翻在地。这时维谢克便对我们训话要我们提高警惕，说这是"敌人"在破坏我们的劳动，这些草堆是敌人推倒的。

我完全相信这是敌人干的。我真想抓住那个敌人，我对他恨之入骨。

当然，并不是说到处都有敌人，也不是说敌人对所有的人都搞破坏，向所有的人眼里撒沙子。我们所在的庄园就没有敌人。后来真相大白，小伙子们告诉我，维谢克晚上常常和自己的伙伴们(还有姑娘们)来到地里，来到这些麦秸堆上。只有上帝知道，他们在那里干了些什么……听说他们十多个人在一起狂欢滥饮，以及做诸如此类的事情。

这时候一切都昭然若揭了，我什么都不再相信了。甚至连实实在在的事情我也不相信了。唉，但我当时无法说出这一切。

我想起了我的大哥兹比什科。你知道，我们是怎样处置他的骨灰和骨灰盒的吗？我们把骨灰盒拿到地里，把骨灰随风撒了出去，骨灰像灰烬一样是灰色的。总有一天我们大家都会变成骨灰……整个世界都会变成灰，因此兹比什科的一撮骨灰又算得了什么呢？我在这里指的不是骨灰本身。从骨灰盒里，从撒向风中的骨灰里，突然掉下了一颗牙齿。你对此有何看法呢？难道德国人寄来的真是火化的骨灰吗？那真是兹比什科的骨灰吗？说不定是奥斯维辛集中营其他囚徒的骨灰？我真不明白，为什么骨灰盒里竟会有一颗牙齿！

我想起了兹比什科说过的话："我的罗梅克，你永远要说真话！"啊哟哟！当我考试时或者讲课时，我离真话多么远啊！你也看出了我很有口才，所以在西部地区时他们要我去讲课。我也曾对孩子们说过："你们要说真话！我对你们说的都是真话。我说的这些话都是从别人那里学来的，而别人又是从某个更高级的人那里学来的，真理都是这样层层传播下来的。"

啊哈，先生，我对这一切都嗤之以鼻。我再也不相信什么"敌人"了，甚至有一天晚上有人朝维谢克开了枪，我也不相信什么敌人。维谢克到另一个世界去了，他倒是个热情奔放的小伙子，伙伴们向我谈起了他的种种奇迹。可是我没有去问那些姑娘们，因为我怕羞。

恰好是在那里，在田间劳动当中，我结识了一位姑娘，一位非常俏丽的姑娘。

啊哈,她真是美极了。教授先生,你是否注意到,我们华沙一带的姑娘有多漂亮!我甚至有点遗憾,今天没有到华沙去。

我干吗在这里待着?在华沙可大不相同。不过,漂亮、美丽,又有什么用处?毫无用处。这当然是指道德方面的益处。教授先生,我这是就物质方面而言的。当然这并不涉及那些最美丽的姑娘,她们永远年轻,但又不知如何去挣钱。

你看,我像忏悔那样向你倾诉我的一切,因为我一下子就喜欢上你。只要我能"腾飞",那我就要像狼那样盯住人们,我感觉到大家都在议论我:瞧,他就是那个蹲过监牢的罗梅克,他就是在西部地区住过的罗梅克……我真想遨游天空,从天空俯视我的生活,从天空俯瞰整个世界。我想要知道,是不是今天晚上世界各地都像布里约夫一样昏暗,是不是到处的酒都这样难咽,这样低劣?噢,请你告诉我,教授先生,工程师先生,我的邂逅的客人,我的英俊高大的先生……拉多姆的人对此毫无所知吗?但是,先生,你在战争期间就来到此地,也就是说,你已经在布里约夫住了十二年了。什么?你什么也不知道,真的什么也不知道,你什么也不能告诉我吗?所有该杀的人都跑到我们这里来了,而我们却不能对他们哼一声,只有……这讨厌的酒!啊呀,我都乱说了些什么,我真对不起你,工程师先生。

狗日的,已经十二点了……我的女人不会再等我了。她知道我不会去了,这会儿她要么在伤心地哭泣,要么去找别的男人了……你知道,她这个女人并不坏,是个寡妇,有住房,甚至常常给我带来愉快。只要我到了她那儿,她就抚摸我的头,送上茶来,甚至还有白酒!使人有一种回到自己家里的感觉。只是他妈的,马上就要拉你上床。穷凶极恶地折腾你一番。不过,老兄,这种事情真拿她没办法……

不过,我也是心甘情愿的……先生,我的想法难道是不着边际的幻想吗?我只是想有自己的住房,两个房间的,多了不要。还有个妻子……啊哈,够资产阶级的,他妈的,想要住房,真是异想天开!

我真的想过要和马丽亚结婚,就是我在麦收期间认识的那位姑娘。她是个好姑娘,但是她的父母连听都不要听。他们不愿意。不过那是很久以前的事了。而且我说的也不是事实。哈!哈!哈!根本不是事实,谁还愿意结婚呢?我哪里要结婚?我刚出狱,姑妈就把我赶出了家门。我想告诉你,我在牢里待的时间太短了,而且他们开始怕我了……就让他们怕吧,亲爱的先生,我自己担惊受怕了多少年啊。

我们干吗在这儿坐了这么长的时间,尽在这里闲扯?什么?现在是午夜了,该喝布鲁吉酒①了。众所周知,布鲁吉酒是最好的午夜酒,它表示亲如手足,生死之交。哈,哈,你害怕吗?请你不必害怕,我们是为生而喝酒,而不是为死,这种狗过的生活也许比死还要坏。从奇维切克国王开始,贫穷就在啃咬树根了。我倒是想要结婚,如果不是贫穷,你也知道我的住房情况。

我曾想和那个马丽亚结婚,但是感谢上帝,未能如愿。她不愿意……事实上她父亲不愿意,她自己也不坚决,如果她真想和我结婚,即使住在木头房子里也会心甘情愿的。先生,我住在这座小山丘上,那里有一栋木板房,以前是属于农庄的,现在农庄都分出去了,可房子还留在荒芜的土地上。我就住在那座小山丘上,只有那么一点儿地方,不过足够女人来住了。女人使我在无穷的烦恼中得到慰藉。而且还有一张可供算账用的桌子,作为一个建筑师,怎能连一张算账用的桌子都没有呢?先生,你也知道,有四种计算方法、四则运算法……而且四种都是必用的。如果要想活下去。就必须会算账……此外,我还得供养我妈妈。你说什么,不能让奶奶一个人去养活我妈妈,尽管现在的风气是这样的。

当然,首先该做的事情是打胎。假如我不采取措施,那真不知会发生什么事情。

我对你说句实话,你也看出了,我是个能干的人。我现在对你所说的这些事情,还可以补充不少的内容。关于这次人工堕胎,我多少还是记得一些的,因为这件事深深印在我的心上。你也知道,我对下西里西亚的那个人深感惋惜,那件事是不应该发生的,可是人工堕胎却又当别论了,是不同的两码事,说得确切些,是完全不同性质的两件事。你也理解……唉,真是有点遗憾,照理说,我应该有个孩子,养活他,教育他。也许你想象得出我会怎么教育孩子。

我自己也不明白,为什么我把这一切都告诉你。你坐在我旁边、听着我说。可你是害怕留在这里的。我早就注意上你了。你知道晚上坐小汽车在公路上行驶的情形吗?汽车会车时都用车灯打招呼,都互相谦让,发出信号说:"喏,老弟,闭灯吧,让我们健康而顺利地通过。"我也有类似的感觉,仿佛我们在街上相遇,你对我说:"喏,老兄,让我们顺利而健康地过去。"你说你不认识我。"长命百岁!长命百岁!"现在人们都在唱,可是为什么唱,连他们自己也不清楚。我有一种预感,我对自己说:"我要向这个人倾诉我的一切。"因为你也知道,住在

---

① 指为了表示友谊或亲密关系,相互交杯喝酒。

这座小山丘上,在建筑业或其他行业工作,睡觉,到女人那里去……所有这一切有如香肠里面的馅一样,互相掺和、互相混杂。一个人常常不知道,特别是当他喝多了的时候,哪些是真的,哪些是想象出来的。当然,人工流产实有其事,不是我想象出来的,你可以去问马丽亚的妈妈。我很可惜那个孩子,谁会料到出这种事!你也知道,在我住的那个地方,就在木房子下面,住着一个有孩子的工人。他有一个儿子,名叫尤莱克,现在三岁了,不久前刚满三岁,这个小尤莱克非常怕我,而且他们常常用我来吓唬他:"你要是不吃这鸭子,罗梅克就会来抢走它。""如果你不停止哭叫,罗梅克就会来把你抓走!"我只要对这孩子瞅上一眼,他就会吓得撒腿逃走。我从来没有对他说过,我想抱抱他,说也白搭,可是,我多么想有这样一个儿子啊,这事我没法向你说清楚。

有时我心里想,马丽亚人工流产的那个孩子,很可能也是这个模样,有一头鬈发,黑眼睛……啊,我告诉你,我多么喜欢这双眼睛啊,不过,只有在喝过酒之后。因为一个人只有在喝过酒之后才会如此多愁善感,才想大哭一场,即使是为了那一切,为了姑父、艾德克和那个孩子。

啊,即使我结了婚,又会怎样呢?我是在挣钱。不过挣的工资不如捞的外快多。你也清楚,在工地上不这样干不行。然而他们依然不分配给我房子,我自己也没有盖房子。现在别人对我是刮目相看了,不久以前,他们还提议我担任达尔钦建筑合作社的主席。先生,这用不着多费口舌,难道我稀罕这个主席。

尽管我挣钱不少,不过都给我喝光了,即使不喝光,我也会把钱花得一文不剩的。什么也不能留下,我买的衣服,都给我烧坏了,我置了大衣,被人偷走了,我有了一个姑娘,他们又把她夺走了。你看看,情况真是越来越糟,像我这样的人怎能希望有孩子呢?!

然而,在别的地方,就拿苏联来说吧,人们有房住,不喝酒,每周只喝一次,他们有姑娘,有孩子,还能到黑海去休假。可是我只到过什科拉尔·波伦巴一次。亲爱的朋友——我们不是已喝过布鲁吉酒了吗——亲爱的工程师先生,难道我们不应该保护好这一切,不应该建设得更多更好,以便有东西供原子弹去炸毁,使得人们可以惋惜吗?不过我们不知道,谁会感到惋惜,因为我们已经无从知道,谁还能活在世上。也许只有像我这样的蠢猪才会留在世上,可是我怎么有能力去继续发展人类呢?像猴子似的,亲爱的,你知道……这样的小猴子怎么会变成人呢!

你看看,顾客都散了,都从酒店里逃走了,因为有我在这里。他们不爱听我说话。我是个长得英俊高大的人，不过这对你毫无意义。工程师先生，我喝酒的钱是从哪里来的，你不会漠不关心吧？啊，是的，是的，我老是觉得手头拮据。这最后一大杯你应该喝掉。先生，喝吧！喝吧！就这一杯了，喝完我们就去睡觉。我必须喝酒，因为现在我要向你讲讲最难说出口的事情，最糟的事情。

你知道，我说过，我胆战心惊，我害怕得差点要屁滚尿流。我已经尽过力了。我从来没有和人谈起我对城里那些最可爱的人，那些官运亨通的人是怎么想的。我曾经参加过各种各样的会议，我发言，我鼓掌，我学习不错，我工作努力，可是他们依然把我关进了监狱。

我在民政处是多么害怕啊，在监狱里就更不用说了。不过，先生，我对他们毫无反抗之意，也根本不想去咒骂他们，我很快就听从他们的摆布了。你们想要什么我都答应，我签字、我说、我写。可是他们还是折磨我！最糟糕的是不让你睡觉。常常晚上十点钟把我叫醒，于是我便向我对面的那个家伙说："你们完全正确，你们需要的我都能做到，只要能让我睡个好觉就行了！"

你相信吗？他们真让我好好睡觉了，还把我放了出来。

唉，不过事情才刚刚开始，他们放我放早了。

你知道，监狱是什么吗？

你坐过牢吗？是在大战以前，啊，那么你是属于那些有信仰的人了。也许这更好，你就能更好地理解我了，对吗？

我是世界上最贫穷、最俭朴，命运最坎坷的人。因为我不是无产阶级，甚至也不是流氓无产阶级——而是可怕的资产阶级。我的父亲咒骂过农民，不是为了自己的利益，而是为了别人的事情。他们付钱给他，为的是让他去骂那些管家，而管家又去骂农民，农民也在骂地主，人们对此似乎毫无所知……

你是不怕我的。不怕的。我是个诚实的人，仅仅是有了点醉意，而且常常忘记，我们已经喝过那杯布鲁吉酒了。

你知道，只要我一喝醉，下西里西亚的那个家伙便会立即出现在我的脑海中。他已经那样老了，可对生命并不那么留恋。不像那些年纪更大的人，他们倒更爱惜生命。我的奶奶怎么也不愿意死，就让她不死好了，否则，谁和我妈妈住在一起呢？我是不能和她住在一起的，我觉得她过于忧郁。我不喜欢忧郁的人，我喜欢快活的女人，马丽亚就是个活泼快活的姑娘，直到某个时期为止……

你知道，我不喜欢卑微的职业……我对你说过，我也不喜欢，怎么说呢……不活泼的人。人之所以是人，就应该生气勃勃，性情活泼。我正是由于有这种性格,才感到恐惧的。我把这一切都毫无保留地告诉你了。他们不承认真理,还对我胡说八道,对我瞪眼睛。既然他们连真理都不了解,那我比他们就更坚强有力了。嘿,他们甚至都没有产生怀疑,一等我承认了一切,他们就放我出狱了。

我已经对你说过,姑妈不让我进门。当时是夏天,我在树林里住了三天,就是在枪杀犹太人的那个地方。先生,一个人只要在树林里睡过三天,他就很难在床上睡着了,不是由于你睡不着,而是他们不让你睡着。

唉,你看,你干得漂亮! 整个晚上你都和我在一起喝酒。老兄,对此大家都是有目共睹的。吉朗科娃太太看到了,她会立即把这事传遍整个布里约夫的。全城的人都会知道,你和罗梅克喝了一晚上的酒,而且还听了他一晚上的唠叨。还和他喝了布鲁吉酒,真的,我们是喝过布鲁吉酒的! 你的名字叫什么? 科斯特克,多漂亮的名字,波兰的名字! 为了这个名字我已经喝过不止一杯酒了,也不止一次碰杯祝酒了。科斯杜希,老头儿,你不要听信我的话,这些都不是真的,只有那个傻马丽亚和她的父母才相信这样的谎话。他们放了我,我也答应了他们的全部要求。可是我什么也没有做过,我只想逃走,于是我便到了这个什科拉尔·波伦巴。

他们在那里又把我逮捕了,第二次把我关进了监狱。

这次是我姑妈出来说情的,姑妈知道,我那时是给谁运送弹药。姑妈对这事一清二楚,只是她假装什么也不知道,还以“人民德意志成员”出了名。那个主要审讯我的人,恰好是那位接收弹药的人的亲兄弟,姑妈去找了他,她把事情的原委以及他们对我的指控,都原原本本地向他诉说了一番,连我自己也不知道他们控告我什么,于是这位先生便给他的兄弟打了个电话,你想象不到吧:他们就把我放了!

在我们波兰,就连藏个人的地方也没有! 真是毫无办法。国家就是这个样子,科斯特克,就像一条狗躺在地上,一条大狗,舌头伸到民主德国去喘气,尾巴却在莫斯科那边。在这样一个狭小的国土上任何人也是藏不住的。

所以我也没有法子藏起来。现在我在这些工地上工作,按照上帝的启示,我几乎对任何事情都不过问了。你知道,我现在什么会议也不参加,何必让人去说,他还在活动,或者又在打什么主意呢? 我现在像耗子那样待着,一动不动,有时也出去走走,但是我喜欢去那些谁也不认识我的地方。华沙没有人认识我,不过谁知道哩,那里似乎也有人了解我。不久前就有人和我谈起过艾德克。

亲爱的上帝,我早就把他忘记了,我记不得了。他们把他埋葬了——我对你说起过——有许多鲜花，还有神父。我连坟场的那个角落都没有去看过。他死的时候这样年轻，也许是好事，"死人不会再老了"。他们在散布我的流言蜚语，可是我不知道那是谁干的。他们还写了匿名信，你知道，我们这里就爱寄匿名信。现在告发我的匿名信很多。说我为什么还住在此地，为什么要去勾引那个正派的姑娘……可是我早就不到她那里去了，我早就把她忘记了。她爱干什么都可以。她可以穿上洁白的结婚礼服去嫁人，她可以戴上面纱向铁路走去，就让她装成无辜的人好了，我才不管哩。姑娘又不是世界……说到世界，世界又是什么呢？

啊，也许你能告诉我世界是什么？每当我喝多了，我的脑海里就会出现这样的问题：世界到底是什么？我活在这个世界上又有什么意义？我知道，我一钱不值。艾德克也是毫无意义的。我在西部杀死的那个老人也是毫无意义的。就让我杀的第一具尸体，具有某种价值吧，我让她打掉的那个婴儿也是毫无意义的。也许在这个世界上具有一定意义的，是诸如朝霞的升起，太阳会发生某种爆炸之类的事。我们的那些科学家们保证说，他们能在一分钟内把我们送到月球上，他们能把我们送上去，这是毫无疑问的。也许能找到这样的疯子，如果有这样的大房子，就应该举行晚会。

一点意义也没有。对世界来说我这个人一文不值。可是为什么这一切对我又是如此的重要呢？为什么我从小时候起就受尽了折磨而未能享受任何幸福呢？为什么没有人看到这点呢？一切就这样发生了，仿佛这是世界上最自然不过的事似的。他们还要我去建设波兰，为社会主义而劳动，这意味着，对于整个波兰、对于整个世界来说，我是重要的，但我个人并不重要，你懂吗？科斯特克，我并不重要，对于世界，我从来没有做过，而且将来也不会做任何事情。不过我是人，我希望能像人那样生活，为什么我就不能像人那样生活呢？你明白吗？

不要叫喊？叫我不要叫喊？要是我不能叫喊，谁还能叫喊呢？从这里，从我的心里，应该发出巨大的叫喊声，震撼一切，使一切都能听见，使世界上的一切团体都能听到：我要像人那样生活！

啊，是的，是的，你是对的，我叫喊有什么用。我不再叫喊了，难道这妨碍你了吗？我要悄悄地说话，啊，就这样。

你看，我第二次被关进监牢，是关在一个水牢里，囚室非常潮湿，我受不住了。他们认为我像橡树一样健壮，身高两米，其实只是这样说说而已，其实我哪有两米高。你看看我到底有多高？我不站起来，不，反正你能看出我的高矮。我真是无法忍受了,肺病……

别喝伏特加,难道你疯了?一个像我这样的人,没有酒怎么能生活?用不着多说,我是受不了的。无法消除恐惧,我继续在担惊受怕。现在我时时刻刻都有可能被打进监牢。现在是由于别的原因……唉,在对待酒的问题上岂能有别的看法?如果没有酒,我就无法活下去。你说女人们会给我钱的,是给的,但太少了,只要一喝酒,就都花光了……还有打牌、买药,你想象不到,这些需要花多少钱。

我知道,只要喝了酒,药就毫无作用。可是戒酒我坚持不住。我多么想活下去,于是我想起了刀、叉。还有这些链霉素、纸牌、针管、一杯杯鹅油,还要天天有鹅肉,请你算一算,科斯特克,需要花多少钱呀。我知道,你用不着对我说,若是和纵酒相比,这一切都算不了什么?喏,如果这对我有帮助,那又怎么样呢?

你想想,科斯特克,我只有二十五岁。请你跟着我说一遍:二十五岁。你知道二十五岁意味着什么吗?我觉得我已经老了。可是二十五岁是青春,你应该懂得,这是青春!可是我还没有生活过,怎么,我将永远不可能有生活了吗?

我要破坏他们所有人的计谋,我厌恨他们所有的人,嫌弃那个讨厌的马丽亚和傻里傻气的姑妈,以及那个卖弄风骚的华沙女人,我厌恶所有折磨我的人和那些命令我去看流血的人……

不要哭吗?

不哭……只要我一喝醉酒,我就要哭。唉,走吧,科斯特克,我们走吧。你看,吉朗科娃太太已经在沙发椅上像天使一样沉入梦乡了。我们要轻轻地出去,不付账,摸着出去。什么,该付账吗?既然你说该付账,那就付好了。多少钱?才这点数目。我还有钱,科斯特克,你不要掏你的钱包。我不想看到你身上带了多少钱。我们晚上出去,就像有鬼在掐着我。你把钱放好,放好……我来付钱。不付账——是……不道德的。

现在我们穿过厨房走吧。小狗小猫都在那里睡着了,还有吉朗科娃太太的孙女们也都熟睡了。轻点,轻点。圣母像前还点着灯,吉朗科娃太太是个虔诚的信女,虽然半个布里约夫的人都在她的酒店里喝酒,虽然那些偷来的东西都在她店里销赃,那又有什么关系呢?在她的厨房里有如在救世主的炉灶后面一样。你看,科斯特克,多么漂亮的小猫在睡觉,它像牛乳一样白净。

走吧,小心点!不要把门碰响了。怎么搞的,这里的灯都熄灭了。发电厂一定出了问题,也许是没有煤了,要么又是大检修,或者是为了省电……幸好,雨不下了，天已转晴。你看，多么寒冷，多么昏暗……

你听，狗在吠叫。吠声是从我住的那个方向传来的，一定有酒鬼在那边游荡。忠于职守的小狗在吠叫，它们是讨厌酒鬼的。走吧，科斯特克，请你撑着我。天这样黑，你的腿脚比我稳健利索。"走吧！罗梅克，走吧！"艾德克就是这样叫我的。我很可能掉进那条沟里去，再也起不来了，然而明天还得起来去工作，为了我们亲爱的祖国。玩笑归玩笑，我是热爱祖国的。你在笑。你有理。我是个喜欢说笑的人。

你带路吧，科斯特克，你带路吧！到我住的那个小山丘去，路是远了点，不过现在你该给我说说你的事情，你整个晚上都沉默不语。没有什么有趣的吗？一定是的。难道我对你说的都是有趣的吗？有趣吗？平平常常，是吗？像所有的人一样。

请你送送我吧，送送我吧。你知道，我非常不喜欢晚上经过公路转弯处的那个十字架。无论是我独自一个人，还是和大伙儿一道，我都不喜欢经过那个地方。一走近那个十字架，我的喉咙就像被什么东西堵住了似的。雨不下了，但是天冷得要命。他妈的，天真黑，尽管眼睛睁得大大的。

但是，我们把那个赤条条的家伙吊死在松树上的那个晚上，天比现在更黑。

第二卷　散文

亚当·密茨凯维奇

亚当·密茨凯维奇(1798—1855),波兰伟大诗人。出身于小贵族家庭,毕业于维尔诺大学人文系的师资班,后在科甫诺学校任教多年,1824 年被流放俄国内地,1829 年逃离俄国,1832 年来到巴黎。1848 年曾组织波兰志愿兵团,参加意大利的民族解放斗争,1849 年主编国际性的法文报《人民论坛报》,1855 年到土耳其协调波兰军队的合作而不幸染上瘟疫,病逝于君士坦丁堡。·密茨凯维奇 1822 年出版诗集,其主要作品有长诗《格拉席娜》《康拉德·华伦洛德》《塔杜施先生》和诗剧《老人祭》等。他先后担任过两个报刊的主编,撰写过大量的政论和评论文章,1849 年担任《人民论坛报》主编。《我们的纲领》是《人民论坛报》的一篇发刊词。《普希金与俄罗斯文学运动》是密茨凯维奇在巴黎听到普希金逝世后写的一篇悼念文章,最初是用法文写成,发表在巴黎《环球报》(1837 年 5 月 25 日)上。

我们的纲领

现在欧洲的形势是:如果一个民族想要单独走上进步的道路,已是不可能的了。因为它本身就会遭致失败,并因此而危及共同的事业。

欧洲人民的敌人并没有停止他们的联合行动,而且每时每刻都在用行动来证明他们的团结一致。

他们比任何人都更加清楚地知道他们所面临的共同危险,因而他们比以往任何时候都要更加团结。他们的战略就是以所有政府的力量去反对每一个企图独立解放的民族。他们采用这种手段就是要把这些民族各个击破,借助于这一部分去反对另一部分。他们的计划虽然早已订好,但是直到现在才付诸实施。这些计划都是建立在精确的材料之上,他们也正是根据这些材料去考虑政府的一切利己的利益,或者是那些对政府有影响力的人物的利益,而且还充分考虑了他们权势欲的程度,这种权势欲才是他们行动的动机。

欧洲人民的敌人都有强大的后盾,通过他们去影响人民运动的核心,他们在法国——在这个成为欧洲人民理想和愿望的巨大军队的民族中——有他们的支持者,因为无论是敌人还是朋友,大家都承认法国在欧洲的领先地位。但是,就在这同一个法国,既有我们的最富于牺牲精神的朋友,也有我们的最狡猾、最强有力的敌人。

只有法国自己知道,她为这种领先地位付出了多大的代价。我们的任务就是要公开告诉法国,她的失败会付出多少代价。在二月①,革命的法国以其具有欧洲意义的行动保住了她的领先地位。她建立了共和国,以人民的声音去宣传团结的原则,而且是在这样的时刻,这样的社会关系中,旧世界以为它获得了自己的全部权利,并声称自己成了永世长存的胜利者。

由法国人民发布的原则已经成为现实,并要求法国未来也能执行这些原则。外国的人民目睹这些原则已成为现实,并且依然在贯彻执行,他们感谢法国而欢呼这些原则的实现。他们自己这方面,则有义务要团结一致地工作,以确保这些原则能在自己的祖国得到实现。

法国大革命——基督教精神的继承者——通过其政治家之口,提出了毫不妥协的原则,永恒的正义,以反对旧世界的滥施淫威。然而这一原则必须获得新的力量和新的拓展,才能对所有的民族产生影响。

法国所有政府的政治混乱起始于复辟时期,优柔寡断不是混乱的唯一原因,这种混乱也来自于对欧洲事件和问题缺乏深入的了解。法国的政治家们却不止一次地在他们的政府文件中以及议会的讲台上,掩饰他们的这种无知。

尤其是人民——就这一词的真正含义来说——也就是指那些至今无法上学和不能读书识字的人,根本无法知道外国的真实情况,然而在外国发生的事件,

---

① 指 1848 年 2 月 23—24 日的革命。

过去和未来,都将永远影响法国人民的命运。我们的任务就是要告诉人民有关外国问题的真相,仅仅是真相而已。他们经常对人民隐瞒事情的真相,他们这样做是出于计谋,并非对事件的不了解。

对人民党来说,对这个国家里唯一真正的进步党来说,最迫切的任务就是要在法国——力图建立自己的未来——和欧洲——努力从自己的过去摆脱出来——之间,建立紧密真诚的联系,而且这种联系完全是新型的、至今未有先例的政治诚意。

为共同事业的胜利而建立的新联系,要求首先了解新愿望所发生的地方,它对人民运动的有利或有害的因素,以及宗教、社会、民族政治和工业的因素。

我们所从事的工作,是受到一种激情的启迪,这种激情就是建设新欧洲,就是意识到了自己的职责和需要,而且不会仅仅以法国的方式去完成,尽管表面上看来是法国式的。

我们创办欧洲人民的机关报——《人民论坛报》,就是要坚决宣扬法国的权利,捍卫法国的权利,只要这种权利符合欧洲人民事业的利益。我们呼吁所有的人民都加入到人民论坛报来,人人都有自由发表意见的权利。

许多外国人都在和我们进行兄弟般的合作。这些人在他们自己的祖国,无论在言论方面还是在艰苦卓绝和富于牺牲精神的活动方面都是一些声望卓著的人。由于他们的加入,我们将获得有关他们国家的详细而精确的消息。

作为二月革命的参加者,我们也将与法国大革命及其得到实现的拿破仑时代联系在一起。拿破仑真正实现了大革命的原则,当他作为军事长官时经历了其生命中的共和阶段。

然而从第一执政抛弃这一原则而与旧世界结成联盟,并加冕为帝的这一时刻起,便开始了今天人民所受到的一系列的不幸。但无论如何,作为共和派的拿破仑,在法国人民的眼里,依然被想象成法国大革命的化身。这是由于他曾以最大的毅力和措施,捍卫了法国大革命的理想,然而他的那些继位者却与他相反,他们从登上权位之日起就背叛了他。

我们甚至要在拿破仑的势力范围之外去寻找共和国的边界。我们将视这些人为落后保守派,他们把共和的原则当作利己的利益准则去衡量共和国的对内活动,或者是对拿破仑时代的力量和精神感到惊异的同时,却千方百计地想从其中抽掉共和制度的拓展和献身的精神。

我们所能接受的恰好是这种精神的法国,这种精神就是人民,而且体现在共和的形式中。

这意味着:我们将维护现行的宪法,我们将不遗余力地共同行动,以加速其向共和制度精神和共和制度的一切成果的发展。

有关国内的事情就谈这么一些。

至于国外的事情,我们将立即关注直接与我们有关的事情,关注意大利、波兰、德国、丹麦、西班牙、斯拉夫国家、匈牙利以及多瑙河沿岸各省的事情。

无论是国内还是国外的事情,都是基督教的政策——人民的团结。至于那些为争取欧洲和法国以及国民议会中的权力而进行激烈斗争的党派,我们将永远站在那些忠实于人民群众的进步利益的人一边。我们将竭尽全力地去建立与人民的新需要相一致的社会制度。只有在此前提下我们才会承认他们是全世界人民事业的政治代表,是法国事业的唯一真正的政治代表。

1849 年 3 月 15 日

普希金与俄罗斯文学运动

1815 年至 1830 年,是诗人们最幸运的时期。大战①之后的欧洲,由于对战争和会议,对新闻简报和各种条约感到厌恶,便对沉闷的现实产生不满,而把眼光转向理想的世界。就在这时候出现了拜伦,他不久就在想象领域里取得了和拿破仑在现实世界中的同等地位。命运给拿破仑提供了连年战争的借口,但却赐给了拜伦以长久的和平。在他统治诗歌界期间,并没有发生什么重大的事件,足以转移欧洲对英国作品的全神贯注。

也就在这个时候,一个年轻的俄国人,亚历山大·普希金结束了皇村学校的学习。在这所外国教学体制的学校里,年轻人并没有获得一个诗人对自己人民有益的知识,反而在那里失去了不少的东西;使人感到忧虑的是:家庭传统丧失殆尽,对祖国的风俗习惯觉得格格不入。不过皇村学校的学生却在阅读诗歌作品,特别是在茹科夫斯基②的作品中找到了他们反抗外国影响的抗毒素。这位声名远扬的诗人,开始是德国作家的模仿者,后来却成了他们的竞赛对手,他力图用歌颂本国的传说和故事来使俄罗斯诗歌具有民族的特点。茹科夫斯基影响了普希金的成长,可是拜伦却过早地使他脱离了这一优秀的诗歌流派,把他长期地带到幻想的幽静场所和浪漫主义的洞穴中。

在读过拜伦的《海盗》之后,普希金才意识到自己是个诗人。他接二连三地写作和发表了一系列作品,其中最著名的有《高加索的俘虏》和《巴赫契萨拉依的喷泉》。这些作品的发表受到了难以描述的欢迎:广大读者欣赏诗歌的题材和形式的新颖,妇女们却对年轻诗人的强烈感情和丰富的想象力感到惊讶,作家们称赞作品的力量、精炼和风格的优美。普希金立即被大众公认为俄罗斯的第一位作家。这种轻易获得的成功,使他越来越追求新的、一鸣惊人的成功,这极大地妨碍了他的才能的平静发展;因为普希金当时还是个孩子,不错,他是充满着激情,但他毕竟是个孩子。一个人的道德天性在北方要比在西方成熟得慢一

---

① 指 19 世纪初期的拿破仑战争。
② 茹科夫斯基(1783—1852),俄国诗人。写有故事诗《柳德米娜》《斯薇特兰娜》等作品。

些，社会基础所具备的生长激素也少得无法和古老的欧洲相比，他在那里呼吸的文学气息也没有充满那种强烈的激情。因此，普希金是过早地开始了他的写作，浪费了自己的才能。此外，他对自己的力量也估计过高了，他过早地飞上了高高的天空，可是单靠他自己的力量他是无法在那里坚持住的，于是他掉进了拜伦的引力圈内，围绕着这颗大星在转，就像卫星围绕着自己的星球旋转并依靠它的光来发亮一样。所以普希金早期作品中的一切：题材、性格、思想和形式都是拜伦式的，不过，与其说普希金是拜伦作品的模仿者，不如说是受到他崇拜的诗人精神的强烈影响。他不是狂热的拜伦派，我们只能把他看作是拜伦化了的诗人。假如英国诗人的作品根本不存在的话，那么普希金就会被认为是我们时代的第一位诗人。

这种现象使北方文学发生了巨大的转变；从这时候起，沙龙中的谈话总是围绕着这一新的诗歌体系的优缺点来进行的；古典主义和浪漫主义的斗争在俄罗斯也具有一触即发之势；更加突出的是，就在这同一时期，那里也在进行着政治革命的准备。

必须看到，在这个国家里所有的人都或多或少地对政府不满，到处都在秘密地指责政府，公开地议论政府，也几乎所有的人都在继续为政府工作，卫队也照样在换班，一句话，那里的人谁也没有停止为政府服务。一个外国人如果不了解这种反对的特点和意义，不了解这种反对是那样历史悠久、那样广泛，威胁性又是那样小，到处看到的都是现行制度的敌对者，那他一定会认为，俄国正在准备革命，他们等待的仅仅是有利的时机，仅仅是号令。

这种社会思潮的特点，广大社会的这种革命言论，最后也影响到俄国人自己，尤其不幸的是，还影响了那些最高尚的人。有几个贵族和军人，他们都是热情的自由战士，相信他们的全体同胞都和他们一样充满着革命激情，便认为推翻专制制度、用君主立宪制或共和制来取而代之的时刻终于来临了。他们以俱乐部为掩护进行革命活动，还通过个人关系和书刊大力宣传自由的思想。俄国作家们通过多种途径建立了友好联系；几乎所有的作家不是出身名门望族，就是政府的官员；他们往往是为了名誉和声望才写作的。由于一个人的才能还没有变成为商品，他们中间很少发生文人相轻和利益上的冲突与敌对；至少我没有遇到这一类的事件。作家们常常聚集在一起，几乎每天都见面，在宴会中、在一起朗读和友好的讨论切磋中过着愉快的生活。对起义战士来说，要在彼得堡和莫斯科的朋友中间获得许多追随者，并不是一件困难的事情。因为他们中间就有不少的杰出作家。

过了不久,仿佛一声令下,整个俄罗斯文学界都一齐倒向反对派一边。那些不敢用作品去抨击政府的作家,也对政府保持着敢怒而不敢言的态度。应该对俄国作家表示敬意,他们在这些场合里表现了自己思想的坚定性和无私无畏的精神,这样的事例在比较自由和高度文明的国家里是很难找到的。俄国政府用来收买外国吹鼓手的全部金钱,我认为都不够收买一个俄国普通作家的一篇歌功颂德的小文章,一首短诗,一句赞美的话。这有事实为证:在沙皇尼古拉举行加冕典礼时,却找不到一个莫斯科诗人来歌颂这一隆重的庆典,而整个仪式都会在广大群众的默默无声中过去,如果不是从巴黎雇来一个外国诗人让他在沙皇陛下的面前朗诵了一首热烈吹捧正统皇帝的颂诗的话。

普希金也像他的全体朋友那样,站在反对派的立场上,在亚历山大沙皇统治的最后几年里,写出了几首反对沙皇本人及其政府的讽刺诗,他甚至还写了一首《短剑颂》。这些短小犀利的作品,以手稿的形式从彼得堡到奥德萨,到处都在传诵着、评论着,到处都受到了赞美,它们给诗人带来的声望大大超过了他后来发表的那些意义更重大的作品。毫无疑问,要在俄国写出这样的作品,甚至比在巴黎或者伦敦举行暴动还要付出更大的勇气。从这时候起,人们把普希金看成是反对派的精神领袖,看成是一位对政府有危险的政治人物。沙皇认为有必要禁止他在首都居住,便把他流放到了外省①。这次流放反倒救了他的性命;因为不久之后秘密组织被发觉了,彼得堡的起义②运动失败了,南方的起义也被镇压下去了,那些不幸的革命战士不是牺牲在绞刑架下,就是永远消失在西伯利亚的矿井里。

嗣后,亚历山大的继位者尼古拉伪装慈和,改变了手法,至少对普希金是如此。他把普希金召请前来,单独听取了他的意见,和他进行了长时间的谈话。这是具有重要意义的事件!因为在这以前还从来没有人看到过一个沙皇去接见一个在法国被看成是无产者的诗人,他在俄国的地位远比我们的无产者还要低。普希金虽然出身贵族,但他在行政机构中却无任何的职衔。一个毫无职衔的人在俄国便意味着一文不值。人们称普希金为有名人士,为超编的人。

在这次可纪念的会见中,沙皇异常关切地谈起了诗歌。俄国沙皇和自己的

---

① 普希金是 1820 年 5 月流放到外省的。
② 指彼得堡的十二月党人的起义,十二月党人有北社和南社两个秘密团体。

一个臣民讨论文学,这还是第一次! 他鼓励诗人继续写作,甚至还允许他不经过检查机关就可以发表他愿意发表的作品。这样一来,普希金便得到了自由发表作品的先例。历史也不应回避这点,普希金是俄国第一个享有这种自由的人。沙皇尼古拉采取这种手段,证明他很高明:他善于评价这位诗人;他知道普希金是个非常聪明的人,不会滥用这种独有的特权,他也知道普希金会念念不忘他的大恩大德的。但是自由派却用不满的眼光注视着这两个强者的接近。他们开始指责普希金背叛了爱国者的事业,本来年龄和经验都向他提出了更高的创作要求和行动上更为谨慎的要求。他们把这种行为的变化归咎于他对虚荣心的追求。

这期间,普希金发表了长诗《茨冈》,接着是《马泽帕》①,这些优秀作品证明了普希金才能发展的可能性:这两部长诗和现实的联系更紧密了。主题朴实,人物性格刻画得更准确、更精练,风格也完全摆脱了浪漫主义的夸张。可惜的是拜伦的形式还像苏拉②的盔甲束缚着年轻的诗人。但是可以明显地看出,他快要把它抛弃掉了。

这些标志着艺术家从一个阶段过渡到另一个阶段的变化,突出地表现在他最优美、最富于独创性、最具有民族特点的作品《奥涅金》中。普希金在创作这部长诗的时候,也像拜伦的《唐璜》一样,是一部分一部分发表的。刚开始写作这部长诗时,他依旧是在步英国诗人的后尘,可是过了不久,他便试着独自走路了,最后终于达到了独创的境界。《奥涅金》的题材和人物都是来自现实生活,来自俄罗斯的家庭生活,然而诗人掌握了使一切都更加美好、更富于理想而又不陷入夸张的秘诀。他在私人生活的平凡事件中善于发现悲剧的因素和高级喜剧的场面。

普希金也写作剧本,俄国人对他的评价甚高,把它和莎士比亚的戏剧相提并论。我不能同意他们的意见,要在这里阐明我的意见太费时,仅仅指出这一点就够了:普希金要创造出历史人物来,的确是太年轻了。他不过是进行了戏剧的尝试,这种尝试表明他有这方面的发展才能,"如果老天保佑:你能成为莎士比亚!③"

剧本《鲍利斯·戈都诺夫》有一些优美的细节,甚至有很美的场面。尤其是

---

① 《茨冈》写于 1824 年,发表于 1827 年。《马泽帕》写于 1828 年,次年出版时改名为《波尔塔瓦》。
② 苏拉是以色列的第一任国王。
③ 原文是拉丁文。

序幕,我觉得它是那样独特那样庄严,我毫不迟疑地认为它是这类作品中独一无二的,我也无法克制自己不对它说几句话。

在沙皇伊万"暴君"或者"雷帝"死后,鲍利斯·戈都诺夫攫取了莫斯科的宝座,清除了他前任的儿子。不久之后有一个竞争者,自称是皇位的合法继承人,带领着波兰军队回来了,占领了莫斯科,他用季米特里的名字统治了一段时间。这是剧本的基本内容。事件发生在戈都诺夫在位期间。序幕开始于修道院的净室里。老牧师刚刚写完前朝的编年史。他以作者的热情和牧师的严肃态度来对待自己的工作。就在这时候,青年修士躺在编年史家的脚边,正在做一个可怕的梦。他在梦中说出了奇怪的名字,并且对他本来不了解的事件发表了评论。后来他惊醒了,说起他看到的战争、暴动、改朝换代。他所叙述的故事,其意义连他自己也无法理解,却成了老牧师编年史的补充,从而能预见未来,成了全剧的预言象征。我们想象得到,这个青年修士便是未来的竞争者,假冒皇位继承者的季米特里。

这部剧本,也正如普希金发表过的全部作品一样,并不能衡量他的全部才华。在我们谈到的这个时期里,他才走完他全部旅程的一部分——当时他才三十岁。那些认识他的人,都看到了他身上的巨大变化。他不再像过去那样,贪婪地阅读那些外国的小说和报刊,以前这些小说和报刊几乎成了他唯一关注的读物,现在他非常爱听民间故事,听民歌和阅读本国的历史。可以看出他抛弃了外国的影响,他把根扎在家乡的土壤中,在俄罗斯成长起来了。与此同时,他的谈吐越来越严肃,从他的谈话中可以得知他对未来作品的设想,他喜欢谈论重要的宗教和社会的问题,这些问题的存在就连他的同胞似乎也没有注意到。最明显的是他内心的变化。作为一个人,作为一个艺术家,毫无疑问,他正处在改变自己以前的观点,或者说正在达到最适合于他的观点的过程中。他停止了写诗,仅仅发表了几部历史作品,可以把这些作品看作是准备工作。可是他在准备什么呢?是为了将来显示自己的博学多识吗?不!他看不起那些毫无目的毫无要求的作家。他也不喜欢歌德的怀疑哲学论和对艺术的超然态度。他灵魂中到底在酝酿着什么呢?是不是他在沉默地吸收孟佐尼①、裴里科②创作中那种清新的精神呢?或者在接受也处在沉默中的托马斯·穆尔③的观点呢?或者是,有谁知

---

② 裴里科(1789—1854),意大利作家。
③ 穆尔(1779—1852),英国诗人。

道,也许是圣西门或傅立叶①的思想正在激起他的想象力呢? 我不知道。这两种倾向在他的短诗和谈话中都有所表现。无论怎么样,我都相信,他的诗歌的沉默对俄罗斯文学来说是个好兆头。我期待着不久之后,他就会以一个新人的姿态重新出现在舞台上,到那时候,他会更加才气焕发,经验丰富,显得更加成熟,长期写作增强了他的才干。所有认识他的人都有和我一样的希望。而一颗手枪子弹便使这一切希望都化成了泡影。

这颗致普希金死于非命的子弹,也给了俄罗斯知识界以可怕的打击。俄罗斯现在也还有一批著名的作家:茹科夫斯基还健在,他是一位值得尊敬、有魅力而又富于感情的诗人;还有克雷洛夫②,他是个想象力丰富、语言非常鲜明生动的寓言作家;弥亚赛姆斯基公爵③,他的幽默就是在法国人中间也闪耀着光辉;可是谁也代替不了普希金。这样的人任何国家都只能产生一个,而不会更多,他能够高度地把形形色色的、乍看起来是互相排斥的才能凝集于一身。这位以诗歌才华而深受读者爱戴的普希金,也以他思想的活跃、精确和敏锐使听众惊叹不已。他具有超凡出众的记忆力,有正确判断的才能,有高尚而优雅的趣味。当我们听他谈起国家的内外政策时,会以为他是个长年从事社会活动和经常阅读议会文件的白发老人。他的讽刺和嘲笑也招致了不少的敌人,他们也以恶意诽谤来向他进行报复。我和这位俄国诗人的交往较深,而且时间也比较长;我发现他身上有一种过分相信印象的特点,有时他显得轻率,可是他永远是诚实的,高尚的,敢于发表自己的意见。他的缺点和他受教育的环境有很大的关系,而他身上的优点则是出自他内心的深处。他死时才三十八岁。

普希金的朋友

---

① 圣西门(1780—1825)、傅立叶(1772—1838),空想社会主义的代表。
② 克雷洛夫(1769—1844),俄国著名寓言作家。
③ 弥亚塞姆斯基(1792—1878),俄国诗人和批评家。

马丽亚·柯诺普尼茨卡

马丽亚·柯诺普尼茨卡(1842—1910)是波兰 19 世纪著名女诗人、作家。生于苏瓦乌基城的一个知识分子家庭。1862 年与一富裕地主结婚,后离开丈夫,带着孩子移居华沙,多次遭到外国统治者的迫害而被迫流亡国外。1905 年革命爆发后曾一度回到华沙,积极参与社会活动。她是以诗歌登上文坛的,写出了大量反映下层人民悲惨命运的诗歌。19 世纪 80 年代开始创作小说。1906 年出版的长诗《巴尔采尔先生在巴西》反映了波兰侨民在国外的遭遇。柯诺普尼茨卡是波兰儿童最喜爱的作家之一。

维克多·雨果

当布克宣称,文学能在社会上成为真正强大的力量,只有当最贫穷村庄的最贫穷家庭出来的最贫穷的人都知道,世界上有这样一个人在为他大声疾呼,他想到的一定是《悲惨世界》的伟大作者,那位被侮辱的和软弱无力的人的伟大捍卫者,他想到的一定是维克多·雨果。

在我们当代的作家中,更不用说以往的作家了,还没有过一位作家能像这位天才的巨擘那样,成为正义和友爱的勇士,把如此广博的天主教义引进文学之中:他善于对待小人物,让无数的小人物摆脱困境。

是谁第一个为判刑的人和囚犯说话,又是谁为妇女和儿童的困境说出了肺腑之言？是谁第一个道出了情场失意者的内心的无限悲痛之情，又是谁那样重视别人的眼泪，在擦干不幸者的泪水？是他，永远只有他，一位帮助背负十字架而前往生活的各他的昔兰尼人。他的每一部作品都是反对滥用职权的重大抗议，他的每一部作品也都是在为心灵压抑者和被迫沉默者大声呐喊。人权宪章随着他的脉搏而跳动，而在人们的心中燃起神圣权利的火花；世纪的黑暗由于他的言论而分崩离析；特权和无动于衷在他面前会烟消云散，如同阴影在明亮的白天面前一样。

法国永远是高雅之士的祖国，然而它的最高雅之士莫过于这位无辜受害者的诗人，这位生活不幸者和最贫穷的人的讴歌者。

维克多·雨果有一种独特的、为他个人所具有的接近不幸者的方法。他不和他们一道哭哭啼啼，而是朝他们微笑，然而他的微笑能使人心潮澎湃、热泪滚滚，能使拯救的时刻加速来临。任何一个诗人都没有像他那样为未来做了那么多的事情，他在人们的心里撒下了奇花异草和其他优良的种子。

"把人交给上帝而把权利交给人"，我们的斯达西茨①曾这样说过。维克多·雨果却更进一步，他自己就把权利交给了人，而把人交给了上帝。

只有最伟大的天才才能达到这种直接交流的境界。也只有他才能克服和抛弃灵魂和永恒之间的一切障碍。

维克多·雨果曾在自己遗嘱的附文中说过："我抛弃所有的教堂祈祷，但我请求为所有的灵魂祈祷！"他具有未来岁月将会结成强大统一体的预见性，具有所有教堂的巨大精神，所以他才会言简意赅地宣称："我信上帝。"

心灵和灵魂的狂风暴雨由于这句话而沉寂了，世界的高楼大厦敞开了大门，充足的阳光驱散了里面的黑暗，人们不再因为上帝而分成各种派别，他们得到了圣父，成为一个大家庭。雨果没有活到这样的日子，然而他的精神是超前的，所谓超前要比现实体验更多得多。他是预言家，他对未来的丰硕成果的预言使人世间激动不已。

他就是这样的人：博大、坚强而又光辉灿烂。他的宗教是人类的宗教，他的天主教徒是个囚徒，他的钟具有一颗人心，他的人物战胜了海洋，他的"神话"反映了历史的面貌；他的惩罚是随"罪恶史"而来的，其罪恶也是历史的罪恶，他的主人公是个孩子。他经历了灵魂的四次风暴。今天他的逝世成为举国的哀悼，

---

① 斯达西茨·斯(1755—1826)，波兰著名政论家、政治活动家。

整个思想领域由于他的去世而成了孤儿,他的坟茔成了名人公墓中的唯一圣坛。他就是这样的灵魂,这样的诗人。

这样的时刻一定会来临,到那时候,维克多·雨果的文学遗产将会受到非常精心的评论,尽管内容和形式中的共和思想会失去大部分,然而他的经历和遗产必将得到不同的评价和评论,因为诗人是以自己民族的生活和历史而生活,他经历了本民族历史和民族思想意识的各种变化。今天所有这一切都是那样的辉煌,那样的崇高庄严,有如一座天才的雕像,在这座雕像面前,所有的意见和派别都不得不鞠躬致敬。

雨果的自由思想的翅膀不是取自于继承,而是他自己的精心创作,是他本身斗争的结果。保皇派和共和派,语言精确路线的古典奉行者和创作革新的浪漫派,法兰西国民议会的议员和盖纳西岛的流亡者,这不是诗人身上的矛盾,而是他思想发展的阶段。这位巨匠,当他还未成长到自己的限度时,他必须成长发展,而其限度又是如此的巨大,当他尚未达到最高境界时,不仅法国,甚至整个欧洲都已改变了自己的面貌。

诗人的思想一直处在不停的酝酿和奔腾之中,其存在和活动都是与精神的一切活动规律相符,而且还成为他生活的这个世纪的动力。除了这些动力之外,再没有什么比诗人的心灵更敏感的了。这位强有力的思想的革命家,用脚掌横扫一切特权,如同横扫枯草落叶一般。他视田野中的花丛为永恒美的巧妙体现,他对瓦扎什说话就像和耶稣说话一样,他对儿童也是那样的尊重,如同对待整个人类的最高贵的代表一样。

爱和悲、母爱和父严,在他身上都是由其天性的巨大声音说了出来。当他说话时,能令人激动;当他沉默时,便使人难受。他像上帝呼唤该隐那样呼唤你的良心;他像天使长那样,用自己诗歌的火热的利剑,把你驱赶出孤芳自赏的天堂,在灵感的闪现之中给予众多的爱心。他和不幸者一道死去,以最后的审判去审判人世间的罪恶。

像克拉辛斯基①所说的那样,他的整个生命都献给了"血与汗的分析"。繁重的工作,只有最热心的人才会去做,而且只有最坚韧不拔的人才能够去完成。

当内阁首相布里松(Brisson)说,伟大诗人的荣誉不是属于任何党派,而是属于整个法兰西时,他还是说得不确切、不充分,因为他的荣誉是属于全人类的。

---

① 克拉辛斯基(1812—1856),波兰著名诗人。

亨利克・显克维奇

鹤　群

　　思乡之情(怀乡病)大多出现在那些由于种种原因而无法回国的人身上。不过,那些只要愿意便能回国的人也常常受到思乡之情的袭击。这种情感的萌发往往是触景生情:日出或日落,会勾起你对祖国阳光的联想;外国歌曲中的某一段曲调,会令你想起家乡的乐曲;即使是一丛树木,也会让你想起祖国的乡村,所有这一切都会触发你的思念之情,这时候,你的心里便充满了一种巨大的难以抑制的情感,你会突然感到,你就像一片树叶脱离了远处的亲爱的树那样。这样的时刻,你就会想到回国,或者,如果你的想象力丰富的话,你就会去创作。

　　有一次——那是多年以前,我来到了太平洋岸边的一个名叫阿纳海姆码头的地方。与我同行的有几位渔民船员,他们都是挪威人,还有一个专给他们做午饭的德国人。他们白天出海,晚上玩扑克。当时,玩扑克在欧洲还没有流行开来,但在美国的所有酒馆里却已赌博成风了。我独自一人,常常背扛着猎枪,到荒无人迹的草原上转悠,或者在海岸上徜徉以消磨时光。我到过沙滩,那是一条小河入海时形成的一大片沙滩地。我还在小河的浅水中嬉玩过,欣赏那些不知名称的小鱼,海虾,还有大海狮,它们在海边的岩石上晒太阳。对面则是小沙岛,岛上满是海鸥、鹈鹕和信天翁——一个真正的群鸟共和国。那里一片熙熙攘攘、吵吵闹闹和高声鸣叫声。有时候,在风平浪静的日子里,平静的海水呈现出一种碧蓝而又带金黄的颜色，我便驾着一叶小舟，向沙岛摇桨过去。岛上的鹈鹕还不习惯见人，往往用惧怕甚至惊慌的眼睛望着我，像是在询问我：你是何方来的怪物？我们从未见过你呀！我常常在那个小岛上观看太阳的西落，那景色真是迷人：霞光万丈，把整个海洋变成了金光灿烂，接着又把整个碧海苍天都染成了血红的颜色，它才慢慢地隐去，直到月亮高悬在美丽的空中、奇妙的温热带夜色笼罩了整个大地。

荒凉的大地、无边的海洋和明媚的阳光，把我带进了一个神秘的世界，使我陷入了有神论中。我有一种感觉，仿佛我的周围有一位至尊的巨神，常常以海洋、天空、草原的形态出现，有时甚至又化身为生活中的细小事物，如小鸟、鱼虾、软体动物和岸畔的柳树。我有时会觉得，在那座沙滩和无人居住的沙岛上，也许住有一些人们无法看见的神怪，就像古希腊的牧神、仙女或怪物。不过，每当我头脑清醒时，我是不会相信这些神怪的。但是现在，我和大自然相处在一起，而且又是孤独一人，我便觉得有这种可能性。在这种时刻，生活成了梦幻，人在梦幻中幻想多于思想。至于我，唯一感觉到的是无边无际的宁静，它环绕在我的周围，我体验到了其中的乐趣。我时而思考着未来的《旅行书简》，时而又像个年轻的小伙子，幻想有一位美丽的姑娘前来和我相识，并且爱上了我。在这种悠然自得的放松中，身处在霞光笼罩的海滩上，满脑子里都是说不尽的遐想和难以描述的愿望，我觉得我是个空前幸福的人。

有一天傍晚，我久久地静坐在这座沙岛上，直到深夜我才回到大陆上来。我几乎用不着划船，潮水就把我送到了岸边。

别的地方潮水往往是汹涌澎湃，此地却常常是风和日丽，海水轻轻地舔着沙滩，海浪也悄悄地触摸着海岸。我身边是那样的寂静，即使距离很远，我也能听见别人的说话声，然而岸上却空无一人，我只能听见小船划桨的声音和海水摇曳着小船的轻微响声。有一次，我突然听见天空中传来的响亮声音，我抬头仰望，然而在黝黑的苍穹中，我什么也看不见。等到这声音再一次传到我的耳中时，我才分辨出，那是鹤叫声。

一大群鹤飞过我的头顶，朝圣卡塔里娜岛的方向飞去。然而此时，我便想起了我曾不止一次地听见过这种声音，那时候我还是个孩子，是从学校回家来过假期的。蓦然间，一种巨大的思乡之情油然而生，紧紧把我攫住。我回到了我从德国人那里租来的那间厢房，但我无法入睡，我的脑海里出现了祖国的一幅幅图景：这是松树林，这是乡村教堂，这是广袤的田野，上面种有一排梨树，这是农民的茅舍,这是果园树丛中的白色房屋。整个晚上,我的头脑里想的都是这些图景。第二天,我和往常一样又来到了这沙滩上,我感到这海洋、这天空,还有这草原和岸边的沙丘,以及那些海豹躺在上面晒太阳的岩石,都是那样的陌生,都和我毫无任何的联系,而我和它们也没有丝毫的关系。昨天我还觉得我和周围这一切是那样的息息相关,我的脉搏是和这大自然的脉搏一起跳动。今天,我便问自己,我在这里干什么?为什么不回去?那种宁静和美好生活的感觉便消失得无影无踪了。过去在海水涨潮和退潮中流逝得那么平静和迅速的时光,如今我却觉得它长久得令人难以忍受。我开始思念我的国家,想起那里随着时光的逝去所发生的变化和它保留下来的东西。美国和旅行不再激起我的强烈兴趣,我的脑海里出现的是一大堆由回忆所产生的景象:我无法摆脱它们,尽管它们带给我的不是欢乐,恰恰相反,里面充满了忧虑,甚至悲伤。而且这种悲伤是从我们农村那种窒息和无助的生活与美国那种丰富多彩的生活进行比较时所产生的。我越是觉得我们农村生活的窒息和无助,这种感觉便越是占据着我的心头,我便越发觉得它的可贵,对它的思念越发深。在这以后的那些日子里,这些幻象显得更加清晰,于是我的想象又把它们扩展、整理。去粗存精,而形成为一种艺术构思。我开始给自己创造出一种新的世界来。

一个星期之后,一天晚上,这些挪威人又出海去了,我把自己关在厢房里,从我的笔下便涌现出了这样的词句,"羊头镇镇长办公室里是那样的安静,就像播种罂粟的时节一样……"

起因于鹤群,我的《炭笔素描》便在太平洋的海岸上诞生了。

致文明的人民

历史上最大的战争和可怕的毁灭——这是当今统治世界的两大恶魔。

成千上万的士兵死于枪林弹雨之下,千百万平民百姓则死于贫穷和饥饿。

特别有两个国家成了流血的战场。过去这两个国家的土地为住在这里的人民提供了丰富的食物,如今却变成了贫瘠的荒野。

这就是波兰和比利时。

不过,全世界已向比利时伸出了援助之手,如今我的祖国还在期待着世界的帮助。

国土要比阿尔贝特英雄的王国大七倍的波兰,如今却受到战争铁蹄的践踏。刀枪使这块不幸的国土血流成河,因为它的儿子们被迫在三个相互敌对的军队中进行战争。战火毁灭着城市和乡村,人们失去了工作,而饥饿这个妖魔却把翅膀伸展到从涅曼河到喀尔巴阡山的辽阔国土上。

工人没有工做,因为波兰的工厂已丧失殆尽。耕种用的犁头也因久不耕耘而锈迹斑斑,农民的资产和播种的种子被洗劫一空。大部分城市的商人无货可售,而且人民也无钱去购买货物。老人和妇女在严寒的冬天无家可归,疾病流行,家中炉灶冰冷。而当孩子们向母亲伸出瘦骨嶙峋的双手请求给片面包时,母亲回答他们的只有眼泪。

天主教的人民群众,你们听听,像这样忍饥挨饿和祈求救助的人,在波兰又何止千千万万!

波兰是否有权请求帮助呢?

每个民族以爱亲人的名义都有这种权利。特别是波兰,在祖国被瓜分灭亡之后从没有向暴力屈服过,从没有玷污过自己的名字,而且还表现出巨大的生命力,以致毁灭在它面前都望而却步。

从过去的历史来看,波兰也有这种权利。多少个世纪以来,在天主教与伊斯兰教的斗争中,波兰都是文明的盾牌和被压迫者的捍卫者。索别斯基、科希秋什科和约瑟夫·波尼亚托夫斯基公爵的名字一直保存在人们的记忆中,并将世世代代地传下去。我们的祖国永远为那些遭受迫害的牺牲者敞开大门,哪里在进行自由的斗争,哪里就有我们的人在流血牺牲;凡是自然灾害给人带来贫穷的地方,那里就有我们的捐助。在国际的大合唱中从来都不会没有我们的声音,而且其声调总是那样的高亢响亮。在人类的文明成果中,也不缺少我们的名字、我们的劳动、我们的思想和我们的创造力。

因此,我以积极参与人类生活的名义,以这种参与所提供的权利的名义,以基督教义和波兰所受到过的新、旧痛苦的名义,向你们——文明的各国人民呼吁,给我们的人民提供你们的援助,让波兰的城市和乡村从废墟中站立起来,让波兰农民有使用犁耕的气力和播耘的种子,让波兰人的心中除了痛苦之外还能感受到其他的感情,让波兰人的声音不再是大众的呻吟,让波兰的母亲们除了眼泪之外还能向自己的孩子们提供更多的东西!

给波兰人民以面包和住房,使他们能活到复兴的春天!

1915 年 2 月 1 日于佛维

博列斯瓦夫·普鲁斯

博列斯瓦夫·普鲁斯(原名亚历山大·格沃瓦茨基)(1847—1912),波兰著名小说家,生于卢布林省的普瓦维,16岁时参加1863年起义而被捕,出狱后入华沙大学数学系学习,不久因经济困难而辍学。1872年开始文学活动,为报刊撰写小品文和随笔,随后转向小说创作,写出许多脍炙人口的中短篇小说。1885年发表第一部长篇小说《前哨》,使他获得声誉,奠定了他在波兰文学史上的地位,嗣后出版的小说有《玩偶》《女权解放者》《法老》等。普鲁斯的创作敢于面向社会现实,触及当时的重要问题,而且结构严谨,人物形象丰满生动,是波兰19世纪最著名的现实主义作家。

影 子

每当太阳在天空中消失,夜幕便降临在大地上。黄昏——这支夜的大军,具有不可胜数的军团和亿万的士兵,这支强大的军队,从远古的时代起就和世界和睦相处,清晨匆匆离去,傍晚胜利而归,从日落到日出主宰着世界。白天如同一支溃败的军队躲藏在隐蔽所里,等待着。

在山岩峭壁之下和城里的地下室里,在森林密布的深处和在湖泊的深底下,这支黑夜的大军在等待着。它藏身于大地的千古岩洞中,藏身于矿井、阴沟、房屋的角落和残垣断壁之中,等待着。它化整为零,仿佛已消散殆尽,但是却挤满了所有的隐蔽之处，树上的每一个小洞，身上衣服的每一条折褶，都是它的藏身之地。它躺在颗颗细小的沙粒之下，就连最纤细的蜘蛛网上也不放过，它在等待着。它从一个地方惊惶逃走，转瞬之间便到了别处藏身，而且不惜采用一切手段，以便能回到它被赶走的地方，占领过去尚未占据过的地区，而把整个大地铺满。

　　每当太阳西下，黑暗的大军便以密集的队形从自己的隐身之处，悄悄地、谨慎地走了出来，涌进了房间的走廊、前厅和照明暗淡的楼道。它从橱柜和书桌走出，来到了房间的中央，它穿过窗帘、地下室通道和窗玻璃，渐渐移向了大街。它一声不响地向墙壁和屋顶展开进攻，占领了顶峰，它耐心地抗争着，直到西方出现了玫瑰色的云彩。

　　再有一刻，整个大地和天空便会突然被黑暗所笼罩。牲畜便会返回厩圈，人们会回到家中。生活有如缺水的植物便会枯燥无味，而开始枯萎。色彩和形体都已模糊不清。惊恐、犹豫和胡作非为将占领世界。

　　就在这样的时刻，就在华沙的行人稀疏的街道上，出现了一个奇怪的人影。他头上高举着一支小火把，在人行道上匆匆走去，仿佛黑暗在召唤他似的。他在每盏路灯下面停留一会儿，点燃了欢快的亮光，随即又像影子一样消失了。

　　日复一日，年年如是。无论是春天的田野充满花朵的芬芳，还是七月的暴风雨在逞威，或是秋风在街上喧嚣和掀起尘土飞扬，抑或是冬天的雪花在空中飞舞，只要是夜幕一降临，他就手持小火把，奔走在人行道上点亮路灯，随后又像影子似的消失。

　　点灯人，你从哪里来？你在何处栖身？我们从未看清过你的身躯，也未听到过你的声音。你有没有妻室或母亲在等待着你的回家？你有没有孩子？他们把你的提灯放在屋角里，然后爬到你的膝上，抱住你的脖颈。你有没有能向其倾诉欢乐和苦闷的朋友，或者至少能与之谈谈日常见闻的熟人？

　　你是否有自己的住所？我们能在哪里找到你？还有你的名字，我们怎么称呼你？你是否也有和我们一样的要求和感情？难道你真是一个无形无体、沉默不言而又不可捉摸的人吗？难道你只是个在黄昏出现，点亮路灯，随后便像影子一样消失不见的人吗？

　　有人告诉我，你确实是个人，还把你的地址告诉了我，我来到了那所房子，便向房管员问道：

　　"那个点燃煤气路灯的人是住在这里的吗？"

"是住在我们这里。"

"哪套房子？"

"就是那边的那间小屋。"

房门上了锁。我从窗口朝里一望，只看到墙边有一张床，床边有一根长木棍，上面挂着那盏提灯，里面却没有那个点灯的人。

"请你至少告诉我，他长相如何？"

"谁知道他哩！"房管员耸了耸肩膀，回答道。"我自己也不大认识他，白天他从来也不待在房间里。"他补充了一句。

过了半年，我第二次来到了那所房子。

"点灯的人今天在家吗？"

"啊！不在！"房管员答道，"而且永远也不会再有他了，他死了，昨天才下葬的。"

房管员陷入了沉思。

我问了他几个细节，便向坟场走去。

"掘墓人，请你告诉我，那个点灯人埋在什么地方？"

"点灯人？"他重复了一下，"谁知道他埋在哪里？昨天埋葬了 30 个死人。"

"不过，他是埋在最穷的人的那个区域。"

"这样的穷人昨天就埋了 25 个。"

"他的棺材是本色，没有上过漆。"

"这样的棺材昨天就抬来了 16 副。"

就这样，我既未见过他的相貌，也不知道他的姓名，就连他的坟墓也不知道。他生前死后都是一样：只是黄昏时刻的一个模糊不清的人影，默默无言而又像影子一样捉摸不定。

不幸的人往往在人生的黑暗中摸索前进，有的为职业而操心，有的却堕入深渊，谁也不知道确切的道路。不幸的意外事件、贫穷和仇恨追逐着那些充满迷信偏见的人。点灯的人也是人生黑暗道路上的匆匆过客，他们每个人都把小火炬高举在头上，每个人都在自己的小路上点燃灯光，活着时无人知晓，工作不受到重视，随后便像影子一样消失。

符瓦迪斯瓦夫·莱蒙特

    符瓦迪斯瓦夫·莱蒙特(1867—1925),波兰著名作家。生于彼特科夫省的一个琴师家里。由于家境贫穷和本人的好动性格,一生从事过多种职业,先后当过裁缝、修道士、巡回剧团演员、铁路员工和工厂勤杂工。但他从小爱好文学,坎坷不平的生活经历,为他后来的文学创作打下了坚实的基础,提供了丰富的创作素材。1893 年发表第一篇小说《圣诞节前夕》,接着又发表了《死》《母狗》《托美克·巴朗》《在工地上》等中、短篇小说。以生动的人物形象和悲愤的激情写出了城乡人民的不幸和苦难生活,嗣后相继出版了长篇小说《女喜剧演员》《酵母》《福地》和历史小说三部曲《1794 年》等,而以长篇小说《农民》最为著名。这部由"秋、冬、春、夏"四部组成的长幅巨制,全面而又深刻地反映了波兰 19 世纪末期农民的生活和斗争,荣获 1924 年诺贝尔文学奖。

书简一则
——写给安·伏津斯基[①]

尊敬的伯爵阁下:

    我已用便笺告知阁下,来信已收到,并为我要晚些复信而表示歉意。今天我

---

    ① 安·伏津斯基(1848—1928),波兰作家,生于法国,用法文写了不少小说,并把许多波兰作家的作品译成法文出版,曾数度撰文介绍莱蒙特。1914 年回到波兰定居。

再一次向您深致歉意。现在我按提出的问题的顺序依次回答。我的作品发表的顺序如下：①《会见》（中短篇小说集），②《到明山朝圣》，③《女喜剧演员》，④《酵母》，⑤《莉莉》，⑥《福地》，⑦《正义》（集名为《黎明之前》），⑧《日记》。

我之所以没有把《农民》列入，是因为它还没有出版单行本。其第一、二部名为《秋》《冬》，今年秋天将出版，后两部《春》《夏》，至迟到明年春天出版，这样的安排不是我的过错而是出自出版商的旨意。麻烦的是，他们也是受到《周刊》读者的意旨和反映的影响。读者不喜欢描写农民的小说，他们在来信中提出了尖锐的意见。为此，我决定在《周刊》上中断第二部的连载。至于后两部会不会在《周刊》上刊载，我还不能知道。也许我自己要出版它，只要不有损于小说的完整性。

我现在回到我的"忏悔"上来。

1868年5月6日我出生在彼特科夫省诺沃拉多姆县的大科别拉村，那时，我家正租种着教堂的一处田庄。不过在我出生一年之后，我的父母又迁居到离罗兹两里的杜辛村。我的父母非常贫穷。到后来他们只有靠租佃为生。我的童年苦不堪言，我们兄弟姐妹9个孩子，其中7个是女孩。当我开始懂事的时候，我的大哥已经上中学了，因此我是在姑娘中间长大的，远离人群，因为我们是住在小镇的外面，而且父亲严禁我们和市民的孩子，哪怕是近邻的孩子交往，否则就要受到严厉的制裁。家里完全是祖先传下来的老传统：信仰虔诚，家规严厉。父亲用铁腕执掌着一切，对我们孩子们的任何过错都是毫不容情的。因此，我的童年充满了害怕、恐惧、折磨、挣扎和对外面世界的难以抑制的好奇。既然无法去观看外面的世界，我就用想象去创造它。这种想象越来越强烈，特别是现实和我周围的环境，因家里的整个生活充满着贫穷、粗野和劳累，使得我无法忍受下去。为了摆脱这种心境，我只好逃到书里的迷人世界去。我的书不少，因为我们继承了叔叔的一个小图书室。我完全沉浸在书海中，但是我只能偷偷地看书，因为父亲严禁我看书，我害怕受到处罚。我永远记得第一批书所给予我的终生难忘的印象。当时我还不到6岁，大哥回来度假，带回了《里拉·文涅达》①。晚上我拿来一翻，正好翻到了达维德的那一场……它一下子就让我着迷了，我偷偷地把书拿走，带着它去睡觉，深夜我悄悄地起来，皎月当空，夜色明亮，我从窗口上爬了出去，来到了果园，在那里我伴着月光，一口气把全书读完了，读完之后我整个人

---

① 波兰19世纪著名诗人斯沃瓦茨基的一部诗剧。

就像着了魔似的。这正是我梦寐以求的世界、渴望的世界,我日日夜夜祈祷的世界,也正是我晚上常常为之痛哭的世界。后来我就生活在这种世界中,不停地探索它,几乎是完全沉浸在里面了。嗣后,我看了一些历史著作,这类书在我家里很多,甚至比文学作品还要多。我孤独地生活着,没有朋友。

我家的房屋坐落在镇外,傍靠荒凉的墓地和古老的教堂,附近还有一座属于原杜辛村长的古老的大公园。公园充满魅力,是我灰暗生活中唯一充满活力的地方:那里有寂静的林荫道,死水微澜的池塘,稠密的树丛和高耸浓密的树木,整个环境使我心旷神怡便不足为奇了。我的父亲非常喜欢音乐,于是他要求所有的子女都来学钢琴,他还亲自授课,每次我弹错一个音符,就得挨父亲的一下敲打,我后来一直也没有学会弹琴。我常常是胆战心惊地拿着曲谱坐到钢琴旁边,我一面看着曲谱,一面无休止地弹出一串串的琴音。

每天都是以祈祷来开始的。我今天还依然记得那些灰暗的寂静的冬天清晨。我时常被母亲的歌唱所惊醒,她在厨房里和女佣一起唱起了圣歌。我也是常常伴着圣歌进入梦乡的。那时候我自己也是个非常虔诚的人,我经常做梦。我还读过许多圣徒的传记,几乎能背诵下来,为此还把我写进了所谓的贝尔纳德或者多米尼克的皮带上(我害过一次大病,母亲便把我奉献给上帝了)。6岁以前我穿的都是长袍,这是我们这里的古老习惯,现在我觉得这种习惯已不复存在了。因此从童年时代起,我就深信自己一定会去当神父的,我的母亲也一直希望我去做神父。我就是这样活着过来的:常常读书,爱好幻想,直到7岁,我的生活才有了转变。

我清楚地记得,那时候我得到了一本罗宾逊和司各特的书,我又着迷入魔了,不过方式有所不同。我们附近,是杜辛村长家的一座大森林,我的舅舅则是这座森林的看林员。我开始从家里逃到森林里去,他们又强把我拉回了家,鞭打了我一顿,可是我无法克制住自己不去那里。森林里面是多么美妙神奇啊!我能整天待在森林里面。舅舅的几个孩子比我稍大一些。多么有趣的探险,多么美妙的打仗游戏,生活又是多么丰富多彩啊!从此我和森林结下了不解之缘,我了解它,全身心地爱上了它,我对它的了解就像所有在林中长大的孩子一样多,我知道飞禽走兽和森林的种种秘密。

8岁时,我进了学校。我之所以愿意上学,就是想离开我的家而走向世界,由于我父亲的严厉禁止而无法认识的世界……走向广阔的世界。我的这种愿望与日俱增,无法抑制。所有的一切都在使这种愿望膨胀——我偷偷阅读的报纸(父亲常常藏起来,不让我看),我中学的哥哥带回来的小说,还有我的大姐所说的一切,她已经出嫁了,住在华沙。她把那里的生活和外面的世界说得那么美好,使我听了之后,晚上伤心绝望得大哭起来。我深感我的生活是那样的糟糕,那样的灰暗,又是那样的枯燥乏味。

第二年我参加了罗兹学校的入学考试。我没有考上。我感到莫大的羞耻和痛心。

要说的事情又长又多……我9岁时便爱上了一个人,我爱上的是个26岁的姑娘,我是满腔热情地爱上她的。现在我想起来,深感这种爱情在我那样的年龄是很不正常的。我为此曾付出过痛苦的血泪。那时候我开始写诗,写了一首致爱人的诗。我还读过各种各样的战争史书,还常常和姐妹们一起嬉戏玩闹,我模仿恺撒的《回忆录》的形式,把这些事情都记录下来了。我那时有这本书的波译本,我读的就是这个译本。

后来呢?后来就是流浪的年代,从一个学校转到另一个学校,因为我从来都没有耐心和毅力。后来家里便把我送去学手艺,我又坚持不了。又把我送去学做生意,我又逃了出来。这样过了6年,结果是:华沙的警察把我赶了出来,用行政的手段把我遣送回家,要我在父母身边待上一年,那一年我十八岁。父母已搬迁到别的地方了。他们在维也纳—华沙铁路线上的巴巴车站和罗基奇纳车站之间,买下了一座磨坊和几块土地,现在他们的生活好过多了。几个姐姐都已出嫁。我的大哥在基辅大学医学系上三年级的时候,就被学校开除了,现在开了家药店,而我却成了全家的一块心病,他们为我伤心落泪,认为我是个无可救药的人,是个败家子。的确,我自己也不知道自己该怎么办好。我一直在写诗,但从来不敢寄出去,因为我害羞;我担心会得到这样的回答:丢进纸篓里去!如果他们这样答复我,我一定会自杀。这个时期我拥有一切而又一无所有,我什么都想干,可什么也干不下去。但是这种强制性的待在乡下,受到父亲严厉而又十分警觉的监督,真把我害苦了。我整日整周地在田野、树林里和水边转来转去。我没有停止过写诗。我从家里逃到了华沙,他们又把我抓住,遣返回家。我真是个倒霉鬼。那时候,我真想进修道院,父亲不让我去,他不给我钱,他赶着我去工作,他专制极了!

我怎么办呢?我有个同学在外省剧团里工作。我从家里逃了出来,身无分文,跑了十多里路,到了他那里。他们接受我加入剧团。尽管那里的同事关系,甚至艺术本身都不怎么令我满意,但我至少能自由自在地生活了,我改名换姓了，和剧团一道周游全国，去到小镇和那些被人遗忘的角落去演出。生活贫困，但是这种自由、丰富多彩而又令人激动的生活，这种充满想象力的生活真使我欣喜异常。我并没有演戏的才华，我什么角色都扮演。我和剧团一道流浪了将近一年，最后我又感到乏味了，便回到了家里。父母再也不关心我了，对我将来能否成为一个正派人，已完全失去了信心。父亲仅仅帮助我在维也纳—华沙的铁路上找了个位置。我干了一年多，后来这种老牛拉破车的生活，还有周围的环境，同事和那种机械的工作，都使我烦透了。

我认识了一个叫普索夫的人，他是个道地的招魂术迷，我和他一起去了德国，从那里我又来到了伏罗兹瓦夫，因为那里有招魂派的主要教堂，不过我在那里没有待多久，很快我就看出了这一教派及其信徒们的幼稚可笑。普索夫想强迫我留下来，他追着我回去，于是我们之间便达成了一项协议：我要到美国去①，在波侨中间传播这一教义。我又不得不到处流浪了。在琴斯托霍瓦，我恰好碰上了一个巡回剧团，我又投身到剧团了：我再次改名换姓，和剧团一道周游世界，干了不大长的一段时间我又干不下去了，重又回到了铁路上。

后来我还换过许多工作、许多职业，以至于到后来，我第三次回到了铁路上。由于我频繁换动工作，这时他们只给了我一个见习员的位置，工资最低，并安排我住在斯凯尔涅维奇的村子里，我在那里住了两年多。我不想去描述我在那里所经历的一切，我只想用一句话来概括：我所感受到的，除了孤寂和劳累之外，就是生活在最底层。这样一句话足够了。

我不再写诗了，我认识到，我永远也赶不上斯沃瓦茨基，于是我就写起散文来，其成果便是《会见》，里面有我的第一批作品，那是我住在村子里写的。我和农民们在一座房子里同住了很久，我还和我房东的女儿结了婚，经常就住在他那里。另外，我自己也揣摸不准，除了写作之外，我到底还有什么别的才能。我是为自己写作的，我既无朋友，也没有知音，我不是个好职员，他们对我的文学创作常常冷嘲热讽。上峰要我去找更适于我的工作，于是我又不得不怀着绝望的心情去漂泊流浪了。我带走了我写的全部东西。通过一个熟人，我把稿子寄给了马杜舍夫斯基②，请他审阅。我等他的回音等了整整半年，但是他的评价是肯定的，这使我浑身充满了力量，看到了目标。当时由波托茨基主编的《声音报》刊

---

① 事实上莱蒙特并没有去美国。
② 马杜舍夫斯基.I.(1858—1919)，波兰著名文学评论家。

载了我的《死》,我开始在他的刊物上发表外省通讯。我在铁路上的处境变得更难了,甚至他们还想把我除名,我自己也干够了这种工作,过够了这种贫困潦倒的生活,看够了这些令人生厌的面孔。

我一直没有向外说过我所受过的痛苦。1893 年的秋天,我辞退了工作,带着 3 卢布 50 戈比到华沙去闯世界了。等我坚决辞掉了工作,我的父母也完全和我脱离了关系。在他们眼里,我是个十足的不可救药的人了。这时我已经走过了人生的 26 个春秋,我并不对他们的行为感到惊讶。

我并不想写我从事文学创作的最初几年,那真是难以诉说的贫穷,可以说是穷得无法再穷了,因为这是在城市的大街上所经受的贫穷。不过我终于熬过来了,经受住了生活的痛苦。我所做的,我所写的都已经在题目上表现出来了,阁下有义务让批评家们知道这一切。关于这点我就不再多说了。

我认为,凡是在《农民》之前所写的一切,都是我的文学开始阶段,这都是些能耳闻目睹的事物。现在所经历的是感觉阶段,然后是思想的阶段。这是我亲自宣布终结的第一阶段。这是人的呐喊,他在试图用语言去探索生活的感受,让自己从外部世界中摆脱出来,《农民》是新的系列创作的开始。我想探求波兰精神的最本质、最深刻的特征,而以某种形式把它表现出来。我想要表现和描写我们的生活,揭示各阶层和民族的基础的哲学思想,再现波兰生活的全部风习。我想从一鳞半爪中,从零碎的思想和不复存在的风习中,从来自大地的印象中,从属于我们波兰的一切之中,提取其最本质的内核而构筑起波兰的总体精神。而这种波兰的总体精神,是我所熟悉的,所能感觉得到的,我相信,这是一种独特的精神,充满奇妙和辉煌的力量。它能经受住外来的影响,抵挡住敌对势力和我们内部敌对派别的攻击,永存不灭,千古流芳。

《农民》是基础。我从土地开始。然后在我已计划好的十多部小说中去描写我们生活的广阔天地。这将是一项历时 20 年的工程,不过我认为我是能完成的。现在倒有一个我能不能胜任的问题。我是为自己的真实需要而写作的,不管别人喜欢与否,我不是为了虚荣心,也不是为了名誉才写作的。我之所以成为作家是出于必然。是由于环境的需要,由于痛苦,也是由于恨和爱。我必须终生成为作家,哪怕一个读者也没有。我知道我会遇上这种情况的,我知道,这种情况的出现是由于我对目前状况的强烈仇恨,是由于我蔑视周围的一切,对美好的未来抱有热诚的希望,单是这个原因我就会得不到读者的……在这组小说中,我会让波兰的风习长存下去。我将继续写下去,写出我所看到的生活和我的感受,以及我所希冀的生活。

人们会因为我的直率而仇恨我。

说真的，我不知道，该怎么来回答最后这个涉及文学和艺术的问题。我觉得这种文学和艺术，大多数已成了毫无感受而又无话可说的人间喜剧，丑角和空洞的叫喊，除此之外，我就一无所知了。

它的繁荣就是堕落的开始，今天它成了芸芸众生的安慰者的角色，明天就会自行衰落下去。艺术来自祭仪，但我认为，它必须回到祭仪中去，其本身就是一种祭仪。

请原谅我啰唆得太长了。不过，每当我想起和回忆起过去的事情，我的心情就会无比激动，难以控制自己。如果还需要什么细节和说明，我将乐于答复。现在对你想写我的文章深表谢意。我相信，这篇文章一定会是真实的优美的，就像伯爵先生所写的有关文学问题的那些文章一样。

我在巴黎只住到 6 月 10 日，随后我就回到华沙和扎科潘内去。

致以诚挚的问候。

W.L.莱蒙特

1903 年 4 月 15 日　巴黎

雅罗斯瓦夫·伊瓦什凯维奇

山岳音乐

一

你还记得我们第一次下山的情景吗？那是很久以前的事了。无数微不足道而又烦琐的各种各样的事情，有如一道篱障，把我们和那个时期分开了。那时候，我们来到了一家酒店，喝了啤酒，我们的肺里依然保存着山中的空气，头脑却因劳累而麻木昏沉。我们如同千千万万的普通人一样，是从旅游地回来的。我们不知道要到达什么地方，住进什么房子，而且我们也不想去知道。

酒店里奏起了音乐，像往常一样，是男低音和木弦琴在演唱，小伙子们跳起了强盗舞，我们坐在酒店里看了一会儿，随后又上路了。脸孔和肩上裸露的皮肤由于风吹日晒而有些发热，双脚疼痛难忍，睡意也涌上了眼睑。我们走过了这迷人神奇的世界，虽未引起我们更大的注意，不过它们的魅力却永驻心头，难以消失。我们回到了住地。我们曾多少次想起过这些节奏、这种舞蹈和这种音乐。

木弦琴是一种迷人的乐器，用不同的线固定在织锦一般的基板上。你永远能从这种乐器中听到亘古时代的回音，仿佛是我们世界上的一群远古时代的居民，乘着这种音乐的翅膀，从天宇之间直朝你飞驰而来。这远古时代的回音依然在维斯瓦河畔,在圣十字山的深山峻岭中,当然也在我们立脚的地方回荡。不过,在我看来,这音乐却是一种对未来岁月的憧憬。尽管我还是这样认为,人并没有变化,永远都是一样的,但我心里却有不同的想法,因为我认为,"新的人"将会随着这音乐之声而降临到大地上,降临到我们的地球上。

于是我们又回到了酒店。酒店里热闹异常,色彩斑斓而又欢歌笑语,气氛热烈。用冷杉扎成的金字塔装饰着马匹,有如可爱的小玩物、色彩鲜丽的纸饰品。在我们乘坐的大车前面,也有这样的音乐,老巴尔托希在演奏乐曲,我仿佛觉得,这音乐和我们在巴黎大使馆的金碧辉煌的舞厅中所听到的乐曲一模一样。

有一个夜晚我记得特别清楚,那是个皓月当空的夜晚,银白的月光投射在我们前面的树顶上。在庭院和高山丛林之间是一片广袤的雾海,如雾的月色也包围了我们,轻轻地抚摸着我们。而巴尔扎希的乐声,在我看来.,要比平常更令人心醉神迷。这种愉快的乐曲便显得更加可贵了,它像一个闪烁不定的光环,被人嵌入了不断增强的雾中,闪烁出珍珠般的光点,随后便消失了,沉入了男低音的悠长歌声中。那悠长的歌声也像那光雾一样,开始笼罩着农舍、庭院、草原和山峦,用它那稚拙的乐调抚慰着我们。格旺特峰①就像一个被打倒在地的骑士,躺在那里,脸孔朝向月亮。这时候,我依然觉得,就是最平淡无味的神话,也具有十足的意义和魅力。我好像也是第一次听到了关于愉快的行吟歌手的故事,他们云游四方,和着木弦琴歌唱,在这种稚拙的曲调伴奏下,嘴里唱起了山民之歌,经过鲜花盛开的绿茵似海的草原,他们来到狭窄拥挤的城市的墙边,那里的热闹愉快的场面更适合他们。

二

不过这又是另一次的事了。那时候,在一座荒废的庄院里住了一段时期,这庄院坐落在拉布卡和奥比多的后面。可以说,这不是一座庄院,而是一间茅屋,它和另一间茅屋成了人们劳作的场所。茅屋建于山谷中间的深处,坐落在松树林的深处,从茅屋的窗口望出去,是一片深色森林的海洋。松树参差不整的树顶,伸向夏天那万里无云的苍穹之中。下面是一条流水潺潺的溪河,用石头堆积而成的拦河坝,掀起无数的小水泡。这地方恰好有一株花楸树,我常常在它的树

---

① 喀尔巴阡山在波兰境内的一座高峰。

荫下玩水洗澡,擦洗我那被炎热阳光晒黑的躯体。

　　那是个被人遗忘的角落,只有上帝还记得它。由于上帝的慈悲,才使这个地方色彩斑斓,千姿百态。只有被上帝垂爱的地方,才会出现这样欢唱的小鸟,也只有在被上帝垂爱的土地上才会有这样花容月貌的女人。每当皓月当空的夜晚,生活在林中的无数野猪,便会偷偷地来到茅屋的附近,或者窜到已被开垦过的林中空地。这些空地虽然还不肥沃,却被精心耕耘过,地里生长的土豆和燕麦,激起了这些野猪的胃口,它们经常来到这些贫瘠的地里。不过,安装在急流溪河上的磨坊的吱喳声,吓住了那些贪婪的野猪。这种吱喳声在万籁俱寂的晚上,一直能传到森林的深处,传到睡梦中的人们的耳朵里,就像是大自然的永恒守卫者的呼应声一样。

　　也就是在这里,我才知道森林会演奏。有一天晚饭时刻,有一个年老的山民来到主人为我安排的那间洁白的客房里。这个老山民住在奥比多夫森林的深处,而且很少来到山下面的河谷。房间里,夏天的热气、松柴的烟雾和烤肉的气味交织在一起。我像以往的旅行那样,自己煎烤那些切成小块的猪肉,我一边用叉子敲得煎锅叮当响,一边听着老人说话。他坐在镜框画下面,神情严肃,他长有一个鹰钩鼻子,他那无神的眼睛仿佛已对生活失去了乐趣,也不再对“跳舞”和“音乐”感兴趣似的。当我询问他当地的风土人情,有没有什么古老的乐器时,他不大情愿地回答说:在这山里还用得着什么乐器,山岭本身就会演奏。

　　于是我一句接着一句,一个问题接着一个问题——这样探究问题遇到了多大的困难——才探听出来:山岳有自己的音乐。不过这种音乐只有半夜才能听到,而且最好是月光皎洁的夜晚,当然也可以在新月升起之时走进山上密林丛生之处,甚至爬上某个最高的山峰。你到了那里,用古老的方法把耳朵紧贴在地上,或者不用紧贴耳朵你就能听到山岳的演奏。声音并不很大,你只要静静地坐在那里,久久地倾听着,这时候你才会听见。不过这位老人还告诉我,只要听见了这种音乐,那他就永远也忘不了。无论是在田野里,抑或是在森林中;也无论是在工作时,抑或是在娱乐时,都会保持对它的记忆。我想知道,这种山岳音乐是否会跟着我进入城市,并在我耳边回响,对此老人却无法回答。

　　我问过住在第二座茅屋的阿鲁什卡,她有没有听到过山岳音乐。她没有听见过。

　　恰逢圣安娜节,山中举行庆典,远处的教堂举行弥撒,邻屋正在举行婚礼,阿鲁什卡的姐姐正好出嫁。一个星期以前,便听说了这次婚礼的消息。他们烤好了许多面包和点心，放在储藏室里，哥哥已去买过一次啤酒，那次是晚上回来的，路上遇到了惊吓，不仅啤酒桶，甚至连大车都在路上碰撞成碎块。后来他又去了一次，过了一天才回来。

这天一大清早，我就被男低音的优美声调所惊醒。当深夜我和阿鲁什卡朝溪河走去时，我们身后还传来伴有优美装饰音的乐曲。尽管这是个只有月牙的漆黑夜晚，我们还是决定半夜登上奥比多夫山的顶峰，去听听山岳的音乐，看看山岳音乐是否比屋里演奏的音乐更优美动听。

我们朝溪河走去，在我们身后是音乐的声音，越来越弱，在溪河上面与流水的响声融会在一起，最后被水声淹没了。防吓野兽的装置在林中深处敲响着。我们一踏上小路，便朝山上走去，溪水的声音消失了，又听见了乡村音乐的歌唱声。一只蟋蟀的鸣叫声与远处驱兽器的有节奏的敲打声混合在一起。当我们在松林中面对着茅屋站住时，我们看到了对面亮着灯光的窗户有如一双明亮的眼睛朝我们望着。歌声也向我们飘送过来，那是年轻有力的歌喉唱出来的歌声。我们不久又上路了，完全进入了黑夜之中，黑暗充塞着松树枝叶所组成的天棚。

松林天棚的上面已是寂然无声，连一丝婚礼上的乐声也听不见了。山顶上的空地、周围的树木形成了一道篱墙，树木上面是群星在闪烁，浅蓝色的空中依然有一股热气，然而从地面上、从岩石和树木中渐渐透出一丝凉意，它使我们顿感清新，也减轻了等待时的焦急心情。我们坐在一块岩石上，开始全神贯注地听起来。我把头紧靠着岩石，感觉出上面那薄薄的一层青苔，硬得有些刺人；我那灵敏的鼻子也闻嗅到凉爽的气息，这种气息与我和阿鲁什卡身上穿的羊皮背心的气味混合成一体了。尽管已是午夜，但我们什么也没有听见。我紧握着阿鲁什卡的一只手。

我们一声不响地坐着，这样毫无意义的等待开始使我感到不安，整个大地被深夜的寂静笼罩着。当一个人卷入到这种寂静时，他便会感到惊恐不安，沉寂有如石头一样的沉重。

然而当我全神贯注去听时，我便猎听到一种与这寂静无关的声音，一种像是从地球表皮下面挤压而出的声音，一种从未沉睡过的宇宙力的均匀而有力的敲击声。我一动不动地听着，这种节奏声越来越清晰。我寻思着，这就是山岳的音乐，一种永恒生命的细小的节奏声。

"你听见了吗，山岳音乐的节奏声？"我问阿鲁什卡。

"这是我的心在跳。"她悄悄地回答说，把我的一只手放在她的左胸上。

的确,这是她的心在跳动。

三

直到后来我孤独一人时,才听到了山岳的音乐。这天从清晨开始,我就对声音十分敏感。而与乐阶的短句相对应似的,我也感觉出两种相似的色彩:草原的翠绿和松林的深暗。森林上面的洁白正好与高高峙立的巉岩的灰暗相对应,而天空,最早是凌晨的,随后是中午的,最后是红霞满天的黄昏。一种有节奏的声音布满了这永恒物体的广袤领域,而我们耳中听见的音响和和声,正是从这永恒物体中产生和消失的。有谁知道它会不会永远消失呢? 也许它将永远存在于这世界的实体中,时时以遥远的回声朝我们袭来,而成为一种山地的音乐,一种魔琴的演奏声。

这已是我孤独一人的第三天了,我感到浑身疲乏而又苦闷无聊。我毫无目的地游荡着,也许只有一个目的,那就是转移我的注意力,使我摆脱这些烦恼的因素。我不知道我要到哪里去。夜幕已开始降临到这清一色的乔木中,那里曾是苍翠欲滴的地方,同时也显示出夜晚来临的凉意,黄昏星的亮灯已经点燃,高高悬挂在我头顶上的巉岩顶峰之上。

这时候,我漫无目的地徜徉在山坡和山脊上,黑暗降临了,我摸不清方向。我不想下山去,于是我便躺在一块岩石下面过夜,但是我无法入睡。晚上并不觉得冷,但我还是小心为妙。我在等待着午夜的到来,等待着那种音乐。午夜越是临近,我越是不安,我感到有一股凉意从脚底直钻到心里。我的眼睛更为明亮了,周围已不是一片漆黑,而是看见了一颗颗明亮的星星,它们以和谐的动作移动着。我耳边响起了夜的呼唤声,聪明的猫头鹰的鸣叫声,与溪水的响声交织在一起。在这一刻之前,只有溪水可以证明我的周围还有生命,还有娱乐的回声、山民音乐的回声,还有我的心跳、你的心跳、阿鲁什卡的心跳,以及宇宙心跳的声音。山岳音乐出现了。

这音乐使我激动、不安和痛苦,它揭示了人类孤独的深渊。老山民说得有理,这种音乐是令人无法忘怀的。甚至就是现在,当我走在城市的大街上,它也伴随着我,紧紧跟随在我的身后,在对着我的耳朵说话。而在它的演奏中混合着生与死的词句,因为在这里,在山谷里,你就能知道,何处是生,何处是死,何处是终结,何处是开始。而山岳恰好就处在这两个巨大而又可怕的国度的分界线上。在老山民过去听到的山岳音乐中,柏树和橡树组成了一种动人心弦的乐声。凡是听见过这种乐声的人,便永生永世也不会忘记它的。

雅罗斯瓦夫·伊瓦什凯维奇

第三卷　诗歌

密茨凯维奇诗选

青春颂①

没有心、没有灵魂，这是行尸走肉；
青春啊！请赐给我翅膀！
我要飞翔在这僵死的世界之上，
一直飞向那幻想的天堂！
在那里，热情创造了奇迹，
撒下了新鲜奇妙的花朵，
给希望以金色的图像。

衰老使人两眼发黑，
低垂着满是皱纹的头额。
他用那呆滞的眼睛，
望着他身边的世界。

青春！你高高飞在地平线上，
恰似那高悬在天上的太阳，
照射着这地上的人群，
从这端到那端，永无止境。

---

① 《青春颂》写于1820年12月，在沙皇统治的波兰长期未能公开发表，而它的手稿却在青年中间广泛流传。1830年华沙起义时，这首诗被印成传单，张贴在华沙的街道上，成为鼓舞起义战士勇敢战斗的战歌。《青春颂》尽管采用了古典主义文学通常爱用的"颂"的形式和比拟手法，却突破了古典主义的束缚，抛弃了那种墨守成规、平稳冷漠的风格，运用变化跳跃的节奏和长短不齐的音节，大胆使用了许多浪漫主义文学富于幻想的诗句，因而具有异常活跃的表现力。

向下看！那里，永恒的云雾遮盖住，
那充满慵懒和混乱的国土，
这正是大地本身！

看！在那一动不动的死水上，
出现了一只负着甲壳的爬虫，
那是只小船，张着帆，掌着舵，
本能地追逐着那些更小的爬虫。
时而高高地抛起，时而深入水里，
它不管波浪，波浪也不理它，
然而却像水泡，在岩石上撞碎，
谁也不知道它是活着，还是死去；
这正是孤芳自赏者的下场！

青春啊！生命的美酒会使你甜蜜，
只要你能和别的人一起分享；
每当金带把我们联结在一起，
我们的心就能感受到天堂的乐趣。

团结起来，年轻的朋友们！
大众的幸福就是我们的目的。
团结就是力量，热情产生智慧。
联合起来，年轻的朋友们……
在战斗中牺牲是最幸福的人。

如果他能用自己倒下的尸体，
为同胞架起通向光荣之路的阶梯。
团结起来，年轻的朋友们……
尽管我们的道路曲折而又崎岖，
尽管暴力和软弱会阻碍我们前进。
但我们要以暴力去反抗暴力，

软弱呢，从小就要学会把它战胜！

如果摇篮中的孩子能折断多头蛇①的巨头，
那他长大成人后定能把人头马身怪除掉，
他还能从地狱里救出那些苦难者，
也能从天堂里得到月桂的花冠，
他能摧毁理智所不能摧毁的一切，
达到目光所不能达到的地方。
青春啊！你的飞翔像雄鹰矫健，
你的翅膀像雷电一样威猛！

嘿！让我们肩并肩！如同一根链条，
把这个圆圆的地球缠绕。
我们要把思想集中到一点上，
在这点上再集中我们的灵魂！
前进吧，地球！离开你的地盘，
我们要把你推入新的轨道；
直到你脱下那发霉的皮壳，
回忆起你青春绿色的年代！

有如在混沌和黑夜的国度里，
好争执的分子正在大声喧闹。
上帝一声大喝"停住！"威力无比，
物质世界便站立在坚定的轴上。
狂风呼啸，波涛汹涌，
星星闪耀在深蓝的天空。

人类的世界依然处在黑夜中，
各种欲望的元素正在进行战争。

---

① 多头蛇，即希腊神话中的九头蛇。据称希腊神话中的大英雄赫拉克勒斯就曾在摇篮中杀死过两条蛇。

然而爱的火焰正在那里升起，
从混沌中诞生了精神的世界。
青春将它拥入自己的怀中。
友谊和它结成了永恒的纽带。

大地上无情的冰雪，
将和遮蔽光明的偏见一起消融。
欢迎你，自由的曙光，
"拯救"的太阳正随你升起！

小　鱼

——歌谣，取自民歌

从森林边上的那座豪华庄院里，
发疯似的跑出一位悲痛欲绝的姑娘，
她的脸上挂满了滚滚流淌的泪水，
披散的头发在微风中急剧飘荡。

她急急跑到了草场的尽头，
那里有一条流入湖中的小河。
她绝望地扭着她白嫩的双手，
她心如刀割，悲伤地哭诉着：

"啊，你们，住在那深深的水中，
我的希维德什湖里的水仙们，
请听听一个被遗弃的不幸女人
所受到的欺骗和她悲哀的处境。

"我真心实意地爱上了我的主人，
他也信誓旦旦，定要和我结婚。

可是今天他却娶了一位富家小姐，
便将可怜的我克里霞赶出了家门。

"就让他们享受他们的新婚欢乐，
就让这个伪君子去和她卿卿我我，
唉，只要他们不到这边来，
来嘲笑我的痛苦，我的耻辱。

"一个被他狠心遗弃了的女人，
还有什么指望，在这人世间？
请接受我吧，希维德什的仙女们，
可是我的孩子，我的孩子怎么办？"

她一边诉说，一边伤心地哭着，
她用双手蒙住了自己的眼睛。
突然，她跳进了深深的水里，
湖水立即淹没了她的呻吟。

这时候，在森林那边的庄园里，
灯火辉煌，亮起了上千盏灯光，
兴高采烈的宾客们纷纷前来祝贺，
到处洋溢着音乐、跳舞和欢呼声。

然而，就在这欢乐的嘈杂声中，
从树林里传来了婴儿的哭叫声。
那忠心耿耿的仆人从林中走出，
他抱着嗷嗷待哺的婴儿急急前行。

他大步流星地朝小河那边走去，
密密的柳树排列在小河的两岸：
仿佛用强大的臂膀将小河拥抱，

小河的河水在树林中间蜿蜒穿行。

老仆人站在那阴暗的角落里，
哭喊着，脸上显出了悲伤：
"唉，谁来给这孩子喂奶呀？
克里霞，你在什么地方？"

"我在这儿，在深深的水下面"
回答的是可爱的温柔的声音，
"我在这儿挨冻，浑身冻得发抖，
尖锐的礁石又划破了我的眼睛。

"我同石子、小鱼和水虫在一起，
汹涌奔腾的波浪推着我向前冲，
我的饮料是寒冷的露水，
我的食物是珊瑚和小虫。"

老仆人依然站在那角落里，
哭喊着，一脸焦急的神态。
唉，谁来给可怜的孩子喂奶？
喂，克里霞，你在什么地方？

就在这晶莹透明的湖面上，
突然掀起了一阵阵的波浪。
湖水翻滚着，波光粼粼，
一条美丽的鱼跃出了水面。

正像我们常常看见的孩子们
轻巧地用石片在打水漂那样，
我们的小鱼也是这样的蹦跳着，
在轻柔的水面上一蹦一跳而来。

她全身都是金色的鱼鳞。
两边长着色彩鲜红的鳍。
她那小小的头有如顶针,
她细小的眼睛像是宝石。

突然,她脱下了鱼鳞的外衣,
变成了一个美丽可爱的姑娘,
金黄色的头发披散在肩背上,
激动的胸脯和项颈在起伏不停。

她的脸好像玫瑰一样娇艳,
她的乳房有如白皙的苹果,
她的腰以下依然是鱼的形状,
在柳树枝下的水上摆动游荡。

她双手接过那可怜的孩子,
立即紧紧贴在她白嫩的怀中,
"啊,我的宝贝!"她说,"不要哭,
啊,你不要再哭了,我的小乖乖。"

等到这孩子停住了哭泣,
她把摇篮挂在伸出的树枝,
随后,她缩小她美丽的头,
全身又恢复了小鱼的形体。

她的身上又披上了鱼鳞,
两边又长出了坚硬的鳍,
她拍打了一下便沉入水中,
只见一片水泡在湖面泛起。

每天清晨和每天黄昏,

只要老仆人来到湖边，
希维德什水仙女便会游来，
她游过来，是来给她的孩子喂奶。

然而，有一天夜幕即将降临，
这里却见不到任何一个人影。
平常约定的时间到了，过去了，
依然不见抱着孩子的老仆人。

他不能到这里来，只好等着，
他心急如焚，可又无可奈何。
因为他的主人和新婚的娇妻，
这时恰好散步在他们相约的湖畔。

老仆人只好退了回去，远远等着，
他坐在那片浓密的树林的后面，
他等呀，等呀，徒然地等待着，
始终不见他们从湖边返回庄园。

他站了起来，用手遮住额头，
从指缝中间朝前面窥视、察看，
红霞满天的白昼已经过去，
暮霭深沉的夜晚正降临大地。

日落之后他又等了一段时间，
一直等到星星在天空中闪耀，
他才悄悄地朝湖边匆匆走去，
他朝四周观看着，想大声喊叫。

啊，上帝，这里怎么会大变样？
是奇迹，还是魔鬼的法力所致？

这里原来流着清澈见底的小河，
现在却变成了一片沙地和岩石。

河岸上见到的是可怕的脏乱，
到处散布着他们的华丽的衣衫，
主人和他的夫人到哪儿去了？
再也找不到他们夫妇的踪影！

在干涸的小河入湖处，只见耸立着
一大片岩石，高高地伸向了天空，
岩石的形状奇特，像是经过了雕塑，
看起来真像他的两个主人的模样。

这位忠心的老仆人见此惊恐万状，
他站在那里目瞪口呆，一动不动，
等到他恢复过来能再说话时，
一两个小时早已消逝过去。

"克里霞，克里霞？"他喊叫，
回应的只有"克里霞"的回声。
他朝四周察看，真是徒劳，
再也见不到有人出现在湖中。

他望着那深暗的水坑和岩石，
冷汗从他苍白的脸上流下，
他的花白的头点了三次，
像是在说：我已经明白了。

他轻轻地把孩子抱在了手上，
露出了微笑，笑声充满奇异。
于是他虔诚地念起了祷词，

匆匆朝那座豪华的庄园走去。

青年和姑娘

一

绿绿的树林里,有一个
在采草莓的姑娘,
看,又来了一个青年,
他骑在黝黑的骏马上。

他很有礼貌地鞠躬,
轻捷地跳下了马,
姑娘害羞地躲闪着,
眼睛尽望着地下。

"你这可爱的姑娘!
今天,在这片槲树林里,
我们在这里打猎,
我和我的同伴们一起。

"现在我却迷了路,
我的小城在哪个方向,
请你告诉我走哪条路,
你这美丽的姑娘!

"是不是顺着这条小路,
可以尽快走出树林去?"
"时间还很早,你一定
来得及赶到家里!

"这里是高高的树林，
树林旁是一片白桦树，
靠近小村的那边，
到那边，一条向左的路。

"再上去是一片刺藤，
在右边的小河上
有一座小桥和磨坊，
你就望见小城的楼房。"

青年说了一声"谢谢"，
轻轻地握着她的纤手，
又在嘴边吻了一下，
于是就把马牵走。

青年跨上马，装上马刺，
他的身影渐渐消失，
姑娘却独自在叹息，
我不知道这为的什么。

二

绿绿的树林里，有一个
在采草莓的姑娘，
看，又来了那个青年，
他骑在黝黑的骏马上。

他远远地就叫着：
"请你告诉我别的路！
小村那边有一条河，
我却没法儿过渡。

"并没有什么小桥,
也找不到浅滩在河里,
你这姑娘,难道你
想让我在河里淹死?"

"那么你就走这条小路,
右边是一带坟墓。"
"上帝保佑你,姑娘!"
"我感谢你的祝福!"

在树林里的小路上,
他的身影渐渐消失。
姑娘又独自在叹息,
啊,我知道这为的什么。

三

绿绿的树林里,有一个
在采草莓的姑娘,
看,又来了那个青年,
他骑在黝黑的骏马上。

他又高声地喊着:
"姑娘! 这真是天知道,
你指引的是什么路?
竟把我领到了城壕。

"在这条难走的路上,
从来没有人走的脚迹。
也许有抄近路的农夫,
为了砍树才来到这里。

"我打猎打了一整天，
马也不曾休息过。"
青年嘘嘘地喘气，
黑马也不再跳着。

"小溪的清水喝个饱，
也要把马嚼松下，
让马吃一点青草。"
青年很有礼貌地鞠躬，

轻捷地跳下了马，
"我要在这里休息。"
姑娘害羞地躲闪着，
眼睛尽望着地下。

一个沉默，一个叹息着，
过了不多久的时间，
一个大声，一个低低地，
他们在互相交谈。

老天似乎在和我作对，
风尽吹向树林那边，
青年和姑娘讲些什么，
我一点儿也听不见。

但看他的目光和神情，
我可以深深地相信：
关于走哪一条路，
他再不会向姑娘发问。

犹　疑

未见你时,我不悲伤,更不叹息,
见到你时,也不失掉我的理智,
但在长久的日月里不再见你,
我的心灵就像有什么丧失,
我在怀念的心绪中自问:
这是友谊呢,还是爱情?

当你从我的眼中消失的时候,
你的倩影并不映上我的心头,
然而我感到了不止一次,
它永远占据着我的记忆,
这时候,我又向自己提问:
这是友谊呢,还是爱情?

无限的烦扰笼罩我的心灵,
我却不愿对你将真情说明,
我毫无目的地到处行走,
但每次都出现在你的门口,
这时候,脑子里又回旋着疑问:
这是为什么? 友谊,还是爱情?

为了使你幸福,我不吝惜一切,
为了你,我愿跨进万恶的地狱,
我的纯洁的心没有其他希望,
只为了你的幸福和安康,
啊,在这时候,我又自问:
这是友谊呢,还是爱情?

　　　　　　　林洪亮译文自选集

当你的纤手放在我的掌中，
一种甜美的感觉使我激动，
像在缥缈的梦中结束了一生，
别的袭击却又将我的心唤醒，
它大声地向着我发问：
这是友谊呢，还是爱情？

当我为你编写这一首歌曲，
预知的神灵没有封住我的嘴，
我自己也不明白：这多么稀奇，
哪儿来的灵感、思想和韵律？
最后，我也写下了我的疑问：
什么使我激动？友谊，还是爱情？

阿克曼草原

我航行在无水的辽阔海洋上，
我的马车像小船在绿丛中前行。
穿过青草的波涛、鲜花的海浪，
绕过色彩斑斓的山茱萸的岛群。

黑夜降临了，没有路，也无路牌指引，
我仰望天空，寻找为我导航的星星，
远方是云彩在闪烁？还是曙光初露？
闪光的是第聂伯河，是阿克曼的明灯。①

我们停下。多么寂静，我听见鹤群飞过，
太高了，就连老鹰的鹰眼也望不见，
我听到了在草地上蹁跹飞行的蝴蝶。

---

① 1825 年夏天，密茨凯维奇游历了克里米亚，这组诗反映了他的所见所闻，所思所想。

我还听见了光溜的蛇在草丛中穿行，
多么寂静！我好像听到了立陶宛
传来的声音——没有人呼叫，我们前进！

　　阿克曼是俄国南部的一座小城，位于第聂伯河的右岸，离黑海
十二英里。

暴风雨

帆破舵断，风急浪高，大海在咆哮；
人们惊呼狂叫，唧筒发出可怕的呻吟，
最后的一根绳索也被狂风卷走了，
太阳血红地落下，希望也随之消失。

狂风发出胜利的欢呼！骇浪滔天，
层层巨浪有如一座座高山屹立海中。
死神出现了，直朝轮船冲了过去，
恰似军队进攻那早已破坏了的堡垒。

有的昏倒在地，有的扭动着双手，
有的抱住了朋友，一起跪下祈祷，
他们在乞求死神发善心放过他们。

唯有一位旅客孤坐一旁，他在想：
"那些昏倒的和能祈祷的人真幸福！
幸福的还有那些有朋友可以告别的人！"

致波兰母亲

此诗写于 1830 年

波兰母亲啊！如果在你儿子的眼里，

闪烁着天才的明亮光辉。
如果能从他的孩子般的额头上，
　　看出古代波兰人的骄傲和荣光。

如果他离开了他的同龄人伙伴，
　　跑去听老人歌唱昔日的辉煌。
他低垂着头，全神贯注地听着。
　　那老人向他讲述祖先历史的荣耀。

波兰母亲啊！你儿子的命运多么不幸！
　　你要面对着悲痛的圣母跪下，
你看见那刺伤她心脏的利剑，
　　敌人也会将你的心刺伤！

虽然一切政府、人民和教派结成联盟，
　　虽然全世界都在享受着和平，
你的儿子只有去参加毫无荣光的战争，
　　只有殉难……再也不能起死复生。

还不如早点让他留在孤寂的洞穴，
　　去进行忧郁的思考，躺在灯芯草上，
呼吸着潮湿而又腐烂发臭的气体，
　　和那里的毒蛇一起分享睡床。

让他在那里学会掩饰自己的愤怒，
　　隐藏他的思想，在深深的渊薮中。
用恶言恶语去伤害人们，像用霉气那样
　　要谦恭卑屈地行事，像一条毒蛇。

我们的救星，当他还是拿撒勒的孩子，
　　他就十分喜爱那拯救人类的十字架。

波兰母亲啊！如果我真是你的儿子，
　　就该知道怎样去玩那些未来的玩具。

你早早地让他戴上了手铐铁链，
　　要他羸弱的身体去拉沉重的大车。
当他看到刽子手的斧头不会害怕，
　　看到杀人的绞架脸也不会变色。

他不像古代的勇敢的骑士们，
　　把胜利的十字架插在耶路撒冷①。
他也不像为新世界而斗争的士兵②，
　　为了自由而把鲜血洒在战场上。

总有一天，不认识的奸细会把他告发，
　　与他斗争的就是伪证的法庭。
阴暗的地牢将是他的比武场，
　　强大的敌人将会判决他的罪名。

高高矗立的光秃的木绞刑架，
　　正是这失败者唯一的纪念碑。
他的奖赏只有女人的短暂的哭泣，
　　和爱国同胞夜里长久的交谈。

上校之死③

森林深处护林人的小屋门前，

---

①　指中世纪时期的十字军东征。
②　指 18 世纪美国所进行的独立战争。
③　这首诗写的是真人真事。艾米莉亚·普拉特尔(1806—1831)在 1930—1931 年起义期间，曾是日姆兹地区起义游击队的首领。她女扮男装，奋勇杀敌，立下许多战功。她的事迹被波兰许多诗人和艺术家所歌颂。密茨凯维奇在德累斯顿一听到这位女英雄的事迹，便立即写出了《上校之死》这首诗，表达了他对这位女英雄的无限崇敬。

有一队波兰士兵正在休憩。
门口站着的是上校的勤务兵，
他们的上校躺在屋里奄奄一息，
附近的农民闻讯纷纷前来送别。
这位首领定是战功显赫的英雄，
纯朴的农民才会关心他的健康，
像亲朋好友一样为他哭泣悲伤。

上校吩咐卫兵给战马装上马鞍，
这战马伴随他经历过无数战斗，
他想在临死时能再见它一面，
于是他要求把马牵进他的房间。
他还要勤务兵把他的军服拿来，
还有他心爱的军刀、武器和腰带。

他要像恰尔涅茨基①临终前一样，
和他的这些战斗伙伴一一告别。
他们刚刚从茅屋里牵出战马，
一位神父带着圣礼匆匆来到。
士兵们一见脸色煞白、无限悲痛，
农民们也纷纷跪下，虔诚地祈祷。
就连科希秋什科的老战士们，
他们经历过多少次的流血战斗，
从未掉过一滴泪，如今都泣不成声。
他们跟着神父，都念起了祈祷文。

黎明的钟声在教堂的上空响起，
起义的战士们立即离开了此地。

---

① 恰尔涅茨基·斯特方（1599—1665）是波兰国王卡其密什统治时期的著名统帅。1665 年在一次战役中受了重伤，死在农民的茅屋里。临死前，他下令把他的战马牵进屋内和它告别。

因为沙皇的军队已在附近出现。
农民们走进房门瞻仰死者遗体，
只见他直挺挺地躺在光板木床上，
他手握十字架，头枕着一个马鞍，
旁边放着他的战刀和一支双筒枪。

为什么这位身着军装的首领，
却有一副少女那样美丽的面容？
为什么他的胸脯会那么高耸？
啊，他是个姑娘，立陶宛女英雄！
艾米莉亚·普拉特尔，起义的首领！

1832 年

致俄国朋友
——谨以此诗献给莫斯科的朋友们

你们还记得我吗？每当我回忆起
那些已被流放、监禁和死亡的朋友们，
我就会想起你们，在我的梦境里，
你们的脸上便显示出人民的正义。

你们现在在哪里？我曾亲切拥抱过的
高贵的雷列耶夫①，现在沙皇的命令，
要将他吊死在那卑鄙可耻的绞架上，
诅咒他们，诅咒那些杀害先知的人！

---

① 康德拉特·雷列耶夫(1795—1826)，俄国著名文学家和十二月党人。写有诗篇《杜马》。1825 年密茨凯维奇在彼得堡和他结识，并成为志同道合的朋友。十二月党起义失败后，雷列耶夫于 1826 年 7 月 25 日被绞死。

别斯杜舍夫①曾向我伸出过的那只手，
那是战士和诗人的手，现在却被沙皇
夺去了刀和笔，还命令他去做苦工，
和波兰同志一起，在矿坑里挣扎呻吟。

别的人或许遭受到更惨重的酷刑，
有的人还可能受到官职和勋章的引诱，
居然把自己的自由的灵魂出卖给沙皇，
今天就在大人物的门槛前哈腰鞠躬。

或许，他那贪婪的舌头只对暴君歌颂，
对于同伴们的殉难反而幸灾乐祸，
或许，他正在我的祖国吸吮人民的鲜血，
在沙皇面前邀功请赏，夸耀可耻的功绩。

假如这忧伤的歌能凭着远飞的翅膀，
从一个自由的国家传到北方的你们中间。
在你们那茫茫的冰天雪地的国土上，
向你们报告自由，如同鹤群预报春天。

你们能听出我的声音，当我戴着镣铐，
我瞒过了暴君②，像蛇一样悄悄地爬行。
可是在你们面前，我袒露我的全部感情，
对于你们，我从来都怀有鸽子般的纯真。

现在我把这杯毒酒泼向整个世界——

---

① 亚历山大·别斯杜舍夫(1797—1837)，俄国诗人和小说家(笔名马尔林斯基)，曾是近卫军军官，参加了十二月党的起义，失败后被送到西伯利亚的矿井服苦役，后又作为普通士兵被派往高加索，在与山民的战斗中身亡。

② "我瞒过了暴君"，在流放俄国的四年多的时间里，密茨凯维奇表面上装得老老实实，遵纪守法，暗中依然和俄国革命者来往，他常常逃过了俄国宪警对他的监视。他的著名长诗《康拉德·华伦洛德》借历史的外衣也骗过了俄国的书刊检查机关，于1828年获得通过出版。

这从血管里迸发出的故事多么凄惨，
这毒汁由我祖国的血和泪所组成，
让它腐蚀——不是你们，而是你们的锁链。

假如你们中间有人在抱怨，在我看来
他的抱怨如同一只狂吠乱叫的狗，
它长久戴惯了锁链，而且乐于承受，
到最后，它还要去咬那只给它自由的手。

斯沃瓦茨基诗选

尤留斯·斯沃瓦茨基

  尤留斯·斯沃瓦茨基(1809—1849),波兰浪漫派第二大诗人。生于贵族知识分子家庭,父亲曾是维尔诺大学教授。他五岁时丧父。曾在维尔诺大学攻读法律,毕业后到华沙财政部当见习生。大学期间开始写诗,到华沙后积极关心当时的政治斗争和文学论争,并创作出了一批具有浪漫主义风格的长诗,如《胡果》《牧师》《杨·别列茨基》等,和两部诗剧《明多维》《马丽亚·斯图亚特》。1830年华沙起义期间,诗人写了《自由颂》《圣母颂》和《立陶宛军团之歌》等战斗诗篇,受到起义战士的喜爱。起义失败后流亡国外,长住巴黎。1832—1841年是他创作的鼎盛期,除了《兰布罗》《在瑞士》《瘟疫病人的父亲》等长诗外,还写有一批富于浪漫主义色彩的诗剧:《柯尔迪安》《马泽帕》《巴拉丁娜》《里拉·文涅达》等。40年代初曾一度受宗教神秘主义影响,并在诗剧《马莱克神父》、长诗《精神之王》中有所反映。1848年波兹南爆发革命,他率领多位青年回国参战。起义失败后他曾到伏罗兹瓦夫与分别近二十年的母亲见面。回到巴黎后不久他便因肺病加剧而与世长辞了。斯沃瓦茨基的诗歌富于强烈的爱国主义思想和丰富的想象力,他的诗立意新颖,语言华美,有的还充满哲理性。

自由颂

一

欢迎啊，自由的天使，
你翱翔在僵死的国土之上！
而在祖国的教堂里，
神殿上装饰着鲜花，
点燃着芬芳的神香！
看，这里是新的世界
——新的人民生活。

看——在蔚蓝的天空中
天使的金光灿烂的翅膀，
伸展在波兰的国土之上，
倾听着这大地的赞颂。

二

奴役精灵随着我们隐匿在永恒
的阴影中，用傲慢的脚掌践踏王座。
他在血腥王冠的重压下渐渐消亡，
他说话，但嘴里说出的话令人不懂。
过去写有令人惊异的明显词句的方尖塔，
如今却被神香的烟雾熏黑、损坏，
今天它被移到了罗马，
人们并不认识，成了僵硬的石块。

三

古代时，整个欧洲
都是哥特式的教堂。

圆柱紧密地连在一起，
大厦的尖顶伸向苍穹……
一位因年老而弯腰弓背的人，
用他那苍老而颤抖的声音，
推动着那些高傲巨人的命运，
还窥视着国王居住的宫廷。
那教育的光芒才刚刚穿过
那五光十色的玻璃进入殿堂。

有个修士站在门前，
他没有把头低下，
向上帝的圣言进行反抗，
还蔑视那些神圣的戒律。
那由圣言支撑的大厦倒塌了，
辉煌灿烂的光芒却在照耀……
而第一次的自由的呼吸
也是信仰的呼吸。

四

国王们节节高长，像巨大的松树。
而人民权利的被践踏又有谁去报复？
在英国的海岛上，
出了个克伦威尔——谁不知道他？
他把斯图亚特的鲜血洒在王座的阶梯上，
但他并不想登基立位，他鄙视王位。

今天这英国的国王又是什么？
只是变化莫测的幻影和幽灵。
月亮在天上显得暗淡朦胧，
权利的太阳照在这苍白的脸上。

可是伟人们却执掌着航行的船舵，
千百根圆柱支撑着法律的殿堂——
看！那排成长列的棺材一个接一个
正进入阴森的威斯敏斯特教堂。

五

西班牙的船队到达了新世界，
在那儿，兄弟会把兄弟出卖……
在这个新的世界里，
悲伤的树木正在生长。
在树下，劳累的人们
阴郁地向往着自己的幸福。
可是他们却一群群地睡着了，
而且也是成群地在梦中结束。

他们用死亡代替了梦——因为在树下
他们梦想过自由和更好的命运。
这是一种奴役之树，
在尸体上生长——世界已是座大坟。
就连最后一个人都已死去，
用死偿还了统治者的苛捐杂税？
啊，没有！华盛顿的声音
已经把美国人唤醒。
那光荣的花冠
正戴在神圣不可侵犯的自由上。

那死亡之树已变成航船的桅杆，
把死亡带给了英国的民众和战舰。

六

难道太阳不再在自由的国土上落下？

　　　　　林洪亮译文自选集

自由的翼翅笼罩着整个大地。
上帝会对自由的民族另眼相看，
也要给英雄们以褒奖。

七

有一种悲哀的钟声
从乡村的教堂中传来？
送葬的人群出来了——
他们个个低垂着头。
前面是棺材，后面是儿童，
接着是亲朋好友的队伍，
还点燃着洁白的蜡烛，
轻声地念起了祷文。
儿子肩抬着棺材，
送殡的人群进入了坟场。
他们穿着黑色的丧服，
哭泣着，因为深深的悲伤。

他们为什么还要对自己哭泣？
他们不是得到了一大笔遗产。
他们为什么还要对死者悲伤？
他在坟墓里不再需要他们照顾……
啊，弟兄们！他死了。他是这村里
看到过祖国自由的最后一人。
儿子们已经生活在自由的国土上，
但都没有脱去他死后的孝服。
让我们到父辈们的坟上去，
弟兄们，让我们在他们的坟上呼叫——
也许坟墓中的先人们能够听到。

八

我看到年轻人在青春焕发的年代里，
竟耗费了自己的热情，还诅咒灵魂的激越。
他喊道："上帝为何不把我身上的锁链去掉？"
然而到处是死一般的寂静。
于是他便对自己说："我是生活的主人！"
多么可怕的绝望词句！
从这混乱的精神状态中，
只留下这可怕的思想。
死亡的苍白已笼罩在这高傲的脸上。
从这种思想中产生出成千上万种思想。
可怕的痛苦的力量，
理智会把它们限制——发展，
还会和信心不强的幻觉相连……
啊，信心不强！你这地狱中的火炬，
把幻想的迷雾和梦想的金色光线驱散。
哪里还有道德？道德不存在了！
罪恶已不再是罪恶。
你只能用不信任的眼光，
去衡量人的高尚的情感……
大家都这样想，也这样叫喊。
这是时代之病，也是世纪的精神，
这黑暗只是太阳升起的前锋。

九

我看见了自由的天使，
自由的保卫者站起来了。
抬起你们苍白的额头！
要把船舵紧紧握住！
前进！向海洋的深处！

让我们驶入惊涛骇浪中，
从波涛中游出的决不止一人！
就像是一群潜水的人，
沉入这汹涌的波浪中，
他们在翻滚的旋涡中转动，
这波涛就把他们打入海底。
但我们之中决不止一人
会或近或远地游到岸边，
他会拿起珊瑚枝当作
安菲特利德的贝壳来敲响。
但也会有人消失在海浪中，
永远躺在了海洋的深处。

圣母颂

圣母，圣处女啊！
圣母，请听我们歌唱，
这是我们祖先的歌曲。
自由的曙光正在升起，
自由的钟声已经敲响，
自由的丛林蓬勃生长。
圣母啊！
让自由人民的歌声，
直达上帝的宝座前。

骑士们，放声歌唱吧！
让自由的歌声如电闪雷鸣，
把莫斯科的城塔都震塌。
我要用自由的歌声，
把涅瓦河上冰冷的花岗岩掀翻。
那里有许多人——他们也有灵魂。

夜来临了……那只双头鹰

正在皇宫顶上沉睡未醒，

它的利爪还带着沉重的枷锁。

你们听着！警钟已经敲响。

钟声齐鸣……那只战栗的双头鹰，

飞翔在教堂十字架的上空。

它望着——但它再也没有勇气

去俯视那些为自由而斗争的人，

它被自由的光辉照得眼花缭乱，

便去找阴影——在午夜黑暗中逃遁。

啊，你们可耻啊！可耻啊，立陶宛人！

如果那沾满鲜血的双头鹰

正栖息在革狄明的古城中，

子孙后代都会众口

责骂这个民族——在那儿

人们还在对血腥的皇冠致敬。

你们向外国人匍匐求生，

我们却相信自己的力量。

我们生活在自己的国土上，

我们也要在自己坟墓中长眠。

拿起武器，弟兄们！拿起武器！

人民复兴的时刻已经来临，

从黑暗的专制的深渊中，

从灰烬中产生了新的费列克斯，

人民站起来了——祝福它吧，主！

让歌声像在节日那样振奋高亢。

圣母啊！圣处女啊！

请听听我们吧，上帝之母，
这是我们祖先的歌曲。
自由的曙光正在升起，
自由的钟声响彻四方，
自由的丛林茁壮成长。
圣母啊！
让自由人民的歌声
直达上帝的宝座前。

这首诗写于1931年华沙爆发武装起义期间。此诗和《自由颂》等诗深受起义战士的欢迎并被广泛传诵。此诗的第一节采用了波兰中世纪最早的一首歌的前几句，故有"这是我们祖先的歌曲"这样的诗句。

立陶宛军团之歌

立陶宛活着！立陶宛活着！
太阳用荣誉之光为它照耀。
众多颗心在为它激烈跳动，
又有多少颗心停止了跳动。
要成为岩石！要成为岩石
才能忍受这些生锈的锁链。
我们要用钢铁去报仇雪恨，
用自由的思想、自由的歌声。
敌人在颤抖，
这悲哀的歌声，
就是日姆兹的号角。
耶稣玛利亚！前进，前进，向前进！

条顿骑士团教会了歌唱，
我们就应该这样歌唱：
军团啊，军团！

向俄罗斯、俄罗斯！进军，进军！

它们又在迫使我们退到意大利，
可我们怎能和祖先的坟茔分离？
也许我们只能召唤他们的骨灰：
"要从坟里站起来！和我们一道前进！"
要向敌人报仇雪恨……

当沙皇向奥尔格德进行威胁，
年老的奥尔格德便对使臣答道：
"请把这熊熊燃烧的火炬带给沙皇，
趁它还没有熄灭，我表示欢迎。"
就在使臣离开的同一个夜晚，
我们的军营就安扎在莫斯科山上去，
它占领了城市，宛如云中的雄鹰，
在复活节那天带着彩蛋进入城中。
敌人在颤抖。
这悲哀的歌声
就是日姆兹的号角。
像雷电轰鸣！前进，前进！向前进！

在雅盖沃首都的城墙上，
鲜艳的花朵正在开放，
少女的眼睛赞赏不已，
欢笑和泪水交织在一起。
当城塔被青苔覆盖的时候，
塔上被歌声震动的石头，
或许就会脱落，直朝脚下飞去，
去欢迎革狄明的子孙们。
向着敌人前进！前进！

现在谁也不会责备我们，
世上谁也不会来问我们：
立陶宛人是否还活着？
这是我们对光明的追求！
请不必多问，为什么只有
这寥寥无几的英雄旗帜在飘扬？
我们的人曾经众多，但是狂风暴雨
却把这棵大树上的无数枝叶吹落。
要向敌人报仇雪恨……

嗨！军团的旗帜在迎风招展，
它闪耀着自由的灿烂光芒。
我们在飞驰前进，我们的后面
是雄鹰在飞翔，雄鹰在飞翔！
雷电也像串串冰柱落到我们头上……
军团在死亡——
就像是装饰英雄的坟上的桂树，
只有追求荣光的人才能把桂树叶采摘。
向敌人报仇雪恨！
这悲哀的歌声
就是日姆兹的号角。
耶稣玛利亚！前进，前进！万岁！

我便在这块沙漠上安上了帐篷。
我的妻子在给小儿子喂奶，
除了他，我还有三女三男。
今天，整个苦难的一家
都随我来到了这里。九匹骆驼
白天行走在沙漠的山丘上，
嚼着海边上的菖蒲的嫩叶，
晚上，静静地躺在那火焰早已

不再燃烧的地方,像花冠一样。
女儿们拿着瓦罐去打水,
儿子们便把火来生起。
妻子怀抱小儿洗菜做饭。
今天这一切都留在了这座
坟墓嘲笑阳光灿烂的地方,
都躺在了清真寺的圆顶下面。

和金字塔交谈

金字塔啊！你们有没有
这样的棺木,这样的石椁,
能存放明亮的利剑,
并在利剑上埋葬
我们的仇恨,涂上香膏,
让仇恨埋葬得更加久远?
——你把宝剑带进我们的大门,
我们有这样的棺材,我们有。

金字塔呵,你们是否有
这样的棺材和墓床?
使我们的殉难者
能穿上涂着香脂的衣衫,
让他们能在光荣的日子里,
即使是尸体也能回到祖国去。
——你就把这些干净的人抬进来,
我们有这样的棺材,我们有。

金字塔啊,你们是否有
这样的棺材和泪罐
来盛放我们在丧失祖国

土地后所流的最后的眼泪。
还能让黑罐装下母亲的泪水？
——进来吧，低下你那苍白的脸孔，
我们有盛装这些泪水的泪罐。

金字塔啊，你们是否有
这样的拯救棺材？
能使全体伟大的人民，
躺在十字架上躺在尊严上，
能在光荣的日子里
站起、躺下、长眠，
享受永久的宁静。
——把人们留下吧，把香膏拿来，
我们有这样的棺材，我们有。

金字塔啊，你们是否还能
留下一副沉寂的棺材
来安放我的灵魂，
能使波兰得到重生？
——忍耐和工作吧！要坚强勇敢，
因为你的人民永远不死。
我们只认那些死去的人，
但没有棺材来安放你的灵魂。

（写作具体时间不详，但和前面几首写于同一时期）

我的遗嘱

我曾和你们一起生活、哭泣和悲痛，
我从不对任何高尚的人冷漠无情。
今天我离开你们，和精灵们走向阴处，
即使这里有过幸福，我也忧伤地前行。

这儿没有留下任何的地方
给我的名字，给我的竖琴。
我的名字有如闪电一样消失，
虽被流传后世，却似空洞的声音。

然而认识我的你们，要在议论中证明
我为我的祖国献出了自己的宝贵青春：
只要轮船还在搏斗，我就紧握住船舵，
如果船沉没了，我就同船一起下沉。

以前——我为我可怜祖国的悲惨命运
沉思不停——一切高尚的人都会承认，
披在我灵魂上的外衣并非哀求所得，
而是因祖先的荣耀它才光彩照人。

就让在晚上聚会的我的那些朋友们，
把我那颗可怜的心放在芦荟上烧烤，
并将它交给那个把心给予了我的人，
当尸灰拾起，就让世界去回报我母亲……

就让我的朋友们聚在一起，举杯痛饮，
为了我的葬礼，也为了自己的贫穷：
如果我变成鬼魂，我会向你们现身，
我来不了——假如上帝不解除我的苦痛。

我会祈求——让生者不再失去希望，
要让教育的明灯为人民大放光芒。
一旦需要，他们会依次走向死亡，
如同上帝抛入壕沟里的石头一样。

而我一直给那些喜欢我高傲心灵

的人——留下我那微不足道的友情。
他们知道我已完成严肃而神圣的任务：
同意在这里留下我那无人哭泣的棺木。

有谁未曾获得世界的赞誉便已离去，
有谁能像我这样对人世冷漠无情？
有谁愿成为装满精灵的小船的舵手，
像精灵飞离时那样悄悄地飞走？

可是我死后会留下一种神奇的力量，
这神力在我生前无益，只能获得名望。
但在我死后这无形的力量会迫使你们
让你们这些粮食消耗者个个变成天使。

1840 年初

任何命运……

任何命运都不再令我胆战心惊，
我已经有了明确而坚定的道路，
我的道路是：活着、创作和痛苦，
我能做这一切，再多就无法胜任。

过去是充满爱情的美好时光，
在霞光中它比火把更加明亮。
今天在日落时需要的是行动，
它既沉重而又伟大，有如夕阳。

生活的时钟就停留在这行动上，
还把灵魂—云雀放飞到苍穹中，
上帝啊，请帮助这只云雀吧，
让它高高飞起，愉快地翱翔。

换一句话说，当生命就要结束，
灵魂—春燕便与大地相距很远，
请帮助这只春燕，它正闪动着
欢乐的眼睛，从我的眼前飞走。

致母亲

你的心常常会颤抖，我亲爱的母亲，
当你看到那些回来和被赦免的人们，
你定会骂我，说我的胸甲竟有这样硬，
竟会对这些疯狂的信念这样矢志坚定。

我知道我的回心转意会使你变得年青，
当别人问起你的儿子有没有回来，你就说：
你的儿子就像狗那样趴在了旗子上，
你虽呼唤，但他不来，只把眼睛回望。

他只能把眼睛转向你……再多他无法做到，
只有望着你的眼神才能说明自己的悲伤；
可是我宁愿死去，再也不想过奴役的生活，
宁愿以绝望的苦药去代替那巨大的耻辱！

宽恕他吧，我亲爱的慈母！
他竟这样坠入深渊、无可救药：
宽恕他吧……如果他不需要离开上帝，
那他一定不会离开你，我的母亲！

上百个工人出来了……

上百个工人出来了，
他们掀翻城里的土地，

抛弃度量衡制度和货币。
他们打开麻雀的牢笼，
在广大的人群面前，
让鸟儿飞向自由的天空……
音乐在不停地奏响
自由！自由！——万岁！

三个神父在教堂里
呆立着……呼唤着神灵。
民众在撕毁法律宝典，
让风吹散破碎的纸片：
民众拿起古老的旗子，
像送瘟神似的把它们
送到教堂后面的坟场，
点着火，让这些古老的
遗物向世界作回光反照，
随即火光闪动，火灭烟消。
晨钟已经敲响：
万岁！民众在欢呼呐喊。

写在佐菲亚·波博鲁夫娜的纪念册上

当佐西卡就要回到自己的祖国，
但愿佐西卡不要向我讨取诗章，
那时候每一朵鲜花会对你诵诗，
每一颗星星都会给佐西卡歌唱。
当鲜花怒放、星星闪闪发亮，
听着吧——他们才是最好的诗人。

那红艳艳的鲜花，蔚蓝的星星，
会给你组成优美完整的诗章。

我要写的也和它们唱的相同，
我是向他们学会的低吟高唱。
因为我的童年也和佐西卡的一样，
是在银波荡漾的伊克瓦河畔度过。

今天我漂泊流浪在异国他乡，
永远追逐我的不幸的命运。
佐西科，要从星星捎给我光明，
要从祖国的鲜花中带给我芬芳。

巴黎 1844 年 3 月 13 日

　　佐菲亚·波博鲁夫娜原是波兰一位富有贵族的妻子，和丈夫分离后便带着两个女儿侨居国外。斯沃瓦茨基为她的美貌所吸引并爱上了她，但未得到对方的回应。佐西卡、佐西科都是佐菲亚的昵称。

维·辛波斯卡诗选

维·辛波斯卡

维·辛波斯卡(1923—2012),波兰著名女诗人。生于大波兰的布宁,1931 年全家移居克拉科夫,中学未毕业德军便入侵波兰。1945—1948 年在克拉科夫雅盖沃大学攻读波兰语言文学和社会学。1945 年 3 月她在《波兰日报》上发表处女作《我在寻找词句》。1952 年出版第一部诗集《我们为此而活着》。嗣后相继出版了《向自己提问题》《呼唤雪人》等九部诗集。1996 年荣获诺贝尔文学奖。获奖之后又发表了《一瞬间》《冒号》和《这里》等诗集,她一生还写有大量的短文,以《推荐读物》的书名出版。2012 年 2 月的一个晚上逝世于克拉科夫家中。

居里夫妇的爱情

发现镭

喧闹的街道已经沉寂,
和睦家庭的窗光也已熄灭。
寒风钻进了破旧的棚屋,
把灯台上的烛光吹得摇曳不定。
沙尘打在器皿上发出了呻吟,
薄薄的玻璃也在丁铃晃动。

——太晚了,马丽亚,该回家了。

——唉，彼得，我怎能睡得着呢？
第四个希望之年来临，
那座锈迹斑斑的大门，
正在坚毅精神的抵压下颤抖，
他们正在为一排排数字苦恼，
被上百次试验之火炙烤，
人已深入到它们的核心。

——马丽亚，你可怜的手指都出血了。
——彼得，你的双鬓也变花白了。

夜幕已降落在巴黎和华沙。
哪里闪耀出这微蓝的光芒？
那是一小撮灰色的粉末，
在发出其独特的亮光。
第一次露出了它简朴单纯的形态，
而它的光源具有巨大的能量。

——马丽亚，我们的劳动并没有白费。
——彼得，我了解"一起"这个词的含义。

彼得逝世后

悲伤并没有让她的头发散乱，
也没有令她大声地悲恸哭泣。

这位寡妇沉默着，一声不响，
她相信这是她做的一场噩梦。
这是死亡。这死亡就像把一棵
年轻而又挺拔的大树砍断。
若是你把这棵树摇动一下，
它便立即倒下，再也无法站起……

实验室里有如博物馆一样，
静止的物品排列得整齐有序，
这里就连翻动书页的响声
也不会引起任何的回响。
记事本上——句子中间停顿。
计算的过程还没有完成，
纸页也还来不及变黄，
墨水也还没有颜色变深。

这是洒下初次泪水的时刻，
这是哭泣时肩梁抽动的时刻。
身着丧服的女人脸色苍白，
低低地弓身在图纸上。
她正在画一条粗大的线条，
这线条正在向上不断地增长。

而眼泪——决不能让它落下，
因为它会使数字模糊消失。

后　记

我欢呼积雪消融的春天，
大地定会有好的收成。
我问候房屋的第一块砖，
那里将会有孩子们的欢笑声。
我歌唱在路上跨出的第一步，
世世代代的人会沿着它前进。
我赞着爱，它的光辉
将照耀我们这个伟大的时代。

钥　匙

有钥匙,但突然丢失,
我们该怎样走进家门?
我却把脸孔转向墙壁。
玫瑰花? 玫瑰花怎会如此丑陋?
难道这是鲜花? 也许就是石头?

为什么你,可恶的时辰
会和不必要的恐惧混在一起?
你来了——但你又必须离去,
你离去——却又如此的美好。

我们微笑着,两人紧紧相拥,
试图在寻找我们的一致之处,
但我们依然有所不同,
就像两滴纯净的水珠。

墓志铭

像个逗点。她是几首诗的作者,
大地赐予她永久的安息,
虽然她从未加入任何文学派系。
她的坟墓没有豪华的装饰,
除了这首小诗,牛蒡和猫头鹰。
路人啊,请你从提包里拿出计算器,
为辛波斯卡的命运默哀一分钟。

写作的愉快

笔下的母鹿穿过书写的森林想奔向何方？
笔下的母鹿是否想喝书写在纸上的水？
水面就像一张复写纸，映出了它的嘴脸。
它为何抬起了头？是否听见了声响？
它挺立在从真理借来的四蹄之上，
在我手指的抚摸下竖起了耳朵。
寂静——这个词在纸上沙沙作响，
也覆盖了这笔下森林的枝枝叶叶。

在白纸上飞跃跳动的字母，
也许有人会拾到那把钥匙，
他看了看——这对他有什么用？
于是他走了，又把钥匙扔弃，
就像扔掉一块废铜烂铁。

我对你的爱情，
如果也遭到这样的命运，
这对于我们，对于全世界，
这种爱情都会令人悲痛万分。
即使被别人的手拾起，
也无法打开任何一扇房门，
只不过是一件有形的物品，
那就让铁锈去把它毁掉。

不是书本，也不是星星，
更不是鸣叫的孔雀，
安排了这样的命运。

任何事物都不会发生两次

任何事物都不会发生两次，
重现时也不会完全相同。
因此，我们出生时毫无经验，
我们死时也总是感到陌生。

虽然在全世界的学校中
我们是最懒最笨的学生。
但我们也不会去重读
任何一个夏天和冬天。

决不会有两个相同的白天，
也不会出现两个相同的夜晚。
决不会有两个相同的亲吻，
也不会有两种同样的眼神。

昨天，有人在我身边
大声说起你的名字。
这对于我，犹如从敞开的
窗口扔进了一枝玫瑰花。

今天，当我们再次重逢，
是可以随意地排列组合，
组成团团围困的词句，
使之无路可逃。

一滴墨水蕴含着丰富的内容，
猎人们眯起了他们的眼睛，
他们沿着陡峭的山坡朝下飞奔，

林洪亮译文自选集

围住母鹿,举起猎枪瞄准。

他们忘了这不是真实的生活,
而是另一种黑字白纸的世界,
支配这里的是其他法则。
我能让瞬间随意的延长,
还能让飞行子弹戛然停住,
把子弹的飞行切割成许多细小的永恒。
如果我坚持,这里的一切将永远不变,
没有我的意旨,一片树叶也不会掉落,
一根草叶也不敢在蹄子下面弓身弯曲。

那么是否真有这样的一个世界
能让我随心所欲去掌控一切?
能让我用字母的锁链绑住时间?
能让听命于我的存在绵延不断?

愉快的写作,
可以流传千古,
为凡人之手复仇。

一粒沙的景象

我们称它为一粒沙,
但它自己并不叫沙。
它无名无号地存在着,
既无笼统的名号,
也无专门的称呼,
既无短暂的或永久的名称,
也无谬误的或正确的名称。

它不在乎我们的注视和触摸，
它也不觉得自己被看、被摸。
它掉落在窗台上的事实，
那也只是我们的而非它的经验，
对它来说落在任何地方全都一样。
无法断定它已经掉落，
还是正在掉落。

窗外是美丽的湖上风景，
但湖上风景却不能自我欣赏。
它无色、无形、
无声、无响、
无味、无痛
存在于这个世界中。

湖底深不可测，
湖岸茫茫无边。
湖水感觉不出自己是湿还是干，
波浪是单个的还是接连不断。
也听不见自己拍打
无所谓大小的石头的声响。

万物在天空下本无天空，
太阳落山又根本没有落下，
在那片不由自主的云层后面，
它隐没又没有隐没。
风在吹，除了吹之外，
别无其他理由。

一秒钟过去了，
又过了第二秒钟，

第三秒，
但这只是我们的三秒钟。

时间犹如传送快件的信差疾驰而过，
然而这不过是我们的比喻。
人物是虚构的，速度是假设的，
传递的也不是人的信息。

结束和开始

每次战争过后，
总要有人去清理，
把战场收拾干净，
而收拾是不会自行进行的。

总要有人把瓦砾
扫到路旁边，
好让装满尸体的大车
畅行无阻地驶过。

总要有人去清除
淤泥和灰烬，
沙发的弹簧，
玻璃的碎片，
污血斑斑的破衣烂衫。

总要有人去运来木头，
好撑住倾斜的墙壁，
给窗户装上玻璃，
给大门安上搭扣。

这些工作不会立即完成，
它们需要好多年。
所有的摄影机，
都去了别的战场。

桥梁需要修复，
车站需要重建，
袖口一卷再卷，
都已卷成碎片。

有人一拿起扫帚，
便会想起发生过的战争。
有些人侧耳倾听，
点点他那完好的头。
有些人东张西望，
感到索然无味。

常常有人
在树丛下挖出
锈坏了的刀枪，
并把它们扔进了垃圾场。

那些目睹过战火的人，
不得不让位给
不甚了解战争的人，
对战争了解特少的人，

甚至是那些一无所知的人。
还会有人躺在
即已掩饰了前因
后果的草丛中。

嘴里咬着草根，
眼睛望着浮云。

告别风景

我不悲春，
春已回大地，
我不会责怪
年年春相似，
在尽自己的职责。

我知道我的忧愁
不会让新绿停止，
一根芦苇摇动，
那是风吹的缘故。

河边柳树成行，
才会使我痛苦，
是什么在沙沙响？

我听到一个消息，
他仍活在世上。
那个湖泊的堤岸
风景依然如故。

我毫无怨言，
那阳光下令人炫目的港湾
真是美不胜收。

我甚至能够想到，
那些和我们不同的人，

此时此刻正坐在
被砍倒的白桦树干上。
我尊重他们的
低声说话、微笑
和幸福地沉默的权利。

我甚至敢来打赌，
把他们联在一起的就是爱情。
他用有力的臂膀，
将她紧紧拥入怀中。

也许是新孵出的小鸟，
在芦苇丛中鸣叫。
我真诚地祝愿
他们能够听到。

我对岸边的波浪，
并不希冀有所改变，
浪花时缓时猛，
全不听从我的旨意。

我对林边湖水的色调
没有任何的要求。
时而碧绿，
时而湛蓝，
时而一片幽暗。

唯有这点我不同意——
让我回到那里。
这居留的权利，
我愿意将它放弃。

我比你经历更多,这些
但也只够我
从远处去回忆往事。

一见钟情

他们俩人都深信,
是一种突发的激情联结着他们。
这样的自信是美丽的,
但犹豫不定更加美丽。

既然他们素不相识,于是两人都认定
他们之间从未有过任何的瓜葛。
也许在街上、楼梯和走廊上,
他们早就曾擦身而过。

我想问问他们,
难道他们都不记得
也许在旋转门里,
曾面对面地碰在一起?
或许在拥挤时说过"对不起"?
或许是话筒里的"打错了"的致歉声?
——然而,我早就知道他们的回答:
是的,他们都不记得了。

他们感到惊异,当他们得知,
机缘已经玩弄了他们
很好的时间。

他们尚未完全做好

拦阻他们的去路
然后闪到一旁。

曾有过一些迹象和信号，
他们不能解读无关紧要，
也许是在三年前，
或许是在上个星期二
有一片叶子
从这人肩上飘到另一人肩上？
也许是件东西丢掉了又捡了回来？
谁知道，也许是消失于
童年丛林中的一只皮球？

也许是他们早先
就一再触摸过的
门把手和门铃。
并排放在寄存处的手提箱。
也许在同一个晚上
他们做着同样的梦，
醒来之后便变得模糊不清。

然而每个开始
都只是它的继续，
那本充满故事的书籍
总是从半中间打开。

其他波兰诗人

约瑟夫·韦比茨基

　　约瑟夫·韦比茨基(1747—1822)，波兰诗人、剧作家、政治活动家。他一生积极参加各种政治社会活动，波兰灭亡后他和东布罗夫斯基一道组建波兰军团，1806 年被拿破仑请去当波兰问题顾问。他的《波兰军团之歌》写于 1797 年，甫一发表就受到军团战士的欢迎。后来成为独立波兰的国歌，一直沿用至今。

波兰军团之歌

　　　　波兰没有亡，
　　　　只要我们还活着。
　　　　列强用暴力抢走的一切，
　　　　我们要用刀枪去夺回。

　　　　前进！前进！东布罗夫斯基军团，
　　　　我们要从意大利打回波兰。
　　　　我们在您的领导下，
　　　　要和我们的人民并肩作战。

　　　　我们回到维斯瓦河，回到瓦尔塔河，
　　　　我们是顶天立地的波兰人！
　　　　波拿巴就是我们的榜样，

我们知道怎样去克敌制胜。

前进！前进！东布罗夫斯基军团！
我们要从意大利打回波兰。
我们在您的领导下，
要和我们的人民并肩作战！

像查尔涅茨基回到波兹南，
在打败了瑞典侵略者之后。
为了挽救祖国的独立解放，
我们要渡过重洋回到波兰。

前进！前进！东布罗夫斯基军团！
我们要从意大利打回波兰。
我们在您的领导下，
要和我们的人民并肩作战。

那时候，父亲会对女儿巴霞说，
满怀着胜利的喜悦的热泪：
快来听啊！我们的战士
已经擂响了胜利的战鼓。

前进！前进！东布罗夫斯基军团！
我们要从意大利打回波兰。
我们在您的领导下，
要和我们的人民并肩作战！

卢·瓦伦斯基

卢·瓦伦斯基(1856—1889),波兰革命家。波兰第一个工人阶级政党"无产阶级党"的创始人,生于乌克兰。1876年来到华沙,积极从事工人运动,不久被迫离开波兰。1879年在日内瓦主编杂志《平等》。并阅读了马克思和恩格斯的许多著作。1881年秘密潜回波兰,领导"无产阶级党"的建党工作。1883年被捕。1885年被判十六年苦役,后改为监禁。1889年因肺病死于狱中。

镣铐舞曲

让我们愉快地跳吧,
反抗的信徒们!
欢快地跳呀,不停地旋转,
这里是华沙和卡拉①。

敌人给我们准备了大量的镣铐,
也为我们建造了无数的监狱。
但我们乐观,镣铐的叮当声,
给我们奏起了马祖卡舞曲。

卡拉营房就是我们的舞厅,
鲜红的袖章
和苦役犯的灰色囚衣,
是我们参加舞会的盛装。

我们身穿这样的盛装,
在营房中尽情跳舞歌唱。

① 卡拉是沙皇设在西伯利亚的一个苦役营,营里关有许多波兰的革命志士。

忧愁并没有销蚀掉
我们的革命激情和思想。

牢房也不能使我们的感情冷淡，
它如同熊熊烈火，越烧越旺。
年轻的战友们身在地狱之中，
对生活却充满了无限的希望。

怀疑的眼泪没有模糊
我们姑娘眼中的光辉。
严刑拷打也摧残不了
她们那英勇无畏的心灵。

她们的嘴里唱出了
愉快动人的歌声。
有谁能够猜想到，
她们正经历着痛苦的时刻。

敌人在绞杀我们的战友，
这暴行又岂能吓倒我们。
人生在世谁无一死，
讨还血债定有复仇人！

我们的同志会一如既往，
为死难的弟兄雪恨报仇。
献给他们的不是花圈，
而是专制暴君的头颅。

武器在响，镣铐叮当。
欢快的马祖卡舞曲啊！
这舞曲使我们的心儿更加坚强，

使我们的眼睛更加明亮。

盛大舞会的时刻一到，
同志们就会用身上的镣铐，
伴随着这舞曲的节拍，
去砸烂那拘押我们的监牢。

我们将变得更加英勇顽强，
把身上的枷锁砸烂。
到那时大半个波兰
会将我们的镣铐舞曲唱响。

歌声会传遍波兰全国，
像一支激越的进行曲。
伴随着这支舞曲的节奏，
人民奋起斗争、英勇不屈。

我们奏起这支欢快的曲调，
整个波兰人民就会并肩战斗。
那些最英勇的革命战士，
就会领导这场威武雄壮的舞蹈。

从此，阳光驱散黑暗，
镣铐、监狱和铁丝网，
还有沙皇的整个专制制度，
都会像幽灵一样从世上消亡。

我们将回到自己的家乡，
健康、愉快而又勇敢坚强。
我们会把这镣铐舞曲，
给我们的子孙后代哼唱。

1886 年写于波维亚克狱中

符·布罗涅夫斯基

符·布罗涅夫斯基(1897—1962)是 20 世纪波兰著名革命诗人。他以诗集《风车》(1923)登上诗坛。嗣后相继出版了诗集《城上的烟雾》(1927)、《忧虑与歌》(1932)、《最后的呐喊》(1938)和长诗《巴黎公社》(1929)。第二次世界大战期间出版反法西斯诗集《把刺刀装上枪》(1943)。战后出版的诗集《绝望树》(1945)充满对祖国和妻子的忧虑和挚爱。后来的诗风有所改变,唱起了爱的歌、欢乐的歌,先后出版了诗集《希望》和《安卡》。

巴黎公社

要咬紧牙关,
要昂首挺胸。
听,这是巴黎公社
最后几天的故事。

一

战鼓,战鼓在彻夜擂响,
当黎明的曙光刚刚露出,
城里响起了第一阵枪声,
街垒就投入了战斗。

城市被夺去,要塞被占领,
死神正在降临。
巴黎每条街上流淌着鲜血,
如同在动脉中流动一样。

可是公社却没有屈服投降,
公社蔑视死亡。

愤怒的巴黎发出号召：
"拿起武器，公社社员们！

"快拿起武器，劳苦大众！
儿童、妇女和老人们！
鲜血在街道上流淌，
今天我们还有足够的鲜血去战斗。

"趁大批的战士还没有倒下，
趁敌人还没有践踏我们的胸膛，
快进入街垒，公社社员们！
快拿起武器，巴黎的公民们！"

二

敌人把红色战士挤出了城郊。
看，凡尔赛的匪军，
闪耀着刀枪的亮光，
正开进蒙马特尔狭窄的街上。

在他们三月失去托马
和勒康特将军的地方，
一个军官高举着利剑，
在队伍前面大声吼叫：

"士兵们！要把这些畜生斩尽杀绝，
决不能让一个俘虏活着！"
那些唯命是从的愚蠢的士兵，
把成千上百的社员杀死在墙下。

墙后面响起了厮杀的声音，
土地已被鲜血融化成泥泞。

士兵脸上一副呆板的表情，
把军帽拉下遮住了眼睛。

三

拉雪兹公墓里的栗树鲜花怒放，
被践踏的草地发出五月的芬芳。
草地上躺满了被枪杀的尸体：
"以工作、秩序和法律的名义！"

加里弗将军发出了命令：
一次枪杀四十个、一百个，
五千，甚至一万人，
要让士兵的手被枪筒灼痛。

加里弗将军，由于你的屠杀，
法国会感激你，会向你颁发勋章。
加里弗将军，你站在血泊中，
身上散发出一种杀人的血腥味。
黑夜已降临在拉雪兹公墓上，
墙壁因暮色苍茫而显得灰白。
这不是草的芬芳，而是血腥味，
这不是坟场，是吸血鬼的营垒！

四

枪弹把夜晚照亮，
凶险而又危机四伏，
失败就像一层层乌云，
笼罩在公社的头上。

只剩下为数不多的街垒
和一线细小的希望。

公民们,我们都会依次地
走向死亡。

东布罗夫斯基已中弹牺牲,
罗·雷加特也倒在了墙边。
在十字街头上,
成百的人被枪杀!

坏蛋战胜了人民,
恶魔把鲜血吸吮。
坏蛋就是将军、神父,
就是银行家和宪警。

为了向巴黎进行报复,
一群群的刽子手
正带着刺刀、十字架和黄金,
踏着无产阶级的胸膛进入巴黎城。

但是巴黎懂得如何去牺牲,
公社决不会向敌人屈服投降!
自由啊! 公社的鲜血
正在为你而流淌。

五

"德列斯康斯公民,快躲到下面去,
街垒会丢失,死神一定会来临。"
这位白发苍苍的老人手扶拐杖,
胸挂红色绶带却站立在街垒上。

德艾奥城堡广场被占领。左翼只
剩下少数人在坚持,右翼已失守。

"公民们，前进！"没有人出列响应，
只有老人自己，风把他头上白发吹动。

老人手持拐杖，缓慢地走向街垒，
在那儿敌人把成百的社员杀害。
他自己也像一只空船的船长那样，
代表着公社倒在染满鲜血的街垒上。

街角是嘈杂声和枪弹声，
凡尔赛的匪军在前进，
道路早已被他们打通。
广场上只有这具尸体，
一动不动，像被砍的木头
和被抛弃的那些军旗。
尸体下面是街垒的旗帜，
巴黎的周围则成了坟场。

六

大火，大火，大火
大火的烟雾直冲云霄，
满身是血，可怕而又壮丽的巴黎
已是奄奄一息，但决不屈膝投降！

既然已无救援的希望，
而死亡又不可避免，
为了德列斯康斯和米勒之死，
公社也把人质处死在墙下。

他们是银行家、大主教，
耶稣神甫、宪兵和特务，
这是一场不对等的尸体清算：

　　　　　林洪亮译文自选集

他们被杀的尸体才四十八具。

七

防守减弱了，
死亡已来临：
兵士的刺刀
已刺进劳动者的心。

街道上的石子
已被人血浸透。
第二十个街区，
枪声坚持最久。

最后的枪声，
不会很快到来，
枪弹呼啸着，
像可怕的暴雨。

装上子弹！放！
要把刺刀磨亮！
在枪炮轰鸣中
要坚持到最后！

八

街垒啊，要战斗下去！
街垒啊，要不惜牺牲！
让愤怒的巴黎的歌声，
越唱越高昂、越响亮！
让红色翅膀的鸟群，
飞过尸体的上空，
直扑敌人的枪弹！

街垒啊,要战斗下去!
街垒啊,要坚毅不屈!
胜利一定会来临!
血债一定能得到偿还!
劳动的人民,
会看到和记住
法国和世界的无产者!

要不惜牺牲,街垒啊!
要把旗帜举得更高,
直到最后都要自由地
去倒下,去战死!
要在死一般的巴黎,
成为令人胆寒的最后街垒!
成为不可战胜的街垒!
成为不可摧毁的街垒!

九

他们杀死了三万人,
给十万人戴上了镣铐,
没有更多的血和力气了
巴黎成了麻木死寂的城。

街头巷角都张贴了布告:
"巴黎市民们,今天
首都已得到了解放,
恢复了法律、秩序和工作……"

街垒的砖石已被掀掉,
它们在向人们张牙舞爪。
礼炮齐鸣,镣铐叮当,

一队队士兵在行进。

资产阶级,快从凡尔赛回来,
要感谢你们的上帝! ……
最后的大火还在燃烧
巴黎街上空无一人……